PLAZA & JANES

P&J

EXITOS

V.C. ANDREWS™

LA HORA MAS OSCURA

Traducción de:
Antonia Kerrigan

PLAZA & JANES EDITORES, S. A.

Título original: *Darkest Hour*
Diseño de la portada: Método

Primera edición: octubre, 1994
Segunda edición: noviembre, 1994
Tercera edición: diciembre, 1994

© 1993, Virginia C. Andrews Trust
© de la traducción, Antonia Kerrigan
© 1994, Plaza & Janés Editores, S. A.
Enric Granados, 86-88. 08008 Barcelona

Printed in Spain – Impreso en España

ISBN: 84-01-32590-0
Depósito legal: B. 42.310 - 1994

Fotocomposición: Anglofort, S. A.

Impreso en Hurope, S. L.
Recared, 2-4. Barcelona

Queridos lectores de Virginia Andrews:

Quienes conocimos y amamos a Virginia Andrews sabemos que lo más importante en su vida fueron sus novelas. Su momento de mayor orgullo fue el día en que tuvo en sus manos el primer ejemplar de *Flores en el ático*. Virginia fue una narradora excepcional que escribía febrilmente todos los días del año. Desarrollaba sin pausa ideas para nuevas historias que finalmente se convertían en novelas. Tras el orgullo que sentía por sus escritos se traslucía el placer que le proporcionaba la lectura de las cartas de sus admiradores.

Desde su muerte muchos de vosotros nos habéis escrito queriendo saber si aparecerían nuevas novelas de V. C. Andrews. Precisamente, poco antes de su muerte nos prometimos encontrar una forma de crear nuevas historias, escritas siempre desde el punto de vista de V. C. Andrews.

Empezando con los últimos libros de la serie Casteel, hemos colaborado estrechamente con un escritor, cuidadosamente seleccionado, para seguir desarrollando el genio de la autora y crear nuevas novelas —*Dawn, Secretos del amanecer, Hija del crepúsculo, Susurros de medianoche*, y ahora *La hora más oscura*— todas ellas inspiradas en el talento narrativo de Virginia.

La hora más oscura es la muy esperada conclusión de la serie de la familia Cutler. Creemos que V. C. Andrews habría sentido gran placer si hubiera sabido que muchos de vosotros seguiríais

9

disfrutando de su lectura. Otras novelas, incluyendo algunas basadas en historias que Virginia pudo completar antes de su muerte, se publicarán en años venideros y esperamos que, como siempre, sean de vuestro agrado.

PRÓLOGO

ÉRASE UNA VEZ

Siempre he pensado en mí misma como en una Cenicienta a quien nunca le llegó su príncipe azul con un zapato de cristal para arrebatarla y transportarla a un mundo maravilloso. En lugar de un príncipe, lo que tenía era un hombre de negocios que me ganó en un juego de cartas. Igual que una ficha que se lanza sobre la mesa, a mí me lanzaron de un mundo a otro.

Aquél había sido mi invariable destino desde el día en que nací. No cambiaría hasta que llegara el momento en que yo misma pudiera transformarlo, siguiendo la filosofía que un viejo trabajador de color de The Meadows me explicó cuando era pequeña. Se llamaba Henry Patton y tenía un cabello tan blanco que parecía una mancha de nieve. Solía sentarme a su lado sobre un viejo leño de cedro, delante de la caseta donde se ahumaban los alimentos mientras me tallaba en madera un pequeño conejo o zorro. Un día de verano, cuando una tormenta acumulaba una capa de oscuros nubarrones en el horizonte, interrumpió su tarea y señaló un grueso roble en el prado del este.

—¿Ves aquella rama de allí, combándose a causa del viento? —preguntó.

—Sí, Henry —dije.

—Bueno, pues mi madre un día me dijo algo acerca de aquella rama. ¿Sabes lo que me dijo?

Negué con la cabeza, y mis doradas coletas se balanceaban a la vez que me rozaban suavemente la boca.

—Me dijo que una rama que no se comba al viento, se rompe. —Fijó sus grandes ojos oscuros sobre mí, las cejas casi tan blancas como su cabello—. Recuerda que es mejor ir con el viento, hija —aconsejó—, para no romperte nunca.

Respiré profundamente. En aquella época el mundo parecía henchido de sabiduría, conocimientos e ideas, filosofía y superstición cerniéndose en forma de sombra, con el vuelo de las golondrinas, con el color de las orugas, con las manchas de sangre en los huevos de las gallinas. Lo único que tenía que hacer era escuchar y aprender, pero también me gustaba hacer preguntas.

—¿Qué ocurre cuando se detiene el viento, Henry?

Se echó a reír y negó con la cabeza.

—Bueno, en ese caso puedes elegir tu propio camino, hija.

El viento no cesó hasta que me casé con un hombre al que no amaba, pero cuando se detuvo seguí los consejos de Henry.

Elegí mi propio camino.

PRIMERA PARTE

HERMANAS

Cuando era muy joven creía pertenecer a una familia de la aristocracia. Parecíamos vivir como los príncipes y las princesas, los reyes y las reinas de los cuentos de hadas que a mi madre tanto le gustaba leernos a mí y a mi hermana pequeña, Eugenia. Durante la lectura, Eugenia se mantenía absolutamente inmóvil, con los ojos abiertos como platos y tan llenos de admiración como los míos, a pesar de ser, ya a los dos años, una persona bastante enfermiza. A nuestra hermana mayor, Emily, no le gustaba que le leyeran y prefería pasarse la mayor parte del tiempo sola.

Al igual que todos los personajes que recorrían las páginas de los libros de nuestra biblioteca, vivíamos en una enorme y bella casa rodeada de acres y acres de cultivos de tabaco de primera calidad y hermosos bosques. Teníamos un largo y amplio prado cubierto de trébol y grama, sobre la cual se veían fuentes de mármol, pequeños jardines de roca y decorativos bancos de hierro. Durante el verano la glicinia recubría las verandas, uniéndose con los arbustos de mirtilo rosa y las magnolias de flor blanca que rodeaban la casa.

Nuestra plantación se llamaba The Meadows y ningún visitante, viejo o nuevo, recorría el sendero de gravilla sin hacer algún comentario sobre el esplendor de nuestro hogar, pues en aquella época papá se dedicaba con fervor a su mantenimiento. De alguna forma, y quizá por su ubicación, bastante apartada de la carretera cercana, The Meadows se libró de la destrucción y saqueo que experimentaron tantas plantaciones sureñas durante la Guerra de Secesión. Ningún soldado *yankee* llegó a pisar nuestros suelos de madera ni se llenó los sacos con nuestras valiosas antigüedades. El abuelo Booth estaba convencido de que la finca se había librado de los desastres de la guerra tan sólo para demostrar lo especial que era The Meadows. Papá heredó aquella devoción por nuestro hogar y juró que se gastaría hasta el último dólar en mantener su esplendor.

Papá también heredó el rango del abuelo. Nuestro abuelo había sido capitán en la caballería del general Lee, que era como si le hubieran concedido el título de caballero y nos hacía sentir a todos como personajes de la realeza. Si bien papá nunca había estado en el ejército, siempre se refería a sí mismo, y obligaba a los demás a hacer lo mismo, como capitán Booth.

Y así, al igual que la aristocracia, teníamos una docena de sirvientes y trabajadores dispuestos a cumplir nuestros más mínimos deseos. Mis sirvientes favoritos eran Louella, nuestra cocinera, cuya mamá había sido esclava en la plantación Wilkes a unas veinte millas al sur de nuestro hogar, y Henry, cuyo padre, también esclavo, había luchado y fallecido en la Guerra Civil. Había luchado con los confederados porque «creía que la lealtad hacia su señor era más importante que su propia libertad» como él mismo solía decir.

También pensaba que éramos aristócratas por todos los bellos y caros objetos que teníamos en nuestra mansión: jarrones de plata y oro, estatuillas de todos los rincones de Europa, chucherías pintadas a mano y figuras de marfil procedentes de Oriente y de la India. Prismas de cristal colgaban de las lámparas, de los apliques de pared y de los candelabros, atrapando los colores, refractando una serie de arco iris que resplandecían como los relámpagos cuando los rayos de sol conseguían filtrarse por las cortinas de encaje. Comíamos sobre platos de porcelana pintada a mano, utilizábamos cubiertos de plata de ley y, asimismo, los alimentos se servían sobre fuentes de plata.

Nuestros muebles eran de muchos estilos, todos ellos elegantes. Era como si las habitaciones compitieran entre sí, intentando superarse la una a la otra. La sala de lectura de mamá era la más luminosa, con sus cortinas de satén azul claro y las suaves alfombras importadas de Persia. ¿Quién no iba a sentirse como un miembro de la realeza en la *chaise longue* de terciopelo morado con ribetes dorados de mamá? Reclinada elegantemente en la *chaise* al atardecer, mamá se ponía sus gafas con montura de madreperla y leía sus novelas románticas, a pesar de que papá gritaba y chillaba, afirmando que se estaba envenenando la mente con palabras sucias y pensamientos pecaminosos. En consecuencia, papá casi nunca ponía los pies en la sala de lectura. Si la necesitaba para algo, mandaba a uno de los sirvientes, o a Emily, a buscarla.

El despacho de papá era tan amplio y largo que incluso él —un hombre que medía casi dos metros sin zapatos, que tenía unos anchos y potentes hombros y brazos musculosos— parecía perderse detrás del enorme escritorio de roble oscuro. Siempre que entraba allí, los pesados muebles se elevaban por encima mío en la penumbra, especialmente las sillas de respaldo recto con profundos asientos y anchos brazos. Detrás suyo se veían los retratos del padre de papá y su abuelo, observándole fijamente tras los enormes y oscuros marcos mientras trabajaba a la luz de su lámpara de mesa con el cabello de suaves rizos cayéndole sobre la frente.

En nuestra casa había cuadros por todas partes. Había cuadros en todas las paredes de todas las habitaciones, muchos de ellos retratos de antepasados de los Booth: hombres de tez oscura con rasgos cansinos y labios delgados, y otros con barbas y bigotes morenos, igual que papá. Algunas de las mujeres eran delgadas con rostros casi tan duros como los de los hombres, muchas de ellas mirando con expresión de castigo o indignación, como si lo que estuviera haciendo o lo que había dicho, o incluso lo que había pensado, fuera impropio ante sus ojos puritanos. En todas partes vi rasgos parecidos a los de Emily, si bien en ninguna de las antiguas caras pude encontrar algún parecido conmigo.

Eugenia también era distinta, pero Louella pensaba que su diferencia era imputable a que había sido un bebé débil y a que padecía una enfermedad cuyo nombre fue incapaz de pronunciar hasta cumplir los ocho años. Creo que temía pronunciarlo, asustada ante las palabras por miedo a que el sonido de las mismas pudiera resultar contagioso. Mi corazón daba un vuelco cada vez que alguien lo decía, especialmente Emily, que, según mi madre, supo pronunciarlo perfectamente desde la primera vez que lo oyó: fibrosis quística.

Pero Emily siempre fue muy distinta a mí. Ninguna de las cosas que me divertían a mí le gustaban a ella. Nunca jugó con muñecas ni se preocupaba por los vestidos bonitos. Le resultaba una molestia cepillarse el cabello y no le importaba que le colgara, desmadejado, sobre los ojos y las mejillas como cáñamo gastado, con los mechones siempre sucios y feos. No le divertía salir corriendo a perseguir un conejo, o ir a chapotear en el lago durante los calurosos días de verano. La floración de las rosas o las violetas no le producía ningún placer. Con una arrogancia que iba en aumento a medida que crecía, Emily daba por sentado todo lo bello.

En una ocasión, cuando Emily tenía doce años escasos, me llevó a un lado y entrecerró los ojos como hacía siempre que quería decir algo importante. Me dijo que tenía que tratarla de forma especial, porque aquella mañana ella había visto salir el dedo de Dios del cielo y tocar The Meadows: compensación divina por la devoción religiosa de ella y papá.

Mamá solía decir que Emily ya tenía veinte años el día en que nació. Juraba sobre todas las biblias que tardó diez meses en dar a luz, y Louella estaba de acuerdo en que «un bebé tanto tiempo en el horno a la fuerza tenía que ser diferente».

Siempre recuerdo a Emily como una mandona. Lo que sí le gustaba hacer era ir tras las camareras para quejarse de su trabajo. Le encantaba aparecer corriendo con el dedo índice en alto, la punta manchada de polvo y suciedad, para decirle a mamá o a Louella que las asistentas no hacían bien su trabajo. A los diez años ya no se molestaba en informar a mamá o a Louella; ella misma reñía a las doncellas y las obligaba a volver corriendo a limpiar de nuevo la biblioteca o el salón, o el despacho de papá. Le gustaba especialmente complacer a papá, y siempre alardeaba de cómo había conseguido que la doncella le sacara brillo a los muebles o sacara todos y cada uno de los libros de la estantería para quitarles el polvo.

A pesar de que papá declaraba no tener tiempo para leer nada más que la Biblia, tenía una excelente colección de libros viejos, la mayoría primeras ediciones encuadernadas en piel, con sus intocadas páginas amarilleando ligeramente en los bordes. Cuando papá emprendía alguno de sus innumerables viajes y nadie me observaba, yo entraba subrepticiamente en su despacho y sacaba los tomos. Los amontonaba en el suelo y abría cuidadosamente las tapas. Muchos de ellos tenían bonitas ilustraciones a tinta, pero yo me limitaba a pasar las páginas y fingía saber leer y entender las palabras. Esperaba impacientemente el día en que tuviera edad suficiente parar ir al colegio y aprender a leer.

Nuestra escuela estaba situada a la salida de Upland Station. Era un pequeño edificio de tabilla gris con tres escalones de piedra y un cencerro que Miss Walker utilizaba para llamar a los niños cuando finalizaba la hora de la comida o el recreo. Miss Walker siempre me pareció mayor, incluso cuando era pequeña y ella seguramente no tenía más de treinta años. Pero ella siempre tenía su negro pelo recogido en forma de moño y llevaba unas gafas más gruesas que el culo de una botella.

Cuando Emily fue a la escuela por primera vez, cada día nos contaba historias horripilantes de cómo Miss Walker pegaba en las manos a los chicos malos como Samuel Turner o Jimmy Wilson. A los siete años, Emily estaba orgullosa del hecho de que Miss Walker confiara en ella a la hora de acusar a los compañeros por su mal comportamiento.

—Soy la confidente preferida de Miss Walker —afirmó altivamente—. Lo único que tengo que hacer es señalar a alguien y Miss Walker lo sienta en un rincón con el capirote puesto. Y también hace lo mismo con las niñas que se portan mal —me avisó, con ojos chispeantes de regocijo.

Pero por mucho que Emily tratara de convencerme de que el colegio era un lugar espantoso, para mí continuaba siendo una maravillosa promesa, puesto que entre las paredes de aquel edificio gris estaba la solución al misterio de las palabras: el secreto de la lectura. En cuanto conociera aquel secreto, también yo podría abrir las tapas de los cientos y cientos de libros que revestían las paredes de nuestro hogar y viajar a otros mundos, a otros lugares, y conocer a infinidad de personas interesantes.

Me daba pena Eugenia, pues ella nunca podría ir al colegio. En vez de mejorar con el paso del tiempo, se ponía peor. Siempre estuvo delgada y su tez jamás perdió aquel color cetrino. A pesar de ello, sus ojos de azul aciano permanecían resplandecientes y esperanzadores y, cuando finalmente fui al colegio, siempre estaba ansiosa por saber qué había hecho durante el día y lo que había aprendido. Con los años sustituí a mamá a la hora de leerle. Eugenia, que sólo tenía un año y un mes menos que yo, se acurrucaba a mi lado y descansaba su pequeña cabeza sobre mi regazo, con su largo cabello castaño cayendo sobre mis piernas, escuchándome invariablemente con una sonrisa soñadora en los labios mientras le leía alguna historia de nuestros libros de cuentos.

Miss Walker dijo que nadie, ninguno de sus alumnos, había aprendido a leer con tanta celeridad como yo. Así de determinada y ansiosa estaba. No es de extrañar mi corazón diera un vuelco de alegría cuando mamá afirmó que ya era hora de asistir a la escuela. Una noche, a la hora de cenar, hacia finales del verano, mamá anunció que debería ir a principios del nuevo año escolar a pesar de no haber cumplido aún los cinco años.

—Es muy inteligente —le dijo a papá—. Sería una pena hacerle esperar otro año. —Como de costumbre, a no ser que se mostrara en abierto desacuerdo con algo que mamá había dicho, papá permanecía en silencio, su gran mandíbula moviéndose sin cesar, sus oscuros ojos fijos. Cualquier otra persona hubiera pensado que estaba sordo, o tan sumido en sus propios pensamientos, que no había oído ni una palabra. Pero mamá se quedó satisfecha con la respuesta. Se volvió a mi hermana mayor, Emily, cuyo rostro mostraba una mueca de desagrado.

—Emily puede cuidar de ella, ¿verdad, Emily?

—No, mamá, Lillian todavía es muy pequeña para ir al colegio. No aguantará la caminata. ¡Son tres millas! —gimió Emily. Ella acababa de cumplir los nueve años, pero parecía madurar dos años por cada uno. Era tan alta como cualquier chica de doce. Papá decía que estaba creciendo como una torre.

—Claro que puede, ¿verdad? —preguntó mamá, dedicándome una amplia sonrisa. Mamá tenía una sonrisa más inocente e infantil que la mía propia. Hacía grandes esfuerzos para que nada la entristeciera, pero lloraba incluso por las criatura más pequeñas, lamentándose a veces por las pobres lombrices que estúpidamente se colocaban en la entrada de pizarra durante la tormenta y morían después asfixiadas por el cálido sol de Virginia.

—Sí, mamá —dije, encantada con la idea. Precisamente aquella mañana había estado soñando con la idea de ir al colegio. La caminata no me asustaba. «Si Emily puede hacerlo, yo también», pensé. Sabía que durante casi todo el camino de vuelta, Emily iba acompañada de las gemelas Thompson, Betty Lou y Emma Jean, pero la última milla tenía que hacerlo sola. Emily no tenía miedo. Nada le asustaba, ni siquiera las más oscuras sombras de la plantación o las historias de fantasmas que contaba Henry, nada.

—Bien. Después del desayuno, le pediré a Henry que prepare el carruaje y que nos lleve al pueblo a ver qué nuevos zapatos y vestidos tiene la señora Nelson para ti en la tienda —dijo mamá, ansiosa de comprarme ropa nueva.

A mamá le encantaba ir de compras, pero papá lo odiaba y pocas veces, si acaso alguna, la llevaba a Lynchburg a los grandes almacenes, por mucho que mamá se lo rogara y se quejara. Le decía que su madre se había hecho ella misma la mayor parte de la ropa, al igual que su abuela. Mamá tendría que hacer lo mismo. Pero a ella no le gustaba nada coser o hacer punto y repudiaba cualquier tarea doméstica. Las únicas veces que le gustaba cocinar y limpiar era cuando ofrecía alguna de sus extravagantes cenas o barbacoas. Entonces se paseaba por la casa, seguida de las doncellas y Louella, y decidía lo que había que cambiar y arreglar y lo que se debía cocinar y preparar.

—No necesita un vestido y unos zapatos nuevos, mamá —afirmó Emily con la cara retorcida como una vieja, con los ojos entrecerrados, los labios apretados, el ceño fruncido—. Se estropeará todo en el camino.

—Tonterías —dijo mamá, manteniendo la sonrisa—. Todas las niñas del mundo se ponen un vestido y unos zapatos nuevos el primer día de colegio.

—Yo no lo hice —respondió Emily.

—No quisiste ir de compras conmigo, pero yo te obligué a ponerte los zapatos nuevos y el vestido nuevo que te había comprado, ¿no te acuerdas? —preguntó mamá, sonriendo.

—Los zapatos me apretaban y me los quité y me puse los viejos cuando salí de casa —nos desveló Emily.

—¿Es verdad? —preguntó mamá. Cuando algo terrible o espantoso ocurría, mamá siempre dudaba, y después, cuando tenía que enfrentarse a ello, simplemente lo olvidaba.

—Sí que lo hice —respondió Emily con orgullo—. Los zapatos nuevos están arriba, enterrados en el fondo del armario.

Sin inmutarse, mamá mantuvo la sonrisa y continuó pensando en voz alta.

—Quizá le irían bien a Lillian.

Aquello hizo que papá se echara a reír.

—No creo —dijo—. Emily tiene el pie el doble de grande.

—Sí —dijo mamá, como sin darse cuenta de ello—. Bueno, iremos a Upland Station a primera hora mañana por la mañana, Lillian querida.

Me moría de ganas de contárselo a Eugenia. La mayor parte de veces le subían las comidas a la habitación porque el sentarse a la mesa le cansaba demasiado. Nuestras comidas eran bastante elaboradas. Papá empezaba por leer la Biblia, y después de que Emily aprendiera a leer, ella también leía. Pero él elegía los pasajes. A papá le gustaba comer y disfrutaba con todos y cada uno de los bocados. Siempre tomábamos ensalada o fruta de primero y después sopa, incluso en los calurosos días de verano. A papá le gustaba quedarse sentado a la mesa mientras quitaban los platos y ordenaba que le pusieran vajilla limpia para el postre. A veces leía el periódico, especialmente las páginas de negocios, y mientras esto ocurría, Emily, mamá y yo debíamos permanecer sentadas y esperar

Mamá hablaba sin cesar de los cotilleos que le habían contado o de la novela romántica que estaba leyendo en aquel momento, pero papá pocas veces oía lo que decía, y Emily siempre parecía sumida en sus propios pensamientos. Por tanto, parecía que mamá y yo estuviéramos solas. Yo era su único interlocutor. Los

problemas y disgustos, éxitos y fracasos de nuestras familias vecinas me fascinaban. Cada sábado por la tarde, las amigas de mamá
venían a casa a comer y cotillear o mamá iba a casa de alguna de
ellas. Parecía que se contaban noticias suficientes como para cubrir la semana entera.

Mamá siempre estaba recordando algo que le habían contado
hacía cuatro o cinco días, y explotaba la noticia como si fuera el
titular de un periódico, por pequeña e insignificante que la misma
fuera.

—Martha Hatch se rompió un dedo del pie en la escalera el
jueves pasado, pero no supo que se lo había roto hasta que se le
puso morado.

Normalmente cualquier acontecimiento le recordaba algo similar ocurrido hace ya muchos años y lo rememoraba. En ocasiones, papá también recordaba algo. Si las historias y las noticias
eran suficientemente interesantes, se las contaba a Eugenia cuando iba a verla después de cenar. Pero la noche que mamá dijo que
iría al colegio, tenía sólo un tema de conversación. No había oído
ninguna otra cosa. Tenía la cabeza llena de pensamientos maravillosos.

Ahora conocería y me haría amiga de otras chicas. Aprendería
a leer y a escribir.

Eugenia tenía la única habitación en la planta baja no destinada al servicio. Se decidió muy al principio que sería más cómodo
para ella no tener que subir y bajar las escaleras. En cuanto me
dieron permiso para levantarme de la mesa, me precipité pasillo
abajo. Su dormitorio estaba hacia la parte trasera de la casa, pero
tenía unos hermosos ventanales que daban al prado del oeste,
donde podía observar la puesta de sol y a los trabajadores plan-
tando el tabaco.

Ella acababa de tomarse el desayuno cuando entré precipitadamente en la habitación.

—Mamá y papá han decidido que vaya al colegio este mismo
año —exclamé. Eugenia sonrió y pareció estar tan contenta como
si fuera ella misma la que se matriculaba. Jugueteó con sus largos
mechones de cabello castaño. Incorporada en la cama, de grandes
patas y enorme cabecera, Eugenia parecía más joven de lo que en

realidad era. Sabía que su enfermedad había retrasado su desarrollo físico, pero aquello la convertía en un ser más valioso para mí, como una delicada muñeca china u holandesa.

Nadaba en su camisón, que caía a su alrededor. Su rasgo más sobresaliente eran los ojos. Aquellos ojos de azul aciano parecían tan felices cuando se reía que casi lo hacían solos.

—Mamá me va a llevar a Nelson a comprar un vestido y unos zapatos nuevos —dije, arrastrándome por encima de su grueso y blando colchón para sentarme a su lado—. ¿Sabes lo que haré? —continué—. Por la tarde me traeré a casa todos los libros y haré los deberes contigo en tu habitación. Te enseñaré todo lo que aprenda —le prometí—. Así estarás más adelantada que los otros chicos cuando empieces las clases.

—Emily dice que nunca iré al colegio —respondió Eugenia.

—¿Qué sabe Emily? Le ha dicho a mamá que yo no aguantaré el camino de aquí al colegio, pero llegaré antes que ella cada día. Sólo para vengarme —añadí riendo. Eugenia también se rió. Abracé con fuerza a mi hermana pequeña. Me parecía tan delgada y frágil que tuve cuidado de no apretarla. A continuación me marché y me dispuse a ir con mamá a Upland Station a comprar mi primer vestido de colegio.

Mamá le pidió a Emily que nos acompañara, pero ella se negó. Yo estaba demasiado excitada para preocuparme y, aunque a mamá le irritaba que Emily prestara tan poca atención a lo que llamaba «cosas de mujeres», mamá estaba casi tan excitada como yo y no hizo más que suspirar y decir:

—Está claro que no se parece en nada a mí.

Yo sí que me parecía a ella. Me encantaba entrar en el dormitorio de mis padres cuando mamá estaba sola y sentarme a su lado en el tocador mientras ella se peinaba y se maquillaba. Y a mamá le encantaba hablar sin parar a las imágenes que aparecían en el espejo oval con marco de mármol, sin volver la cabeza mientras hablaba. Era como si fuéramos cuatro, mamá y yo y nuestras gemelas, que reflejaban nuestro estado de ánimo y reaccionaban de la misma forma que lo harían unas mellizas idénticas.

Mamá había sido debutante. Sus padres habían celebrado un baile formal para presentarla ante la alta sociedad sureña. Asistió a una escuela para señoritas y su nombre apareció con frecuencia en las columnas de sociedad, de modo que sabía perfectamente cómo debía vestir y comportarse una joven, razón por la cual deseaba enseñarme a mí todo lo posible. Sentada a su lado en el tocador, la observaba cepillándose el espléndido cabello hasta que parecía oro hilado. Describía las elegantes fiestas a las que había asistido, refiriendo minuciosamente lo que se había puesto: desde los zapatos hasta la diadema de joyas.

—Una mujer ha de cuidar con gran esmero de su propio aspecto —me dijo—. A diferencia de los hombres, estamos siempre en escena. Los hombres pueden peinarse de la misma forma, llevar el mismo estilo de traje o zapatos durante años. No se maquillan, ni tienen que preocuparse por alguna mancha en la piel. Pero una mujer... —me dijo, haciendo una pausa para volverse hacia mí y fijar sus suaves ojos castaños sobre mi rostro—, una mujer siempre está interpretando una gran entrada, desde el primer día que entra en la escuela hasta el día que sube al altar para casarse. Cada vez que una mujer entra en una sala, todos los ojos se posan en ella aquel primer momento, y de inmediato se extraen conclusiones. No menosprecies nunca la importancia que tienen las primeras impresiones, Lillian querida. —Se echó a reír y volvió a mirarse en el espejo—. Como decía mi mamá, el primer chapuzón es el que más moja a todo el mundo y el que todos recuerdan durante más tiempo.

Yo estaba a punto de sumergirme por vez primera en la sociedad. Iba a ir al colegio. Mamá y yo salimos corriendo hacia el carruaje. Henry nos ayudó a subir y mamá abrió su parasol para evitar que la intensa luz reinante le tocara la cara, ya que en aquellos días un bronceado era algo limitado exclusivamente a los trabajadores del campo.

Henry ocupó el asiento delantero y azuzó a *Belle* y *Babe*, nuestros caballos.

—El capitán todavía no ha arreglado algunos de los baches que se produjeron durante la última tormenta, señora Booth, de modo que agárrense fuerte. Será un viaje un poco accidentado —avisó.

—No te preocupes por nosotros, Henry —dijo mi madre.

—Tengo que preocuparme —contestó, guiñándome un ojo—. Hoy llevo a dos mujeres adultas.

Mamá se echó a reír. Yo casi no podía contener la excitación, pensando como estaba en mi primer vestido comprado en una tienda. Las últimas lluvias del verano habían abierto baches en el camino de gravilla, pero yo ni me di cuenta de ello mientras viajábamos hacia Upland Station. La vegetación que bordeaba el camino era espesa. El aire nunca me había parecido estar tan impregnado del aroma de rosas y violetas salvajes, además de la suave fragancia a limón que procedía de la bolsita perfumada del vestido de seda de mamá. Las noches no eran todavía lo suficientemente frescas como para hacer que cayeran las hojas. Los sinsontes y los arrendajos competían por conseguir la rama más cómoda del magnolio. Era, verdaderamente, una mañana gloriosa.

Mamá sentía lo mismo. Parecía estar tan excitada como yo y me contaba anécdotas de sus primeros días de colegio. A diferencia de mí, no había tenido hermano o hermana mayor que la llevara. Pero mamá no había sido hija única. Había tenido una hermana pequeña que había muerto de alguna misteriosa enfermedad. Ni a ella ni a papá les gustaba hablar de ello, y mamá gemía siempre que algo desagradable o triste se sacaba a relucir en algunas de sus conversaciones. Por esta razón reñía continuamente a Emily. De hecho, lo que hacía era rogarle que dejara de insistir.

El Almacén Nelson era exactamente lo que su nombre indicaba: un almacén en el que se vendía de todo, desde tónicos para el reúma hasta los nuevos pantalones procedentes de las fábricas del norte. Era una tienda larga, algo oscura, y en la parte posterior se encontraba el departamento de ropa. La señora Nelson, una mujer bajita con cabello cano rizado y un rostro simpático y dulce, se encargaba de aquella sección. Los vestidos para niñas y mujeres colgaban de una larga percha a la izquierda.

Cuando mamá le explicó lo que buscábamos, la señora Nelson sacó un metro y me midió. A continuación se dirigió al perchero y sacó todos los modelos existentes, algunos con una pequeña alteración aquí y allá. Un vestido rosa de algodón, con un cuello de encaje y canesú, le pareció adorable a mamá. Tenía también mangas de encaje. Era una o dos tallas demasiado grande, pero mamá y la señora Nelson decidieron que si se arreglaba la cintura y se acortaba, me iría bien. A continuación nos sentamos y la señora Nelson sacó los únicos zapatos de mi talla: dos pares, uno de charol negro con trabillas, y otro con botones. A mamá le gustaron los de trabillas. Al salir compramos unos lápices y un cuaderno y ya estaba lista para el primer día de colegio.

Aquella noche Louella hizo los arreglos necesarios en el vestido. Lo hicimos en el dormitorio de Eugenia para que ella pudiera verlo. Emily pasó por allí una vez y observó, agitando la cabeza con señales de clara envidia.

—Nadie lleva vestidos tan elegantes al colegio —le dijo a mamá, quejándose.

—Claro que sí, Emily querida, especialmente el primer día.

—Pues yo me pondré lo que llevo puesto —contestó.

—Siento oírte decir eso, Emily, pero si eso es lo que quieres hacer...

—A la señorita Walker no le gustan los niños mimados —espetó Emily. Fue este comentario final sobre las actividades escolares lo que llamó la atención, interesándonos a todos, incluido papá. Éste pasó por el cuarto para expresar su aprobación.

—Espera a verla completamente vestida por la mañana, Jed —dijo mamá.

Aquella noche casi no pude dormir, de tan excitada que estaba. Tenía la cabeza llena de pensamientos acerca de las cosas que aprendería y los niños que conocería. A algunos de ellos los conocía de cuando mamá y papá daban una de sus celebradas barbacoas, o de cuando nosotros asistíamos a una. Las gemelas Thompson tenían un hermano pequeño aproximadamente de mi edad: Niles. Recordaba que tenía los ojos más negros y el rostro más serio y pensativo que jamás hubiera visto en un chico. Y estaba Lila Calvert, que había empezado a ir al colegio el año pasado, y Caroline O'Hara, que empezaría este año conmigo.

Me dije a mí misma que por muchos deberes que tuviera, yo haría el doble. Nunca me metería en líos en clase y prestaría atención a la señorita Walker; y si ella me lo pedía, de buena gana limpiaría las pizarras y los borradores, tareas que sabía le encantaba ejecutar a Emily.

Aquella noche, cuando mamá vino a despedirse, le pregunté si tenía que decidir en aquel momento o mañana lo que iba a ser.

—¿Qué quieres decir, Lillian? —preguntó, manteniendo una sonrisa recortada y firme alrededor de los labios.

—¿Tengo que decidir si quiero ser maestra o médico o abogado?

—Claro que no. Tienes años y años para pensarlo, pero yo creo que serás una esposa maravillosa para algún joven de éxito. Vivirás en una casa tan grande como The Meadows y tendrás a tus pies un ejército de sirvientes —afirmó con la autoridad de un profeta bíblico.

En la mente de mamá acabaría asistiendo a un colegio de señoritas, al igual que ella, y cuando llegara el momento, me presentarían en la alta sociedad, y algún guapo, acaudalado y joven aristócrata sureño visitaría a papá para pedir mi mano en matrimonio. Celebraríamos una gran boda en The Meadows y yo me marcharía, saludando desde un carruaje, a vivir feliz para siempre. Pero yo no podía evitar querer algo más en mi vida. Sería un secreto, algo profundamente oculto en mi corazón, algo que sólo le contaría a Eugenia.

Mamá vino a despertarme a la mañana siguiente. Quería que estuviera perfectamente vestida y preparada antes del desayuno. Me puse el vestido y los zapatos nuevos. A continuación mamá me cepilló el pelo y me lo ató con un lazo rosa. Permaneció detrás mío mientras las dos nos contemplamos en el espejo. Sabía, por las muchas veces que papá lo había leído en voz alta de la Biblia, que enamorarse de la propia imagen era un pecado terrible, pero yo no lo pude evitar. Contuve la respiración y observé la imagen de la niña plasmada en el espejo.

Era como si me hubiera hecho adulta de la noche a la mañana. Mi cabello nunca había estado tan suave y dorado, ni mis ojos gris-azul tan resplandecientes.

—Oh, qué guapa eres, cariño —declaró mamá—. Vamos a que te vea el capitán.

Mamá me cogió de la mano y cruzamos el pasillo hasta la escalera. Louella había ya avisado a las doncellas, que sacaron la cabeza de las habitaciones que habían empezado a limpiar. Vi sus sonrisas de aprobación y las oí reír.

Papá levantó la vista de la mesa cuando llegamos. Emily estaba sentada y totalmente compuesta.

—Hemos aguardado unos buenos diez minutos, Georgia —afirmó papá, y cerró con un golpe su reloj de cadena para dar mayor énfasis a las palabras.

—Es una mañana especial, Jed. Deléitate la vista mirando a Lillian.

Asintió.

—Tiene buen aspecto, pero a mí me espera un largo día —dijo. Emily pareció satisfecha con la brusca reacción de papá. Mamá y yo nos sentamos y papá rápidamente bendijo la mesa.

Apenas terminamos el desayuno, Louella nos dio el paquete con el almuerzo y Emily dijo que deberíamos darnos prisa.

—Nos hemos retrasado esperándote para desayunar —se quejó, y se dirigió rápidamente a la puerta principal.

—Vigila a tu hermana pequeña —dijo mamá mientras salíamos.

Yo me moví con toda la rapidez posible en mis resplandecientes y duros zapatos nuevos, aferrada a mi libreta, lápices y almuerzo. La noche anterior tuvo lugar una corta pero fuerte tormenta, y si bien el terreno estaba ya seco, algunos baches seguían llenos de agua. Emily levantó una nube de polvo mientras recorría la entrada y yo hice todo lo que pude para evitarlo. No quería esperarme ni cogerme de la mano.

El sol todavía no había subido por encima de la línea de árboles, de modo que el ambiente seguía fresco. Me hubiera gustado ir más despacio y poder escuchar el canto de los pájaros. Había unas preciosas plantas silvestres en flor a los lados del sendero y me preguntaba si no sería bonito coger algunas para la señorita Walker. Se lo pregunté a Emily, pero ella ni siquiera se giró para contestarme.

—No empieces a entretenerme el primer día, Lillian. —A continuación se volvió y añadió—: y no hagas nada que pueda avergonzarme.

—No me estoy entreteniendo —exclamé, pero Emily simplemente dijo «¡ja!» y continuó andando, sus largas zancadas aumentando más y más, de forma que yo casi tenía que correr para estar a su altura. Cuando giramos al final del sendero que llevaba a nuestra casa, vi que se había formado un charco grande en la carretera como consecuencia de la lluvia de la noche anterior. Emily lo evitó saltando por encima de unas rocas, balanceándose con sorprendente agilidad y sin mojarse tan siquiera la suela del zapato. Pero a mí el charco me pareció formidable. Me detuve, y Emily se dio la vuelta, las manos sobre las caderas.

—¿Vienes, princesita? —preguntó.

—No soy una princesita.

—Eso cree mamá. ¿Vamos?

—Tengo miedo —dije.

—Tonterías. Haz lo que acabo de hacer yo... salta por encima de las piedras. Vamos, o te dejo aquí —amenazó.

De mala gana, empecé a hacerlo. Coloqué el pie derecho sobre la primera roca y tímidamente alargué el izquierdo sobre la siguiente, pero al hacerlo, vi que me había estirado demasiado y que no podía levantar el pie derecho. Empecé a llorar pidiendo ayuda a Emily.

—Ya sabía que sería un lío ir contigo —afirmó, y volvió—. Dame la mano —me ordenó.

—Tengo miedo.

—¡Dame la mano!

Balanceándome, me incliné hacia adelante hasta que alcancé sus dedos. Emily cogió los míos con fuerza y, durante unos segundos, no hizo nada. Sorprendida, levanté la vista y vi una extraña sonrisa dibujada en sus labios. Antes de que pudiera retroceder, me dio un fuerte estirón, yo perdí el equilibrio y caí hacia adelante. Me soltó y aterricé sobre mis rodillas en la parte más profunda del charco. El barro pronto empapó mi bonito vestido nuevo. Mi cuaderno y mi almuerzo se hundieron y perdí todas las plumas y lápices.

Grité y empecé a llorar. Emily, con aire de suprema felicidad, retrocedió, y no me ofreció ayuda alguna. Yo me incorporé y con lentitud salí del charco. Cuando pisé tierra seca, miré mi bonito vestido nuevo, ahora manchado y empapado. Tenía los zapatos llenos de tierra, el barro filtrándose por mis calcetines de algodón rosa.

—Ya le dije a mamá que no te comprara ropa tan elegante, pero no me quiso escuchar —dijo Emily.

—¿Qué voy a hacer? —gemí. Emily se encogió de hombros.

—Vete a casa. Puedes empezar la escuela en otro momento —dijo, y se giró.

—¡No! —chillé. Volví a mirar el charco. Mi libreta nueva quedaba justamente visible bajo la superficie del agua sucia, pero mi almuerzo flotaba. Lo rescaté rápidamente y me dirigí a un lado del sendero de gravilla para sentarme sobre una roca. Emily se alejaba con rapidez, siendo sus zancadas cada vez más grandes. Muy pronto, había llegado al final del sendero y entraba en el camino. Yo me quedé allí llorando hasta que me dolieron los ojos. A continuación me puse de pie y consideré la idea de regresar a casa.

«Eso es lo que quiere Emily», pensé. De pronto, un ataque de ira me llevó a superar la pena y la autocompasión. Me limpié el vestido lo mejor que pude, utilizando unas hojas, y la seguí, más decidida que nunca a ir al colegio.

Cuando llegué a la escuela, todos los otros niños ya estaban dentro y sentados. La señorita Walker había empezado a saludarles cuando yo crucé el umbral de la puerta. Las lágrimas me habían ensuciado la cara y el lazo que mamá había colocado con tanto cuidado en mi cabello se había caído. Todos me miraron sorprendidos. Emily puso cara de desilusión.

—Santo cielo —dijo la señorita Walker—. ¿Qué te ha ocurrido, cariño?

—Me he caído en un charco —gemí. La mayoría de los chicos se echaron a reír en voz alta, pero pude observar que Niles Thompson no se reía. Parecía enfadado.

—Pobre niña. ¿Cómo te llamas? —preguntó, y yo se lo dije. Volvió la cabeza con rapidez y miró a Emily.

—¿No es tu hermana? —preguntó.

—Le dije que regresara a casa cuando se cayó, señorita Walker —dijo Emily con dulzura—. Le dije que tendría que empezar las clases mañana.

—No quiero esperar hasta mañana —exclamé—. Hoy es el primer día de clase.

—Bueno, chicos —dijo la señorita Walker, asintiendo con la cabeza—, espero que todos adoptéis la misma actitud. Emily —añadió— vigila la clase mientras me ocupo de Lillian.

Sonrió y me cogió de la mano. A continuación me condujo a la parte posterior del edificio, donde había un lavabo. Me entregó unas toallas y dijo que me limpiara lo mejor posible.

—Tienes el vestido bastante mojado todavía —dijo—. Intenta secarlo lo mejor posible.

—He perdido mi nueva libreta y las plumas y lápices, y el bocadillo está empapado —gemí.

—Yo tengo lo que necesitas y hoy puedes compartir mi almuerzo —prometió la señorita Walker—. Cuando hayas terminado, vuelve a la clase con tus compañeros.

Me tragué las restantes lágrimas y seguí las instrucciones de la señorita Walker. Cuando regresé, todas las miradas estaban puestas en mí, pero esta vez, nadie se rió, ni siquiera sonrieron. Bueno, quizá Niles Thompson esbozó una sonrisa. Pareció hacerlo, aunque iba a pasar algún tiempo antes de que lograra discernir cuándo Niles estaba contento y cuándo no.

Tal como fueron las cosas puedo decir que mi primer día de colegio estuvo bien. La señorita Walker me hizo sentir muy especial, especialmente cuando me dio uno de sus bocadillos. Emily puso mala cara y se mostró triste la mayor parte del día, evitándome, hasta que llegó la hora de regresar a casa. Entonces, bajo la mirada de la señorita Walker, me cogió de la mano y se marchó conmigo. Cuando estábamos a una cierta distancia de la escuela, me soltó.

Las gemelas Thompson y Niles nos acompañaron dos tercios del camino. Las gemelas y Emily iban delante y Niles y yo quedamos rezagados. Él no me dijo gran cosa. Años después le recordaría que, cuando abrió la boca, fue para contarme cómo había escalado el cedro delante de su casa el día anterior. Yo me quedé razonablemente sorprendida porque recordaba lo alto que era el árbol. Cuando nos separamos en la entrada de la casa de los Thompson, murmuró un rápido adiós y se alejó a toda prisa.

Emily me observó fijamente y continuó caminando a la misma velocidad. A medio camino del sendero que conducía a casa, se detuvo y se giró.

—¿Por qué no regresaste a casa en vez de conseguir que hiciéramos el ridículo en la escuela? —exigió saber.

—No hemos hecho el ridículo.

—Sí, sí que lo hemos hecho. Gracias a ti, mis amigos también se ríen de mí. —Me clavó la mirada entrecerrando los ojos, enfadada—. Y ni siquiera eres mi hermana de verdad —añadió.

Al principio las palabras parecieron muy extrañas, como si hubiera dicho que los cerdos sabían volar. Creo que incluso estuve a punto de echarme a reír, pero lo que dijo a continuación me detuvo en seco. Dio un paso adelante y con un fuerte susurro repitió la afirmación.

—Sí que lo soy —dije.

—No, no lo eres. Tu verdadera madre era la hermana de mamá y murió al dar a luz. Si tú no hubieras nacido, ella seguiría viva y no habríamos tenido que adoptarte. Eres como una maldición —dijo, provocando—. Igual que Caín en la Biblia. Nadie te querrá jamás. Tendrán miedo. Ya verás —amenazó, y a continuación se dio media vuelta y se alejó.

Yo continué caminando lentamente, detrás de ella, intentando encontrar un sentido a las palabras que había dicho.

Mamá me esperaba en el salón cuando entré en casa. Se puso de pie para saludarme. En cuanto vio el vestido y los zapatos manchados, soltó un grito, las manos agitándose y aferrándose a la garganta como si fuera un pajarito asustado.

—¿Qué te ha pasado? —preguntó, profundamente dolida.

—Me caí en un charco esta mañana cuando iba al colegio, mamá.

—Pobre niña. —Extendió los brazos y yo corrí hacia ella, corrí a su abrazo y a sus reconfortantes besos. Me llevó arriba y yo me quité el vestido y los zapatos—. Tienes barro en el cuello y el cabello. Tendrás que bañarte. Emily no me ha dicho nada de lo que te ha pasado. Entró en casa como de costumbre y se fue directamente a su habitación. Voy a tener que aclarar un par de cosas con ella. Mientras tanto, báñate —dijo mamá.

—Mamá —la llamé al dirigirse ella a la puerta. Se volvió.

—¿Qué pasa?

—Emily me ha dicho que no soy su hermana; me ha dicho que tu hermana es mi verdadera madre y que murió al nacer yo —le dije, y esperé, conteniendo la respiración, anticipando la negación y las risas de mamá al oír tan fantástica historia. Pero en vez de ello, pareció preocupada y confusa.

—Santo cielo —dijo mamá—. Me prometió...

—¿Prometió qué, mamá?

—Me prometió que no te lo contaría hasta que fueras mucho, mucho mayor. Santo cielo —dijo mamá. Su cara se retorció en una mueca de disgusto e irritación—. El capitán también se va a enfurecer con ella —añadió—. Te aseguro que esa niña tiene una vena de maldad que nunca sabré de dónde procede.

—Pero, mamá, me ha dicho que no soy su hermana.

—Ya te lo contaré, cariño —me prometió mamá—. No llores.

—Pero, mamá, ¿significa eso que Eugenia tampoco es mi hermana?

Mamá se mordió el labio inferior y pareció estar a punto de echarse a llorar ella también.

—Vuelvo enseguida —dijo, y se alejó a toda prisa. Yo me desplomé sobre la cama y me la quedé mirando.

¿Qué significaba todo esto? ¿Cómo podía ser que mamá y papá no fueran mi mamá y mi papá y que Eugenia no fuera mi hermana?

Se suponía que este día iba a ser uno de los más felices de mi vida..., el día que empezaba la escuela... Pero en aquel momento, me pareció el día más espantoso de mi vida.

NO SE PUEDE NEGAR LA VERDAD

Cuando mamá regresó a hablar conmigo, yo estaba acurrucada en la cama con la manta cubriéndome hasta la barbilla. Poco
después de que ella saliera, un terrible frío se apoderó de mí y los
dientes no me dejaban de tiritar. Incluso bien envuelta en la manta, no podía dejar de temblar. Tenía la sensación de haberme vuelto a caer en aquel helado charco.

—Pobre niña —se lamentó mamá y corrió a mi lado. Pensó
que me había ido a la cama a causa de las barbaridades que se
habían dicho. Me apartó los mechones de pelo que habían caído
sobre mi frente a la vez que me besaba las mejillas. En cuanto lo
hizo, se incorporó de inmediato—. Estás ardiendo —dijo.

—No, no lo estoy, mamá. Tengo fr... fr... frío —le dije, pero
ella negó con la cabeza.

—Debiste enfriarte después de caer en aquel charco y pasear
todo el día con el vestido húmedo. Ahora tienes una fiebre terrible. La profesora debería haberte mandado a casa directamente.

—No, mamá. Me sequé el vestido y la señorita Walker me dio
la mitad de su bocadillo —dije. Mamá me miró como si estuviera
delirando y negó con la cabeza. A continuación colocó la palma
de la mano sobre mi frente y contuvo la respiración.

—Estás ardiendo. Tengo que llamar al doctor Cory —decidió, y salió corriendo en busca de Henry.

Desde que Eugenia nació con una lesión de pulmón, la menor señal de enfermedad en mí, Emily o papá desataba una tormenta de preocupación en mamá. Paseaba de un lado a otro retorciéndose las manos. Su rostro palidecía a causa del pánico, y sus ojos se inundaban de ansiedad. Al viejo doctor Cory lo habían llamado tantas veces que papá solía decir que su caballo sería capaz de hacer el viaje con los ojos vendados. En algunas ocasiones, mamá estaba tan frenética, que insistía en que Henry lo trajera de inmediato en nuestro carruaje para no tener que esperar a que enganchara sus propios caballos.

El doctor Cory vivía en el lado norte de Upland Station, en una casa pequeña. Era un septentrional a quien su familia había traído al sur cuando tan sólo contaba seis años. Papá lo llamaba un «yankee converso». El doctor Cory fue uno de los primeros residentes de Upland Station en tener teléfono, pero nosotros seguíamos sin disponer de él. Papá decía que si metía uno de aquellos aparatos de cotilleo en casa, mamá se pasaría el día pegado a él, y que ya había suficiente con lo que cacareaba con las otras gallinas una vez por semana.

El doctor Cory era un hombre diminuto cuyo cabello rojizo estaba salpicado de canas, y cuyos ojos en forma de almendra transmitían permanentemente simpatía y juventud, lo cual me tranquilizaba mucho desde el momento en que posaba sobre mí su mirada estudiosa y atenta. Llevaba siempre algo dulce en su gastada cartera de cuero marrón. A veces era un chupa-chups, a veces un palo de caramelo.

Mientras esperábamos que llegara, mamá le pidió a una de las doncellas que me trajera otra manta. El peso y el calor de la manta me alivió. Louella subió un poco de té dulce y mamá me lo dio a cucharaditas. Me resultó difícil tragar y aquello la puso aún más nerviosa.

—Cielos, cielos —gemía—. Mira que si es escarlatina o tétanos o anginas —se quejaba, iniciando su letanía de posibles enfermedades. Recitaba todos los males que recordaba del diccionario de medicina. Tenía las mejillas blancas y el cuello enrojecido. Cuando estaba así de preocupada, a mamá le salía un sarpullido en la piel.

—No parece ni escarlatina ni tétanos —dijo Louella—. Mi hermana murió de escarlatina y conocí una vez a un herrero que falleció de tétanos.

—Oooh —gimió mamá. Paseaba de la ventana a la puerta y de nuevo a la ventana esperando la llegada del doctor Cory—. Le dije al capitán que ya era hora de tener un teléfono. Puede llegar a ser el hombre más tozudo del mundo.

Continuó hablando, intentando ocultar su preocupación. Finalmente, tras lo que pareció una espera interminable, llegó el doctor Cory y Louella bajó a abrirle la puerta. Mamá contuvo la respiración, y cuando entró el doctor en la habitación, señaló mi presencia allí, acurrucada encima de la cama.

—Vamos, no vayas a ponerte enferma de preocupación, Georgia —le advirtió con firmeza.

El médico se sentó al borde de la cama y me sonrió.

—¿Cómo estás, Lillian? —preguntó.

—Sigo teniendo frío —me quejé.

—Ya entiendo. Vamos a curarte. —Abrió la cartera y sacó un estetoscopio. Me imaginé el gélido metal sobre mi piel cuando me pidió que me incorporara y me subiera el camisón, de modo que me encogí antes de que pudiera tocarme. Él se echó a reír y sopló sobre el estetoscopio antes de colocarlo sobre mi espalda. A continuación me pidió que respirara profundamente. Me lo puso sobre el pecho y yo hice lo mismo, respirando tan profundamente como pude.

Me tomaron la temperatura; tuve que abrir la boca y decir «Ahhh», y a continuación me miró el oído. Mientras me examinaba, mamá no dejaba de explicarle de forma dramática lo que me había ocurrido camino del colegio.

—¿Quién sabe lo que había en aquel charco? Puede que estuviera lleno de gérmenes —se quejaba.

Finalmente, el doctor Cory metió la mano en su cartera y extrajo un caramelo.

—Esto te aliviará la garganta —dijo.

—¿Qué es? ¿Qué le ocurre, doctor? —exigió saber mamá cuando el hombre se levantó, lenta y tranquilamente, y volvió a meter sus cosas en la cartera.

—Tiene un poco de inflamación, un poco de infección. Nada serio, Georgia, créeme. Siempre se producen estas enfermedades cuando hay un cambio de estación. Le recetaré aspirinas y sulfuro. Con un buen descanso y té caliente, estará como nueva dentro de un día o dos —prometió el doctor Cory.

—¡Pero tengo que ir al colegio! —exclamé—. Acabo de empezar hoy.

—Me temo que tendrás que tomarte unas pequeñas vacaciones, querida —dijo el doctor Cory. Si antes creía encontrarme mal, no era nada comparable a como me encontraba ahora. Perderme el colegio, la primera semana, el segundo día. ¿Qué pensaría de mí la señorita Walker?

No pude evitarlo; me eché a llorar. Ahora esto, además de todas las odiosas palabras que me había dicho Emily y que mamá no había negado. Me pareció demasiado para poder soportarlo.

—Vamos, vamos —dijo el doctor Cory—. Si haces eso te pondrás más enferma y tardarás más en volver a la escuela.

Sus palabras consiguieron poner fin a mis sollozos, a pesar de que mi cuerpo no dejaba de tiritar. Le dio a mamá las pastillas que debía tomar y se marchó. Ella le siguió, queriendo que la tranquilizara y le volviera a repetir que mi condición no era seria. Les oí hablar en el pasillo y, finalmente, pude escuchar los pasos del doctor Cory, que se alejaban. Cerré los ojos, y sentí que las lágrimas me los quemaban. Mamá volvió con la medicina. Después de tomármela, me recosté sobre la almohada y dormí.

Dormí mucho tiempo porque cuando desperté, vi que afuera estaba oscuro. Mamá había dejado una pequeña lámpara de petróleo encendida en mi dormitorio y había ordenado a una de las doncellas, Tottie, que me vigilara; pero ella se quedó dormida en la silla. Me sentía un poco mejor, ya no tenía escalofríos, aunque sí la garganta irritada y seca. Gemí, y los ojos de Tottie se abrieron como platos.

—¿Está despierta, señorita Lillian? ¿Cómo se encuentra?

—Quiero beber algo, por favor, Tottie —dije.

—Enseguida. Iré a avisar a la señora Booth —dijo y se alejó apresuradamente. Casi de inmediato, mamá entró por la puerta dando grandes zancadas. Subió la intensidad de la luz y posó su mano sobre mi frente.

—Está mejor —declaró, y emitió un largo y contenido suspiro de preocupación.

—Tengo mucha sed, mamá.

—Louella viene enseguida con té dulce y unas tostadas con mermelada, cariño —dijo y se sentó al borde de la cama.

—Mamá, no me gusta nada quedarme sin colegio mañana. No es justo.

—Ya lo sé, cariño, pero no puedes ir si estás enferma, ¿verdad? Te pondrás peor.

Abrí y cerré los ojos mientras mamá intentaba arreglarme la cama y ahuecar las almohadas. Cuando Louella llegó con la bandeja, lo arreglaron para que pudiera incorporarme. Mamá se quedó a mi lado mientras sorbía el té y mordisqueaba las tostadas.

—Mamá —dije, recordando ahora lo que me había hecho sentir tan mal—, ¿qué quería decir Emily con eso de que no soy su hermana? ¿Qué ibas a contarme?

Mamá suspiró profundamente como hacía siempre que formulábamos demasiadas preguntas. A continuación agitó la cabeza y se abanicó con el pañuelo de encaje que guardaba en la manga derecha de su vestido.

—Emily hizo una cosa muy mala, una cosa muy mala cuando te dijo aquello. El capitán también está furioso y la hemos mandado a su cuarto —dijo mamá, pero eso no me pareció un gran castigo para Emily. Le gustaba más estar en su habitación que con la familia.

—¿Por qué fue una cosa mala, mamá? —pregunté, todavía confusa.

—Fue una cosa mala porque Emily debería tener más sentido común. Es mayor que tú y era lo bastante mayor en aquella época como para enterarse de lo ocurrido. Ya en aquel momento, el capitán la sentó y dejó bien claro lo importante que era no decirte nada hasta que tuvieras edad suficiente para comprender. Aunque Emily sólo era un poco más joven entonces de lo que tú eres ahora, sabíamos que comprendía perfectamente lo importante que era mantener un secreto.

—¿Qué secreto? —pregunté en un susurro, más intrigada que nunca por lo que mamá me decía. Henry solía decir que los hogares y las familias del sur tenían armarios llenos de secretos.

—Podrías abrir la puerta de un armario cerrado durante años y caerían un montón de cadáveres. —Nunca supe exactamente a lo que se refería, pero para mí no había nada más delicioso que una historia de misterio o de fantasmas.

De mala gana, con las manos sobre el regazo y sus bellos ojos azules llenos de dolor, mamá respiró profundamente y empezó su relato.

—Como bien sabes, yo tenía una hermana pequeña llamada Violet. Era muy guapa y delicada... tan delicada como una violeta. Tan sólo tenía que permanecer unos minutos al sol del atardecer y su transparente tez blanca enrojecía. Tenía tus mismos ojos y tu nariz chata. De hecho, sus rasgos eran un poco mayores que los de Eugenia. Mi papá solía llamarla su pequeña negrita, pero mamá se enfadaba cuando lo decía.

»En cualquier caso, cuando tenía poco más de dieciséis años, un chico muy guapo, el hijo de uno de nuestros vecinos más cercanos, empezó a hacerle la corte. Se llamaba Aaron y todos decían que besaba el suelo que Violet pisaba, y ella también estaba enamorada de él. A la gente le parecía un romance de ensueño como los que se describen en los libros, tan dulce y fascinante como Romeo y Julieta, pero desafortunadamente, igualmente trágico.

»Aaron le pidió permiso a mi padre para casarse con Violet, pero mi padre era muy posesivo cuando se trataba de su hija preferida. Continuamente prometía pensarlo en serio, pero aplazó la decisión todo lo posible.

»Ahora —dijo mamá con tristeza, suspirando y frotándose los ojos con el pañuelo de encaje—, cuando pienso en lo que ocurrió, comprendo mejor la posición de papá, era como si adivinara el futuro y quisiera proteger a Violet de la tristeza y la catástrofe el mayor tiempo posible. Pero —añadió mamá— en aquellos tiempos era aún más difícil hacer cualquier cosa que no fuera casarse. Aquél era el destino de Violet, igual que el mío... ser cortejada y casarse con un hombre de buena posición, un hombre con propiedades y respetable.

»De modo que papá finalmente cedió y Violet y Aaron se casaron. Fue una boda preciosa. Violet parecía una novia adolescente, no aparentaba tener más de doce años. Todo el mundo lo comentó.

»Poco después, se quedó embarazada. —Mamá se rió—. Recuerdo que incluso cuando estaba de cinco meses casi no se notaba. —La sonrisa de mamá se evaporó—. Pero, cuando apenas cumplió el sexto mes, sufrió una gran tragedia. Su joven esposo Aaron cayó del caballo durante una tormenta y dio con la cabeza sobre una roca. Murió instantáneamente —dijo mamá, con voz quebrada. Tragó saliva antes de continuar.

»Violet quedó destrozada. Se marchitó rápidamente, como una flor sin sol, ya que su amor constituía su rayo de sol; era lo que iluminaba su mundo y lo llenaba de ilusión. Para entonces, papá también había fallecido, de modo que se sentía muy sola. Fue muy doloroso verla decaer; su precioso cabello perdió todo el resplandor, sus ojos estaban siempre sombríos, su tez estaba pálida y enfermiza y dejó de preocuparse por la ropa que llevaba.

»Las mujeres embarazadas —dijo mamá— normalmente presentan el aspecto más saludable de su vida. Si el embarazo va bien, es como si el bebé enriqueciera el cuerpo. ¿Lo comprendes, Lillian?

Asentí, aunque no lo entendía demasiado bien. La mayoría de mujeres embarazadas que yo había visto me parecían estar gordas e incómodas, quejándose al sentarse, quejándose al ponerse de pie y sosteniéndose siempre la barriga como si el bebé estuviera a punto de caerse. Mamá sonrió y me acarició el cabello.

—En cualquier caso, debilitada por la tragedia, apabullada por la tristeza, la pobre Violet no se puso ni más fuerte ni más sana. Llevaba el embarazo como una carga y se pasaba muchas horas del día lamentando su amor perdido.

»El bebé, sintiendo la tristeza en el cuerpo, decidió nacer antes de tiempo. Una noche, Violet fue presa de grandes dolores y el médico corrió a su lado. La lucha por dar a luz pareció infinita. Duró toda la noche y buena parte de la mañana. Yo estaba a su lado, cogiéndole la mano, secándole la frente, tranquilizándola como buenamente podía; pero el esfuerzo fue excesivo.

»A finales de la mañana siguiente, naciste tú, Lillian. Eras un bebé precioso, con los rasgos bien definidos, unos rasgos maravillosos. Todo el mundo te admiró, y todos desearon que tu nacimiento restableciera la delicada salud de Violet y que le diera una razón para vivir, pero ¡ay de mí! ya era demasiado tarde.

»Poco después de que tú nacieras, el corazón de Violet dejó de latir. Era como si hubiera permanecido con vida el tiempo suficiente para que nacieras, para que el hijo de ella y Aaron viera la luz del día. Murió mientras dormía, con una suave y tierna sonrisa en la cara. Yo estaba segura de que Aaron la esperaba al otro lado, con la mano extendida, los brazos dispuestos a abrazar su alma y unirla a la de él.

»Mamá estaba demasiado vieja y enferma para cuidar de un bebé, de modo que yo te traje a The Meadows. El capitán y yo decidimos educarte como si fueras nuestra. Emily tenía entonces cuatro años y algunos meses, de modo que supo que habíamos traído a casa al bebé de mi hermana, pero le hablamos de ti y dejamos muy claro que debía ser un secreto. Queríamos que tuvieras una infancia maravillosa y que te sintieras parte de la familia. Queríamos protegerte de la tragedia y la tristeza el mayor tiempo posible.

»Oh, Lillian, querida —dijo mamá, abrazándome—, debes considerarnos siempre como tu padre y tu madre y no como tíos, ya que te queremos tanto como a nuestras dos hijas. ¿Nos considerarás así? ¿Siempre?

No sabía de qué otra forma considerarles, de modo que asentí, pero en el fondo de mi corazón noté un terrible dolor, un dolor profundo y frío que sabía no iba a desaparecer. Quedaría allí para siempre, recordándome continuamente que era huérfana y que dos personas que me hubieran amado y querido tanto como se amaban y querían habían desaparecido de mi vida antes de tener la oportunidad de conocerles. No podía evitar el sentir curiosidad.

Había visto fotografías de Violet y sabía dónde había más, pero nunca las había observado con tanto interés como en este momento. Hasta este instante, sólo había sido un rostro, un relato triste, alguna oscura parte de nuestra historia que mejor sería no recordar ni discutir. Intuí que me surgirían miles de preguntas acerca de ella y de un joven llamado Aaron, y era lo bastante inteligente como para saber que cada pregunta que hiciera le resultaría muy dolorosa a mamá, y que ella de mala gana extraería las respuestas del fondo de su memoria.

—No debes preocuparte por todo esto —dijo mamá—. Nada cambiará. ¿De acuerdo?

Cuando ahora recuerdo aquellos días, me doy cuenta de lo inocente que mamá era entonces. ¿Nada cambiaría? El lazo invisible del amor que nos unía se había roto. Sí, ella y papá serían mis padres legales, y sí, yo seguiría llamándoles así, pero el saber que no lo eran me producía una profunda sensación de soledad.

A partir de aquel día, con frecuencia me iba a la cama sintiéndome desgraciada, sintiendo una corriente oculta que me estiraba de los pies hasta perder el equilibrio, como alguien a punto de ahogarse. Me quedaba mirando fijamente la oscuridad y oía a mamá decirme una y otra vez que pertenecía a aquel lugar. ¿Pero era eso cierto? ¿O había sido un cruel destino el que me había llevado hasta allí? Qué triste se pondría Eugenia cuando se enterara, pensé, y en aquel mismo momento decidí que yo se lo contaría. Lo haría en cuanto estuviera completamente segura de que era lo bastante mayor como para entenderlo.

Comprendí lo importante que era para mamá que yo fingiera que todo aquello no importaba realmente, de modo que sonreí después de que me contara el secreto de la familia, tratando de que todo siguiera igual.

—Sí, mamá, nada cambiará.

—Bien. Ahora tienes que hacer un esfuerzo por curarte y no pensar en cosas desagradables —me ordenó—. Dentro de un ratito te daré la medicina y puedes volver a dormirte. Estoy segura de que por la mañana te encontrarás mucho mejor. —Me besó en la mejilla y se puso de pie—. Nunca podría considerarte otra cosa que hija mía —me prometió.

Me dedicó su sonrisa más reconfortante y me dejó sola, intentando descifrar todo lo que me había contado.

Por la mañana llegué a sentirme mucho mejor. Ya no tenía escalofríos y mi garganta no estaba tan irritada. Pude ver que iba a ser un día precioso con pequeñas nubes blancas que parecían pegadas al profundo cielo azul, y me lamenté de tener que pasármelo en casa. Me encontraba tan bien que quise levantarme e ir al colegio, pero mamá apareció a primera hora para asegurarse de que me tomaba la medicina y me bebía el té. Insistió en que me quedara bien abrigada en la cama. No hizo caso alguno de mis protestas. No paraba de explicar historias acerca de niños que no habían querido hacer caso y que habían recaído hasta acabar en el hospital.

En cuanto se marchó, se abrió lentamente la puerta. Me volví, y pude ver a Emily, de pie, mirándome con ojos llenos de furia.

De pronto, sin embargo, sonrió, una sonrisa fría que le estrechó los labios y que me hizo estremecer.

—Ya sabes por qué estás enferma —dijo—. Es un castigo.

—No es verdad —contesté sin tan siquiera preguntarle por qué me estaban castigando. Mantuvo la sonrisa.

—Sí, es un castigo. Tuviste que acusarme ante mamá por lo que te dije. Has causado más problemas en la familia. La cena fue muy desagradable. Mamá estuvo gimiendo todo el rato y papá se mostró irritado con nosotras dos. Y todo eso por culpa tuya. Eres igual que Jonás.

—No es verdad —protesté. A pesar de no saber exactamente quién era Jonás, supe, por la forma en que lo decía Emily, que no era una persona de fiar.

—Sí que lo eres. Le has traído mala suerte a esta familia desde el día en que naciste. Una semana después de tu llegada, al padre de Tottie le atropelló una carreta de heno y acabó con el pecho aplastado, y después se incendió el granero y perdimos las vacas y los caballos. Eres una maldición —espetó. Yo negué con la cabeza, las lágrimas cálidas e imparables. Entró unos pasos en mi habitación, y sus ojos se posaron en mí con tanto odio que me acurruqué en la cama y me tapé con la manta hasta la barbilla.

»Y después, cuando nació Eugenia, tuviste que entrar a mirarla. Tuviste que ser la primera, antes que yo, y ¿qué ocurrió?

Eugenia ha estado enferma desde entonces. También a ella le echaste una maldición —espetó.

—¡No es verdad! —contesté chillando. Que me culpara por la enfermedad de mi hermana ya era demasiado. Nada me resultaba más doloroso que ver a Eugenia esforzándose por respirar, ver lo mucho que se cansaba tras un corto paseo, ver los esfuerzos que hacía por jugar y por hacer todas las cosas que hacían las niñas de su edad. Nada me rompía más el corazón que verla mirar por la ventana, deseando salir y correr por los prados, para reír y perseguir a los pájaros y las ardillas. Yo estaba con ella todo el tiempo posible, entreteniéndola, haciéndola reír, ayudándola a hacer cosas que no podía realizar ella sola, mientras Emily no se molestaba en hablar con ella ni mostraba la más mínima preocupación.

—Eugenia no va a vivir mucho tiempo, pero tú sí —se mofó Emily—. Y todo por tu culpa.

—¡Basta! ¡Deja de decir barbaridades! —chillé, pero ni se inmutó ni retrocedió medio centímetro.

—No tendrías que haberme acusado —contestó tranquilamente, demostrando que aquélla era la única razón de su enfado—. No deberías haber puesto a papá en mi contra.

—No lo hice —dije, negando con la cabeza—. No he visto a papá desde que regresé del colegio —añadí, y mis sollozos fueron aún más intensos. Emily me observó asqueada durante unos segundos y a continuación sonrió.

—Rezo —dijo—, rezo cada día para que Dios nos libre de la maldición de Jonás. Algún día oirá mis oraciones —prometió, mirando al techo, los ojos cerrados, los brazos caídos, y las manos apretadas en pequeños puños— y caerás por la borda y te tragará una ballena, al igual que Jonás en la Biblia.

Hizo una pequeña pausa, inclinó la cabeza y se echó a reír antes de dar media vuelta y abandonar mi habitación dejándome inquieta y temblorosa.

Durante toda la mañana pensé en las cosas que me había dicho Emily y me pregunté si serían verdad. La mayoría de nuestros sirvientes, Louella y Henry, creía en la buena y la mala suerte. Existían los amuletos y las señales del mal; también existían actos concretos para evitar la mala suerte. Recuerdo a Henry riñendo a un hombre que, mientras esperaba algo que hacer en el granero, se dedicaba a matar arañas.

—Nos vas a traer la desgracia —le acusó Henry. Me ordenó que le pidiera sal a Louella. Cuando regresé con la sal, hizo que el hombre diera tres vueltas y le tiró la sal por encima del hombro derecho. Aun así, dijo que no le parecía bastante porque habían muerto demasiadas arañas.

Si a Louella se le caía un cuchillo en la cocina, se echaba prácticamente a llorar porque significaba que alguien estaba a punto de morir. Se persignaba al menos una docena de veces y murmuraba todas las oraciones posibles en un minuto, con la esperanza de que desapareciera el mal.

Henry era capaz de leer el vuelo de un pájaro o interpretar el ululato de un búho y saber si alguien iba a dar a luz a un bebé muerto o caer en un coma inexplicable. Para ahuyentar los malos espíritus, clavaba herraduras sobre todas las puertas que le permitía papá, y si un cerdo o una vaca parían una cría con deformaciones, se pasaba buena parte del día temiendo un inminente desastre.

Las supersticiones, la mala suerte, las maldiciones, todo ello formaba parte del mundo en el que vivíamos. Emily conocía bien mis temores cuando me dijo con tanto odio que era causa de mala suerte para toda la familia. Ahora que sabía que mi nacimiento había significado la muerte de mi verdadera madre, no podía evitar el pensar que Emily tenía razón. Mi única esperanza era que Henry conociera la forma de contrarrestar las maldiciones que pudieran caer sobre la familia por mi culpa.

Mamá me encontró llorando cuando volvió más tarde. Comprensiblemente, pensó que se debía a no poder ir a la escuela. Yo no quería contarle lo de la visita de Emily porque se enfadaría y habría más problemas, problemas por los que más tarde Emily me culparía a mí. Por tanto me tomé la medicina y dormí esperando que la enfermedad me librara de aquella situación.

Cuando Emily volvió del colegio al final del día, se detuvo en mi habitación y metió la cabeza por la puerta.

—¿Cómo está la princesita? —le preguntó a mamá que estaba sentada a mi lado.

—Mucho mejor —contestó mamá—. ¿Le has traído los deberes?

—No. La señorita Walker dice que no puede mandar deberes a casa. Hay que hacerlo todo en la escuela —afirmó Emily—. El resto de alumnos ha aprendido mucho hoy —añadió, y se marchó airosa.

—No te preocupes, querida —dijo rápidamente mamá—. Recuperarás el tiempo perdido. —Antes de que pudiera protestar, mamá cambió a otro tema de conversación—. Eugenia está muy triste por tu enfermedad y desea que te repongas muy pronto.

En vez de sentirme mejor, aquello me puso mucho peor. Eugenia, que debía guardar cama la mayor parte de los días, se estaba preocupando por mí. Si yo tenía algo que ver con lo que le había ocurrido a mi hermana pequeña, sería justo que Dios me castigara. Cuando se marchó mamá hundí la cara en la almohada y ahogué mis lágrimas. Por primera vez me pregunté si papá también me culpaba por la enfermedad de Eugenia. Estaba segura de que él había aconsejado a Emily leer el pasaje de la Biblia referente a Jonás.

Papá no pasó a verme en ningún momento mientras estuve enferma, pero eso se debía a que el cuidado de niños enfermos se consideraba única y exclusivamente tarea de mujeres. Además, me dije para consolarme, siempre estaba muy ocupado en los quehaceres de la plantación. Si no estaba enclaustrado en su despacho estudiando los libros, supervisaba el trabajo o visitaba los potenciales mercados para nuestro tabaco. Mamá se quejaba de los frecuentes viajes que hacía a Lynchburg o Richmond porque decía que allí jugaba a cartas por dinero. En más de una ocasión les oí pelearse por ello.

El carácter de papá era más bien iracundo, y si se producía una discusión como aquélla, generalmente acababa lanzando algún objeto contra la pared o daba un portazo. Mamá solía aparecer con el rostro surcado de lágrimas. Afortunadamente, estas peleas no eran frecuentes. Llegaban como las tormentas de verano, tremendas durante un corto lapso de tiempo, desapareciendo rápidamente.

Tres días después de caer enferma, se decidió que ya estaba

casi recuperada y que podía volver al colegio. No obstante, mamá insistió en que, por una vez al menos, Henry nos llevase en el carruaje. A Emily no le gustó nada la idea cuando mamá la anunció a la hora de cenar la noche anterior.

—Cuando yo estuve enferma nadie me llevó al colegio en carruaje —protestó.

—Tu recuperación fue más larga —contestó mamá—. Y no fue preciso el carruaje, querida Emily.

—Sí que lo necesitaba. Estaba cansadísima cuando llegué, pero no me quejé. No lloré como un bebé —insistió, mirándome fijamente desde el otro lado de la mesa. Papá cerró de golpe el periódico. Estábamos esperando el postre y el café. Miró por encima del diario y le dedicó a Emily una mirada reprobatoria, que era algo por lo que después me echaría la culpa a mí.

—Puedo ir caminando, mamá —dije.

—Claro que sí, cariño, pero no tiene sentido arriesgarse a sufrir una recaída sólo por no usar los caballos un par de kilómetros, ¿verdad?

—Pues yo no pienso ir en carruaje —dijo Emily en tono desafiante—. Yo no soy un bebé.

—Deja que vaya andando —sentenció papá—. Si es eso lo que quiere.

—Oh, Emily, puedes llegar a ser tan terca como una mula —exclamó mamá. Emily no respondió, y al día siguiente cumplió su palabra. Salió un poco antes y caminó lo más rápidamente posible. Cuando Henry llegó a la puerta de casa con el carruaje, Emily ya había recorrido buena parte del sendero. Me senté al lado de Henry y partimos mientras mamá nos daba sus consejos.

—No te desabroches el jersey, Lillian, cariño, y no te quedes demasiado tiempo fuera a la hora del recreo.

—Sí, mamá —contesté chillando. Henry azuzó a *Belle* y *Babe*. Minutos después, vimos a Emily caminando, cabizbaja, con su largo y delgado cuerpo inclinado para poder caminar vigorosa y rápidamente. Cuando llegamos a su altura, Henry le preguntó:

—¿Quiere subir ahora, señorita Emily?

Ella no contestó; ni siquiera nos miró. Henry asintió y continuamos.

—Una vez conocí a una mujer tan obstinada como ella —dijo—. Nadie quería casarse con ella hasta que llegó el hombre que apostó por doblegar su terquedad. La cuestión es: se casa con ella y salen de la iglesia con el carro estirado por una mula tozuda, que era propiedad de la novia. La mula se para por completo una vez. El hombre se baja, situándose delante del animal y dice: «Una vez.» A continuación vuelve a subirse al carro y continúan hasta que la mula vuelve a detenerse. Se baja y dice: «Dos veces.» Siguen su camino hasta que la mula se detiene una tercera vez. En esta ocasión se baja y mata a la mula de un disparo. La mujer se pone a chillar como una histérica diciendo que ahora serán ellos quienes tengan que trasladar todas las pertenencias. Cuando deja de gritar, el marido la mira directamente a los ojos y dice: «Una vez.»

Henry se rió a carcajadas de su propia historia. A continuación se inclinó hacia mí y dijo:

—Ya me gustaría que viniera alguien y le dijera a la señorita Emily, «una vez».

Yo sonreí, aunque no estaba totalmente segura de haber comprendido la historia y su significado. Henry parecía disponer de una anécdota para cualquier ocasión.

La señorita Walker se alegró de verme. Me sentó en las primeras filas de la clase y durante todo el día me ayudó a recuperar el tiempo perdido y ponerme al día. Al final de la jornada me dijo que ya había dado las lecciones anteriores. Era como si no me hubiera perdido nada. Emily la oyó, pero apartó la vista.

Henry esperaba a la puerta del colegio con el carruaje listo para llevarnos a casa. Esta vez, tanto si se había dado cuenta de lo inútil de su tozudez o no, Emily también subió. Yo me senté delante y mientras nos poníamos en marcha vi una sábana en el suelo del carruaje que tenía una pequeña joroba, y que la joroba se movía.

—¿Qué es eso, Henry? —pregunté, un poco asustada. Emily miró por encima de mi hombro.

—Es un regalo para vosotras —dijo, y se inclinó para levantar la sábana y mostrarnos un gatito blanco que jamás había visto.

—Oh, Henry. ¿Es un gatito niño o niña? —pregunté, colocándolo en mi regazo.

—Una niña —contestó Henry—. Su mamá ya no puede cuidar de ella. Ahora es huérfana.

La gatita me miró con ojos asustados hasta que yo la abracé y acaricié.

—¿Qué nombre le pongo?

—Llámala *Algodón* —me sugirió—. De hecho se parece mucho al algodón cuando duerme y esconde la cabeza entre las patas.

Henry tenía razón. Durante todo el trayecto de regreso a casa, *Algodón* durmió sobre mi regazo.

—No puedes tenerlo en casa —dijo Emily al entrar en el camino—. Papá no quiere animales en las habitaciones.

—Encontraremos un lugar para ella en el granero —prometió Henry, pero cuando llegamos a casa mamá estaba de pie en la entrada para ver cómo me encontraba y yo no pude esperar a enseñarle el gatito.

—Estoy bien, mamá. No estoy cansada ni nada, y mira —dije, sosteniendo en alto a *Algodón*—. Henry me ha hecho un regalo. Es una gatita y le hemos dado el nombre de *Algodón*.

—Oh, es tan pequeña —dijo mamá—. Qué adorable.

—Mamá —dije, bajando la voz—, ¿podría guardar a *Algodón* en mi habitación? Por favor... No la dejaré salir de allí. Le daré de comer, la tendré limpia y...

—Oh, no lo sé, cariño. El capitán ni siquiera deja que sus perros de caza se acerquen al porche.

Bajé los ojos, triste. ¿Cómo podía alguien no querer una cosa tan bonita y suave como *Algodón* en su casa?

—Es sólo un bebé, mamá —le rogué—. Henry me ha dicho que su madre ya no la cuida. Ahora es huérfana —añadí. Los ojos de mamá se inundaron de tristeza.

—Bueno... —dijo—, lo has pasado muy mal esta semana. Quizá, sólo durante un tiempo.

—¡No puede ser! —protestó Emily. Se había rezagado, esperando la reacción de mamá—. A papá no le gustará.

—Yo hablaré con tu padre de esto, no os preocupéis, chicas.

—No quiero ese gatito en casa —dijo Emily enfadada—. No

es mío, es de ella. Él se lo dio a ella —espetó y cruzó la puerta dando grandes zancadas.

—No dejes que el gatito salga de tu cuarto —me avisó mamá.

—¿Puedo enseñárselo a Eugenia, mamá? ¿Puedo?

—Sí, pero después llévatelo a tu cuarto.

—Te traeré una caja y un poco de arena —dijo Henry.

—Gracias, Henry —dijo mamá, y se volvió hacia mí, señalando con el dedo—. Pero es responsabilidad tuya que la arena esté limpia —me avisó.

—Lo estará, mamá —prometí.

Eugenia se animó mucho cuando llevé a *Algodón* a su cuarto. Me senté en su cama y le conté todo lo que había pasado en el colegio, la lección de lectura que me había dado la señorita Walker y las letras que ya sabía leer y pronunciar. Mientras hablaba de la escuela, Eugenia jugaba con *Algodón*, provocándole con una cuerda y haciéndole cosquillas en el estómago. Cuando vi lo mucho que se divertía mi hermana pequeña, me pregunté por qué mamá y papá no pensaron nunca en regalarle un animalito.

De pronto, Eugenia se puso a estornudar y a respirar con dificultad al igual que hacía a menudo antes de sufrir uno de sus ataques. Asustada, llamé a mamá, que apareció corriendo con Louella a su lado. Cogí a *Algodón* en brazos mientras mamá y Louella intentaban aliviar a Eugenia. El resultado fue que tuvieron que llamar al doctor Cory.

Cuando se marchó el médico, mamá vino a mi habitación. Yo estaba sentada en un rincón con *Algodón*, y seguía aterrorizada por lo que había ocurrido. Parecían haberse fortalecido las acusaciones de Emily: estaba dándole mala suerte a todo el mundo.

—Lo siento, mamá —dije rápidamente. Ella me sonrió.

—No fue culpa tuya, Lillian querida, pero el doctor Cory cree que quizá Eugenia es alérgica a los gatos y que eso empeora su estado. Me temo que no podrás tener el gatito en casa. Henry le encontrará un bonito lugar en el granero y tú podrás ir a visitarlo cuando quieras.

Asentí.

—Está esperando fuera. Puedes bajar el gatito y llevarle a su nuevo hogar. ¿De acuerdo?

—De acuerdo, mamá —dije, y salí. Henry y yo colocamos la caja de *Algodón* en un rincón cerca del primer establo de vacas. En los días siguientes, trasladaba a *Algodón* a la ventana de Eugenia para que ella pudiera verlo. Apretaba la cara contra el cristal y sonreía. Me hacía sentir muy mal el hecho de que no pudiera tocar a *Algodón*. Por muy injustamente que me tratara la vida, nada me parecía más terrible que las injusticias que le ocurrían a mi hermanita.

Incluso si existían tales cosas como la buena o mala suerte, pensé, ¿por qué querría Dios castigar a una niña tan dulce como Eugenia? No podía ser que Emily tuviera razón: no era posible, pensé. Así es como empezaba mis oraciones de la noche.

Querido Señor. Por favor haz que mi hermana Emily no tenga razón. Por favor.

Durante las siguientes semanas deseé tanto ir al colegio que llegué a odiar el fin de semana. Lo que hice fue establecer una pequeña escuela de una sola habitación para mí y para Eugenia, tal como le había prometido. Teníamos nuestra pequeña pizarra y tiza, y yo mi cartilla de lectura. Me pasaba horas y horas enseñándole a Eugenia las cosas que había aprendido, y aunque ella era demasiado pequeña para ir a la escuela mostró una sorprendente paciencia, iniciando así su aprendizaje.

A pesar de su enfermedad, Eugenia era una chica muy alegre que se divertía con las cosas más sencillas: el canto de una alondra, el florecer de las magnolias, los colores del cielo que iban de un celeste al delicado azul del huevo de un petirrojo. Solía permanecer sentada al lado de la ventana para observar el mundo como lo haría un viajero de otro planeta que está viajando por la tierra y que cada día ve algo distinto. Eugenia tenía una forma maravillosa de mirar por la ventana, y era capaz de ver siempre algo nuevo en el mismo lugar.

—Mira el elefante, Lillian —decía señalando una rama torcida de un cedro que, efectivamente, se parecía a la trompa de un elefante.

—Quizá seas artista cuando seas mayor —le dije, e incluso

llegué a sugerirle a mamá que le comprara a Eugenia verdaderos pinceles y pinturas. Ella se rió y llegó a comprarle lápices de colores y libros para colorear, pero cuando le hablaba a mamá del futuro de Eugenia, mamá se quedaba silenciosa y a continuación se marchaba a tocar la espineta o a leer un libro.

Evidentemente, Emily criticaba mi relación con Eugenia, y en particular se mofaba de que jugáramos a colegios en la habitación de la niña.

—No entiende nada de lo que estás haciendo, además, ella nunca llegará a ir al colegio. Estás perdiendo el tiempo —dijo.

—No estoy perdiendo el tiempo, y sí que irá al colegio.

—Casi le resulta imposible pasear por la casa —dijo Emily de forma confidencial—. ¿Te la imaginas siendo capaz de recorrer el sendero hasta la carretera?

—Henry la llevará en el carruaje —insistí.

—Papá no se puede permitir el lujo de que el carruaje y los caballos se utilicen para eso dos veces por día, cada día; y además, Henry tiene que hacer su trabajo aquí —me señaló Emily con aire de triunfo.

Yo intenté hacer caso omiso de lo que me había dicho, si bien en mi corazón sabía que seguramente tenía razón.

Mi propio trabajo en el colegio mejoró con tanta rapidez que la señorita Walker me puso como ejemplo para los otros estudiantes. Casi cada día, adelantaba corriendo a Emily en el sendero para enseñarle a mamá mis deberes con las pequeñas estrellas. A la hora de cenar mamá los sacaba para enseñárselos a papá, y él los ojeaba mientras masticaba y asentía. Decidí colgar todos mis Excelentes y Muy Bien en la pared de la habitación de Eugenia. Ella disfrutaba y sentía el mismo orgullo que yo.

A mediados de noviembre de mi primer año de colegio, la señorita Walker me había dado más y más responsabilidades. Al igual que Emily, estaba ayudando a otros estudiantes a aprender cosas que yo había aprendido con gran rapidez. Emily era muy severa con los estudiantes a los que tenía que ayudar en clase, quejándose de ellos si no prestaban atención. Muchos tenían que ir a sentarse en un rincón con el capirote de tontos por algo que Emily le había dicho a la señorita Walker. Ella era muy poco popular entre los estudiantes del colegio, pero a la señorita Walker aquello parecía complacerle. Podía darse la vuelta o salir de la habitación y estar completamente segura de que podía fiarse de Emily, pues nadie se comportaría mal delante de ella. Además, a Emily no le importaba ser impopular. Disfrutaba del poder y la autoridad y me decía una y otra vez que, en cualquier caso, no había nadie en el colegio del que quisiera ser amiga.

Un día, tras culpar a Niles Thompson por una bola de papel mascado lanzada a Charlie Gordon, la señorita Walker ordenó a Niles sentarse en un rincón. Él aseguró su inocencia, pero Emily se mantuvo firme en su acusación.

—Yo le vi, señorita Walker —dijo con sus ojos de acero firmemente clavados sobre Niles.

—Eso es mentira. Está mintiendo —protestó Niles. Me miró y yo me puse en pie.

—Señorita Walker, Niles no lanzó la bola de papel —dije, llevándole la contraria a Emily. Emily se puso roja como un pimiento y las aletas de la nariz se le dilataron como un toro a punto de dar un bufido.

—¿Estás absolutamente segura de que fue Niles, Emily? —le preguntó Miss Walker.

—Sí, señorita Walker. Lillian está diciendo eso sólo porque le gusta Niles —respondió con frialdad—. Casi van cogidos de la mano al ir y venir del colegio.

Ahora me tocó a mí ponerme como un pimiento. Todos los chicos de la clase sonrieron y algunas de las chicas empezaron a reír en voz baja.

—Eso no es verdad —exclamé—. Yo...

—Si Niles no lanzó la bola de papel, Lillian, entonces ¿quién lo hizo? —exigió saber Emily, las manos clavadas en la cintura. Yo miré a Jimmie Turner, que era quien la había lanzado. Él apartó la vista con rapidez. No podía acusarle a él, de modo que negué con la cabeza.

—De acuerdo —dijo la señorita Walker. Miró fijamente a toda la clase hasta que todos bajaron la vista—. Ya basta. —Miró a Niles—. ¿Has lanzado tú la bola de papel, Niles?

—No, señora —contestó.

—Hasta ahora no te has portado mal, Niles, de modo que voy a creerte por esta vez; pero si veo alguna bola de papel en el suelo al final del día, todos los chicos de esta clase se quedarán media hora más como castigo. ¿Queda claro?

Nadie dijo ni una palabra. Cuando finalizó la jornada escolar, todos salimos sin hacer ruido y Niles se acercó a mí.

—Gracias por defenderme —murmuró—. No sé cómo puede ser hermana tuya —añadió enfadado mientras miraba fijamente a Emily.

—No soy su hermana —respondió alegremente Emily—. Ella es una huérfana que recogimos hace años. —Lo dijo lo bastante alto como para que pudieran oírla todos los chicos. Todos me miraron.

—No es verdad —exclamé.

—Claro que lo es. Su madre murió durante el parto y nosotros la recogimos —dijo. A continuación entrecerró los ojos y dio un paso adelante para añadir—: sólo eres una invitada en mi casa; y nunca pasarás de ahí. Cualquier cosa que te den mis padres, no será más que una limosna. Igual que un mendigo —dijo, y se volvió triunfante hacia el grupo de chicos que se había reunido a nuestro alrededor.

Temiendo echarme a llorar, me marché corriendo. Me fui lo más lejos posible. Cuando me detuve, sí que rompí a llorar. Lloré durante todo el trayecto a casa. Mamá estaba furiosa con Emily por lo que había hecho y la esperaba en la entrada cuando llegó.

—Tú eres la mayor, Emily. Se supone que tienes más sentido común —le dijo mamá—. Estoy muy desilusionada contigo y el capitán no se va a poner muy contento cuando se entere de esto.

Emily me miró con odio, y dando grandes zancadas subió las escaleras hasta su cuarto. Cuando llegó papá, mamá le contó lo sucedido y él le dio una buena regañina. Emily estuvo muy callada durante la cena y se negó a mirarme.

Al día siguiente en la escuela, vi que muchos niños murmuraban sobre mí. Emily no le dijo nada a nadie delante mío, pero estoy segura de que habló de mí todo cuanto quiso. Intenté que esto no me impidiera aprender y disfrutar de la escuela, pero era como si un oscuro nubarrón se posara sobre mí cada mañana y viajara conmigo hasta el colegio.

Pero Emily no se daba por satisfecha con hacerme sentir incómoda y rara ante todos mis compañeros de clase. Se había enfurecido cuando la contradije por lo de Niles Thompson, y estaba dispuesta a vengarse en pequeñas cosas durante todo el tiempo. Yo intentaba alejarme de ella y rezagarme o adelantarme cuando íbamos al colegio, y hacía todo lo posible por evitarla durante el día.

Le confesé a Eugenia mis preocupaciones y mi hermana pequeña me escuchaba con compasión; pero las dos parecíamos saber que Emily sería Emily y que no había forma de cambiarla e impedir que hiciera y dijera cosas odiosas. La tolerábamos de la misma forma que tolerábamos el mal tiempo. Esperábamos que todo aquello pasara como una mala borrasca.

En sólo una ocasión consiguió Emily hacer que Eugenia y yo lloráramos al mismo tiempo. Y por aquello juré no perdonarla jamás.

LECCIONES APRENDIDAS

A pesar de que a *Algodón* le estaba prohibido entrar en la casa desde el día en que Eugenia sufrió el terrible ataque de alergia, nuestro gato pareció intuir el amor y afecto que Eugenia sentía por ella. Casi cada tarde, después de que el sol en su viaje hacía el oeste hubiera recorrido el camino sobre nuestra casa, *Algodón* aparecía buscando un trozo blando de césped bajo la ventana de Eugenia en el que estirarse y absorber los cálidos rayos de sol. Permanecía allí ronroneando feliz y mirando a Eugenia, que sentada al lado de la ventana le hablaba por el cristal. A Eugenia le hacía tanta ilusión hablarme de *Algodón* como me hacía a mí contarle historias del colegio.

A veces, *Algodón* seguía allí cuando yo volvía: una mancha blanca como la nieve sobre un lecho de color esmeralda. Siempre temía que se volviera gris y sucia y llegara a parecerse a los otros gatos que vivían fuera y encontraban su santuario en los agujeros de los cimientos de piedra o en los oscuros rincones de nuestro cobertizo de herramientas. En su pelusa blanca se podían distinguir todas las manchas de suciedad, pero *Algodón* era un gato que no toleraba ni una mota de polvo. Se pasaba horas y horas lamiéndose, acariciándose las patas y el estómago con su rosada lengua, los ojos cerrados mientras trabajaba metódicamente.

Algodón se había convertido rápidamente en un gato musculoso y ágil de ojos resplandecientes como brillantes. Henry la quería más que a cualquier otro animal de la plantación y con frecuencia le daba huevo crudo, que decía era la razón por la cual su pelaje estaba siempre tan bonito y brillante.

—Ya es la cazadora más temida del grupo —me dijo—. La he visto perseguir la sombra de un ratón hasta encontrarlo.

Cuando Eugenia y yo nos quedábamos sentadas al lado de su ventana y hablábamos extensamente después del colegio, o yo le leía, las dos nos fijábamos en las andanzas de *Algodón*; pero no era su capacidad de cazadora lo que la hacía especial para nosotros. Era su forma de pasear por los terrenos de la plantación, deslizándose con aire de arrogancia que parecía querer decir: «Sé que soy la gata más bella y será mejor que todos lo recordéis.» Eugenia y yo nos reíamos, y *Algodón*, que con toda seguridad nos oía, se detenía y nos miraba antes de alejarse para comprobar alguna de sus guaridas.

En vez de collar, le colocamos alrededor del cuello uno de los lazos de Eugenia. Al principio intentó quitárselo, pero con el tiempo se acostumbró y lo mantenía tan limpio como su pelaje. Llegó el punto en que las conversaciones de mamá y papá, Louella y los otros sirvientes, al igual que Emily, giraban alrededor de las historias de *Algodón*.

Después del colegio, un día gris y tormentoso, subí corriendo el sendero temiendo no librarme del chaparrón que se cernía sobre nuestras cabezas. Incluso superé a Emily, que caminaba con los ojos semiabiertos, la boca cerrada con tanta fuerza que tenía blancas las comisuras de los labios. Sabía que algo que yo había hecho o algo que había ocurrido en la escuela aquel día la había irritado especialmente. Pensé que quizá se tratara de las atenciones que me había prestado la señorita Walker por lo bien que había completado la lección de escritura. Fuera lo que fuera el motivo de su enfado, tenía el delgado cuerpo hinchado, de modo que los hombros levantados la asemejaban a un cuervo. Quería alejarme de ella y de su lengua viperina, que a buen seguro escupiría palabras destinadas a herir mi corazón.

La gravilla saltaba bajo mis pies mientras corría los pocos metros que quedaban hasta la puerta principal de la casa. Jadeante, entré corriendo en casa, ansiosa por enseñarle a Eugenia mis primeras frases escritas con la palabra «Excelente» anotada en tinta roja al principio de la página. Lo tenía aferrado en la mano, agitándolo en el aire como si fuera la bandera de los Confederados ondeando al viento de una batalla contra los Yankees representada en algunos de nuestros cuadros. Mis pasos resonaban con fuerza en el pasillo mientras avanzaba hacia la habitación de Eugenia llena de excitación.

Con sólo verla mi alegría se desvaneció, y el aire empezó a escapar de mis pulmones de la misma forma que se escapa el aire de un globo agujereado. Era evidente que Eugenia había estado llorando; todavía tenía el rostro arrasado en lágrimas que le caían por la barbilla.

—¿Qué pasa, Eugenia? ¿Por qué estás llorando? —pregunté, haciendo una mueca al anticipar la respuesta—. ¿Te duele algo?

—No. —Se frotó los ojos con manos tan menudas como las de algunas de mis muñecas—. Se trata de *Algodón* —contestó—; ha desaparecido.

—¿Desaparecido? No —dije, negando con la cabeza.

—Sí, ha desaparecido. No ha venido a mi ventana durante todo el día y le he pedido a Henry que la busque —me explicó Eugenia con voz temblorosa.

—¿Y?

—No la encuentra; ha mirado por todas partes —dijo, levantando los brazos—. *Algodón* se ha escapado.

—*Algodón* no haría eso —dije con confianza.

—Henry dice que eso es lo que debe haber pasado.

—Está equivocado —dije—. Iré a buscarla yo misma y te la traeré a la ventana.

—¿Me lo prometes?

—Palabra de honor —dije, saliendo de casa con la velocidad del rayo.

Mamá, que estaba en la sala de lectura, dijo:

—¿Eres tú, Lillian?

—Vuelvo enseguida, mamá —contesté, y coloqué la libreta y mi cuaderno con la palabra «Excelente» sobre una pequeña mesa de la entrada antes de salir en busca de Herny. Vi a Emily acercarse caminando despacio hacia la casa, la cabeza erguida, los ojos muy abiertos.

—Henry no encuentra a *Algodón* —le dije. Hizo una mueca y continuó hacia la casa. Fui hacia el establo y encontré a Henry ordeñando una de nuestras vacas. Teníamos las suficientes vacas, gallinas y cerdos como para cubrir nuestras propias necesidades, y cuidar de ellas era el principal trabajo de Henry. Levantó la cabeza al verme entrar.

—¿Dónde está *Algodón*? —pregunté, intentando recuperar la respiración.

—No lo sé. Y es muy extraño. Las gatas no suelen marcharse como a veces lo hacen los machos. Hace bastante rato que no ha pasado por el establo y no la he visto en la plantación durante todo el día. —Se rascó la cabeza.

—Tenemos que encontrarla, Henry.

—Ya lo sé, señorita Lillian. La he estado buscando durante mis ratos libres, pero no le he visto el pelo.

—Yo la encontraré —dije con determinación, y salí corriendo al patio. Busqué alrededor de la piara y del gallinero. Fui a la parte posterior del establo y seguí el sendero hacia el prado del este donde pastaban las vacas. Miré en el ahumadero y el cobertizo de herramientas. Vi a los demás gatos, pero no encontré a *Algodón*. Frustrada, bajé a los campos de tabaco y pregunté a algunos de los trabajadores si la habían visto, pero nadie sabía nada.

Después de aquello volví con rapidez a casa, esperando que *Algodón* hubiera regresado de su viaje, pero Henry negó con la cabeza cuando me vio.

—¿Dónde puede estar, Henry? —pregunté al borde de las lágrimas.

—Bueno, señorita Lillian, lo último que se me ocurre es que a veces estos gatos se dirigen al estanque a jugar con los peces que nadan cerca de la orilla. Quizá... —dijo, asintiendo.

—Vamos a buscarla antes de que caiga el chaparrón —exclamé. Había sentido ya las grandes gotas caer sobre mi frente. Me disponía a ir hacia el estanque. Henry levantó la vista y miró el cielo.

—Nos va a coger la tormenta, señorita Lillian —avisó, pero yo no me detuve. Corrí por el sendero hacia el estanque, haciendo caso omiso de los arbustos que me arañaban las piernas. Lo único que importaba era encontrar a *Algodón* para Eugenia. Cuando llegué al estanque, me desilusioné. No había señales de *Algodón* buscando pequeños peces. Henry llegó a mi lado. La lluvia empezó a caer con más fuerza y rapidez.

—Será mejor que volvamos, señorita Lillian —dijo. Yo asentí, mezclándose mis lágrimas con las gotas de lluvia que caían sobre mi cara. Pero de pronto Henry me cogió por el hombro con una fuerza que me sorprendió.

—No dé un paso más —señorita Lillian ordenó, y dio un paso hacia la orilla cerca del pequeño muelle. Allí bajó la cabeza y la movió de lado a lado.

—¿Qué es, Henry? —pregunté.

—Váyase a casa ahora, señorita Lillian. Váyase —dijo en un tono de voz tan imperativo que me asusté. Henry no solía hablarme de aquel modo. No me moví.

—¿Qué ocurre, Henry? —repetí, en tono exigente.

—No es agradable, señorita Lillian —dijo—. No es agradable.

Lentamente, haciendo caso omiso de la fuerte lluvia, me acerqué al borde del estanque y miré en el agua.

Allí estaba, una bola de algodón blanco, boquiabierta, pero con los ojos definitivamente cerrados. Alrededor del cuello, en vez del lazo rosa de Eugenia, tenía una cuerda atada con una roca lo bastante grande como para mantener a nuestro querido animal bajo el agua para que se ahogara.

Casi me estalló el corazón; no lo pude evitar. Empecé a chillar y a chillar y a golpearme los muslos con los puños.

—¡No, no, no! —grité. Henry se acercó a mí, los ojos llenos de pena y dolor, pero yo no esperé. Me volví y corrí hacia casa, con la lluvia azotándome la frente y mejillas y el viento desmadejándome el cabello. Me ahogaba; pensé que me moría al entrar corriendo por la puerta de casa. Me detuve en la entrada y dejé que las lágrimas brotaran con más rapidez y fuerza, como la lluvia. Mamá me oyó y salió corriendo de su sala de lectura, con las gafas todavía puestas. Mi llanto era tan fuerte que las doncellas y Louella también se alarmaron.

—¿Qué ocurre? —exclamó mamá—. ¿Qué ocurre?

—Se trata de *Algodón* —gemí—. Oh, mamá, alguien la ha ahogado en el estanque.

—¿Ahogado? —Mamá aspiró con fuerza y se llevó las manos a la garganta. Agitó la cabeza para negar mis palabras.

—Sí. Alguien le colocó una soga y una piedra al cuello y la tiró al agua —grité.

—Que Dios nos bendiga —dijo Louella, y se santiguó rápidamente. Una de las doncellas hizo lo mismo.

—¿Quién iba a hacer una cosa así? —preguntó mamá, y a continuación sonrió y negó con la cabeza—. Nadie haría una cosa tan horrible, cariño. La gata se debe haber caído al agua sola.

—Yo la vi, mamá. La vi debajo del agua. Pregúntaselo a Henry. Él también la vio. Tiene una soga alrededor del cuello —insistí.

—Santo cielo. Creo que me va a estallar el corazón. Mírate, Lillian. Estás empapada. Sube arriba, quítate la ropa y date un baño caliente. Vamos, cariño, antes de que te pongas tan enferma como el primer día de colegio.

—Pero mamá, *Algodón* está muerta —dije.

—No hay nada que podamos hacer ni tú ni yo, Lillian. Por favor, sube arriba.

—Tengo que decírselo a Eugenia —dije—. Está esperando noticias.

—Se lo dirás después, Lillian. Primero cámbiate y ponte ropa seca. Vamos —insistió mamá.

Bajé la cabeza y subí arriba lentamente. Cuando llegué al rellano, oí el chirrido de una puerta y sorprendí a Emily mirando por la puerta de la habitación.

—*Algodón* está muerta —le dije—. La han ahogado.

Lentamente, el rostro de Emily se iluminó con una fría sonrisa. Mi corazón empezó a latir con fuerza.

—¿Lo has hecho tú? —exigí saber.

—Lo has hecho tú —acusó.

—¿Yo? Nunca haría...

—Ya te lo dije, eres como Jonás. Todo cuanto toques morirá o sufrirá. Manténte alejada de nuestras bellas flores, no toques nuestros animales, y no te acerques a los campos de tabaco para que papá no se arruine como lo han hecho otros propietarios de la zona. Enciérrate en tu cuarto —me aconsejó.

—Cállate —respondí, arrebatada de dolor y tristeza por temer ya sus ojos malignos—. Tú has matado a *Algodón*. Eres un ser diabólico.

Volvió a sonreír y lentamente retrocedió hacia su cuarto, cerrando rápidamente la puerta.

Tenía el estómago revuelto. Cada vez que cerraba los ojos, veía a la pobre *Algodón* balanceándose bajo la superficie del agua, la boca abierta, los ojos cerrados por la Muerte. Cuando llegué a mi cuarto de baño, empecé a vomitar. El estómago me dolía tanto que tuve que arquearme y esperar que pasara el dolor. Vi todos los arañazos que tenía en las piernas por haber corrido entre los matorrales al ir de la casa al estanque, y sólo entonces sentí dolor. Lentamente, me quité la ropa mojada y preparé el baño.

Después, vestida y seca, bajé a contarle a Eugenia la terrible noticia, con los pies agarrotados mientras me acercaba a la puerta; pero en cuanto la abrí, me di cuenta de que ya lo sabía.

—He visto a Henry —gimió entre lágrimas— llevando a *Algodón*.

Fui hacia su cama y nos abrazamos desesperadamente en busca del consuelo que pudiéramos darnos la una a la otra. No quería contarle que creía que lo había hecho Emily, pero pareció intuir que no había ninguna otra persona viviendo o trabajando en la plantación capaz de una cosa así.

Permanecimos en la cama, abrazadas, ambas mirando por la ventana la cortina de lluvia y el cielo gris. Eugenia no era mi verdadera hermana, pero era mi hermana quizá en el sentido más profundo de la palabra, porque las dos éramos hijas de la tragedia, demasiado jóvenes para comprender un mundo en el que tuviera lugar tanta crueldad.

La frágil Eugenia se quedó dormida en mis brazos, llorando la pérdida de algo tan querido y bello en nuestras vidas, y por primera vez, tuve realmente miedo; no de Emily, no de los fantasmas de Henry, no de las tormentas o accidentes, pero sí de la profunda tristeza y dolor que sabía estaba destinada a sentir cuando también Eugenia desapareciera de mi vida. La abracé durante mucho tiempo y después me separé de ella para ir a cenar.

Mamá no quería hablar de *Algodón* durante la cena, pero tuvo que explicarle a papá por qué tenía aquel aspecto tan triste y por qué comía sin apetito. La escuchó, tragó rápidamente el bocado que estaba comiendo y golpeó la mesa con la palma de su mano con tanta fuerza que hasta los platos saltaron. Incluso Emily pareció sobrecogerse ante aquella demostración de ira.

—No voy a tolerarlo —dijo—. No voy a tolerar que la tristeza por un estúpido animal se adueñe de la mesa haciéndonos la vida desagradable. El gato está muerto; no hay nada más que hacer o decir. El Señor nos lo da y el Señor nos lo quita.

—Estoy segura de que Henry encontrará otro gatito para ti y para Eugenia —añadió mamá, sonriendo.

—No será como *Algodón* —contesté, reprimiéndome las lágrimas—. Ella era especial y ahora está muerta —gemí. Los labios de Emily se retorcieron en una mueca.

—Georgia —dijo papá en tono reprobatorio.

—Hablemos de cosas agradables, cariño —dijo rápidamente mamá. Me dirigió una amplia sonrisa—. ¿Cómo te han ido las clases hoy? —preguntó.

Respiré profundamente y me sequé las lágrimas.

—Saqué un «Excelente» en caligrafía —respondí orgullosa.

—Eso es estupendo —dijo mamá, aplaudiendo—. ¿No es maravilloso? —miró a Emily que fingió estar más interesada en la comida—. ¿Por qué no vas a buscarlo y se lo enseñas al Capitán, cariño? —dijo.

Miré a papá. No parecía escuchar ni una palabra ni mostrar ningún interés. Su mandíbula se movía arriba y abajo, los dientes triturando la carne en la boca, los ojos vacíos. Sin embargo, cuando no me moví, dejó de masticar y me miró. Me levanté rápidamente y salí a la entrada donde había dejado mis cosas sobre la mesa, pero cuando busqué el papel, no lo encontré. Estaba segura de que lo había dejado allí encima. Revisé todas las hojas de mi

64

cuaderno y saqué la cartilla por si alguna de las doncellas lo había puesto entre las páginas, pero no lo encontré.

Los ojos se me llenaron de lágrimas mientras volvía al comedor, pero ahora por una nueva razón. Mamá sonreía expectante, pero yo negué con la cabeza.

—No lo encuentro —dije.

—Eso es porque no lo tenías —interrumpió Emily rápidamente—; te lo has inventado.

—No es verdad. Sabes que lo tenía. Oíste a la señorita Walker decirlo en clase —le recordé.

—Hoy no. Te confundes con otro día —dijo, y le dirigió una sonrisa a papá como diciendo, «niños».

Él acabó de masticar lo que tenía en la boca y se recostó en la silla.

—Deberías preocuparte más por las clases, jovencita, y menos por lo que les ocurra a los animales perdidos —aconsejó.

No pude evitarlo; empecé a llorar con fuerza, a gritar como no lo había hecho nunca.

—Georgia —exigió papá—. Haz que deje de llorar ahora mismo.

—Vamos, Lillian —dijo mamá poniéndose de pie y acercándose a mí—. Sabes que al Capitán no le gusta este comportamiento en la mesa. Vamos, cariño. Deja de llorar.

—Siempre está llorando por una cosa u otra en el colegio —mintió Emily—. Cada día me pone en evidencia ante los demás.

—No es verdad.

—Sí, que lo es. La señorita Walker me ha hablado de ti más de una vez.

—¡Estás mintiendo! —chillé.

Papá volvió a golpear la mesa de nuevo, esta vez con tanta fuerza que la cubierta del plato de la mantequilla saltó y repiqueteó sobre la mesa. Nadie dijo nada; nadie se movió; yo contuve la respiración. A continuación papá extendió el brazo y con el regordete dedo índice me señaló.

—Llévate a esta niña arriba hasta que sepa comportarse en la mesa —ordenó papá. Sus oscuros ojos se agrandaron de ira y su espeso bigote se erizó de furia—. Trabajo duro todo el día y sólo espero un rato tranquilo a la hora de cenar.

—De acuerdo, Jed. No te enfades más. Vamos, Lillian, cariño —dijo mamá, cogiéndome de la mano. Me sacó del comedor. Cuando miré hacia atrás vi que Emily se sonreía con cara de satisfacción, una pequeña sonrisa de malevolencia en los labios. Mamá me llevó arriba hasta mi habitación. Mis hombros se agitaban a causa de los sollozos.

—Échate un poco, Lillian, querida —dijo mamá, llevándome a la cama—. Estás demasiado triste para cenar con nosotros esta noche. Le diré a Louella que te traiga algo, y un poco de leche caliente, ¿de acuerdo, cariño?

—Mamá —sollocé—, Emily ahogó a *Algodón*. Sé que lo hizo ella.

—Oh, no, querida. Emily jamás haría una cosa así. No debes decir tal cosa, especialmente delante del Capitán. Prométeme que no lo harás —me exigió.

—Pero mamá...

—Prométemelo, Lillian, por favor —me rogó.

Asentí. A estas alturas comprendí que mamá haría cualquier cosa para evitar acontecimientos desagradables; si fuera necesario, ignoraría la verdad incluso si se le plantara delante de las narices; enterraría la cabeza en sus libros o en sus chácharas; se reiría de la realidad y la haría desaparecer como si tuviera una varita mágica en la mano.

—Bien, cariño. Ahora comerás un poco y te irás a la cama pronto, ¿de acuerdo? Por la mañana todo te parecerá mejor y más agradable; siempre es así —declaró—. ¿Quieres que te ayude a meterte en la cama?

—No, mamá.

—Louella subirá con algo de comer dentro de poco —repitió, y me dejó sentada sobre la cama. Respiré profundamente, me levanté y me dirigí a la ventana que daba al estanque. «Pobre *Algodón*», pensé. No había hecho nada malo. Su mala suerte fue haber nacido aquí, en The Meadows. Quizá eso fue también consecuencia de mi mala suerte, criarme aquí. Pensé que quizá fuera ése mi castigo por ser la causa de la muerte de mi madre. Me hacía sentir tan vacía por dentro que cada latido de mi pequeño corazón producía un eco que iba desde mi estómago hasta mi cabeza. Deseaba con todo mi cuerpo tener alguien con quien hablar, alguien que me escuchara.

Me vino una idea a la cabeza y salí sin hacer ruido de mi habitación, recorriendo casi de puntillas el pasillo hasta una de las habitaciones en las que sabía que mamá había guardado algunos de sus baúles y cajas personales. Había pasado tiempo en aquella habitación anteriormente, simplemente explorando. En un pequeño baúl cerrado con correas metálicas, mamá tenía algunas cosas de su madre: sus joyas, sus chales y sus peines. Ocultas bajo un pequeño montón de viejas enaguas había unas fotografías antiguas. Era donde mamá guardaba las únicas fotografías de su hermana Violet, mi madre verdadera. Mamá quería enterrar cualquier rastro de melancolía, cualquier cosa que la entristeciera. Con el tiempo llegaría a darme cuenta de que nadie reflejaría mejor el credo de «Ojos que no ven, corazón que no siente» de mamá.

Encendí la lámpara de petróleo y la puse a mi lado en el suelo, delante del viejo baúl. A continuación lo abrí y metí la mano bajo las enaguas, rozando un pequeño montón de fotografías. Había una pequeña, enmarcada, de Violet. La había visto brevemente con anterioridad. Ahora, la coloqué sobre mi regazo y estudié el rostro de la mujer que había sido mi madre. Observé ternura en sus ojos y suavidad en su sonrisa. Tal y como había dicho mamá, Violet tenía las facciones de una bella muñeca, con los rasgos pequeños y perfectos. Mientras miraba la descolorida fotografía sentí que Violet me estaba observando, como si su sonrisa fuera una sonrisa dirigida a mí y la calidez de los ojos estuviera allí para reconfortarme. Toqué su boca, sus mejillas, su cabello y pronuncié la palabra que salió de mi alma.

—Mamá —dije, y abracé la foto—. Lo siento. No fue intención mía que murieras.

Obviamente, la sonrisa no desapareció de sus labios; se trataba de una foto, pero en el fondo de mi corazón esperaba que estuviera diciendo: «No fue culpa tuya, cariño, y todavía estoy aquí para ti.»

Puse la fotografía enmarcada sobre mi regazo y miré otras viejas fotos, hasta que encontré una de mi madre con un hombre joven. Parecía alto y de anchos hombros, y tenía una bonita sonrisa bajo un bigote moreno. A su lado mi madre parecía muy pequeña, pero se les veía felices.

«Éstos fueron mis verdaderos padres», pensé. Si estuvieran vivos yo no estaría tan triste. Estaba segura de que mi verdadera madre se hubiera compadecido de mí y de Eugenia. Me hubiera cuidado y mimado. En aquel momento empecé a intuir algo que sentiría más y más, de forma cada vez más intensa a medida que me hacía mayor: intuí cuánto había perdido cuando aquel terrible destino cayó sobre mí y permitió que me quedara sin padres de verdad, incluso antes de haber oído sus voces.

En mi mente oía sus voces ahora, lejanas y pequeñas, pero cariñosas. Las lágrimas me caían por las mejillas hasta dar en mi regazo. Mi pequeño corazón latía de tristeza. Nunca me había sentido tan sola como me sentía en aquel momento.

Antes de que pudiera mirar más fotografías, oí la voz de Louella llamándome. Guardé todo rápidamente, apagué la luz y volví corriendo a mi habitación, pero ahora sabía que cuando me sintiera terriblemente sola, volvería a aquella habitación y sostendría en mis manos aquellas fotos y hablaría con mis padres de verdad, que me escucharían y estarían conmigo.

—¿Dónde has estado, cariño? —preguntó Louella, de pie al lado de mi bandeja sobre la mesa.

—En ningún sitio —dije rápidamente. Iba a ser mi secreto, un secreto que no le confiaría a nadie, ni siquiera a Louella, ni siquiera a Eugenia, porque no quería que supiera todavía que no éramos hermanas de sangre.

—Bueno, ven a comer algo, cariño —dijo Louella— y te sentirás mucho mejor. —Sonrió—. No hay nada que más rápidamente caliente el corazón y levante el ánimo que un estómago lleno de buena comida —dijo.

Louella tenía razón; y además, volvía a tener hambre y me alegré de que me trajera un trozo de su pastel de manzana de postre. Al menos podía comer sin tener que mirar la cara de Emily, pensé, y me alegré de aquellas pequeñas bendiciones.

Al día siguiente Henry me dijo que le había dado a *Algodón* un entierro cristiano.

—El buen Señor pone un poco de Sí mismo en todos los seres vivientes —declaró. Me llevó a la tumba de *Algodón*, donde había colocado una pequeña losa en la que podía leerse su nombre. Cuando se lo conté a Eugenia, nos rogó que la dejáramos salir a verlo. Mamá dijo que hacía demasiado frío para que ella saliera, pero Eugenia lloró tanto que mamá cedió y dijo que podía ir si se abrigaba bien. Cuando mamá acabó de vestirla, Eugenia llevaba tres capas de ropa incluyendo dos blusas, un jersey y un abrigo de invierno. Mamá le envolvió la cabeza con una bufanda, de modo que sólo su cara rosadita estaba en contacto con el mundo. El peso de tantas prendas le dificultaba los movimientos. En cuanto salimos de la casa y pisamos el porche, Henry la levantó y la llevó en brazos el resto del camino.

Había colocado la tumba de *Algodón* detrás del granero.

—Quería que estuviera cerca de donde había vivido —nos explicó. Eugenia y yo nos quedamos allí de pie, cogidas de la mano y mirando la losa. Las dos estábamos muy tristes, pero no lloramos. Mamá había dicho que las lágrimas enfriarían a Eugenia.

—¿Dónde van los gatos cuando mueren? —quería saber Eugenia. Henry se rascó su cabello corto y rizado y se quedó pensativo.

—Hay otro Cielo —dijo— sólo para animales, pero no todos los animales, sólo para animales especiales, y en este momento *Algodón* se está paseando, enseñando su bello pelaje, haciendo que sientan envidia todos los demás animales que allí habitan.

—¿Pusiste la cinta de mi pelo ahí dentro? —preguntó Eugenia.

—Y tanto que sí, señorita Eugenia.

—Bien —dijo Eugenia, y levantó los ojos hacia mí—. Entonces mi cinta también está en el Cielo.

Henry se echó a reír y cogiéndola en brazos la llevó de nuevo a casa. Tardamos tanto en desvestirla que llegué a preguntarme si aquella corta salida había valido o no la pena. Pero por la mirada en el rostro de Eugenia comprendí que la decisión fue acertada.

Nunca más tuvimos un animal doméstico. Creo que las dos temíamos el dolor que nos ocasionaría perderlo otra vez como habíamos perdido a *Algodón*. Aquel tipo de dolor era algo que uno no quería volver a sentir más de una vez si era posible. Además, las dos compartíamos la creencia, nunca pronunciada, de que cualquier cosa que amáramos sería destruida por Emily, quien hallaría la oportuna justificación en alguna cita o historia bíblica.

Papá estaba muy orgulloso de la forma en que Emily se entregaba a la religión y aprendía la Biblia. Ayudaba ya al pastor en la catequesis del domingo, donde resultaba más tiránica que en las clases de la señorita Walker. Los niños tendían a no prestar atención durante la catequesis, encerrados como estaban en sus juegos. El pastor le dio permiso a Emily para pegar en las manos a aquellos que se portaban mal. Blandía la pesada regla como una espada flamígera, castigando los nudillos de cualquier chico o chica que se atreviera a sonreír o reír en el momento equivocado.

Un domingo, cuando el pastor salió de la habitación, me hizo extender las manos y me azotó las palmas por estar soñando. Yo no lloré, ni siquiera me quejé. Simplemente la miré fijamente y me tragué el dolor, aunque no pude cerrar las manos durante horas. Sabía que no me serviría de nada quejarme a mamá, y papá sólo diría que me lo había merecido si Emily se había visto obligada a hacerlo.

Aquel año, mi primer año de colegio, me pareció que el invierno se transformaba en primavera y ésta en los primeros días de verano mucho más rápidamente que nunca. La señorita Walker afirmó que estaba haciendo el trabajo de un alumno de segundo grado, leyendo y escribiendo tan bien como ellos y superándoles en matemáticas. Las palabras me resultaban verdaderamente fascinantes. En cuanto encontraba una nueva, quería pronunciarla y descubrir su significado. A pesar de que todos los libros de papá estaban todavía fuera de mi alcance, seguía deseando leerlos y comprender. Aquí y allá entendía algunas frases y leyendas bajo los dibujos. Con cada descubrimiento, cobraba más y más confianza en sí misma.

Mamá sabía que los estudios me iban bien, y sugirió que sorprendiera a papá aprendiendo a leer un salmo. Practicamos todas las noches hasta que fui capaz de pronunciar todas las palabras.

Finalmente, una noche, a la hora de cenar, justo antes de finalizar mi primer año de colegio, mamá anunció que yo iniciaría la cena leyendo el salmo veintitrés.

Emily pareció sorprenderse. No sabía lo mucho y lo duro que habíamos trabajado mamá y yo. Papá se recostó en la silla, juntó las manos sobre la mesa y esperó. Yo abrí la Biblia y empecé.

—El Señor es mi... pas... tor, no desearé...

Cada vez que me encallaba en una palabra, Emily sonreía.

—Papá —interrumpió—, para cuando acabe estaremos muertos de hambre.

—Silencio —dijo bruscamente. Cuando por fin acabé, levanté la vista y papá asintió con la cabeza.

—Lo has hecho muy bien, Lillian —dijo—; quiero que lo practiques cada día hasta que puedas hacerlo el doble de rápido. Cuando lo consigas podrás volver a leerlo antes de cenar.

—Tardará un poco en conseguirlo —murmuró Emily, pero mamá sonrió como si hubiera hecho algo mucho más maravilloso que aprender a leer como un alumno de segundo grado en un año. Le encantaba mostrarme a la gente y aprovechaba todas las oportunidades para hacerlo, especialmente durante sus famosas barbacoas. Sólo faltaban unos días para la primera semana del verano.

Las grandes barbacoas eran tradición en The Meadows desde tiempos inmemoriales. Era la forma acostumbrada de empezar el verano en esta parte del mundo, y la leyenda sostenía que fuera el día que fuera el que eligieran los Booth para dar la fiesta, aquel día haría buen tiempo. La leyenda volvió a cumplirse una vez más cuando llegó el día de la barbacoa, un bonito sábado de junio. Era como si la naturaleza nos fuera siempre propicia.

El cielo estaba de un azul espléndido y nunca tan perfecto, con las pequeñas nubes aquí y allá, como si las hubiera pintado el mismísimo Dios. Los sinsontes y los arrendajos saltaban de rama en rama en los magnolios juguetones y divertidos, presintiendo el desfile de invitados que pronto llegaría. Todas y cada una de las manos disponibles estaban ocupadas ejecutando tareas de última hora. Limpiando, moviendo muebles y preparando el gran festín. El ambiente de celebración nos absorbía a todos.

Incluso la gran casa, oscura a veces y triste a causa de las grandes habitaciones y altos techos, quedaba invadida y transformada por el sol resplandeciente. Mamá insistía en que se abrieran todas las cortinas de par en par y, por supuesto, que la casa estuviera limpia como una patena el día anterior, ya que sería inspeccionada por los ojos de los miembros de todas las familias importantes y respetables que recibieran las bonitas invitaciones grabadas de papá y mamá.

Las paredes de color crema brillaban; los muebles de caoba y nogal resplandecían. Los suelos limpios y encerados estaban tan transparentes como el vidrio, y las alfombras parecían casi nuevas. Una cálida brisa invadía la casa, trayendo consigo la fragancia de gardenias, jazmines y rosas tempranas.

A mí me encantaban nuestras barbacoas, porque no había ningún rincón de la casa en el que no se oyeran conversaciones y risas. La plantación tenía la oportunidad de lucirse, de ser lo que podía ser. Era como un gigante dormido que emergía de su letargo. Papá presumía y se sentía muy orgulloso de su herencia.

Los preparativos habían empezado la noche anterior con el encendido de las barbacoas. Ahora todas tenían rojas brasas sobre las que las carnes daban vueltas, y los jugos que desprendían caían sibilantes sobre las ascuas calientes. Fuera, el aroma de los leños de nogal que se quemaban y la carne de cerdo y cordero asada estimulaba el olfato de todos. Los perros de papá y los gatos daban vueltas alrededor del círculo de actividad, aguardando el momento de recibir los restos de la comida.

Detrás del granero, no lejos de la tumba de *Algodón*, había una barbaoca aparte donde el servicio de la casa y los peones se reunían con los chóferes de los invitados para participar en su propio festín de pasteles, boniatos y mondongos. Normalmente tocaban música, y a veces parecían divertirse más que los bien ataviados y opulentos invitados, que recorrían el sendero de entrada de la casa en los carruajes más elegantes tirados por los mejores caballos.

Desde primera hora de la mañana hasta que llegaban los primeros invitados, mamá corría por toda la casa y el jardín dictando órdenes y supervisando los menores detalles. Insistió en que las largas mesas de caballete se cubrieran con manteles limpios; también requirió que se sacaran sillas más blandas de la casa para aquellos invitados que no quisieran utilizar los duros bancos.

Al entrar, los invitados se juntaban con tanta rapidez que, en ocasiones, el largo sendero de entrada presentaba una fila de caballos y carruajes, permitiendo que la gente se saludara con cierta efusión. Los niños eran los primeros en bajarse, reuniéndose en el prado delantero para organizar juegos de escondite o carreras. Sus risas y gritos asustaban a las golondrinas, que desaparecían rápidamente en busca de un lugar más tranquilo. La tarea de Emily consistía en vigilar a los niños y asegurarse de que ninguno de ellos hiciera nada indecoroso o impropio. Con voz fuerte y firme señaló las zonas de la plantación prohibidas, y a continuación procedió a patrullar el terreno como un guardián en busca de infractores.

En cuanto a las mujeres, cuando se bajaban de los carruajes se dividían en dos claros grupos. Las de mayor edad entraban dentro de la casa para protegerse todo lo posible del sol y de los insectos mientras intercambiaban noticias y cotilleos. Las jóvenes se dirigían al mirador y a los bancos, donde algunas se veían cortejadas por los chicos y donde otras esperaban ser descubiertas con sus elegantes vestidos nuevos.

Los hombres mayores se reunían en pequeños grupos en el jardín para discutir asuntos de política o negocios. Justo antes de que se sirviera la comida, papá se llevaba a algunos hombres que no habían estado en The Meadows con anterioridad y les paseaba por la casa, principalmente para enseñarles su colección de armas de fuego, que tenía colgadas en la pared de su biblioteca. Tenía pistolas de duelo y rifles ingleses.

Mamá estaba por todas partes, desempeñando el papel de gran anfitriona, intercambiando risas y palabras con los caballeros y las damas. Una gran fiesta como ésta parecía hacerla florecer. Su dorado cabello no requería ningún pasador de joyas para que resplandeciera con toda su riqueza de color y frescura, si bien llevaba uno. Su mirada rebosaba vitalidad y diversión, y su risa era musical.

La noche anterior, como de costumbre, se había quejado de la poca ropa que tenía y lo mucho que le habían engordado las caderas desde la barbacoa del año anterior. Ni papá ni Emily le prestaron la más mínima atención. Yo era la única que mostraba interés, pero sólo porque me resultaba insólito que se quejara. Mamá tenía armarios y armarios llenos de ropa, a pesar de las negativas de papá a llevarla de compras. Conseguía regularmente hacerse o comprarse algo, y siempre estaba a la última moda, tanto si se trataba de ropa o peinados. Tenía cajas y cajas de zapatos y cajones de joyas, algunas de las cuales procedían de su boda con papá y otras que había comprado desde entonces.

Yo nunca la vi gorda o fea, pero ella insistía en que sus caderas habían engordado tanto que parecía un hipopótamo, se pusiera lo que se pusiera. Como siempre, llamó a Louella y Tottie para ayudarla a encontrar una solución, para elegir prendas que la adelgazaran y que ocultaran mejor sus imperfecciones.

Tottie le había cepillado el cabello durante horas, con mamá sentada al tocador hablando sin cesar de los preparativos. Tenía el cabello largo, casi le rozaba la cintura, si bien lo llevaba recogido en un moño. Contemplar todos estos preparativos y observar los peinados, las prendas y las nuevas modas, estimulaba también mi incipiente feminidad. El día antes de la barbacoa me lo pasé casi todo con Eugenia, cepillándole el cabello y dejando que ella hiciera lo mismo con el mío.

Las barbacoas constituían una de las pocas ocasiones en las que mamá le permitía a Eugenia mezclarse con los otros niños y quedarse en el jardín durante horas y horas, siempre y cuando descansara en la sombra y no correteara. La alegría y el tumulto, y especialmente el aire fresco, le daban un color rosado a sus mejillas, y durante un rato al menos no parecía una niña enfermiza. Le contentaba y divertía estar simplemente sentada bajo un magnolio, viendo a los chicos luchar entre sí y a las chicas pasearse imitando a sus madres y hermanas.

A última hora de la tarde, después de que todos se hubieran saciado de comida y bebida, los invitados iniciaban una tertulia mientras algunos ancianos dormitaban en la sombra. Los hombres jóvenes jugaban a herraduras, y a los niños se les mandaba aún más lejos para que sus gritos y risas no molestaran a los adultos. En este momento, Eugenia, protestando, pero visiblemente cansada, entraba en casa para descansar.

Compadeciéndome de ella, la acompañé y me quedé sentada en su cuarto hasta que sus párpados, no pudiendo resistir ya el cansancio, se cerraron lentamente. Cuando su respiración se regularizó salí de puntillas de su dormitorio, cerrando la puerta sin hacer ruido. Ahora, mientras los niños estaban detrás de la casa comiendo rodajas de sandía, decidí pasar por la casa y salir por una de las puertas posteriores.

Mientras recorría el pasillo por delante de la biblioteca de papá oí el ruido de unas risas femeninas que me intrigaron, pues vinieron seguidas de unos murmullos. Una vez más, la joven rió. Pensé que papá se enfadaría mucho si alguien entraba en su biblioteca sin su consentimiento. Retrocedí unos pasos y volví a escuchar. Las voces eran susurros. Más curiosa que nunca, abrí la puerta de la biblioteca un poco más y metí la cabeza. Lo que vi fue cómo se levantaba el vestido de Darlene Scott y cómo el hombre que estaba delante de ella metía la mano bajo su falda. No pude más que exclamar. Me oyeron, y cuando Darlene se volvió, pude ver quién era el hombre: papá. Su cara se puso tan roja que pensé que la piel se le derretiría. Bruscamente, apartó a un lado a Darlene Scott y se acercó a mí.

—¿Qué estás haciendo en la casa? —exigió saber, mientras me cogía por los hombros. Se inclinó sobre mí.

Su aliento sobre mi rostro olía fuertemente a bourbon mezclado con la fragancia de menta.

—Todos los niños han de mantenerse alejados de la casa.

—Yo... Yo...

—¿Y? —quiso saber, agitándome los hombros.

—Está asustada, Jed —dijo Darlene, acercándose a él y posando una mano sobre su hombro. Pareció calmarse un poco y se incorporó.

Darlene Scott era una de las jóvenes más guapas de la zona. Tenía una cabellera de rizos pelirrojos y ojos azul celeste. No había ningún hombre joven que no se diera la vuelta al verla pasar.

Miré de papá a Darlene, que me sonrió mientras se arreglaba el vestido.

—¿Y? —repitió papá.

—Estuve haciendo compañía a Eugenia hasta que se quedó dormida, papá —dije—. Ahora me voy fuera a jugar.

—Vete entonces —dijo— y que no te vea meter la cabeza en las habitaciones para espiar a los adultos. ¿Me oyes?

—Sí, papá —dije, y bajé la vista porque el fuego en sus ojos me quemaba y me hacía temblar con tanta fuerza que mis rodillas temblaban. Nunca le había visto tan enfadado. Era como estar delante de un desconocido.

—Anda, fuera —ordenó, y dio unas palmadas fuertes. Di la vuelta y huí, escuchando la risa de Darlene a mis espaldas.

Fuera, en el pórtico, recuperé la respiración. Mi corazón latía con tanta fuerza que creí que acabaría con un agujero en el pecho. Estaba tan confusa que no podía ni tragar siquiera. ¿Por qué había puesto papá la mano bajo la falda de Darlene Scott? ¿Dónde estaba mamá? me pregunté.

De pronto se abrió una puerta a mis espaldas. Me volví, mientras el corazón me latía con mayor fuerza al esperar encontrar allí a papá, todavía enfadado y recordando algo que quería hacerme o decirme. Pero no era papá; era Emily.

Entrecerró los ojos.

—¿Qué estas haciendo? —preguntó.

—Nada —dije rápidamente.

—Papá no quiere que traigas a ningún niño a la casa —dijo.

—No he entrado con nadie. Estaba con Eugenia.

Fijó su penetrante mirada en mi rostro. Ella estaba detrás mío; había pasado también por la casa, efectuando una de sus batidas. Seguro que ella había visto u oído a papá con Darlene Scott. Había algo en su cara que me confirmaba aquella idea, pero no me atreví a preguntarle nada. Durante unos instantes pareció que ella me lo iba a preguntar a mí, pero no fue así.

—Anda, vete con tus amiguitos —ordenó con una mueca.

Abandoné el pórtico tan rápidamente que tropecé con la raíz

de un árbol. Paré la caída y cuando me volví para mirar atrás, esperaba encontrar a Emily riéndose de mí. Pero ya había desaparecido, como un fantasma.

Aquella tarde, a principios de verano, me di cuenta a pesar de mis pocos años de que había muchos fantasmas viviendo en The Meadows. No eran los fantasmas de Henry, aquellos que chillaban en las noches de luna llena o que paseaban por el ático. Eran los fantasmas del engaño, los oscuros fantasmas que vivían en los corazones de algunos y atormentaban los corazones de otros.

Por primera vez, desde que había llegado a esta gran plantación con su orgullosa historia sureña, sentí miedo de las sombras internas. Se suponía que éste era mi hogar, pero no me pasearía por él con tanta libertad e inocencia como había hecho hasta ahora.

Recordándolo hoy, me doy cuenta de que perdemos la inocencia de muchas maneras, siendo la más dolorosa de ellas el momento en que percibimos que aquellos que se supone que nos quieren y nos cuidan, sólo cuidan de sí mismos y de sus propios intereses. Es doloroso porque te devuelve brutalmente a tu propia soledad.

Traté aquella tarde de sumergirme en las risas de los otros chicos, apartando de mi mente las desilusiones y las dificultades que comporta el hacerse adulto. Aquel verano, prematuramente, quizá perdí una preciosa parte de mi infancia.

DE JONÁS A JEZABEL

Ahora, cuando rememoro, tengo la sensación de que el verano dio paso al otoño y el otoño al invierno muy rápidamente aquel año. Sólo la primavera tardó más y más en hacerse floreciente. Quizá sólo me lo pareció a mí porque estaba impaciente y el invierno siempre parecía durar de forma indefinida. Nos provocaba con las primeras nevadas, prometiendo convertir el mundo en un lugar de ensueño donde las ramas de los árboles resplandecieran.

Las primeras nevadas siempre nos harían pensar en la Navidad, un gran fuego en la chimenea, deliciosas cenas, montones de regalos y la diversión de decorar el árbol; algo que generalmente hacíamos Eugenia y yo. Sobre los ondulantes campos, el invierno extendía su suave manto de promesas. Aquellas tempranas noches de invierno, después de que las nubes se deslizaran por la gélida superficie de un cielo azul oscuro, la luna y las estrellas hacían resplandecer la nieve. Desde mi ventana podía observar aquello que quedaba mágicamente transformado de un seco campo amarillo en un mar lácteo en el que flotaban pequeños diamantes.

Los chicos de la clase ansiaban siempre la gran llegada del invierno. Siempre me sorprendía que pudieran meter las desnudas manos en la helada nieve y reír de placer. La señorita Walker con frecuencia nos hacía severas advertencias en lo que se refiere a tirar bolas de nieve. El castigo, si te cogían tirando una bola en, o cerca de la escuela, era duro, y eso le daba a Emily otra oportunidad de cortarle la cabeza a aquellos que la desafiaban.

Pero, especialmente para los chicos, las nevadas garantizaban grandes momentos de placer que vendrían con los paseos en trineo y las guerras de bolas de nieve y el patinaje en los lagos y estanques cuando éstos aparecían helados. El estanque en The Meadows, que nunca sería el mismo para mí ya que había engullido a la pobre *Algodón*, se cubría de hielo, pero a causa de las rápidas corrientes que lo alimentaban la capa de hielo siempre era delgada y traicionera. Todos los riachuelos de nuestras tierras fluían más rápidamente y con mayor fuerza en invierno.

Durante el invierno nuestros animales eran más pacíficos, con sus estómagos aparentemente llenos de aire frío que les salía por la nariz y la boca. Cuando nevaba copiosamente a mí me daban pena los cerdos y los pollos, las vacas y los caballos. Henry dijo que no me preocupara porque sus cuerpos tenían una piel más gruesa y unas plumas espesas, pero yo no podía imaginarme el estar caliente en un establo sin calefacción mientras que los vientos cortantes bajaban del norte y rodeaban la casa hasta que conseguían penetrar por todas las rendijas.

Louella y las doncellas, que dormían en las habitaciones posteriores de la planta baja sin chimeneas, calentaban ladrillos y los metían en la cama para calentarse. Henry se pasaba gran parte del día cortando leña para las distintas chimeneas de la gran mansión. Papá insistía en que su despacho se mantuviera bien caliente. A pesar de que se pasaba horas fuera de él, a veces días enteros, si entraba y lo encontraba frío chillaba como un oso herido y mandaba a todos de aquí para allá en busca de Henry.

Durante los meses de invierno, las caminatas de Emily y mías de ida y vuelta al colegio resultaban desagradables y a veces eran casi imposibles a causa de los vientos y las ráfagas de nieve, lluvia o granizo. En algunas ocasiones mamá envió a Henry a recogernos, pero papá le mantenía tan ocupado la mayor parte del tiempo con las tareas de la casa que le resultaba imposible hacer el viaje hasta la escuela.

El invierno no parecía molestar a Emily en absoluto. Tenía el mismo aspecto siniestro todo el año. En cambio, parecía disfrutar del monótono cielo gris. Reforzaba su creencia de que el mundo era un lugar oscuro y terrible en el que sólo la devoción religiosa proporcionaba luz y calor. Solía preguntarme qué pensamientos desfilaban por la cabeza de Emily mientras se abría paso con determinación y en silencio, con sus largas piernas moviéndose a ritmo regular por el sendero y la carretera que nos llevaba de ida y vuelta a la escuela. El viento podía pasar sibilante por entre los árboles; el cielo podía estar tan oscuro que tenía que recordarme a mí misma que no estábamos en plena noche; el aire podía ser tan frío que teníamos pequeños cristales de hielo en la nariz. Incluso podíamos estar caminando bajo un chaparrón de lluvia helada, y Emily no cambiaba de expresión. Parecía mantener siempre la mirada fija en algo distante. Ni siquiera notaba los copos de nieve que se derretían sobre su frente y mejillas. Nunca tenía los pies fríos, las manos nunca se le helaban, a pesar de que tenía los dedos tan rojos como los míos... y la punta de su larga, delgada nariz, aún más roja que la mía.

O ignoraba mis quejas o se volvía hacia mí amenazándome con terribles castigos por haberme atrevido a criticar el mundo que Dios había creado para nosotros.

—¿Pero por qué quiere que tengamos tanto frío y seamos tan infelices? —exclamaba yo; y Emily me miraba fijamente, negaba con la cabeza, y a continuación asentía con ella como si estuviera confirmando una sospecha que siempre hubiera abrigado sobre mí.

—¿Qué escuchas en clase de catequesis? Dios nos pone a prueba para fortalecer nuestra voluntad —dijo entre dientes.

—¿Qué significa voluntad? —Nunca dudaba en preguntar qué significaba algo que no sabía. Mi sed de conocimiento y comprensión era tan grande que estaba incluso dispuesta a preguntarle a Emily.

—Voluntad significa nuestra capacidad de luchar contra el demonio y el pecado —dijo. A continuación se incorporó de manera arrogante y añadió—: pero puede que sea demasiado tarde para tu salvación. Eres una Jonás.

Nunca pasaba por alto la oportunidad de recordármelo.

—No, no lo soy —insistí, negando cansinamente la maldición que Emily quería servirme en bandeja. Continuó caminando, segura de que tenía razón, convencida de que disponía de un oído especial para oír las palabras de Dios, un ojo perspicaz para distinguir sus obras. ¿Quién le daba el derecho a asumir tal poder? Me pregunté. ¿Era nuestro pastor o era papá? Los conocimientos que ella tenía de la Biblia parecían complacerle, pero a medida que nos hacíamos mayores no le dedicaba más tiempo del que pudiera dedicarme a mí o a Eugenia. La gran diferencia es que a Emily no parecía importarle. Nadie en el mundo disfrutaba tanto estando solo. Nadie le parecía una compañía adecuada, y por una u otra razón evitaba especialmente a Eugenia.

A pesar de las continuas recaídas que Eugenia sufría en la lucha contra su terrible mal, no perdió nunca la cariñosa sonrisa o el buen humor. Su cuerpo seguía siendo pequeño, frágil; su tez, protegida siempre del sol en cualquier estación del año, siempre fue del color blanco de las magnolias. A los nueve años no parecía mayor que una niña de cuatro o cinco. Yo tenía la secreta esperanza de que a medida que pasaran los años su cuerpo se pondría cada vez más fuerte, y que la cruel enfermedad que la aprisionaba se debilitaría. Pero en vez de eso fue perdiendo facultades en pequeños campos, y cada una de esas contrariedades me partía el corazón.

A medida que pasaba el tiempo tenía crecientes dificultades en caminar, incluso dentro de casa. Tardaba tanto en subir las escaleras que era una tortura ver cómo lo intentaba; pasaban los segundos mientras esperabas que su pie diera el siguiente y doloroso paso. Dormía más; se le cansaban rápidamente los brazos cuando se cepillaba el cabello, un cabello que florecía y crecía a pesar de su continuo tormento, y tenía que esperar a que yo, o Louella, acabáramos de peinarla. Lo único que parecía irritarla era que se le cansaran los ojos cuando leía. Por fin, mamá la llevó consigo para comprarse unas gafas y tuvo que ponerse unos gruesos lentes que, decía ella, le daban aspecto de rana croadora. Pero al menos le permitían leer. Había aprendido a leer casi tan rápidamente como yo.

Mamá había solicitado los servicios del señor Templeton, un

profesor retirado, para darle clases a Eugenia, pero cuando cumplió los diez años las clases tuvieron que reducirse a una cuarta parte de lo que habían sido porque Eugenia no tenía la energía necesaria para seguir largas lecciones. Yo corría a su habitación después del colegio y descubría que se había quedado dormida mientras descifraba o prácticaba gramática. El cuaderno descansaba sobre su regazo, la pluma entre sus pequeños dedos. Normalmente, le quitaba todo con suavidad y la tapaba. Después, ella se quejaba.

—¿Por qué no me has despertado Lillian? Ya duermo lo suficiente. La próxima vez dame unos golpecitos en el hombro.

—Sí. Eugenia —dije, pero no tenía la fuerza suficiente como para sacarla de aquel profundo sueño, un sueño que de alguna manera deseaba que fuera ampliamente reparador.

Más tarde, durante aquel año, mamá y papá accedieron a los deseos del médico y le compraron a Eugenia una silla de ruedas. Como de costumbre, mamá había intentado ignorar lo que ocurría, negando la realidad de la enfermedad degenerativa de Eugenia. Achacaba los malos días de Eugenia al mal tiempo, quizá a algo que había comido o incluso a algo que no había comido.

—Eugenia se pondrá mejor —me decía cuando yo la abordaba con una nueva preocupación—. Todo el mundo se pone mejor, Lillian, especialmente los niños.

¿En qué mundo vivía mamá? me pregunté. ¿De veras creía que podía pasar una hoja de nuestras vidas y descubrir que todo había mejorado? Se sentía muchísimo más cómoda en un mundo de ficción. Cuando a sus amigas se les acababan los jugosos cotilleos, mamá empezaba inmediatamente a contarles la vida y los amores de los personajes de sus novelas, hablando de ellos como si fueran personas realmente existentes. Alguna cosa de la vida real siempre le recordaba a alguien o algo que había leído en uno de sus libros. Durante los primeros instantes, después de que mamá hablara, todos recurrían a su memoria para intentar recordar a quién se refería.

—Julia Summers. No recuerdo a ninguna Julia Summers —decía la señora Dowling, y mamá dudaba y a continuación se echaba a reír.

—Claro que no, querida. Julia Summers es la heroína de *Árbol de corazones*, mi nueva novela.

Todos se echaban a reír y mamá continuaba, ansiosa por continuar en el seguro y rosado mundo de las ilusiones, un mundo en el que niñas como Eugenia siempre se curaban y algún día se levantaban de la silla de ruedas.

Sin embargo, en cuanto le compramos la silla se ruedas a Eugenia, yo le rogaba que se sentara en ella para poder pasearla por la casa o, cuando mamá decía que hacía un tiempo lo bastante bueno, por el jardín. Henry venía corriendo y ayudaba a Eugenia a bajar las escaleras, levantándola ella y a la silla en un solo gesto. Yo la llevaba por la plantación a ver un nuevo becerro o a los pollitos. Nos quedábamos mirando a Henry y a los otros trabajadores cepillando los caballos. Siempre había mucha actividad en la plantación, y siempre había algo interesante para los ojos de Eugenia.

Le gustaba especialmente la primavera. Sus ojos rebosaban alegría mientras la paseaba para que pudiera ver bien los cornejos, que lucían masas de capullos blancos o rosas entre unas renacientes hojas verdes. Los campos estaban todavía llenos de narcisos amarillos y ranúnculos. Todo asombraba a Eugenia, y durante un rato yo podía ayudarla a olvidar su enfermedad.

Nunca se quejaba con insistencia. Si se encontraba mal, lo único que hacía era mirarme y decir:

—Creo que debo volver a casa, Lillian. Necesito echarme un rato. Pero quédate conmigo —añadía rápidamente— y cuéntame otra vez cómo te miró Niles Thompson ayer y lo que te dijo al tomar el camino de vuelta a casa.

No sé cuándo fue exactamente que me di cuenta del todo, pero muy pronto entendí que mi hermana Eugenia vivía la vida a través de mí y de mis historias. En nuestras barbacoas y fiestas anuales ella veía a la mayoría de chicos y chicas a los que yo me refería, pero tenía tan poco contacto con ellos que dependía de mí para saber lo que pasaba fuera de su habitación. Intenté invitar a algunas chicas a casa, pero la mayoría de ellas se sentían incómodas en la habitación de Eugenia, un dormitorio lleno de material médico para ayudarla a respirar y mesas cubiertas de tarros de pastillas. A mí me preocupaba que los que la miraban y veían lo pequeña que era para su edad la consideraran una especie de monstruo, y, por otra parte, sabía que Eugenia era lo bastante lista para adivinar el miedo y la incomodidad en sus ojos. Al cabo de un tiempo pareció más fácil limitarme a contar las historias.

Solía sentarme al lado de la cama de Eugenia mientras ella permanecía quieta, los ojos cerrados, una dulce sonrisa en los labios, y le narraba todo lo que había ocurrido en el colegio con el máximo detalle posible. Siempre quería saber qué ropa llevaban las otras chicas, cómo se peinaban, de qué hablaban y qué les gustaba hacer. Además de saber lo que habíamos aprendido aquel día, le gustaba enterarse de quién se había metido en líos y por qué. Cuando mencionaba el papel de Emily en los pequeños acontecimientos cotidianos, Eugenia simplemente asentía y decía algo como:

—Sólo intenta complacer.

—No seas tan indulgente, Eugenia —protestaba yo—. Emily está haciendo algo más que intentar complacer a la señorita Walker o a papá y mamá. Se complace a sí misma. Le gusta ser como es: un ogro.

—¿Cómo puede ser así? —preguntaba Eugenia.

—Ya sabes que le gusta mostrarse distante y cruel, incluso disfrutó pegándome en las manos en catequesis.

—El pastor le obliga a hacer esas cosas, ¿no es verdad? —preguntaba Eugenia. Yo sabía que mamá le contaba esas tonterías para que Eugenia no tuviera malos pensamientos. Seguramente mamá quería creer las cosas que le decía a Eugenia de Emily. De ese modo, tampoco ella tendría que enfrentarse a la verdad.

—No le obliga a que le guste —insistí—. Tendrías que ver cómo se le iluminan los ojos. Incluso llega a parecer feliz.

—No puede ser tan monstruosa, Lillian.

—¿Ah, no? ¿Te has olvidado de *Algodón*? —respondí, quizá con más firmeza y frialdad de lo debido. Vi que aquello le dolía a Eugenia e inmediatamente lo lamenté. Pero el espasmo de tristeza pronto desapareció de su rostro y volvió a sonreír.

—Háblame de Niles ahora, Lillian. Quiero que me cuentes cosas de Niles. Por favor.

—De acuerdo —dije, tranquilizándome. En cualquier caso me gustaba hablar de Niles.

Con Eugenia podía desvelar mis sentimientos más íntimos.

—Necesita un corte de pelo —dije, riendo—. El pelo le cae por encima de los ojos y la nariz. Cada vez que le miro en clase se está apartando los mechones de la frente.

—Tiene el cabello muy negro ahora —dijo Eugenia, recordando algo que le había contado hacia unos días—. Negro como el azabache.

—Sí —dije sonriendo. Eugenia abrió los ojos y también sonrió.

—¿Te miraba también hoy? ¿Te miraba? —preguntó excitada. A veces sus ojos resplandecían con fuerza. Si la miraba sólo a los ojos, podía olvidar que estaba gravemente enferma.

—Cada vez que le miraba tenía sus ojos puestos en mí —dije, casi en un susurro.

—¿Y eso hizo que tu corazón latiera con más y más fuerza hasta sentir que casi no podías respirar? —Asentí—. Igual que yo, sólo que por una causa mejor —añadió. Entonces se echó a reír antes de que yo pudiera compadecerme de ella—. ¿Qué te dijo? Vuélveme a contar lo que te dijo ayer cuando volvíais del colegio.

—Dijo que tenía la sonrisa más bonita de la escuela —contesté, recordando la forma en la que me lo había dicho Niles. Caminábamos juntos unos pasos detrás de Emily y las gemelas, como de costumbre. Le dio una patadita a una pequeña piedra y a continuación levantó los ojos y me lo dijo. Volvió a bajar la vista. Durante unos instantes no supe qué decir o qué responder. Finalmente murmuré:

»Gracias.

»Eso fue lo único que se me ocurrió —le dije a Eugenia—. Tendría que leer alguna de las novelas románticas de mamá para saber qué decirles a los chicos.

—No te preocupes. Dijiste lo que tenías que decir —me aseguró Eugenia—. Eso es lo que habría dicho yo.

—¿De verdad? —Me pensé aquello—. No dijo nada más hasta llegar a su sendero. Entonces dijo, hasta mañana, Lillian y se alejó a toda velocidad. Sé que estaba avergonzado y que le hubiera gustado que dijera alguna cosa más.

—Ya la dirás —me aseguró Eugenia—. La próxima vez.

—No habrá próxima vez. Seguramente piensa que soy la tonta del bote.

—No lo piensa. Eso es imposible. Ahora eres la chica más lista del colegio. Eres incluso más lista que Emily —dijo Eugenia orgullosa.

Lo era. Como me dedicaba a leer otros libros, sabía cosas que los alumnos de grados superiores debían saber. Me tragaba los libros de historia, pasándome horas y horas en el despacho de papá, mirando su colección de libros sobre la Grecia y Roma antiguas. Había muchas cosas que Emily se negaba a leer, incluso cuando lo sugería la señorita Walker, porque Emily opinaba que trataban de cosas y personas pecaminosas. Por consiguiente, yo sabía mucho más que ella de mitología y tiempos antiguos.

Y era más rápida que Emily a la hora de multiplicar y dividir. Con esto lo único que conseguía era enfurecerla mucho más. Recuerdo una vez que me acerqué a ella cuando estaba luchando con una columna de números. Miré por encima de su hombro y cuando anotó el total, le dije que se había equivocado.

—Te has olvidado de llevar uno aquí —dije, señalando. Ella se puso furiosa.

—¿Cómo te atreves a espiarme a mí y mi trabajo? Lo único que quieres es copiarme —me acusó.

—Oh no, Emily —dije—. Sólo intentaba ayudarte.

—No necesito tu ayuda. No te atrevas a decirme lo que está bien y lo que está mal. Eso sólo puede hacerlo la señorita Walker —afirmó. Me encogí de hombros y la dejé, pero cuando me volví, la vi borrando vigorosamente la respuesta que había apuntado en el papel.

En el estricto sentido de la palabra, las tres crecimos en mundos distintos a pesar de vivir bajo el mismo techo y tener a las mismas personas como padres. Por mucho tiempo que pasara con Eugenia, y por muchas cosas que hiciéramos juntas, sabía que nunca llegaría a sentirme como ella ni valorar lo difícil que sería estar dentro mirando fuera la mayor parte del tiempo. El Dios de

Emily sí que me asustaba; ella me hacía temblar cuando me amenazaba con la ira y la venganza de Dios. Qué poco razonable era el Señor, pensaba, y qué capaz debía ser de grandes y dolorosos actos si permitía que alguien tan buena y preciosa como Eugenia sufriera mientras Emily se paseaba derrochando arrogancia por el mundo.

Emily también vivía en su pequeño mundo. A diferencia de Eugenia, Emily no era una prisionera involuntaria y desvalida; Emily optaba por encerrarse, no entre verdaderas paredes de cemento y pintura y madera sino entre las paredes de la ira y el odio. Cerraba todas las aberturas con alguna cita o historia bíblica. Incluso llegué a pensar que el pastor también la temía, aprensivo de que ella descubriera algún profundo y oscuro pecado que hubiera cometido en el pasado.

Y después, claro está, estaba yo: la única que realmente vivió The Meadows, corriendo por sus campos y tirando piedras en los arroyos. Yo, que salía a oler las flores y a aspirar el dulce aroma del tabaco; yo, que pasaba tiempo con los trabajadores y que conocía a todos los que trabajaban en la plantación por su nombre. Yo no estaba dispuesta a encerrarme en una parte de la gran casa e ignorar a los demás.

Sí, a pesar de la oscura nube de dolor que pesaba sobre mí en lo tocante a mi nacimiento, y a pesar de tener una hermana como Emily, la mayor parte del tiempo me permití disfrutar de mi adolescencia en The Meadows.

«The Meadows nunca perderá su encanto», pensaba en aquella época. Las tormentas vendrían y pasarían, pero siempre nacería una cálida primavera. Claro está que entonces todavía era muy joven. No podía ni imaginarme lo feas que se pondrían las cosas, el frío que haría, y qué sola acabaría estando en cuanto acabara mi adolescencia.

Al cumplir los doce años empecé a experimentar tales cambios en mi cuerpo que mamá vaticinó que sería una bella joven, una hermosa flor del sur. Era agradable ver que me consideraban guapa, y que la gente, especialmente las amigas de mamá, expresaban su admiración por la suavidad de mi cabello, la riqueza de mi tez y el encanto de mis ojos. De pronto, casi sin darme cuenta, mis vestidos empezaron a venirme pequeños y no era porque estuviera engordando demasiado. De hecho, la gordura infantil de mi rostro había desaparecido y las líneas rectas y varoniles de mi cuerpo empezaron a curvarse dramáticamente. Siempre fui pequeña, con un torso delgado, aunque no tan larguirucha como Emily, que creció con tanta rapidez que parecía que la hubieran estirado de un día para otro.

La estatura de Emily parecía otorgarle un cierto aire de mujer madura, pero era una madurez que tan sólo se reflejaba en la cara. El resto de su desarrollo femenino había quedado olvidado o ignorado. Ninguna de sus curvas eran suaves y delicadas como las mías, y a los doce años ya estaba bastante segura de tener el doble de pecho que ella. No lo sabía con total seguridad porque no había visto nunca a Emily desvestida, ni siquiera en enagua.

Una noche, cuando me estaba bañando, mamá pasó por allí y se fijó en que empezaba a desarrollarme como mujer.

—¡Oh, cielos! —exclamó con una sonrisa—; empiezas a tener pecho mucho antes que yo. Vamos a tener que comprarte nueva ropa interior, Lillian.

Sentí cómo me sonrojaba, especialmente cuando mamá iba hablando de cómo mi figura, literalmente, arrebataría el corazón de los jóvenes que me miraran. Todos me observarían con aquella intensidad «que te hace pensar que quieren memorizar todos y cada uno de los detalles de tu rostro y figura». A mamá le encantaba aplicar las palabras y teorías que aparecían en sus novelas románticas a la menor oportunidad, especialmente a nuestras vidas.

Menos de un año después tuve mi primera menstruación. Nadie me había dicho que tendría lugar. Emily y yo volvíamos del colegio un día de finales de primavera. Hacía tanto calor como en verano, de modo que Emily y yo no llevábamos puesto más que un vestido ligero. Afortunadamente acabábamos de despedirnos de las gemelas Thompson y de Niles, porque de lo contrario me hubiera muerto de vergüenza. Sin previo aviso sentí de pronto un calambre. El dolor era tan fuerte que me cogí el estómago y me doblé por la mitad.

Emily, enfadada por tener que detenerse, se dio la vuelta e

hizo una mueca de disgusto al verme de cuclillas sobre la hierba. Dio unos pasos hacia mí. Se llevó las manos a la altura de las huesudas caderas, con los codos tan doblados bajo la fina piel que pensé que los huesos la traspasarían.

—¿Qué te ocurre? —exigió saber.

—No lo sé, Emily. Me duele mucho. —Me vino otro calambre y gemí de nuevo.

—¡Basta ya! —exclamó Emily—. Te estás comportando como un cerdo en el matadero.

—No puedo evitarlo —gemí, con las lágrimas resbalando por mis mejillas. Emily hizo una mueca poco compasiva.

—Levántate y camina —me ordenó. Intenté incorporarme, pero no pude.

—No puedo.

—Te dejaré aquí —amenazó. Lo pensó un momento—. Seguramente se debe a algo que has comido. ¿Has mordido la manzana verde de Niles como tienes por costumbre? —preguntó. Siempre me imaginaba que Emily nos observaba a Niles y a mí durante la hora de recreo.

—No, hoy no —dije.

—Estoy segura de que estás mintiendo, como siempre. Bueno —dijo, echando a correr—, no puedo...

Me puse la mano entre las piernas porque noté un extraño flujo caliente, y cuando saqué los dedos vi la sangre. Esta vez seguro que mi grito lo oyeron hasta los trabajadores de The Meadows, a pesar de que todavía faltaban unos buenos dos kilómetros hasta llegar a la casa.

—¡Algo terrible me está ocurriendo! —grité, y levanté la palma de la mano para que Emily pudiera ver la sangre. Se quedó mirando unos minutos, con los ojos como platos, su larga y delgada boca retorciéndose como una goma en la mejilla.

—¡Ha llegado tu hora! —chilló, dándose cuenta de dónde había puesto la mano y por qué sentía tanto dolor. Me señaló con un dedo acusador—. Ha llegado tu hora.

Yo negué con la cabeza. No tenía ni la menor idea de lo que quería decir, ni por qué estaba tan enfadada.

—Es demasiado pronto. —Retrocedió, apartándose de mí

como si tuviera la escarlatina o el sarampión—. Es demasiado pronto —repitió—. Eres hija de Satanás, seguro.

—No, no lo soy. Emily, por favor, para...

Movió la cabeza con asco y se alejó de mí, murmurando una de sus oraciones mientras caminaba, dando cada vez pasos más largos y dejándome sola y aterrorizada. Empecé a llorar. Cuando volví a mirar, seguía sangrando. Veía la sangre deslizándose por mi pierna. Chillé de miedo. El dolor en mi estómago seguía igual, pero la visión de la sangre me hizo olvidarlo el tiempo suficiente para ponerme en pie. Sollozando, histérica, con mi cuerpo estremeciéndose, di un paso adelante y después otro y otro. No volví a mirarme la pierna, aunque sentía la sangre, que me llegaba hasta el calcetín. En vez de mirar continué caminando, aferrándome el estómago. Sólo cuando llegué a la casa recordé que había dejado atrás todos los libros y cuadernos. Aquello me hizo llorar aún más.

Emily no había avisado a nadie. Como de costumbre, había entrado en casa y se había encerrado en su habitación. Mamá ni siquiera se dio cuenta de que yo no estaba con ella. Estaba escuchando música y leyendo una nueva novela cuando yo abrí la puerta y chillé. Tardó unos minutos en oírme y vino corriendo en mi busca.

—Mamá —gemí—, algo terrible me está ocurriendo. Me ha pasado en la carretera. Me dio un calambre horroroso y empecé a sangrar, pero Emily se marchó y me dejó allí. También he olvidado todos los libros —me quejé.

Mamá se acercó un poco y vio la sangre, que se deslizaba por mi pierna.

—Cielos, cielos —dijo, la palma de la mano derecha sobre la mejilla—. Te ha llegado ya la hora.

Levanté la vista atónita, la cabeza martilleándome.

—Eso es lo que dijo Emily. —Me limpié las lágrimas de las mejillas—. ¿Qué significa?

—Significa —dijo mamá con un suspiro— que vas a convertirte en mujer antes de lo que esperaba. Vamos, querida —dijo, extendiendo el brazo—, te limpiaremos y prepararemos.

—Pero me he dejado los libros en la carretera, mamá.

—Mandaré a Henry a buscarlos. No te preocupes. Primero vamos a cuidar de ti —insistió.

—No lo entiendo. De pronto... me dolió el estómago y me puse a sangrar. ¿Estoy enferma?

—No exactamente, Lillian querida. De ahora en adelante —dijo, cogiéndome de la mano y diciéndome algo que me dejaría paralizada— te va a ocurrir lo mismo una vez cada mes.

—¡Cada mes! —Ni siquiera a Eugenia le ocurrían las mismas cosas terribles una vez al mes todos los meses—. ¿Por qué, mamá? ¿Qué me ocurre?

—No te ocurre nada, querida. Nos pasa a todas las mujeres —dijo—. No insistas —dijo con un suspiro—. Es demasiado desagradable. A mí ni siquiera me gusta pensarlo. Cuando ocurre, finjo que no es así —continuó—. Hago lo que tengo que hacer, claro está, pero no le presto más atención de la necesaria.

—Pero duele mucho, mamá.

—Sí, lo sé —dijo—. Yo a veces tengo que guardar cama los primeros días.

Es cierto que mamá se quedaba en la cama de vez en cuando. Nunca lo había pensado antes, pero ahora me di cuenta de que su comportamiento tenía algo de regular. Papá parecía impacientarse con ella durante esos días y normalmente se marchaba, diciendo que era necesario emprender uno de sus especiales viajes de negocios.

Arriba, en mi habitación, mamá me dio una rápida explicación de porqué el dolor y la sangre significaban que me había hecho mujer. Me asustó mucho más saber que mi cuerpo había cambiado tanto que hasta era posible tener un hijo propio. Necesitaba saber más del asunto, pero cualquier pregunta que hiciera mamá la ignoraba o hacía una mueca y me rogaba que no habláramos de cosas tan desagradables. Mamá me enseñó cómo protegerme de la menstruación y rápidamente dio fin a nuestra breve charla.

Pero yo sentía gran curiosidad. Necesitaba más información, más respuestas. Bajé a la biblioteca de papá, esperando encontrar algo en sus libros de medicina. Sí, descubrí un pequeño artículo acerca del sistema reproductor femenino y aprendí con más detalle las razones que provocan la menstruación. No podía evitar preguntarme qué otras sorpresas me esperaban a medida que creciera y que mi cuerpo se desarrollara más y más.

Emily metió la cabeza por la puerta de la biblioteca y me vio sentada en el suelo, concentrada en la lectura. Estaba tan ensimismada que ni siquiera la oí acercarse.

—Eso es asqueroso —dijo, mirando la ilustración del aparato reproductor femenino— pero no me sorprende que lo estés mirando.

—No es asqueroso. Es información científica, igual que los libros de texto.

—No es verdad. Ese tipo de cosas no saldrían en nuestros libros de texto —contestó con seguridad.

—Bueno, tengo que saber qué es lo que me está ocurriendo —espeté. Ella me miró fijamente. Desde aquel ángulo del suelo Emily parecía aún más alta y delgada, y sus afilados rasgos faciales tan recortados que daba la sensación de que la hubieran tallado en un trozo de granito.

—¿No sabes lo que realmente significa, por qué nos pasa eso?

Yo negué con la cabeza y ella se cruzó de brazos y levantó la cara hasta que sus ojos miraron el techo.

—Es la maldición de Dios por lo que Eva hizo en el Paraíso. Desde aquel momento todo lo relacionado con el embarazo y el parto se convirtió en algo desagradable y doloroso. —Volvió a agitar la cabeza y a mirarme—. ¿Por qué crees que algo doloroso y desagradable te ha pasado tan pronto? —preguntó, y a continuación respondió a su propia pregunta—. Porque eres excepcionalmente mala, eres una maldición viviente.

—No, no lo soy —dije débilmente. Con las lágrimas empañándome los ojos. Ella sonrió.

—Cada día surgen nuevas señales —dijo triunfante—. Ésta es otra más. Algún día mamá y papá se darán cuenta y entonces te mandarán a vivir a un orfanato para chicas —amenazó.

—No lo harán —dije sin creérmelo demasiado. Pero, ¿y si Emily tenía razón? Parecía tener razón en todo lo demás.

—Sí que lo harán. Se verán obligados a hacerlo, o de lo contrario nos caerá una maldición tras otra. Ya verás —prometió. Volvió a mirar el libro—. Quizá papá entre aquí y te vea leyendo y mirando todas estas asquerosidades. Sigue así —dijo, y se dio la vuelta y salió triunfante de la biblioteca. Sus últimas palabras me llenaron de pánico. Cerré el libro rápidamente y lo volví a colocar en el estante. A continuación me fui a mi habitación para meditar en las terribles cosas que me había dicho Emily. ¿Y si tenía razón? me pregunté. Era imposible no preguntárselo.

¿Y si tenía razón?

Los calambres seguían siendo tan intensos que no tenía ganas de bajar a cenar, pero Tottie llegó con mis libros y cuadernos a decirme que Eugenia había preguntado por mí y que quería saber por qué no había pasado a verla. El deseo de verla me dio nuevas fuerzas y bajé para explicárselo todo. Ella se quedó quieta, con los ojos tan abiertos y tan sorprendida como yo. Cuando estaba a punto de acabar, movió la cabeza asombrada y se preguntó en voz alta si alguna vez le ocurriría a ella lo mismo.

—Mamá, y los libros que he leído, dicen que les pasa a todas las mujeres.

—A mí no me ocurrirá —dijo proféticamente—. Mi cuerpo será el cuerpo de una niña pequeña hasta que muera.

—No digas esas cosas —exclamé.

—Hablas igual que mamá —dijo Eugenia, sonriendo. Tuve que admitir que era cierto, y por primera vez desde que había vuelto del colegio, sonreí.

—Bueno, no puedo evitar parecerme a ella cuando dices ese tipo de cosas.

Eugenia se encogió de hombros.

—Por lo que me cuentas, Lillian, no parece tan terrible no tener la menstruación —respondió, y yo tuve que echarme a reír.

Mérito de Eugenia, pensé, conseguir que me olvidara de mis propios dolores.

Aquella noche, a la hora de cenar, papá quería saber por qué no tenía apetito y por qué estaba tan pálida y enfermiza. Mamá le dijo que ya era una mujer y él se volvió para mirarme de forma muy extraña. Era como si me estuviera viendo por primera vez. Sus oscuros ojos se entrecerraron.

—Va a ser tan guapa como Violet —dijo mamá con un suspiro.

—Sí —asintió papá, sorprendiéndome—, lo va a ser.

Miré al otro lado de la mesa, a Emily. Se había puesto roja como un tomate. Papá no pensaba que yo traía maldiciones a The Meadows, pensé felizmente. Emily también se daba cuenta de ello. Se mordió el labio inferior.

—¿Puedo elegir el pasaje de la Biblia esta noche, papá? —preguntó.

—Claro que sí, adelante, Emily —dijo, cruzando las manos sobre la mesa. Emily me miró y abrió el libro.

—«Y el Señor dijo: ¿Quién te ha dicho que estabas desnuda? ¿Has comido de aquel árbol, del que Yo ordené no comieras?

»Y el hombre dijo —continuó Emily, dirigiéndome la mirada— la mujer que Tú me diste, ella me dio de comer del árbol y yo comí.»

Volvió a mirar la Biblia y omitió el castigo de Dios a la serpiente. A continuación, y con voz más alta y clara, leyó:

—«A la mujer el Señor dijo: Multiplicaré tu dolor y tu concepción; con dolor traerás a tus hijos al mundo...»

Cerró el libro y se recostó en la silla, mostrando una mirada de satisfacción en el rostro. Ni mamá ni papá dijeron nada durante unos minutos. A continuación, papá se aclaró la garganta.

—Sí, bien... muy bien, Emily. —Inclinó la cabeza—. Damos gracias al Señor por estos alimentos.

Empezó a comer vigorosamente, deteniéndose de vez en cuando para mirarme, agregando un poco más de confusión a lo que había sido el día más extraño y confuso de mi vida.

Los cambios que siguieron fueron mucho más sutiles. Mi pecho continuó creciendo poco a poco hasta que un día mamá comentó que ya tenía hendidura.

—Ese pequeño y oscuro espacio que tenemos entre los pechos —me dijo en un susurro— es la fascinación de los hombres.

Continuó hablándome de uno de los personajes femeninos en una de sus novelas, el cual, deliberadamente, buscaba la forma de lucirlo y sacarle partido. Llevaba ropa interior que le elevaba y juntaba los pechos.

—Haciendo que sobresalieran y que la hendidura tuviera más profundidad. —La mera idea me hacía latir el corazón con fuerza.

—Los hombres hablaban de ella a sus espaldas y decían que era una provocadora —dijo mamá—. Tienes que tener cuidado de ahora en adelante, Lillian, de no hacer nada que pueda llevar a los hombres a pensar que respondes a ese tipo de mujer. Son mujeres permisivas que nunca se ganan el respeto de un hombre decente.

De pronto, cosas que parecían tan normales e insignificantes tomaban un nuevo sentido y peligro, y Emily asumió una nueva responsabilidad, aunque estaba segura de que nadie le había pedido que lo hiciera. Me lo dejó bien claro una mañana, de camino al colegio.

—Ahora que ya tienes la menstruación —afirmó— estoy segura de que harás algo para deshonrar a nuestra familia. Te vigilaré de muy cerca; no lo olvides.

—No deshonraré a nuestra familia —le contesté. Otro sutil cambio que había notado en mí era una mayor confianza en mí misma. Era como si una ola de madurez me hubiera envuelto, aportándome mayor desarrollo y convicción en mis propósitos. Emily no iba a asustarme más. Pero ella se limitó a sonreír de manera confiada y arrogante.

—Sí que lo harás —predijo—. El mal que está en ti tomará forma y surgirá cada vez que tenga oportunidad de ello. —Se volvió, alejándose con aires de rectitud y nobleza.

Evidentemente, comprendí que todos me miraban de forma diferente. Cada paso y cada palabra mía se juzgaba y evaluaba. Tenía que asegurarme que todos y cada uno de los botones de mi blusa estuvieran bien abrochados. Si me ponía demasiado cerca de un chico, los ojos de Emily se abrían, perspicaces, y seguían todos y cada uno de mis gestos. Estaba dispuesta a atacar si veía el roce de un brazo, el toque de un hombro, o, Dios no lo quisiera, rozar mi pecho con alguna parte del cuerpo de un chico, incluso accidentalmente. No pasaba ningún día sin que ella me acusara de coquetear. En su opinión, o sonreía demasiado o movía los hombros de forma harto provocadora.

—Para ti es muy sencillo pasar de ser una Jonás a ser una Jezabel —afirmó.

—No es cierto —respondí, no estando ni siquiera segura de lo que quería decir. Pero aquella noche, a la hora de cenar, abrió la Biblia y eligió un pasaje del libro *1.º de los Reyes.* Con la mirada fija en mí, y muy furiosa, leyó.

—«Porque le fue ligera cosa andar en los pecados de Jeroboam hijo de Nabat, y tomó por mujer a Jezabel hija de Ethbaal rey de los Sidonios, y fue y sirvió a Baal, y lo adoró.»[1]

Cuando acabó de leer, volví a ver a papá mirándome de forma extraña, sólo que esta vez me miraba como si pensara que quizá Emily tuviera razón; que, efectivamente, podía ser hija del mal. Me sentí muy incómoda y aparté la mirada rápidamente.

Con Emily revoloteando a mi alrededor como un buitre a punto de atacar, me encontré dividida entre el sentimiento que crecía y se desarrollaba, sentimientos que me hacían tener ganas de estar con chicos, especialmente Niles, y un sentimiento de culpabilidad. Si a Niles le había gustado mi sonrisa antes, ahora parecía hipnotizarle. Creo que no me di nunca la vuelta en clase sin verle mirándome, con sus suaves ojos morenos llenos de interés. Sentí cómo me sonrojaba, y un estremecimiento que descansaba constantemente bajo mi pecho, inundaba de forma turbulenta mi estómago y piernas. Pensé que todos podrían percibir mis sentimientos en la cara, y bajaba rápidamente la mirada después de comprobar que Emily no me estaba observando. Casi siempre lo estaba.

Ahora, en el viaje de regreso a casa. Emily siempre se retrasaba para poder caminar detrás de Niles y de mí y no delante. Las gemelas se quejaban de su lentitud, pero Emily las ignoraba o les decía que se adelantaran. Claro está, Niles también percibía la mirada de Emily, y comprendió que debía mantener una distancia respetable entre los dos. Si intercambiábamos libros o papeles teníamos que asegurarnos de que nuestros dedos no se rozaran delante de Emily.

No obstante, una tarde de aquella primavera, se nos concedió

---

1. Para la traducción de ésta y otras citas bíblicas hemos preferido, antes que efectuarlas directamente de la novela, la espléndida versión castellana de Cipriano de Valera. *(N. del T.)*

una tregua de la mirada atenta de Emily, la señorita Walker le pidió que se quedara después de clase para ayudarle con unos papeles. Emily disfrutaba de la responsabilidad y autoridad que aquello representaba, de modo que accedió sin queja.

—Vuelve directamente a casa —me dijo en la puerta de la escuela. Miró a Niles y a las gemelas que me estaban esperando—. Y asegúrate de no hacer nada que deshonre a los Booth.

—Yo también soy una Booth —le espeté. Ella hizo una mueca de ironía y se alejó.

Estuve enfadada durante la mayor parte del trayecto. Las gemelas, con sus habituales prisas, caminaron más rápidamente que Niles y yo. Al cabo de poco tiempo, ya habían desaparecido. Él y yo habíamos estado repasando la lección de latín, recitando conjugaciones, cuando de pronto él se detuvo y miró el sendero que se extendía a nuestra derecha. Estábamos muy cerca del desvío que llevaba a su casa.

—Hay un gran estanque allí —dijo—. Lo alimenta una pequeña cascada, y el agua es tan clara que se pueden ver los peces nadando. ¿Te gustaría verlo? Está muy cerca —dijo, y a continuación añadió—: es mi lugar secreto. Cuando era pequeño lo solía considerar un lugar mágico. Todavía lo pienso —confesó y apartó·la mirada tímidamente.

Yo no pude evitar una sonrisa. Niles quería compartir algo secreto conmigo. Estaba segura de que nunca se lo había contado a nadie más ni siquiera les había dicho a sus hermanas lo que pensaba del estanque. Yo me sentía a la vez halagada y excitada por la espontánea muestra de confianza.

—Si está cerca —dije—. No puedo llegar tarde a casa.

—Sí que lo está —prometió—. Vamos. —Con un gesto de atrevimiento me cogió de la mano. A continuación se adentró por el sendero, estirándome. Yo me reí y protesté, pero él continuó trotando hasta que de pronto, tal como había prometido, llegamos a un pequeño estanque oculto en el bosque. Nos quedamos mirando el agua y la cascada. Un cuervo pasó por delante. Los matorrales y la hierba alrededor del estanque parecían más verdes, más espesos que en cualquier otro lugar, y el agua era cristalina y transparente. Pude ver los bancos de pequeños peces moviéndose con tal sincronización que parecían haber ensayado un ballet. Una rana medio sumergida en un tronco nos miró y croó.

—Oh, Niles —dije—. Tenías razón. Éste es un lugar mágico.

—Pensé que te gustaría —dijo, sonriendo. Seguíamos cogidos de la mano—. Siempre vengo aquí cuando algo me pone triste, y en unos minutos vuelvo a estar contento. ¿Y sabes qué? —prosiguió:— si quieres pedir un deseo, arrodíllate, pon la punta de los dedos en el agua, cierra los ojos y pide lo que quieras.

—¿De verdad?

—Adelante —animó—. Inténtalo.

Respiré profundamente y pensé que desearía algo divertido. Deseé que Niles y yo pudiéramos besarnos. No lo pude evitar, porque cuando cerré los ojos, me imaginé haciéndolo. Después hundí la punta de los dedos en el agua, me levanté y abrí los ojos.

—Puedes contarme tu deseo si quieres —dijo—. No impedirá que se cumpla.

—No puedo —contesté. No sé si me había sonrojado o si él podía adivinar mi deseo en la mirada, pero parecía entenderlo.

—¿Sabes lo que hice ayer? —preguntó—. Vine aquí y deseé que de alguna forma pudiera traerte aquí a ver el estanque. Y mira —dijo, extendiendo los brazos—. Aquí estás. ¿Quieres contarme ahora tu deseo? —Negué con la cabeza—. Yo también he deseado otra cosa —dijo él. Su mirada era más tierna, fijándose en la mía—. He deseado que seas tú la primera chica a la que bese.

Apenas lo dijo, sentí cómo se detenía mi corazón poniéndose después a latir con fuerza. ¿Cómo podía haber deseado él lo mismo en este mismo lugar? ¿Era realmente éste un estanque mágico? Volví a mirar el agua y después a Niles. Vi sus ojos, sus ojos morenos esperando, y cerré los míos. Con el corazón desbocado, me incliné hacia él y sentí el suave y cálido toque de sus labios sobre los míos. Fue un beso rápido, casi demasiado rápido como para creer que había ocurrido, pero era verdad. Cuando abrí los ojos, lo encontré cerca todavía, y sus labios podían rozar los míos de nuevo en un instante. Él también abrió los ojos, y retrocedió.

—No te enfades —dijo rápidamente—. No he podido evitarlo.

—No estoy enfadada.

—¿No?

—No. —Me mordí el labio inferior y se lo confesé—. Yo también he deseado lo mismo —dije, y me volví corriendo por el sendero antes de que me estallara el corazón. Salí a la carretera, intentando respirar. Tenía el cabello suelto y los mechones me cubrían la frente y las mejillas. Durante un momento estaba tan excitada que no la vi. Pero cuando me giré en dirección a la escuela, allí estaba Emily, caminando con paso cansino. Se detuvo en seco. Un momento después, Niles también salió del bosque.

Y mi corazón, hasta entonces ligero como una pluma, se convirtió en un trozo de plomo. Sin dudarlo, recorrí corriendo todo el trayecto hasta casa con los ojos acusadores de Emily persiguiéndome. Podía oírla gritar «Jezabel» incluso después de haber cerrado la puerta de casa.

PRIMER AMOR

Me quedé sentada en la cama de mi habitación, temblando de miedo. No vi a mamá cuando entré en la casa, pero cuando pasé por delante del estudio de papá la puerta estaba abierta y pude verle trabajando en su escritorio, una espiral de humo surgiendo del cenicero, la copa de bourbon y menta a su lado. No levantó la mirada de los papeles. Yo subí corriendo arriba y me arreglé el pelo, pero por mucho que me frotara las mejillas no conseguía que desapareciera el rubor. «Llevaré conmigo la culpabilidad y la vergüenza durante el resto de mi vida», pensé. ¿Y por qué? ¿Qué había hecho que fuera tan terrible?

Sí, algo —pensé— me había parecido maravilloso. Le había dado un beso a un chico... ¡en los labios y por vez primera! No había sido como en las novelas románticas de mamá. Niles no me había rodeado con sus brazos, estirándome hacia él, haciéndome perder la noción del tiempo; pero para mí, había sido tan bonito como aquellos largos y famosos besos que las mujeres en los libros de mamá se daban, con el cabello al viento o los hombros desnudos para que los labios de los hombres encontraran el camino hasta el cuello. La idea de Niles haciéndome aquello me asustaba y excitaba a la vez. ¿Me desmayaría? ¿Me desvanecería en sus brazos quedando desvalida como las mujeres de las novelas de mamá?

Me estiré en la cama para soñar, para soñar y pensar en Niles y yo...

De pronto oí unos pasos en el pasillo, pero no eran los de Emily o mamá. Eran los pasos de papá. El sonido de los tacones de sus botas en el suelo de madera era inconfundible. Me incorporé y contuve la respiración, esperando que pasara hasta llegar a su dormitorio; pero se detuvo en mi puerta y, un momento después, la abrió y entró, cerrándola inmediatamente.

Papá casi nunca venía a mi habitación. Pensé que podía contar las veces que lo había hecho con los dedos de la mano. En una ocasión mamá le trajo para enseñarle dónde quería que se arreglaran mis armarios, afirmando que tenían que ampliarse. Después, cuando tuve el sarampión, entró dos pasos para verme, pero no le gustaba nada estar con niños enfermos, y visitaba a Eugenia poco más que a mí. Cuando entraba en mi cuarto me hacía sentir lo grande que era y qué pequeñas parecían mis cosas a su lado. Era como Gulliver en Lilliput, pensé, recordando la historia que había leído recientemente.

Pero papá siempre me parecía diferente en distintas habitaciones. Siempre se encontraba incómodo en el salón, con todos los delicados muebles y objetos. Era como si pensara que, simplemente rozando los caros jarrones y figurines de mamá con sus grandes manos y gruesos dedos, pudiera romperlos. No se sentía nada cómodo en el sofá tapizado de seda o en la fina silla de respaldo recto. Le gustaban los muebles sólidos, amplios, firmes y pesados, y rugía de descontento cada vez que mamá se quejaba por la forma que tenía de hundirse una de sus caras sillas provenzales.

Nunca levantaba la voz en la habitación de Eugenia. Se movía en ella casi con reverencia. Sabía que tenía tanto miedo de tocar a Eugenia como de los objetos preciosos de mamá. Pero nunca fue un hombre que demostrara mucho afecto. Si besaba a Eugenia o a mí cuando éramos niñas, era siempre un beso rápido en la mejilla, con los labios rozando apenas la piel. Y a continuación, como si aquello le ahogara, tenía siempre que aclararse la garganta. Jamás le vi besar a Emily. Se comportaba de la misma forma con mamá: no la cogía ni la besaba y tampoco la abrazaba de forma cariñosa en nuestra presencia. A ella no parecía importarle, de modo que Eugenia y yo, cuando lo comentábamos, suponíamos simplemente que así eran las cosas entre marido y mujer, a pesar de lo que leíamos en los libros. No obstante, no podía evitar el preguntarme por qué a mamá le gustaban tanto sus novelas románticas —debía ser el único lugar en el que encontrase apasionados idilios y romances.

En la mesa papá era siempre el que más mantenía las distancias, hablándonos durante las lecturas religiosas y las bendiciones como si fuera un obispo el que nos visitara y dirigiese la palabra. A continuación se perdía en su comida y sus propios pensamientos, a no ser que le llamara la atención algo que dijese mamá. Su tono de voz era normalmente más profundo y más duro. Cuando tenía que hablar o responder a una pregunta, normalmente lo hacía con rapidez, dándome la sensación de haber deseado comer solo, sin las distracciones propias de la familia.

En su estudio era siempre «el Capitán», sentado detrás de su escritorio o moviéndose con gestos militares —los hombros bien rectos, la cabeza erguida, el pecho hinchado. Bajo el retrato de su padre vestido con uniforme del ejército confederado, con el sable resplandeciendo a la luz del sol, papá se sentaba impartiendo a gritos órdenes a los sirvientes y especialmente a Henry, que a menudo sólo se adentraba unos centímetros y esperaba con el sombrero en la mano. Incluso mamá se quejaba algunas veces, «oh cielos, oh cielos, tengo que ir a decírselo al Capitán» como si tuviera que traspasar una hoguera o caminar por encima de un lecho de brasas. De niña me aterrorizaba la idea de entrar en su estudio cuando él estaba allí. Ni siquiera me atrevía a cruzar el umbral de la puerta si podía evitarlo.

Y cuando no estaba, solía entrar en el despacho a mirar sus libros u objetos. Era como si hubiera entrado en un recinto sagrado, en un lugar donde se almacenasen valiosas figuras de culto religioso. Cruzaba la sala de puntillas y sacaba los libros lo más suave y silenciosamente posible, mirando siempre el escritorio para asegurarme de que papá no apareciera de improviso. A medida que me hacía mayor, fui adquiriendo confianza y no me producía tanta turbación, pero nunca dejé de tener miedo a contrariar a papá haciéndole enfadar.

Por tanto, cuando entró en mi habitación, rumiando y con mirada turbia, sentí que se me paraba el corazón para después latir con fuerza. Se enderezó, las manos a la espalda, y fijó su mirada sobre mí durante un largo instante sin pronunciar palabra. Sus ojos parecían echar chispas al mirarme fijamente. Yo crucé y descrucé los dedos mientras esperaba con ansiedad.

—Ponte de pie —ordenó de pronto.

—¿Qué, papá? —El pánico me dejó paralizada y durante un momento fui incapaz de moverme.

—Ponte de pie —repitió—. Quiero mirarte bien, mirarte con ojos nuevos —dijo, asintiendo—. Sí. Ponte de pie.

Lo hice, estirándome la falda.

—¿No os enseña esa profesora vuestra a observar buena compostura? —espetó—. ¿No os hace pasear con un libro sobre la cabeza?

—No, papá.

—Vaya —dijo, y se acercó a mí. Me cogió los hombros entre sus fuertes dedos y pulgar y presionó con tanta fuerza que me dolió—. Saca los hombros, Lillian, o acabarás pareciéndote a Emily —añadió, lo cual me sorprendió. No la había criticado nunca en mi presencia—. Sí, así está mejor —dijo. Sus ojos me evaluaron críticamente, con la mirada centrándose en mi floreciente pecho. Asintió.

»De la noche a la mañana has crecido unos cuantos años —comentó—. Últimamente he estado tan ocupado que no he tenido tiempo de fijarme en lo que pasa ante mis propias narices. —De nuevo volvió a enderezarse—. ¿Tu mamá te ha hablado de la verdad que hay detrás de los niños que vienen de París?

—¿Los niños de París, papá? —Pensé un momento y negué con la cabeza. Él carraspeó y se aclaró la garganta.

—Bueno, no me refiero a eso exactamente, Lillian. Eso es solamente una expresión. Me refiero a lo que ocurre entre un hombre y una mujer. Tú, aparentemente, eres ya una mujer; deberías saber algo.

—Me dijo cómo se conciben los niños —contesté.

—Bueno. ¿Y eso es todo?

—Me habló de alguna de las mujeres de su libro y...

—¡Oh, sus malditos libros! —exclamó. Me señaló con su grueso dedo índice—. Eso te traerá graves problemas muy pronto —me avisó.

—¿El qué, papá?

—Esas estúpidas historias. —Volvió a enderezarse—. Emily me ha hablado de tu comportamiento —dijo—. Y no me extraña en absoluto si has estado leyendo los libros de tu madre.

—No he hecho nada malo, papá. De verdad, yo...

Levantó la mano.

—Quiero la verdad y la quiero ahora mismo. ¿Saliste corriendo del bosque como dijo Emily?

—Sí, papá.

—¿Salió el chico Thompson detrás tuyo poco después, jadeando como los perros cuando van tras una perra en celo?

—No estaba exactamente corriendo detrás mío, papá. Nosotros...

—¿Estabas abrochándote la blusa cuando saliste del bosque? —exigió saber.

—¿Abrochándome la blusa? Oh no, papá. Emily miente si te dijo eso —protesté.

—Desabróchate la blusa —me ordenó.

—¿Qué, papá?

—Ya me has oído, desabróchate la blusa, anda.

Lo hice con rapidez. Se acercó a mí y me observó, su mirada cayendo sobre la punta de mis pechos. Al estar tan cerca de mí, no pude evitar oler su bourbon y menta. El aroma era intenso, más fuerte que nunca.

—¿Dejaste que ese chico te pusiera la mano ahí? —preguntó, señalando mi pecho expuesto. Durante un momento no pude responder. Me sonrojé tan rápidamente, y con tanta fuerza, que pensé que me desmayaría a sus pies. Era como si de alguna forma papá hubiese adivinado mis fantasías.

—No, papá.

—Cierra los ojos —me ordenó. Lo hice. Al cabo, sentí sus dedos sobre mi pecho. Estaban tan calientes al tacto que pensé que me quemarían la piel—. Mantén los ojos cerrados —exigió cuando los abrí. Volví a cerrarlos de nuevo y él deslizó los dedos hacia abajo hasta que los sentí llegar a la parte superior del pecho y pasar a la pequeña pero clara hendidura como si estuviera midiendo la altura de mis pechos. Allí descansaron durante un momento y a continuación las retiró. Yo abrí los ojos.

—¿Eso fue lo que te hizo? —preguntó con voz ronca.

—No, papá —dije, los labios y la barbilla temblorosos.

—De acuerdo —dijo, y se aclaró la garganta—. Ahora abróchate la blusa lo más rápidamente posible. Anda. —Retrocedió, cruzó los brazos por delante del pecho y me observó.

Me abroché la blusa lo más rápidamente que pude, pero mis dedos manejaban torpemente los botones.

—Ya, ya —dijo como un detective—. Así es como Emily dijo que te estabas abrochando los botones cuando saliste corriendo del bosque.

—¡Está mintiendo, papá!

—Ahora, escúchame —dijo—. Tu madre no sabe nada de esto porque Emily acudió directamente a mí. Tenemos suerte de que fuera sólo Emily, y no un montón de gente, la que te viera salir del bosque sola con aquel chico y abrochándote la blusa.

—Pero, papá...

Él levantó la mano.

—Ya sé lo que ocurre cuando una joven sana y fuerte pasa a ser mujer de la noche a la mañana. Lo único que hay que hacer es ver los animales de la granja cuando están en celo y enseguida comprendes que tienen fuego en la sangre —dijo papá—. No quiero oír más historias acerca de ti; eso de que vas paseando con chicos en la oscuridad del bosque o en algún lugar secreto para hacer cosas feas, ¿lo entiendes, Lillian? ¿Lo has entendido? —prosiguió.

—Sí, papá —dije, cabizbaja. Emily había hablado y sus palabras eran consideradas por papá como las del Evangelio, pensé tristemente.

—Bien. Ya sabes que tu mamá no sabe nada de todo esto y no hay que molestarla contándole mi visita hoy, ¿comprendes?

—Sí, papá.

—Te estaré vigilando más estrechamente ahora, Lillian, te cuidaré más. Simplemente no me había dado cuenta de lo rápidamente que estabas creciendo. —Dio un paso hacia mí y puso la mano sobre mi cabello, tan suavemente que tuve que levantar la vista sorprendida—. Vas a ser muy atractiva y no quiero que ningún obseso sexual te estropee, ¿lo oyes?

Asentí demasiado azorada como para contestar. Meditó unos instantes y pasó a concentrarse en sus propios pensamientos.

—Sí —dijo—, ya veo que tendré que desempeñar un papel más activo en tu educación. Georgia está perdida en esas historias románticas suyas, historias que no tienen nada que ver con la realidad. Un día, en realidad muy pronto, tú y yo nos sentaremos a mantener una discusión de adultos acerca de lo que ocurre entre hombres y mujeres y lo que habrás de vigilar cuando trates con jóvenes. —Casi sonrió, los ojos resplandecientes, con un destello que casi le hizo parecer un mozalbete durante unos momentos—. Yo bien lo sé. También fui joven.

La casi sonrisa pronto desapareció de sus labios.

—Pero hasta entonces, camina recto y sin apartarte del sendero, Lillian. ¿Me oyes?

—Sí, papá.

—Nada de saliditas con el chico Thompson o con cualquier otro chico, dicho sea de paso. El chico que quiera cortejarte de forma correcta que primero venga a verme a mí. Que eso quede claro con todos ellos y no te meterás en ningún lío, Lillian.

—No hice nada malo, papá —dije.

—Quizá no, pero si parece malo, es malo. Las cosas son así y será mejor que lo recuerdes —dijo—. En mi época, si una mujer se atrevía a pasear por el bosque con un hombre sin compañía, el hombre tenía que casarse con ella o se la consideraba ultrajada.

Me lo quedé mirando fijamente. ¿Por qué sólo se consideraba ultrajada a la mujer? ¿Por qué no el hombre? ¿Por qué podían los hombres arriesgarse a estas cosas pero las mujeres no? Me hice éstas y otras preguntas. ¿Y qué me decía del día que lo encontré con Darlene Scott durante una de nuestras barbacoas? La memoria seguía viva, pero no me atreví a mencionarlo; aunque aquello permanecía en mi mente como algo que no sólo parecía malo, sino que era malo.

—De acuerdo —dijo papá—, recuerda: ni una palabra de todo esto a tu madre. Será un secreto enterrado entre tú y yo.

—Y Emily —le recordé amargamente.

—Emily hará lo que yo le diga. Siempre ha sido y será así. —A continuación se dio la vuelta y se dirigió a la puerta. Se volvió una vez más hacia mí, con una leve sonrisa dibujada en su severo rostro. Con la misma rapidez, se rehízo y compuso una mueca antes de dejarme sola para pensar en el extraño acontecimiento que acababa de tener lugar entre nosotros. No podía bajar y contárselo a Eugenia.

Aquél no era, precisamente, un buen día para Eugenia. Últimamente dependía de forma creciente de las máquinas que le ayudaban a respirar y tomaba más medicamentos. Sus siestas se alargaban más y más hasta que parecía pasar más tiempo durmiendo que despierta. A mí me parecía que estaba más pálida y mucho más delgada. Incluso la menor recaída en su salud me asustaba, de modo que cuando la veía así mi corazón latía con fuerza y casi no podía tragar saliva. Entré en su habitación y la encontré estirada en la cama, la cabeza diminuta en comparación con los grandes y ahuecados almohadones blancos. Era como si se estuviera hundiendo en el colchón, encogiéndose ante mis ojos hasta que pronto llegase a desaparecer del todo. A pesar de su obvia incomodidad y fatiga, sus ojos se alegraron desde el momento en que entré.

—Hola, Lillian.

Hizo un esfuerzo para colocar los codos bajo su torso e incorporarse. Yo corrí a su lado y la ayudé. A continuación le ahuequé la almohada y la ayudé a acomodarse lo mejor posible. Me pidió un poco de agua y tomó unos sorbos.

—Te he estado esperando —dijo, devolviéndome el vaso—. ¿Cómo ha ido el colegio hoy?

—Ha ido bien. ¿Qué te ocurre? ¿No te encuentras bien hoy? —pregunté. Me senté a su lado y sostuve su pequeña mano, una mano tan pequeña y suave que parecía hecha de aire cuando estaba entre la mía.

—Estoy bien —dijo rápidamente—. Háblame de la escuela. ¿Has hecho alguna cosa nueva?

Le conté lo de nuestra clase de matmáticas e historia y después lo de Robert Martin, que había colocado la cola de caballo de Erna Elliot en el tintero.

—Cuando se puso de pie, la tinta le goteaba por la espalda del vestido. La señorita Walker estaba furiosa. Sacó a Robert de clase y le azotó tan fuerte con la vara que los gritos traspasaron las paredes. No podrá sentarse durante algunas semanas —dije, y Eugenia se echó a reír. Pero la risa se convirtió en una tos terrible que la atrapó con tal firmeza que pensé que se rompería. La sostuve y le golpeé suavemente la espalda hasta que dejó de toser. Tenía la cara enrojecida y parecía no poder respirar.

—Iré a buscar a mamá —exclamé, y ya iba a ponerme de pie cuando ella me cogió de la mano con sorprendente fuerza y negó con la cabeza.

—Estoy bien —dijo en un susurro—. Ocurre con frecuencia. No me pasará nada.

Yo me mordí el labio, me tragué las lágrimas y volví a sentarme a su lado.

—¿Dónde estabas? —preguntó—. ¿Por qué has tardado tanto en llegar?

Contuve la respiración y le narré la historia. Le encantó que le hablara del estanque mágico, y cuando le conté el deseo que me asaltó y el deseo de Niles y lo que habíamos hecho su rostro se ruborizó de excitación, se olvidó de la enfermedad y dio un respingo en la cama, rogándome que se lo describiera otra vez pero con más detalle. Ni siquiera había llegado a la parte más comprometida. Una vez más, le conté cómo Niles me había pedido que fuera con él a ver su lugar secreto. Le hablé de los pájaros y las ranas, pero eso no es lo que quería saber. Quería saber exactamente cómo se sentía uno cuando un chico la besaba en los labios.

—Ocurrió tan deprisa que no lo recuerdo —le dije. Su rostro mostró tal desilusión que reconsideré mis palabras y añadí—: pero recuerdo que me hizo temblar un poco. —Eugenia asintió, con los ojos como platos—. Y al cabo de unos momentos...

—¿Qué pasó al cabo de unos momentos? —preguntó ansiosa.

—El temblor se convirtió en una oleada de calor. Mi corazón se desbocaba. Estaba tan cerca de él que le miraba directamente a los ojos y pude ver mi reflejo en sus pupilas.

Eugenia permaneció boquiabierta.

—Entonces me asusté y salí corriendo del bosque y ahí fue cuando me sorprendió Emily —dije, y le conté lo que había ocurrido. Escuchó con interés cuando le referí el comportamiento de papá, haciéndome repetir lo que él creía que era como habían ocurrido las cosas.

—¿Creyó que Niles te había metido la mano bajo la blusa?

—Exactamente. —Estaba demasiado avergonzada para contarle el rato que papá había mantenido el dedo sobre mi pecho. Eugenia estaba tan confusa como yo acerca del comportamiento de papá, pero no insistió en el tema. En lugar de ello, me cogió las manos para tranquilizarme.

—Emily está celosa, Lillian. No dejes que te diga lo que tienes que hacer —dijo.

—Tengo miedo —dije—, miedo de las historias que pueda inventarse.

—Yo quiero ver el estanque mágico —dijo de pronto Eugenia con mucha energía—. Por favor... Por favor, llévame. Haz que Niles venga también.

—Mamá no me dejaría y papá no quiere que vaya a sitios con chicos sin la compañía más adecuada.

—No se lo diremos. Simplemente iremos —dijo. Yo me recosté sonriendo.

—Vamos, Eugenia Booth —dije, imitando a Louella—, mira qué cosas dices.

No recordaba ninguna vez que Eugenia hubiera sugerido hacer algo que mamá y papá estimasen como una desobediencia.

—Si papá se entera, le diré que yo era tu acompañante.

—Sabes que tiene que ser un adulto —dije.

—Oh, por favor, Lillian. Por favor —me rogó, y me estiró de

la manga—. Díselo a Niles —susurró—. Dile que se reúna con nosotros allí... este sábado. ¿De acuerdo?

Los ruegos de Eugenia me sorprendieron y me divirtieron.

Últimamente nada —ni la llegada de prendas nuevas, ni juegos nuevos, ni la promesa de Louella de hacerle sus galletas y pasteles preferidos—, nada le interesaba ni divertía. Ni siquiera los paseos en silla de ruedas por la plantación para que viera lo que estaba ocurriendo le divertía. Ésta era la primera vez en mucho tiempo que algo le interesaba hasta el punto de luchar contra la grave enfermedad que la tenía prisionera en su pequeño y frágil cuerpo. No podía negarme, ni tampoco quería hacerlo, a pesar de los consejos y amenazas de papá. Nada me hacía más ilusión que volver al estanque mágico con Niles.

Al día siguiente, de camino hacia el colegio, Niles no pudo evitar la mirada gélida de Emily. Ella no le dijo nada a él, pero le vigilaba como un águila. Lo único que pude decirle fue «Buenos días», y a continuación seguir caminando al lado de Emily. Él caminó junto a sus hermanas y los dos evitamos mirarnos. Más tarde, a la hora del almuerzo, cuando Emily estaba ocupada con una tarea que le había encomendado la señorita Walker, me senté al lado de Niles y le conté lo que había hecho Emily.

—Siento haberte metido en semejante lío —dijo Niles.

—No te preocupes —contesté. A continuación le transmití el deseo de Eugenia. Sus ojos dibujaron una expresión de sorpresa y una pequeña sonrisa apuntó en sus labios.

—¿Harías eso, incluso después de lo ocurrido? —preguntó. Sus ojos se enternecieron, mirando fijamente los míos mientras yo hablaba y hablaba de lo importante que aquello era para Eugenia.

—Siento que esté tan enferma. Es cruel —dijo.

—Claro, a mí también me gustaría volver allí —añadí rápidamente. Él asintió.

—De acuerdo, esperaré cerca de tu casa el sábado por la tarde y la llevaremos. ¿A qué hora?

—A menudo la llevo a pasear después de comer. Hacia las dos —dije, y nuestra cita quedó establecida. Unos minutos después apareció Emily, y Niles se apartó para hablar con los chicos. Emily me miró con tan mala cara que tuve que bajar la vista, pero aun así sentí sus ojos en la nuca. Aquella tarde, y todas las tardes hasta el final de la semana, yo caminé junto a Emily a la hora de volver a casa y Niles se quedó con sus hermanas. No nos dijimos casi nada y ni siquiera nos miramos. Emily parecía satisfecha.

A medida que llegaba el sábado por la tarde, Eugenia estaba más y más excitada. No hablaba de otra cosa.

—¿Qué pasará si llueve? —gimió—. Oh, me moriría del disgusto si llueve y tuviera que esperar otra semana.

—No lloverá; no puede llover —le dije con tanta seguridad que sonrió. Incluso mamá, a la hora de cenar, comentó que Eugenia tenía mejor aspecto. Le dijo a papá que quizá una de las nuevas medicinas que le habían recetado los médicos fuera milagrosa. Papá asintió silenciosamente, como de costumbre, pero Emily pareció sospechar. Evidentemente, yo me la imaginaba metiendo la nariz en mi habitación por la noche para ver si dormía.

El viernes, después del colegio, entró en mi habitación cuando me estaba cambiando de ropa. Emily entraba en mi dormitorio casi tan pocas veces como papá. No recordaba ningún momento que hubiéramos jugado juntas, y cuando era más pequeña y a ella le pedían que me cuidara, siempre me llevaba a su dormitorio y me obligaba a estar callada en un rincón, dibujando o jugando con una muñeca mientras ella leía. Nunca permitió que tocara ninguna de sus cosas, y no es que quisiera hacerlo. Su habitación era sombría y oscura, con las cortinas casi siempre echadas. En vez de cuadros en las paredes tenía cruces, y los diplomas que el pastor le había dado en la clase de catequesis. Nunca tuvo una muñeca o un juego y odiaba la ropa de colores llamativos.

Yo estaba en el cuarto de baño cuando entró en mi habitación. Acababa de quitarme la falda y estaba delante del espejo en bragas y sujetador, cepillándome el cabello. Mamá siempre me obligaba a recogérmelo por la mañana para ir al colegio, pero a mí me gustaba dejármelo suelto por la tarde y cepillármelo hasta que reposara suavemente sobre mis hombros. Estaba orgullosa de mi cabello; me llegaba casi hasta la cintura.

Emily había entrado en mi cuarto tan silenciosamente que no me apercibí de su presencia hasta que apareció por la puerta del cuarto de baño. Me giré sorprendida y la encontré mirándome fijamente. Durante un momento pensé que estaba furiosa de pura envidia, pero esa mirada se trocó rápidamente en otra de desaprobación.

—¿Que quieres? —exigí saber. Ella continuó mirándome sin hablar, embebiendo sus ojos mi cuerpo. Sus pensamientos se manifestaban mediante una mueca.

—Deberías llevar un sostén más ajustado —afirmó finalmente—. Tus pequeños pechos se mueven demasiado cuando caminas y todos pueden ver lo que tienes, igual que Shirley Potter —dijo, sonriendo.

La familia de Shirley Potter era de las más pobres del lugar. Shirley se veía obligada a llevar ropa que le habían dado en obras de caridad, por lo que algunas prendas eran demasiado ajustadas y otras demasiado grandes. Era dos años mayor que yo, y la forma en que los chicos se daban la vuelta para mirarle el escote cuando se agachaba era el tema favorito de Emily y las gemelas Thompson.

—Mamá me compró éste —respondí—. Es de mi talla.

—No es lo bastante ajustado —insistió, y a continuación sonrió para añadir—: ya sé que le dejaste a Niles Thompson meter la mano ahí cuando estuviste en el bosque con él, ¿no es verdad? Y me juego cualquier cosa a que no ha sido la primera vez.

—No es cierto, y no deberías haberle dicho a papá que me viste abrochándome la blusa cuando salí del bosque.

—¡Lo estabas haciendo!

—No es verdad.

Se acercó a mí, impávida. A pesar de su delgadez, Emily podía resultar más inquietante que la señorita Walker y, desde luego, amedrentar mucho más que mamá.

—¿Sabes lo que ocurre a veces cuando dejas que un chico te toque ahí? —preguntó—. Te sale un sarpullido en el cuello que puede durar varios días. Alguna vez te ocurrirá a ti, entonces podrás comprobar la reacción de papá.

—No le dejé —gemí, y retrocedí asustada. Odiaba la forma que tenía Emily de mirar. Su expresión se convirtió en una delgada sonrisa. Hablaba con los labios tan apretados que pensé que se romperían.

—El semen les sale como un chorro, ¿sabes? Si tan sólo te cae en las bragas, podría llegar hasta ti y dejarte embarazada.

Me la quedé mirando. ¿Qué quería decir «les sale como un chorro»? ¿Cómo podía ser? ¿Tenía razón?

—¿Sabes que más hacen? —continuó—. Se tocan y hacen que se hinche hasta que el semen les sale en un chorro sobre la mano y entonces... te tocan ahí —dijo, mirando el espacio entre mis piernas— y eso también puede dejarte embarazada.

—No es verdad —dije, pero con escasa firmeza—. Sólo estás intentando asustarme.

Ella sonrió.

—¿Crees que me importaría si te quedas embarazada y tienes que pasearte con una enorme barriga a tu edad? ¿Crees que me importaría si tienes unos dolores insoportables durante el parto porque el bebé es demasiado grande y no puede salir? Adelante, quédate embarazada —me retó—. Quizá te pase lo mismo que le pasó a tu verdadera madre y así podremos finalmente deshacernos de ti. —Se dio la vuelta y empezó a marcharse. Entonces se detuvo y volvió a mirarme—. La próxima vez que te toque será mejor que te asegures de que él mismo no se ha tocado antes —me aconsejó, y me dejó allí muerta de miedo. Empecé a temblar de ansiedad y rápidamente me puse la ropa de después del colegio.

Aquella noche, tras la cena, entré silenciosamente en el despacho de papá. Él estaba ausente en uno de sus viajes de negocios, de modo que podía entrar sin temer que alguien viera qué es lo que quería hacer. Quería leer el libro de anatomía y reproducción, para ver si había algo escrito que confirmara las cosas que Emily me había dicho. No encontré nada, pero aquello no me tranquilizó gran cosa. Estaba demasiado asustada para preguntárselo a mamá y no conocía más que a Shirley Potter, quien algo sabía de chicos y de sexo. Pensé que eventualmente reuniría el coraje para hablar con ella.

Al día siguiente, después de comer, tal como habíamos planeado Eugenia y yo, la ayudé a ponerse en la silla de ruedas y salimos a dar nuestro paseo habitual. Emily había subido a su habitación y mamá estaba almorzando en casa de Emma Whitehall con sus otras amigas. Papá todavía no había regresado de su viaje a Richmond.

Eugenia parecía mucho más ligera cuando la levanté de la cama y la ayudé a ponerse en la silla de ruedas. Sentía cómo le sobresalían los huesos. Sus ojos parecían haberse hundido más en el cráneo y tenía los labios mucho más pálidos que en días anteriores pero estaba tan entusiasmada que su falta de fuerzas no la desanimó, y lo que le faltaba de energía lo sustituía por entusiasmo.

La paseé lentamente por el sendero que conducía a la casa, fingiendo interés en las rosas y las violetas silvestres. Los capullos de los manzanos silvestres eran de color rosado. En los campos a nuestro alrededor, la madreselva tejía una alfombra de blanco y rosa. Los arrendajos azules y los sinsontes parecían tan excitados de estar entre nosotras como nosotras mismas. Saltaban de rama en rama, parloteando y siguiéndonos. En la distancia, una fila de pequeñas nubes flotaba en una hilera de algodón de una punta a otra del cielo. Con aquel ambiente tan cálido y el cielo tan azul, no podíamos haber escogido un día de primavera mejor para pasear. Si alguna vez la naturaleza nos hace apreciar el estar vivos, podía hacerlo aquel día, pensé.

Eugenia parecía sentirse igual, absorbiendo todos los paisajes y sonidos, moviendo la cabeza de izquierda a derecha mientras recorríamos el sendero de gravilla. Yo pensé que quizá llevaba demasiada ropa, pero ella se aferraba fuertemente al chal con una mano y con la otra sostenía la manta sobre su regazo. Cuando giramos al final del sendero, yo me detuve y las dos nos miramos, sonriendo como dos conspiradoras. A continuación la empujé hacia la carretera. Era la primera vez que había ido ahí en silla de ruedas. La empujé lo más rápidamente posible. Momentos después, Niles Thompson salió de detrás de un árbol para saludarnos.

Mi corazón empezó a latir con fuerza. Miré hacia atrás para asegurarme de que nadie se había percatado de nuestro encuentro.

—Hola —dijo Niles—. ¿Cómo estás, Eugenia?

—Estoy bien —dijo rápidamente, los ojos pasando de Niles a mí y de nuevo a Niles.

—¿O sea que quieres ver mi estanque mágico? —preguntó. Ella asintió.

—Vamos enseguida, Niles —dije.

—Deja que la empuje yo —me ofreció.

—Ten cuidado —le avisé, y partimos. Minutos después, empujábamos a Eugenia por el sendero. En realidad en algunos puntos el camino no era lo suficientemente ancho para la silla, pero Niles empujaba las ruedas sobre las ramas y raíces, deteniéndose en una ocasión para levantar la parte delantera de la silla. Vi que Eugenia disfrutaba de cada minuto de nuestro viaje secreto. Finalmente, llegamos al estanque.

—Oh —exclamó Eugenia, aplaudiendo con sus pequeñas manos—. Todo esto es tan bonito...

Como si la naturaleza hubiera dispuesto que aquel momento fuera especial para nosotros, un pez saltó del agua, pero antes de que pudiéramos reírnos de alegría apareció una bandada de gorriones, saltando tan deprisa y con tanta precisión de las ramas, que parecían hojas arrastradas por el viento. Las ranas saltaban en el agua como si lo estuvieran haciendo sólo para nosotros. Y entonces Niles dijo:

—Mirad. —Y señaló al otro lado del estanque, donde apareció un gamo que estaba bebiendo. Nos miró un momento. Sin temor alguno siguió bebiendo, y con toda tranquilidad se volvió desapareciendo en el bosque.

—¡Éste es realmente un lugar mágico! —exclamó Eugenia—. Lo siento.

—A mí me ocurrió lo mismo la primera vez que lo vi —dijo Niles—. Ya sabes lo que tienes que hacer. Tienes que meter los dedos en el agua.

—¿Cómo puedo hacerlo?

Niles me miró.

—Yo puedo llevarte hasta la orilla —dijo Niles.

—Oh Niles, si se cae...

—No me caeré —declaró Eugenia con seguridad profética—. Llévame, Niles.

Niles volvió a mirarme y yo asentí con la cabeza, pero estaba asustada. Si la dejaba caer y se empapaba, papá me encerraría en el cobertizo días y días. Pero Niles levantó a Eugenia de la silla con elegancia y seguridad. Ella se sonrojó por la forma en que la sostenía en brazos. Sin dudarlo ni un segundo, él se adentró unos pasos en el agua y la bajó hasta que pudo tocar la superficie del agua con los dedos.

—Cierra los ojos y formula un deseo —le dijo Niles. Ella lo hizo y, a continuación, Niles volvió a llevarla a la silla de ruedas. Cuando ya estuvo bien colocada, Eugenia le dio las gracias.

—¿Quieres saber lo que he deseado? —me preguntó.

—Si lo cuentas, puede que no se haga realidad —dije mirando a Niles.

—No si sólo te lo cuenta a ti —explicó Niles, como si él fuera un entendido en magia, deseos y estanques.

—Inclínate, Lillian. Inclínate —me ordenó Eugenia. Así hice y acerqué la oreja a sus labios.

—He deseado que tú y Niles os volváis a besar, aquí, ante mis ojos —dijo. No pude evitar sonrojarme. Cuando volví a enderezarme, el rostro de Eugenia mostraba una sonrisa malvada—. Has dicho que éste es un estanque mágico. Mi deseo tiene que hacerse realidad —dijo medio en broma.

—¡Eugenia! Tendrías que haber deseado algo para ti.

—Si es sólo para ti seguramente no se hará realidad —dijo Niles.

—Niles. No la incites.

—Supongo que si me susurras al oído lo que ella ha deseado, no pasará nada. Mientras no lo oigan las ranas —añadió, inventándose al momento sus propias reglas.

—¡No lo haré!

—Cuéntaselo, Lillian —me animó Eugenia—. Vamos. Por favor. Anda.

—Eugenia. —Yo estaba totalmente sonrojada, presintiendo el sarpullido del que hablaba Emily, incluso sin que yo y Niles nos hubiéramos tocado. Pero no me importaba. Me encantaba la sensación.

—Será mejor que me lo digas —insistió Niles—. Puede que la hagas enfadar.

—Me enfadaré —amenazó Eugenia y cruzó los brazos, fingiendo ponerse de mal humor.

—Eugenia. —Mi corazón latía con fuerza. Miré a Niles, que parecía adivinar de qué se trataba.

—¿Y bien? —dijo.

—Le conté lo que tú y yo habíamos hecho aquí la primera vez. Quiere que lo volvamos a repetir —dije rápidamente. Los ojos de Niles resplandecieron y sonrió.

—Qué deseo tan maravilloso. Bueno, no podemos desilusionarla —dijo Niles—. Tenemos que mantener la reputación del estanque, aunque sólo sea en la magia.

Dio unos pasos hacia mí y esta vez puso sus manos sobre mis brazos para acercarme a él. Yo cerré los ojos y sus labios se unieron a los míos. Los mantuvo allí mucho más tiempo y a continuación retrocedió.

—¿Satisfecha, hermanita? —pregunté yo, intentando ocultar mi vergüenza. Ella asintió, con el rostro resplandeciente de entusiasmo.

—Bueno, yo también he deseado algo —dijo Niles—. He deseado poder darle las gracias a Eugenia por querer venir a mi estanque, darle las gracias con un beso —dijo. Eugenia se quedó boquiabierta cuando Niles se acercó a ella y le plantó un beso rápido en la mejilla. Rápidamente ella se tocó la mejilla con la mano, como si Niles hubiera dejado sus labios sobre la piel.

—Será mejor que volvamos —dije—. Antes de que nos empiecen a buscar.

—De acuerdo —dijo Niles. Dio la vuelta a la silla de Eugenia y la empujamos a través del bosque hasta llegar de nuevo a la carretera. Niles nos acompañó hasta que llegamos al sendero de entrada a nuestra casa.

—¿Te ha gustado la salida al estanque, Eugenia? —preguntó él.

—Oh, sí —contestó Eugenia.

—Vendré a visitarte pronto —prometió—. Hasta luego, Lillian.

Le observamos unos instantes alejarse y entonces yo empujé la silla de Eugenia por el sendero.

—Es el chico más simpático que he conocido —dijo ella—. En realidad deseé que algún día tú y Niles os comprometierais en matrimonio.

—¿Ah sí?

—Sí. ¿Te gustaría eso? —me preguntó.

Lo pensé durante unos minutos.

—Sí —dije—. Creo que sí.

—Entonces quizá Niles tenga razón; quizá sea un estanque mágico.

—Oh, Eugenia, deberías haber deseado algo para ti.

—Los deseos egoístas nunca se hacen realidad —dijo Eugenia.

—Yo volveré y desearé por ti —prometí—. Muy pronto.

—Ya sé que lo harás —dijo Eugenia, recostándose en la silla. La fatiga se estaba apoderando de ella rápidamente, envolviéndola como una oscura nube tormentosa.

Justo cuando llegábamos a la entrada de casa la puerta se abrió de golpe y salió Emily con los brazos cruzados delante del pecho. Nos miró a las dos fijamente.

—¿Dónde os habéis metido? —exigió saber.

—Hemos dado un paseo.

—Habéis estado fuera mucho tiempo —dijo con tono de sospecha.

—Oh, Emily —dijo Eugenia—. No arrojes un cubo de agua fría sobre todas las cosas agradables que hace uno. La próxima vez, quizá quieras venir a pasear con nosotras.

—La has tenido fuera demasiado tiempo —dijo Emily—. Mírala. Está agotada.

—No, no lo estoy —dijo Eugenia.

—Mamá se va a enfadar cuando regrese —dijo Emily, ignorando las palabras de Eugenia.

—No se lo digas, Emily. No seas acusica. No es bonito. Tampoco tendrías que haberle dicho a papá lo de Lillian y Niles. Sólo consigues crear problemas y malestar —afirmó Eugenia—. Y Lillian no hizo nada malo. Ya sabes que no haría nada malo.

Yo contuve la respiración. El rostro de Emily se puso cárdeno por primera vez en mucho tiempo. Podía discutir con cualquiera, avergonzar y reñir a los adultos y los niños si era necesario, pero no podía ser desagradable con Eugenia. En vez de eso me miró a mí.

—Es típico de ti ponerla contra mí —afirmó Emily, y dando media vuelta se metió en la casa.

La defensa que Eugenia había hecho de mí le había anulado hasta la última gota de fuerza. Dejó caer la cabeza a un lado. Yo llamé rápidamente a Henry para que me ayudara a subir las escaleras y llevarla adentro. Una vez en casa, empujé la silla hasta su dormitorio y la metí en la cama. Estaba tan fláccida como una muñeca de trapo. Al cabo de unos instantes dormía, pero yo creo que soñaba con el estanque, porque a pesar de su terrible fatiga dormía con una pequeña sonrisa en los labios.

Volví a cruzar la casa camino de las escaleras, pero cuando llegué al despacho de papá Emily apareció y me cogió el brazo con tanta fuerza que contuve la respiración. Me aplastó contra la pared.

—La has llevado a ese estúpido estanque, ¿verdad? —quiso saber. Yo negué con la cabeza—. No me mientas. No soy tonta. He visto las ramas y las hierbas pegadas a las ruedas de la silla. Papá se va a poner hecho un basilisco —amenazó, acercando tanto su cara a la mía que pude ver la pequeña peca que tenía bajo el ojo derecho—. ¿También estaba Niles, verdad? —acusó, agitándome el brazo.

—¡Suéltame! —grité—. Eres odiosa.

—La has puesto en contra mía, ¿no es verdad? —Me soltó el brazo y sonrió—. Está bien. No esperaba más de una maldición viviente. Plantas tus semillas del mal en todas partes, en todas las personas y lugares por los que pasas.

»Pero llegará tu hora. El peso de mis oraciones te aplastará —amenazó.

—¡Déjame en paz! —grité, las lágrimas inundando mis mejillas—. No soy una maldición, no lo soy.

Mantuvo su maléfica sonrisa, una sonrisa que me hizo correr escaleras arriba pero que se metió por debajo de mi puerta, y que incluso por las noches envenenaba mis sueños.

Tanto si era por las cosas que le había dicho Eugenia o si era consecuencia de las maquinaciones de su depravada mente, Emily no le dijo nada a mamá y papá de la salida con Eugenia. Aquella noche, a la hora de cenar, estuvo callada, conformándose con la amenaza que pronunció contra mí. Yo la ignoré todo lo posible, pero los ojos de Emily eran tan grandes y miraban con tal brillo que resultaba difícil evitar la mirada.

Mas no importaba; tenía preparada su venganza particular, y como siempre la justificaría con alguna cita religiosa. En sus manos, la Biblia se convertía en un arma arrojadiza y la utilizaba sin piedad cuando lo consideraba oportuno. Ningún castigo era lo bastante severo, ninguna lluvia de lágrimas resultaba suficiente. Por mucho daño que nos hiciera, se dormiría totalmente convencida de que había llevado a cabo una obra de misericordia.

Como dijo una vez Henry, mirando fijamente a Emily: «El diablo no tiene mejor soldado que el hombre o mujer farisaico que blande una espada flamígera.»

Pronto iba yo a sentir la ira de aquella terrible espada.

MALAS PASADAS

De todas las personas que pudiera conocer en mi vida capaces de llevar una vida cotidiana normal mientras tramaban los peores crímenes a tus espaldas, ninguna lo haría tan bien y con tanta perfidia como Emily. Ella podría haber enseñado a los mejores espías, y podría haber aleccionado a Bruto antes de traicionar a Julio César. Yo estaba convencida de que el diablo mismo la estudiaba antes de entrar en acción.

Durante la semana que siguió a la salida de Eugenia y mía, Emily no dijo una palabra acerca de ello, ni mostró más ira o beligerancia que de costumbre. Parecía estar muy ocupada con su trabajo para el pastor y la escuela de catequesis además del colegio, e incluso estuvo fuera de casa más tiempo que de costumbre. Con Eugenia no se comportó de forma diferente. Quizá se mostró un poco más agradable, incluso ofreciéndose para llevarle la cena a Eugenia una noche.

Siempre visitaba a Eugenia una vez por semana para darle instrucción religiosa —leerle una historia bíblica o explicarle las enseñanzas de la iglesia. En más de una ocasión, Eugenia se dormía mientras Emily leía y ésta se enfadaba mucho, negándose a aceptar las disculpas de Eugenia.

Pero esta vez, cuando entró en su habitación para leerle un pasaje de San Mateo, y Eugenia se durmió, Emily no se entretuvo en dirigirle un discurso sobre la importancia de mantenerse despierta y prestar atención cuando se leía la Biblia en voz alta. No cerró el libro con un golpe tan fuerte que hiciera que Eugenia abriese los ojos asustada. En vez de eso, se levantó silenciosamente y salió de la habitación con tanto sigilo como uno de los fantasmas de Henry. Incluso Eugenia estaba mejor dispuesta hacia ella.

—Siente lo que ha hecho —concluyó Eugenia—. Simplemente quiere que la queramos.

—No creo que quiera el amor de nadie; ni el de mamá, ni el de papá, ni siquiera el de Dios —repliqué, pero vi que mi ira hacia Emily preocupaba a Eugenia, de modo que sonreí, pensando en otra cosa—. Imagínate que realmente cambiara —dije—. Imagínate que se dejara crecer el pelo y se pusiera un bonito lazo, o llevara un lindo vestido en lugar de esos viejos sacos grises y zuecos con gruesas suelas que la hacen parecer aún más alta de lo que es.

Eugenia sonrió como si lo que estuviera diciendo fueran sueños imposibles.

—¿Por qué no? —continué—. ¿Por qué no podría cambiar de la noche a la mañana como por arte de magia? Quizá tuvo una de sus visiones y en la visión se le ordenó que cambiara.

—De pronto, escucharía algo más que música religiosa, y leería libros y jugaría...

—Imagínate que tuviera un novio —dijo Eugenia, uniéndose al juego.

—¿Y decidiera pintarse los labios y ponerse un poco de colorete en las mejillas?

Eugenia reprimió una risita.

—Y que también llevara al novio al estanque mágico.

—¿Qué desearía Emily? —me pregunté en voz alta.

—¿Un beso?

—No, un beso no. —Pensé un momento y a continuación miré a Eugenia, y una amplia y maliciosa sonrisa apareció en mi rostro.

—¿Qué? —preguntó—. ¡Dímelo! —exigió saber, y dio un salto en la cama al verme dudar.

—Desearía tener pecho —respondí. Eugenia contuvo la respiración y se cubrió la boca con la mano.

—Santo cielo —dijo—. Si Emily te oyera.

—No me importa. ¿Sabes cómo la llaman los chicos de la escuela a sus espaldas? —dije, sentándome a su lado en el borde de la cama.

—¿Qué?

—La llaman «señorita tabla de planchar».

—¿De verdad?

—Es culpa suya por la forma en que viste, disimulando el poco pecho que tiene. No quiere ser una mujer y tampoco quiere ser un hombre.

—¿Qué quiere ser, entonces? —preguntó Eugenia, y esperó pacientemente mi respuesta.

—Una santa —dije por fin—. De todas formas es tan dura y fría como las estatuas de la iglesia. Pero —añadí con un suspiro— por lo menos no nos ha molestado estos últimos días, e incluso me ha tratado un poco mejor en la escuela. Ayer me dio su manzana.

—¿Te comiste dos?

—Le di una a Niles —confesé.

—¿Lo vio Emily?

—No. Ella se quedó dentro a la hora de comer, ayudando a la señorita Walker a corregir nuestros exámenes de ortografía. —Nos quedamos las dos en silencio unos minutos y a continuación yo le cogí la mano a Eugenia—. ¿Adivina qué? —dije—. Niles quiere volver a encontrarse con nosotros el sábado. Quiere pasar con nosotros hasta el riachuelo. Mamá dará uno de sus almuerzos, de modo que estará contenta de que no estorbemos. Reza para que haga un buen día otra vez —dije.

—Lo haré. Rezaré dos veces al día. —Eugenia parecía estar más contenta de lo que lo había estado en mucho tiempo, si bien se pasaba más tiempo que nunca en la cama—. ¡Qué curioso! Se me acaba de abrir el apetito —anunció—. ¿Falta mucho para la cena?

—Iré a consultar con Louella —dije, poniéndome de pie—. Oh, Eugenia —dije al llegar a la puerta—, sé que Emily ha estado más simpática con nosotros, pero sigo creyendo que no deberíamos decirle nada de la salida del sábado.

—De acuerdo —accedió Eugenia—. Que me muera si hablo.

—¡No digas eso! —exclamé.

—¿El qué?

—No digas nunca «que me muera si...».

—Sólo es un decir. Roberta Smith lo dice continuamente cuando acude a nuestras barbacoas. Siempre que alguien le hace una pregunta, añade, «que me...».

—¡Eugenia!

—De acuerdo —dijo, arropándose con la manta. Sonrió—. Dile a Niles que tengo ganas de volver a verlo el sábado.

—Lo haré. Ahora iré a ver qué hay para cenar —dije, y la dejé soñando con las cosas que mis amigos y yo solíamos hacer cada día.

Sé que Eugenia no le dijo nada a Emily sobre nuestros planes. Le preocupaba demasiado que algo pasara y que no pudiéramos ir. Pero quizá Emily se acercó a su puerta cuando estaba rezando para que hiciera buen día o quizá estaba oculta espiando y escuchando cuando Eugenia y yo hablamos. Quizá, simplemente, se lo imaginó. Fuera lo que fuese estoy segura de que se pasó los días tramando su venganza.

Como nos hacía tanta ilusión parecieron transcurrir siglos hasta el sábado, pero cuando éste llegó lo hizo con un cálido sol que entró por mi ventana, acariciándome las mejillas y abriéndome los ojos. Me incorporé llena de alegría. Al mirar por la ventana vi un mar azul oscilando de un horizonte a otro. Una suave brisa mecía la madreselva. El mundo externo se mostraba apetecible, expectante.

Cuando llegué a la cocina Louella me dijo que Eugenia se había levantado al amanecer.

—Nunca la he visto con tanto apetito por la mañana —comentó—. Tengo que darme prisa con su desayuno antes de que cambie de opinión. Está tan delgada que resulta casi transparente —añadió con tristeza.

Yo le llevé el desayuno a Eugenia y me la encontré incorporada y esperando.

—Deberíamos haber pensado en un picnic, Lillian —se quejó—. Hay que esperar demasiado hasta la hora de la comida.

—La próxima vez lo haremos —dije. Coloqué la bandeja en la mesita y la observé mientras comía. A pesar de tener más hambre que de costumbre, seguía comiendo como un pajarito asustado. Tardaba el doble de tiempo en hacer cualquier cosa propia de una chica de su edad.

—Hace un día espléndido, ¿verdad, Lillian?

—Magnífico.

—Dios debe de haber escuchado mis oraciones.

—Me juego cualquier cosa a que no ha tenido que escuchar otra cosa —comenté, y Eugenia se echó a reír. Su risa era música celestial para mí, a pesar de que se expresaba con voz fina y quebradiza.

Volví al comedor para desayunar con Emily y mamá. Papá ya se había levantado para llegar temprano a Lynchburg a una reunión de pequeños cultivadores de tabaco que estaban, según papá, embarcados en una lucha a vida o muerte con las corporaciones. Aun sin la presencia de papá solíamos rezar antes de comer. De aquello se ocupaba Emily. Los pasajes que eligió y la forma en que los leyó deberían haberme hecho sospechar, pero yo estaba tan contenta con nuestra aventura que ni siquiera me fijé.

Eligió el *Éxodo*, capítulo 9, y leyó cómo Dios había castigado a los egipcios cuando los faraones impidieron la marcha de los hebreos. La voz de Emily resonaba en la mesa con tanta dureza y acritud que incluso mamá hizo una mueca de aspaviento.

—«Hubo pues granizo, y fuego mezclado con el granizo, tan grande, cual nunca hubo en toda la tierra de Egipto desde que fue habitada.»

Levantó la vista de la página y nos miró fijamente desde el otro lado de la mesa, mostrándonos que tenía toda las páginas memorizadas y que recitaba.

«Y aquel granizo hirió en toda la tierra de Egipto todo lo que estaba en el campo, así hombres como bestias; asimismo...»

—Emily, querida —dijo mamá suavemente. Nunca se hubiera

127

atrevido a interrumpir en presencia de papá—. Es un poco pronto para el fuego y el azufre, querida. Tal y como están las cosas ya tengo el estómago revuelto.

—Nunca es pronto para estas lecturas, mamá —respondió Emily—, pero a menudo es demasiado tarde. —Me miró fijamente.

—Santo cielo, santo cielo —gimió mamá—. Empecemos a comer, por favor —rogó—. Louella —llamó, y Louella empezó a traer los huevos y el tocino. De mala gana, Emily cerró la Biblia. En cuanto lo hizo mamá empezó a contarnos un jugoso cotilleo que iba a verificar este mismo sábado.

—Martha Atwood acaba de volver de un viaje al norte y dice que las mujeres allí fuman cigarrillos en lugares públicos. Recuerdo que el capitán tenía una prima... —continuó. Yo escuchaba sus historias, pero Emily ya se había refugiado en sus propios pensamientos, en su mundo, estuviera donde estuviese. Pero cuando le dije a mamá que iba a salir con Eugenia, los ojos de Emily se abrieron de par en par.

—Ten cuidado —me avisó mamá—. Y asegúrate de que va bien abrigada.

—Lo haré, mamá.

Subí a mi cuarto para elegir qué ropa me pondría. Pasé a ver a Eugenia para asegurarme de que durmiera la siesta y tomara todos sus medicamentos, y a continuación prometí despertarla una hora antes de salir para ayudarle a cepillarse el pelo y elegir la ropa que más le gustara. Mamá le había comprado un par de zapatos nuevos y un sombrero de ala ancha para impedir que el sol le diera en la cara cuando saliera. Yo limpié mi habitación, leí un poco, almorcé y me vestí. Pero cuando fui a la habitación de Eugenia a despertarla, la encontré sentada. Sólo que en lugar de ilusión, en su rostro había preocupación.

—¿Qué ocurre, Eugenia? —pregunté al entrar. Ella señaló con la cabeza el rincón de su habitación donde se guardaba la silla de ruedas.

—Acabo de darme cuenta —dijo—. No está. No recuerdo cuándo fue la última vez que la vi. Estoy tan confusa. ¿Te la has llevado tú por alguna razón?

Se me hundió el corazón. Yo no la había cogido, claro está, y mamá no había dicho nada de la silla durante el desayuno, cuando le dije que saldría a pasear con Eugenia.

—No, pero no te preocupes —dije, forzando una sonrisa—. Tiene que estar en algún lugar de la casa. Quizá Tottie la haya cambiado de lugar al limpiar tu cuarto.

—¿Eso crees, Lillian?

—Estoy segura. Iré a ver. Mientras tanto —dije, dándole el cepillo— empieza a cepillarte el cabello.

—De acuerdo —dijo con voz triste. Salí corriendo de la habitación y atravesé rápidamente los pasillos, buscando a Tottie. La encontré quitando el polvo del salón.

—Tottie —grité—, ¿has sacado la silla de ruedas de Eugenia de su habitación?

—¿Su silla de ruedas? —Negó con la cabeza—. No, señorita Lillian. Nunca hago eso.

—¿La has visto en algún sitio? —pregunté desesperada. Ella volvió a negar con la cabeza.

Como una gallina huyendo del cuchillo de matarife de Henry, recorrí la gran casa, mirando en cada una de las habitaciones, los armarios e incluso mirando en la despensa.

—¿Qué estás buscando con tanta desesperación, hija? —preguntó Louella. Les estaba sirviendo el almuerzo a mamá y a sus invitadas y llevaba una bandeja llena de pequeños canapés.

—Ha desaparecido la silla de ruedas de Eugenia —exclamé—. He buscado por todas partes.

—¿Desaparecido? ¿Por qué iba a desparecer? ¿Estás segura?

—Claro que sí, Louella.

Ella movió la cabeza.

—Quizá sea mejor que se lo preguntes a tu madre —sugirió. «Claro», pensé. ¿Por qué no había hecho eso inmediatamente? Mamá, ilusionada con su almuerzo del sábado, seguramente se olvidó de mencionar lo que había hecho con ella. Entré corriendo en el comedor.

A mí me pareció que todos hablaban a la vez, nadie escuchaba a nadie. No pude evitar pensar que papá tenía razón cuando decía que esas reuniones eran tan ruidosas como las gallinas cacareando alrededor del gallo. Entré tan bruscamente en la habitación que todos dejaron de hablar y me miraron.

—¡Cómo ha crecido! —declaró Amy Grant.

—Hace cincuenta años, estaría ya subiendo al altar —comentó la señora Tiddydale.

—¿Ocurre algo, cariño? —preguntó mamá, manteniendo la sonrisa.

—La silla de ruedas de Eugenia, mamá. No la encuentro —dije. Mamá miró a las otras mujeres y emitió una pequeña risa.

—Vamos, cariño, seguro que puedes encontrar una cosa tan grande como una silla de ruedas.

—No está en su habitación, y he mirado por toda la casa y le he preguntado a Tottie y a Louella y a...

—Lillian —dijo mamá, haciendo que me detuviera en seco—. Si vuelves y miras con cuidado, estoy segura de que encontrarás la silla de ruedas. No hagas que todo parezca la Batalla de Gettysburg —añadió y se rió mirando a las mujeres que la imitaron con un coro de risas.

—Sí, mamá —dije.

—Y recuerda lo que te he dicho, cariño. No estés fuera demasiado tiempo y asegúrate de que Eugenia vaya bien abrigada.

—Sí, mamá —dije.

—Deberías haber saludado a todos primero, Lillian. —Hizo una mueca de reproche.

—Lo siento. Hola.

Todas las mujeres asintieron y sonrieron. Yo me di la vuelta y salí lentamente. Antes de llegar a la puerta, continuaron la conversación como si yo no hubiera entrado. Lentamente, volví a la habitación de Eugenia. Me detuve al ver a Emily bajando las escaleras.

—No encontramos la silla de ruedas de Eugenia —exclamé—. Se lo he preguntado a todos y he mirado por todas partes.

Se enderezó bruscamente y sonrió con ironía.

—Deberías habérmelo preguntado a mí primero. Cuando papá no está, nadie sabe tanto de The Meadows como yo. Obviamente no mamá —añadió.

—Oh, Emily, tú sabes dónde está. Gracias a Dios. ¿Y dónde está?

—Está en el cobertizo de las herramientas. Henry se dio cuenta de que le pasaba algo a la rueda o al eje. Una cosa así. Estoy segura de que ya la ha arreglado. Simplemente se le habrá olvidado traerla.

—Henry no se olvidaría de una cosa así —pensé en voz alta. A Emily no le gustaba nada que la contradijeran.

—Bueno, quizá no se haya olvidado y esté en su habitación. ¿Está? ¿Está en su habitación? —exigió saber.

—No —dije en voz baja.

—Tratas a ese viejo negro como si fuera un profeta del Antiguo Testamento. Tan sólo es el hijo de un antiguo esclavo, sin educación, analfabeto, y lleno de estúpidas suspersticiones —añadió—. Ahora —dijo, cruzando los brazos y volviendo a enderezarse— si quieres la silla de ruedas, ve a buscarla al cobertizo de las herramientas.

—De acuerdo —dije, ansiosa de alejarme de ella y de encontrar la silla de ruedas. Sabía que la pobre Eugenia estaba ansiosa en su habitación y no podía esperar el momento de entrar con la silla y ver la sonrisa de su rostro. Salí rápidamente por la puerta principal y bajé las escaleras, doblando la esquina de la casa, corriendo hasta el cobertizo de las herramientas. Cuando llegué, abrí la puerta y metí la cabeza. Allí estaba la silla de ruedas, tal y como había dicho Emily, apoyada en una esquina. Parecía que nadie la había tocado; tan sólo tenía las ruedas un poco sucias por haber pasado por encima de la hierba.

«Esto no es propio de Henry», pensé. Pero a continuación me vino a la mente que quizá Emily tuviera razón. Quizá Henry había venido a buscar la silla cuando Eugenia dormía y no la quiso despertar para decirle que se la llevaba a arreglar. Con todas las tareas que papá le encomendaba no era sorprendente que alguna vez se olvidara de alguna cosa, concluí. Entré en el cobertizo y me dirigí hacia la silla, cuando de pronto la puerta se cerró a mis espaldas.

La acción fue tan rápida y sorprendente que por un momento no me di cuenta de lo que había ocurrido. Habían tirado algo en

131

el cobertizo y ese algo... se movía. Me quedé paralizada durante un momento. Había escasa luz entrando por las rendijas de las viejas paredes del cobertizo, pero sí la suficiente como para que pudiera darme cuenta de lo que había tirado dentro... ¡una mofeta!

Henry colocaba trampas para los conejos. Ponía estas pequeñas jaulas en las que entraban a comer un poco de lechuga, y entonces se cerraba la puerta. Entonces él decidía si el conejo era lo suficientemente viejo y gordo como para ser sacrificado. Le encantaba hacer estofado de conejo. Yo no quería saber nada de todo eso porque no podía imaginarme comiendo conejitos. Me parecían muy divertidos y alegres, mordisqueando la hierba o saltando por los campos. Cuando me quejaba, Henry decía que mientras no lo matara por diversión no pasaba nada.

—Todos nos alimentamos de todos en este mundo, hija —me explicó, y señaló un gorrión—. Ese pájaro come gusanos, y los murciélagos comen bichos. Los zorros cazan conejos, ¿sabes?

—No quiero saberlo, Henry. No me digas nada cuando comas conejo. No me digas nada —exclamé. Él sonrió y asintió.

—De acuerdo, señorita Lillian. No la invitaré a cenar el domingo que se sirva conejo.

Pero en algunas ocasiones, Henry atrapaba una mofeta en la trampa en vez de un conejo. Venía con un saco y cubría la jaula. Mientras la mofeta estuviera a oscuras, no soltaba chorro, me dijo. Supongo que también se lo había dicho a Emily. O quizá ella lo aprendió observando. De una manera u otra ella observaba a todos los que vivían en The Meadows como si su cometido fuera descubrir actos pecaminosos.

Esta mofeta, alterada por lo que le acababa de ocurrir, miraba sospechosamente a su alrededor. Yo intenté no moverme, pero estaba tan asustada que no pude evitar emitir un pequeño grito y mover los pies. La mofeta me vio y me soltó directamente el chorro. Yo grité y grité y corrí hacia la puerta. Pero estaba cerrada a cal y canto. Tuve que golpear y golpear y la mofeta volvió a darme antes de ocultarse bajo un armario. Finalmente, la puerta se abrió. La habían apuntalado con una madera para que no pudiera abrirse con facilidad. Caí al exterior, con el hedor cubriéndome por completo.

Henry vino corriendo del granero con algunos de los otros trabajadores, pero no llegaron a más de diez metros de mí sin antes detenerse en seco y exclamar de asco. Yo estaba histérica, agitando los brazos como si me estuviera atacando un enjambre de abejas en vez de tratarse del hedor de una mofeta. Henry aspiró profundamente y, a continuación, conteniendo la respiración, vino en mi ayuda. Me levantó en sus brazos y corrió hacia la parte posterior de la casa. Me dejó en la puerta y entró corriendo en busca de Louella. Le oí gritar:

—Es Lillian. La ha mojado una mofeta en el cobertizo.

Yo no pude aguantarlo. Me arranqué el vestido manchado y lancé al aire los zapatos. Louella salió corriendo con Henry y me miró y me olió y exclamó:

—¡Que el Señor tenga piedad!

Abanicándose vino a mi lado.

—Tranquila, tranquila. Louella te ayudará. No te preocupes. No te preocupes. Henry —ordenó—, llévala al cuarto al lado de la despensa donde está la vieja bañera. Yo voy a buscar todo el zumo de tomate que encuentre —dijo. Henry vino a cogerme en brazos otra vez, pero le aseguré que podía andar.

—Tú no tienes por qué sufrir también —dije, cubriéndome la cara con las manos.

En el cuarto, al lado de la despensa, me quité toda la ropa. Louella llenó la bañera con todos los botes de zumo de tomate que encontró y después mandó a Henry a buscar más. Yo grité y lloré mientras Louella me lavaba con el zumo. Después me envolvió en toallas húmedas.

—Ahora vete arriba y date un buen baño, cariño —dijo—. Yo vendré enseguida.

Intenté cruzar la casa a toda velocidad, pero mis piernas se habían convertido en piedras, al igual que mi corazón. Mamá y sus invitadas estaban en la sala de lectura donde escuchaban música en el Victrola y tomaban té. Nadie se había percatado del jaleo de fuera. Se me ocurrió detenerme y contarle a mamá lo que había ocurrido, pero decidí meterme primero en la bañera. El hedor seguía siendo fuerte, y me envolvía como una asquerosa nube de humo.

Louella se reunió conmigo en el cuarto de baño y me ayudó a lavarme con los jabones más aromáticos que teníamos, pero aún después de hacerlo se seguía percibiendo el hedor de la mofeta.

—Lo tienes también en el pelo —dijo con tristeza—. Este champú no es suficiente.

—¿Qué voy a hacer, Louella?

—Esto ya lo he visto unas cuantas veces —dijo—. Me temo que será mejor cortarte el pelo, cariño —dijo.

—¡El pelo!

Mi pelo era mi orgullo. Tenía el cabello más suave y bonito que cualquier otra chica de la escuela. Aquellos champús al huevo que habían recomendado Louella y Henry habían ayudado mucho. Era espeso y me llegaba a la mitad de la espalda. ¿Cortarme el pelo? Era como si me cortaran el corazón.

—Podrías lavártelo a todas horas y nunca te quedarías satisfecha del olor, cariño. Cada noche, cuando pongas la cabeza sobre la almohada, vas a olerlo y las fundas también van a oler.

—Oh, Louella, no puedo cortarme el pelo. No lo haré —dije desafiante. Ella se puso seria—. Me quedaré aquí todo el día lavándomelo hasta que ya no huela —dije—. Lo haré.

Me lo froté y froté y aclaré y aclaré, pero cada vez que ponía un mechón delante de la cara, el olor a mofeta no había desaparecido. Casi dos horas después salí de mala gana de la bañera y me fui a mi cuarto de baño. Louella había estado subiendo y bajando las escaleras, ofreciéndome todos los remedios que se le ocurrían a ella o a Henry. Nada funcionaba. Mis lágrimas habían cesado pero la angustia seguía persistiendo en mis ojos.

—¿Le has contado a mamá lo que ha ocurrido? —le pregunté a Louella cuando volvió.

—Sí —contestó.

—¿Qué ha dicho?

—Dice que lo siente. Subirá a verte en cuanto se marchen sus invitadas.

—¿No puede subir ahora? ¿Ni siquiera un momento?

—Iré a preguntárselo —dijo Louella.

Unos minutos después, regresó sin mamá.

—Dice que no puede dejar a sus invitadas ahora. Dice que hagas lo que hay que hacer. Cariño, todo ese cabello volverá a crecer antes de lo que tú crees.

—Pero hasta entonces, Louella, me odiaré y todo el mundo me rechazará —exclamé.

—Nada de eso, niña. Tienes una cara preciosa, una de las caras más bonitas de estos lugares. Nadie dirá nunca que eres fea.

—Sí que lo dirán —gemí, y pensé en Niles y lo desilusionado que iba a estar cuando me viera, lo desilusionado que ya estaba en este momento esperándonos a Eugenia y a mí. Pero el hedor parecía haberse apoderado de mi cabeza y envolverme. Con los dedos temblorosos, cogí las tijeras y extendí los mechones de pelo. Coloqué las tijeras sobre los mechones, pero no corté.

—No puedo, Louella —exclamé—. Simplemente no puedo. —Enterré la cara en mis brazos sobre la mesa y sollocé. Ella se acercó a mí y me puso una mano sobre el hombro.

—¿Quieres que lo haga yo, niña?

De mala gana, con el corazón tan hueco como la cáscara de una nuez, asentí. Louella cogió los primeros mechones en una mano y las tijeras en la otra. Oí los primeros tijeretazos, cortándome el pelo además del corazón, y mi cuerpo se inundó de tristeza.

En su cuarto oscuro, sentada en un rincón bajo la luz de una lámpara de petróleo, Emily leía la Biblia. Oía su voz a través de las paredes. Estaba segura de que estaba acabando aquella parte del *Éxodo* que había querido leernos a la hora del desayuno antes de que mamá la interrumpiera.

—«...hirió el granizo toda la hierba del campo, y desgajó todos los árboles del país.»

Lloré hasta quedar anonadada bajo el sonido de las tijeras.

Cuando Louella acabó, me metí en la cama, me enrollé como una pelota y hundí la cara entre las mantas. No quería verme ni que nadie me viera, ni siquiera un solo momento. Louella intentó consolarme, pero yo negué con la cabeza y gemí.

—Lo único que quiero es cerrar los ojos, Louella, y fingir que no ha ocurrido.

Ella se marchó y después, por fin, cuando las invitadas se despidieron, mamá subió a verme.

—¡Oh, mamá! —exclamé, incorporándome y destapándome en el momento que entró en la habitación—. ¡Mira! ¡Mira lo que me ha hecho!

—¿Quién, Louella? Pero si pensé...

—No, mamá, no ha sido Louella. —Sollozaba. Tragué saliva y me limpié las lágrimas de los ojos con las manos—. Emily —dije—. Ha sido Emily.

—¿Emily? —sonrió mamá—. Me temo que no te entiendo, cariño. Cómo puede Emily...

—Ella escondió la silla de ruedas en el cobertizo. Encontró una mofeta en una de las trampas de Henry y la guardó bajo una manta. Me dijo que fuera al cobertizo. Me dijo que Henry había puesto allí la silla de ruedas, mamá. Cuando entré tiró la mofeta en el cobertizo cerrándome la puerta. Atrancó la puerta. ¡Es un monstruo!

—¿Emily? Oh no, no puedo creer...

—Es verdad, mamá, es verdad —insistí, golpeándome las piernas con los puños. Me golpeé con tanta fuerza que la expresión de mamá pasó del descrédito a la sorpresa antes de respirar profundamente. Se presionó el pecho con la mano y negó con la cabeza.

—¿Por qué iba Emily a hacer una cosa así?

—¡Porque es un monstruo! Y porque está celosa. Le gustaría tener amigos. Le gustaría... —me detuve antes de hablar demasiado.

Mamá me miró fijamente un momento y a continuación sonrió.

—Tiene que ser un malentendido, una trágica combinación de acontecimientos —decidió mamá—. Mis hijos no se hacen esas cosas los unos a los otros, especialmente Emily. Es tan devota, incluso hace que el sacerdote de la parroquia se cuestione sus propios actos —añadió mamá, sonriendo—. Todo el mundo me lo dice.

—Mamá, piensa que está haciendo cosas buenas cuando me hace daño. Cree que tiene razón. Ve a preguntárselo. ¡Anda! —grité.

—Vamos, Lillian, no grites. Si el capitán vuelve a casa y te oye...

—¡Mírame! ¡Mira mi pelo! —Me estiré los mechones cortados hasta que me hice daño.

El rostro de mamá se enterneció.

—Siento lo de tu cabello, cariño. De verdad que lo siento. Pero —dijo, sonriendo— te pondrás un sombrero bonito y yo te daré uno de mis pañuelos de seda y...

—Mamá, no puedo pasarme todo el día con un pañuelo en la cabeza, especialmente en el colegio. La profesora no lo permitirá y...

—Claro que puedes, cariño. La señorita Walker lo entenderá, estoy segura. —Sonrió de nuevo y olisqueó el ambiente—. Yo no huelo nada. Louella ha hecho un buen trabajo. No te preocupes, se te pasará enseguida.

—¿Qué se me pasará enseguida? —apreté las palmas de mi mano sobre mi pelo—. ¿Cómo puedes decir una cosa así? Mírame. Recuerda lo bonito que era mi pelo, cómo te gustaba cepillármelo...

—Lo peor ha pasado, querida —respondió mamá—. Te daré los pañuelos. Ahora descansa, cariño —dijo, y se giró para marcharse.

—¡Mamá! ¿No vas a decirle nada a Emily? ¿No le vas a contar a papá lo que me ha hecho? —pregunté con lágrimas en los ojos. ¿Cómo podía no darse cuenta de lo terrible que era lo que me estaba ocurriendo? ¿Y si le hubiera pasado a ella? Ella estaba tan orgullosa de su cabello como yo lo había estado del mío. ¿No se pasaba horas y horas cepillándoselo... y no había sido ella quien me había dicho que debía cuidarlo y alimentarlo? El suyo era como de oro tejido y el mío se parecía ahora a los tallos de flores cortadas, serrado y tieso.

—¿Por qué prolongar la agonía y hacer que todos sufran en

casa, Lillian? Lo pasado, pasado está. Estoy segura de que se trata tan sólo de un infortunio. Ha ocurrido y ya ha terminado.

—No ha sido un accidente. ¡Lo ha hecho Emily! La odio, mamá. ¡La odio! —Sentí que el rostro se me congestionaba de ira. Mamá me miró fijamente y a continuación negó con la cabeza.

—Claro que no la odias. No podemos tener gente odiándose entre sí en esta casa. El Capitán no lo aguantaría ni un minuto —dijo mamá como si estuviera construyendo una de sus novelas románticas y pudiera simplemente reescribir o tachar los acontecimientos feos o tristes—. Ahora deja que te cuente mi fiesta.

Bajé la cabeza completamente humillada mientras mamá, comportándose como si nada extraño me hubiera ocurrido, empezó a contarme algunos cotilleos de los que ella y sus amigas habían estado hablando toda la tarde. Sus palabras me entraron por una oreja y me salieron por la otra, pero ella no pareció darse cuenta ni darle ninguna importancia. Hundí la cara en la almohada y volví a taparme con la manta. La voz de mamá continuó hablando hasta que se le acabaron las historias, y entonces se marchó a buscarme unos pañuelos.

Yo respiré profundamente y me di la vuelta en la cama. No pude evitar preguntarme si mamá hubiera sentido más compasión e ira por lo que había ocurrido si fuera mi madre en lugar de mi tía. De pronto, por primera vez, me sentí verdaderamente huérfana. Me sentí incluso peor que el día en que me había enterado de la verdad. Mi cuerpo se estremeció con nuevos sollozos hasta quedarme cansada y sin lágrimas. Entonces, recordando a la pobre Eugenia, de la que estaba segura de que se había enterado de la historia por Louella y Tottie, me levanté como una sonámbula y me puse la bata, obedeciendo todos mis movimientos a un ritmo mecánico. Evitaba mirarme cada vez que pasaba por delante de los espejos. Metí los pies en mis pequeñas zapatillas con lazos y salí lentamente de mi habitación hasta llegar a la de Eugenia.

Cuando me vio se echó a llorar. Yo me arrojé a sus brazos, que me estrecharon con la fragilidad de un pajarito, y lloré sobre su pequeño hombro unos minutos antes de separarme y contarle todos los pormenores de aquel acontecimiento. Ella me escuchó con los ojos abiertos como platos, moviendo la cabeza para olvidar los detalles. Pero se vio obligada a aceptarlos cada vez que levantaba la vista y veía mi cabello cortado.

—No iré al colegio —juré—. No voy a ir a ningún sitio hasta que no me crezca el pelo.

—Oh, por favor, Lillian, podría pasar mucho tiempo. No pierdas tus clases.

—Me moriré de vergüenza en cuanto me vean las demás chicas, Eugenia. —Miré la manta—. Especialmente Niles.

—Harás lo que ha dicho mamá. Te pondrás un sombrero y un pañuelo.

—Se reirán de mí. Emily se asegurará de que lo hagan —afirmé. El rostro de Eugenia se entristeció. Parecía encogerse con cada momento de tristeza. Yo me sentía muy mal porque no era capaz de alegrarla o hacer que desapareciera su melancolía. Ninguna risa, ningún chiste, ninguna distracción podían encubrir la agonía o hacerme olvidar todo lo que me había ocurrido.

Se oyó una llamada en la puerta y nos giramos para ver a Henry.

—Hola, señorita Lillian, señorita Eugenia. Sólo he subido para decirle... bueno, para decirle que la silla de ruedas va a necesitar un día o dos para airearse, señorita Eugenia. La he lavado lo mejor posible y la traeré en cuanto desaparezca ese olor.

—Gracias, Henry —dijo Eugenia.

—No tengo ni idea de cómo llegó hasta el cobertizo —dijo Henry.

—No te preocupes, Henry, ya lo sabemos —le dije. Él asintió.

—Encontré cerca una de mis trampas de conejo —dijo. Movió la cabeza—. Un acto cruel. Muy cruel —murmuró, y se marcho.

—¿Dónde vas? —preguntó Eugenia cuando me levanté de la cama, cansada y sin ánimo.

—Arriba, a dormir. Estoy agotada.

—¿Volverás después de cenar?

—Lo intentaré —dije. Me odiaba a mí misma por estar así, odiaba sentir autocompasión, especialmente delante de Eugenia, que tenía más razones para sentir autocompasión que nadie; pero mi cabello había sido tan bonito... Su longitud y textura, la suavidad y el color me habían hecho sentir mayor y más femenina. Sabía que los chicos me miraban. Ahora nadie me miraría, excepto para reírse de la pequeña idiota que consiguió que la mojara una mofeta.

A última hora de la tarde Tottie vino a decirme que Niles había venido a la casa a preguntar por Eugenia y por mí.

—Oh, Tottie, ¿le has contado lo ocurrido? No lo habrás hecho, ¿verdad? —exclamé.

Tottie se encogió de hombros.

—No sabía qué otra cosa contarle, señorita Lillian.

—¿Qué le has dicho? ¿Qué le has dicho? —exigí saber rápidamente.

—Simplemente le he dicho que una mofeta la había mojado en el cobertizo y que ha tenido que cortarse el pelo.

—Oh, no.

—Aún sigue abajo —dijo Tottie—. Está hablando con la señora Booth.

—Oh, no —gemí de nuevo y me hundí entre los almohadones. Estaba tan avergonzada que pensé que no podría volver a mirarle a la cara nunca más.

—La señora Booth dice que debería bajar a saludar al caballero que ha venido a visitarla.

—¿Bajar? Nunca. No saldré de esta habitación. No voy a hacerlo y dile que es culpa de Emily.

Tottie se marchó y yo me arropé con la manta. Mamá no subió a verme. Se retiró a su música y sus libros. Pasó la tarde. Oí llegar a papá, oí sus firmes pasos en el pasillo. Cuando llegó a mi puerta contuve la respiración, esperando que entrase para ver qué había ocurrido y preguntarme cómo había ocurrido, pero pasó de largo. «O mamá no se lo ha contado o ha fingido que no es nada», pensé tristemente. Más tarde le oí bajar a cenar, y de nuevo no se detuvo. Mandaron a Tottie a decirme que la cena estaba servida, pero yo contesté que no tenía apetito. Antes de que transcurrieran cinco minutos, regresó jadeante de tanto subir y bajar para informarme de que papá insistía en que bajara.

—El Capitán dice que no le importa si no pruebas bocado, pero tienes que hacer acto de presencia —relató Tottie—. Parece estar lo bastante enfadado como para matar a una buena piara de cerdos de un solo golpe —añadió—. Será mejor que baje, señorita Lillian.

De mala gana, me levanté de la cama. Insensible, me miré en el espejo. Negué con la cabeza intentando negar lo que veía, pero la imagen no desaparecía. Casi volví a echarme a llorar. Louella lo había hecho lo mejor posible, claro está, pero lo único que quería era cortarme el pelo; cuanto más corto, mejor. Algunos mechones quedaban más largos que otros y mi cabello caía dentado sobre mis orejas. Me puse uno de los pañuelos de mamá y bajé.

La sonrisa de Emily era pequeña y sardónica cuando ocupé mi sitio en la mesa. Su expresión cambió enseguida hasta que su rostro recuperó aquella habitual mirada de desaprobación; la espalda recta, los brazos cruzados. Tenía la Biblia abierta sobre la mesa delante suyo. Le dirigí una mirada llena de odio, pero lo único que conseguí fue aumentar la mirada de placer en aquellas órbitas grises.

Mamá sonrió. Papá me escudriñó severamente, retorciéndose el bigote.

—Quítate ese pañuelo en la mesa —me ordenó.

—Pero papá... —gemí—. Estoy horrible.

—La vanidad es un pecado —dijo—. Cuando el Diablo quiso tentar a Eva en el Paraíso le dijo que era tan bella como Dios. Quítatelo. —Dudé unos instantes, esperando que mamá acudiera en mi ayuda, pero ella permaneció callada, con una mirada de dolor en la cara—. He dicho que te lo quites —ordenó papá.

Hice lo que me ordenaba, pero bajando la mirada. Cuando levanté los ojos, pude comprobar lo contenta que estaba Emily.

—La próxima vez prestarás más atención a dónde vas y lo que ocurre a tu alrededor —dijo papá.

—Pero, papá...

Levantó la mano antes de que pudiera continuar.

—No quiero oír ni una palabra más del incidente. Tu madre ya me ha contado bastante. Emily...

El rostro de Emily sonrió todo lo que era capaz de sonreír y miró la Biblia.

—«El Señor es mi guía...» —empezó. Yo no la oí leer. Permanecí allí sentada, sintiendo mi corazón frío como una piedra. Las lágrimas me inundaron las mejillas y me goteaban por la barbilla, pero no me las limpié. Si papá se daba cuenta, no le importaba. En cuanto Emily acabó de leer, empezó a comer. Mamá se puso a contar los nuevos cotilleos que le habían contado durante el almuerzo. Papá parecía escuchar, asintiendo de vez en cuando, e incluso riéndose en una ocasión. Era como si lo que me había ocurrido hubiera tenido lugar muchos años atrás y estuviera reviviendo un recuerdo; y yo era la única que lo recordaba. Intenté comer algo sólo para que papá no se enfadara, pero la comida se me atragantó y empecé a toser, teniendo que beber un vaso de agua.

Afortunadamente la cena terminó, y pude retirarme a la habitación de Eugenia tal como le había prometido, sólo que ella estaba dormida. Me senté un rato a su lado mientras observaba su entrecortada respiración. Gimió una vez, pero no abrió los ojos. Finalmente la dejé y subí a mi dormitorio, agotada y habiendo vivido uno de los días más aborrecibles de mi vida.

Cuando entré en la habitación me dirigí a una de las ventanas a mirar los prados, pero era una noche muy oscura. El cielo estaba cubierto. En la distancia vi los primeros relámpagos, y a continuación empezaron a caer las primeras gotas, salpicando el alféizar de la ventana como gruesas lágrimas. Me retiré a la cama. Minutos después de apagar la luz y cerrar los ojos, oí que se abría la puerta y miré.

Emily apareció en la penumbra.

—Reza para que te perdonen —dijo.

—¿Qué? —me incorporé rápidamente—. ¿Quieres que yo rece para conseguir el perdón después de lo que tú me has hecho? Tú tendrías que estar rezando. Eres un ser horrendo. ¿Por qué lo has hecho? ¿Por qué?

—Yo no soy responsable de nada. El Señor te ha castigado por tus muchos pecados. ¿Crees que pasaría alguna cosa si Dios no quisiera que pasara? Te lo he dicho muchas veces: eres una maldición viviente, una manzana podrida que corromperá a todas las demás. Mientras no te arrepientas, sufrirás. Pero tú nunca te arrepentirás —añadió.

—Yo no soy ese cuadro que estás pintando. Tú sí lo eres.

Ella cerró la puerta, pero yo continué gritando.

—¡Te odio! ¡Te odio!

Hundí la cara en las manos y sollocé hasta que se me agotaron las lágrimas. A continuación me recosté sobre las almohadas. Me refugié en la oscuridad, sintiéndome extrañamente lejana a mí misma. Una y otra vez oía la voz cortante y severa de Emily.

—«Naciste mala, mala, eres una maldición.»

Cerré los ojos e intenté hacerla desaparecer de mi mente, pero ella continuaba hablando en mis pensamientos, con sus palabras agujereándome el alma.

¿Tenía razón? Por qué le permitía Dios que me hiciera tanto daño, me pregunté. No podía tener razón. ¿Por qué querría Dios hacer sufrir a una persona tan cariñosa y bondadosa como Eugenia? No, el demonio estaba actuando aquí, no Dios.

¿Pero por qué Dios le dejaba al diablo que lo hiciera?

«Nos está poniendo a prueba», concluí. En el fondo de mi corazón, enterrado bajo montañas de fingida ilusión, sabía que la prueba más grande estaba por llegar. Siempre estaría allí, revoloteando sobre The Meadows como una oscura nube inconsciente del viento o las oraciones. Revoloteaba, aguardando su hora.

Esa oscura nube descargó finalmente una lluvia de tristeza sobre nosotros, y sus frías gotas me helarían el corazón para siempre.

LLEGA LA TRAGEDIA

Al día siguiente me desperté con agudos calambres en el estómago. Para acabar de arreglarlo me vino una regla insoportable. Me dolía tanto que incluso llegué a llorar. Mis lágrimas atrajeron la curiosidad de mamá. Se disponía a desayunar. Cuando le conté lo que me ocurría, se puso muy nerviosa. Como de costumbre, ordenó a Louella que cuidara de mí. Louella intentó vestirme y arreglarme para el colegio, pero los calambres me impedían caminar. Me quedé en la cama aquel día y el siguiente.

Poco antes de salir para el colegio, a la mañana siguiente, Emily apareció en el umbral de mi puerta para decirme que buscara yo misma la respuesta a por qué mi dolor mensual era tan intenso. Fingí no oírla ni verla. Ni siquiera la miré, y tampoco respondí, de modo que ella se marchó. Pero no pude evitar el preguntarme por qué para ella el período nunca suponía un inconveniente. Parecía que no lo tuviera.

A pesar del dolor, casi llegué a considerar mi estado como una especie de bendición, pues hizo posible que no tuviera que enfrentarme al mundo con el pelo cortado. Cada vez que pensaba en vestirme y salir, los calambres se intensificaban. Ponerme un sombrero o cubrirme con pañuelos sólo pospondría lo inevitable —las miradas de asombro y sorpresa en las caras de las chicas y las sonrisas y chanzas de los chicos.

No obstante, a la noche del segundo día, mamá mandó a Louella a buscarme para cenar, principalmente para cuidarse del carácter de papá.

—El Capitán dice que bajes de inmediato, cariño. Te está esperando. Creo que subirá a buscarte él mismo si no vienes —dijo Louella—. Está gritando y chillando como un energúmeno. Dice que ya hay una niña inválida en esta casa; no quiere tener dos.

Louella sacó uno de mis vestidos del armario y me levantó. Cuando bajé vi que mamá había estado llorando. Papá tenía la cara congestionada y se estiraba las puntas del bigote, algo que hacía siempre que estaba irritado.

—Así está mejor —dijo cuando me senté—. Empecemos.

Tras la lectura de Emily, que pareció interminable esta vez, comimos en silencio. Era obvio que mamá no estaba de humor para charlar de sus amigas y de sus chismes. Los únicos sonidos procedían de los bocados de papá y el tintineo de los platos y los cubiertos. De pronto papá dejó de masticar y se volvió hacia mí, como si acabara de recordar algo. Me señaló con su largo dedo índice y me dijo:

—Mañana te levantarás temprano para ir al colegio, Lillian. ¿Entendido? No quiero otra niña en esta casa que necesite servicio y cuidados intensivos. Especialmente una que está sana y fuerte y que no tiene más que el habitual problema de las mujeres. ¿Entendido?

Tragando con dificultad, empecé a hablar, tartamudeé, intenté apartar la mirada de sus severos ojos, y finalmente asentí y tímidamente dije:

—Sí, papá.

—Ya es bastante que la gente hable de esta familia: una hija enferma desde el primer día hasta hoy... —Miró a mamá—. Si tuviéramos un hijo...

Mamá empezó a llorar.

—Basta de lloriqueos en la mesa —espetó papá. Empezó a comer y a continuación decidió seguir hablando—. Toda familia sureña que se precie tiene un hijo para perpetuar el nombre y continuar las tradiciones. Todos menos los Booth. Cuando yo muera, desaparecerá el nombre de mi familia y todo lo que ello representa —se quejó—. Cada vez que entro en mi despacho y levanto la vista hacia mi abuelo me siento avergonzado.

Los ojos de mamá se llenaron de lágrimas, pero consiguió reprimirlas adecuadamente. En aquel momento sentía más compasión por ella que por mí misma. No era culpa suya haber tenido sólo hijas. Por lo que había leído y aprendido acerca de la reproducción humana, papá tenía parte de responsabilidad. Pero lo que me hacía aún más daño era la idea de que las chicas no estaban a la altura de las cosas. Éramos hijos de segunda clase, premios de consolación.

—Estoy dispuesta a intentarlo de nuevo, Jed —gimió mamá. Abrí los ojos, incrédula. Incluso Emily parecía estar más animada. Mamá, tener otro niño, ¿a su edad? Papá se limitó a gruñir y continuó comiendo.

Después de cenar fui a ver a Eugenia. Tenía que contarle lo que habían dicho papá y mamá, pero me encontré con Louella en el pasillo que volvía con la bandeja de mi hermana. Parecía que no hubiera tocado absolutamente nada.

—Se quedó dormida intentando comer —dijo Louella, moviendo la cabeza—. Pobrecita.

Entré en la habitación de Eugenia y la encontré profundamente dormida, con los párpados pegados, el pecho jadeante mientras subía y bajaba bajo la manta. Parecía estar tan pálida y delgada que se me heló el corazón. Me quedé a su lado, esperando que despertara, pero no se movió; ni siquiera parpadeó, de modo que me retiré con pesar a mi habitación.

Aquella noche intenté hacer algo con mi pelo para adecentarlo. Me puse clips. Intenté colocarme un lazo de seda. Me cepillé y cepillé los lados y la parte posterior, pero nada parecía mejorarlo. Las puntas mal cortadas sobresalían por todas partes. Estaba simplemente horroroso. Me daba pavor ir al colegio, pero cuando oí las botas de papá en el pasillo por la mañana, me levanté de la cama de un salto y me preparé. Emily estaba risueña. Nunca la había visto tan contenta. Salimos juntas, pero yo dejé que caminara delante mío, de modo que cuando nos unimos a las gemelas Thompson y Niles, las gemelas y ella estaban a unos tres metros delante de Niles y de mí.

Él sonrió en cuanto me vio. Yo me sentía tan débil y ligera que estaba segura de que un fuerte viento me haría volar. Sostuve con fuerza el ala de mi sombrero y continué caminando evitando su mirada.

—Buenos días —dijo—. Me alegro de que te hayas levantado hoy. Te he echado de menos. Siento mucho lo ocurrido.

—Oh, Niles, ha sido horrible, absolutamente horrible. Papá me ha obligado a ir al colegio hoy. De otra forma, me ocultaría bajo las sábanas y me quedaría ahí hasta las próximas navidades —dije.

—No puedes hacer eso. Todo saldrá bien —me aseguró.

—No es verdad —insistí—. Estoy horrible. Espera que me veas sin el sombrero. No podrás mirarme sin echarte a reír —le dije.

—Lillian, para mí nunca estarás horrible —respondió— y yo nunca me reiría de ti. —Apartó la mirada rápidamente, y una ola de rubor inundó su rostro tras esta confesión. Sus palabras animaron mi corazón y me dieron la fuerza para continuar. Pero ni sus palabras, ni las de otro, ni cualquier promesa podían aliviar el dolor y la vergüenza que me esperaban en el patio de la escuela.

Emily había hecho un buen trabajo informando a todo el mundo sobre lo ocurrido. Evidentemente, había suprimido su papel en el asunto y se preocupó de que yo pareciera una estúpida al haberme enfrentado a una mofeta. Los chicos estaban reunidos y esperándome. Empezaron en cuanto doblé por el sendero de entrada al colegio.

Guiados por Robert Martin empezaron a cantar, «Aquí viene la apestosa». A continuación se taparon la nariz e hicieron muecas, como si el hedor de la mofeta emanara todavía de mis ropas y cuerpo. Mientras seguía adelante, se apartaron, riendo y señalando. Sus risas llenaban el ambiente. Las chicas sonrieron y también se burlaron. Emily se hizo a un lado, observando con satisfacción. Yo bajé la cabeza y me dirigí a la puerta principal, cuando, de pronto, Robert Martin se abalanzó hacia mí cogiendo el ala de mi sombrero para quitármelo y dejarme expuesta.

—Mírala. Está calva —gritó Samuel Dobbs. El patio del colegio se lleno de risas histéricas. Incluso Emily sonreía de oreja a oreja, en lugar de acudir en mi defensa. Las lágrimas me arrasaban la cara mientras los chicos continuaban con sus cantos: «¡Apestosa, apestosa, apestosa!», alternándolo después con «Calva, calva, calva».

—Devuélvele el sombrero —le dijo Niles a Robert. Robert se echó a reír, desafiante, y después le señaló a él.

—Tú caminas con ella; tú también apestas —amenazó, y los chicos señalaron a Niles y se rieron de él.

Sin dudarlo ni un segundo, Niles se abalanzó y atacó a Robert por las rodillas. En pocos segundos los dos rodaban por el sendero de gravilla. Levantaron una nube de polvo mientras los otros chicos animaban y chillaban. Robert era más grande que Niles, más grueso y alto, pero Niles estaba tan enfurecido que consiguió dominar a Robert y ponerse encima. Durante la refriega mi sombrero quedó muy malparado.

Por fin la señorita Walker oyó el jaleo y salió rápidamente de la escuela. Una orden y un grito de la profesora fueron suficientes para separarlos. Los demás niños retrocedieron obedientemente. La señorita Walker tenía las manos sobre las caderas, pero en cuanto Niles y Robert se separaron, ella los cogió a los dos por el cabello y los entró haciendo muecas de dolor en el colegio. Se oyeron unas risas ahogadas, pero nadie osaba atraer la ira de la señorita Walker. Billy Simpson fue a buscarme el sombrero. Le di las gracias, pero ya no servía. Estaba lleno de polvo y el ala se había descosido. Sin preocuparme por cubrirme la cabeza, entré en la escuela con los demás y me senté.

A Robert y a Niles se les castigó a sentarse en el rincón, incluso a la hora del almuerzo, y después tuvieron que quedarse una hora más en clase. No importaba quién tuviera la culpa, afirmó la señorita Walker. Estaba prohibido pelearse, y a cualquiera que cogiera haciéndolo le castigaría. Cuando miré a Niles, le di las gracias con la mirada. Tenía un arañazo en la cara desde la barbilla hasta la mejilla izquierda y un golpe en la frente, pero me devolvió la mirada con una sonrisa de felicidad.

Tal como salieron las cosas, la señorita Walker me preguntó si también quería quedarme después de las clases para poder recuperar los días que había faltado. Mientras Niles y Robert permanecían en silencio en la última fila de la clase con las manos juntas sobre el pupitre, las espaldas erguidas y las cabezas levantadas, yo trabajaba con la señorita Walker en la parte delantera. Ella intentaba animarme diciéndome que el cabello volvería a crecerme muy pronto y que el pelo corto estaba de moda en algunos lugares. Poco antes de terminar, perdonó a Niles y a Robert, pero no sin antes hacerles una pequeña advertencia y decirles que si los cogía peleándose o si alguien le informaba de ello, tendrían que venir sus padres al colegio a hablar con ella. Por la expresión de Robert era evidente que aquello le infundía un miedo casi religioso. En cuanto le dieron permiso para irse a casa, salió corriendo del edificio y se marchó. Niles me esperó al final de la cuesta. Afortunadamente, Emily ya se había marchado.

—No deberías haber hecho eso, Niles —le dije—. Te has metido en un lío por nada.

—No fue por nada. Robert es un... asno. Siento que se rompiera tu sombrero —dijo Niles. Yo lo llevaba encima de mis libros.

—A mamá no le gustará, supongo. Era uno de sus preferidos, pero creo que no voy a intentar cubrirme más la cabeza. Además, Louella dice que debería dejar el cabello al aire y que de ese modo crecerá más deprisa.

—Eso me parece correcto —dijo Niles—. Y yo tengo otra idea —añadió, con los ojos centelleantes.

—¿Qué? —pregunté rápidamente. Él me contestó con una sonrisa—. Niles Thompson, dime de qué estás hablando en este mismo instante o...

Él se echó a reír y se inclinó para susurrarme.

—El estanque mágico.

—¿Qué? ¿En qué me puede ayudar?

—Tú limítate a venir conmigo ahora mismo —dijo, cogiéndome de la mano. Nunca había caminado por un camino cogida de la mano de un chico. Él me aferraba la mía con fuerza y caminaba lo más rápidamente posible. Yo casi tenía que correr para seguirle. Cuando llegamos al sendero, caminamos por encima de la hierba como el primer día y enseguida llegamos al estanque.

»En primer lugar... —dijo Niles, arrodillándose a la orilla del agua. Hundió la mano en el estanque y se puso de pie— rociamos el cabello con agua mágica. Cierra los ojos y pide el deseo mientras yo lo hago —dijo. Los rayos del sol de la tarde entrando por los árboles hacían que relucieran su espeso cabello oscuro y su rostro. Sus ojos se enternecieron aún más, mirando y posándose en los míos. Realmente tenía la sensación de que estábamos en un lugar maravilloso, místico.

»Anda, anda, cierra los ojos —insistió. Lo hice y sonreí al mismo tiempo. Hacía días que no sonreía. Sentí las gotas de agua cayendo sobre mis cortos mechones y tocando mi cuero cabelludo y entonces, inesperadamente, sentí los labios de Niles sobre los míos. Abrí los ojos sorprendida.

»Ésa es una de las normas —dijo rápidamente—. Quien te pone el agua, tiene que sellar el deseo con un beso.

—Niles Thompson, te lo estás inventando todo y tú lo sabes. Él se encogió de hombros, manteniendo la suave sonrisa.

—Supongo que no me pude resistir —confesó.

—¿Tenías ganas de besarme incluso con este aspecto que tengo?

—Muchas. Y también quiero volver a besarte —afirmó.

Mi corazón latía de felicidad. Respiré profundamente y dije:

—Entonces hazlo.

¿Era terrible que le invitara a hacerlo de nuevo? ¿Significaba eso que Emily tenía razón... que era una pecadora? No me importaba; no me importaba y no podía creerme que ella tuviera razón. Los labios de Niles sobre los míos era algo muy agradable para que fuera malo. Cerré los ojos, pero le sentí acercarse, paso a paso. Lo sentía en todos los poros. Mi piel pareció despertar y convertirse en un millón de antenas, con todos los pelos de mi cuerpo de punta.

Me rodeó con los brazos y nos besamos con más fuerza y durante más tiempo que nunca. Tampoco me soltó. Cuando dejó de besarme los labios, me besó la mejilla y después otra vez los labios hasta posar sus labios sobre mi cuello mientras yo gemía suavemente.

Todo mi cuerpo explotaba del placer. Sentía un cosquilleo en lugares en los que nunca antes lo había sentido. Una oleada de calor recorrió mis venas y yo me incliné hacia adelante y exigí que sus labios volvieran a posarse sobre los míos.

—Lillian —susurró—. Me entristecí mucho cuanto tú y Eugenia no vinisteis a nuestra cita, y cuando me enteré de lo que te había ocurrido. Sé lo mal que te sentías, y yo me sentía mal por ti. Entonces, al no verte en el colegio, tuve la intención de pasar por tu casa. Incluso pensé en escalar la pared durante la noche y llegar hasta la ventana de tu habitación.

—¿De verdad, Niles? ¿Harías una cosa así? —pregunté, a la vez asustada y encantada por la posibilidad—. ¿Qué pasaría si estuviera desvestida o en camisón?

—Un día más sin ti y lo hubiera hecho —añadió con valentía.

—Pensé que me encontrarías tan fea que no querrías saber nada de mí. Tenía miedo de que...

Él me puso un dedo sobre los labios.

—No digas tonterías. —Quitó el dedo y lo sustituyó por un beso. Mientras me besaba me dejé ir en sus brazos. Me temblaban las piernas y lentamente, con elegancia, caímos sobre la hierba. Allí exploramos nuestras caras con los dedos, los labios, los ojos.

—Emily dice que soy mala, Niles. Puede que sea verdad —le avisé. Él se echó a reír—. No, de verdad. Dice que soy una Jonás y que sólo acarreo tristeza y desgracia a la gente cercana a mí, gente que... me quiere.

—A mí sólo me traes alegría —dijo—. Emily es la Jonás. La señorita Tabla de Planchar —añadió y nos reímos. La referencia al poco pecho de Emily hizo que se fijara en el mío. Vi que sus ojos absorbían mis pechos y cuando cerré los ojos, me imaginé sus manos sobre ellos. En ese momento, su mano derecha descansaba a mi lado. Lentamente bajé mi mano izquierda hasta su muñeca y a continuación levanté su brazo hasta que sus dedos rozaron mi pecho. Al principio se resistió. Le oí inspirar profundamente, pero yo no me podía detener. Presioné la palma de su mano sobre mi pecho y a continuación posé mis labios sobre los suyos. Sus dedos se movieron hasta que tocaron mi pezón y yo gemí. Nos besamos y acariciamos unos minutos más. La espiral de excitación y pasión, que iba en aumento, envolviendo la mayor parte de mi cuerpo, empezó a asustarme. Quería hacer más cosas;

quería que Niles me tocara por todas partes, pero en el fondo de mi mente oía a Emily decir:

—Pecadora, pecadora, pecadora. —Finalmente, me aparté.

—Será mejor que vuelva a casa —dije—. Emily sabrá a qué hora he salido del colegio y cuánto tardo en llegar a casa.

—Claro —dijo Niles, aunque pareció quedarse muy desilusionado. Ambos nos pusimos de pie y nos alisamos la ropa. A continuación, sin decir palabra, recorrimos el sendero hasta llegar a la carretera. Al llegar al cruce, nos detuvimos y miramos a un lado y otro de la carretera. No se veía a nadie, de modo que nos arriesgamos a un beso de despedida. Un rápido beso en los labios. Pero sus labios permanecieron sobre los míos durante todo el trayecto hacia casa y no desaparecieron hasta que vi el carruaje del doctor Cory en la puerta de la mansión. El alma se me cayó a los pies.

«Eugenia —pensé—. Oh no, algo le ocurre a Eugenia.» Corrí el resto del camino, odiándome por haber estado tan bien cuando la pobre Eugenia batallaba desesperadamente por seguir con vida.

Crucé corriendo el umbral y a continuación me quedé en la entrada, intentando respirar. El pánico se apoderó de mí y no podía moverme. Oía las voces contenidas que procedían del pasillo que conducía al cuarto de Eugenia. Fueron en aumento hasta que apareció el doctor Cory con papá a su lado y mamá caminando rezagada detrás de ellos, con la cara bañada de lágrimas y un pañuelo entre las manos. Con tan sólo mirar al doctor Cory supe que esta vez la situación era más seria que nunca.

—¿Qué le ocurre a Eugenia? —pregunté. Mamá empezó a llorar con más fuerza, gimiendo fuertemente. Papá estaba rojo como un tomate de vergüenza e ira.

—Basta ya, Georgia. Con esto no ayudas a nadie y empeoras las cosas para todos.

—No querrás enfermar tú también, Georgia —dijo suavemente el doctor Cory. El gemido de mamá se convirtio en un sollozo. A continuación posó sus ojos en mí y movió la cabeza.

»Eugenia se está muriendo —susurró—. No es justo, y por si fuera poco ha cogido la viruela.

—¡La viruela!

—Con el cuerpo tan débil que tiene, no cuenta con muchas posibilidades —dijo el doctor Cory—. Le ha salido más rápidamente que a una persona sana y apenas tiene fuerzas para luchar —dijo—. Está casi tan mal como una persona que lleva una semana con la enfermedad.

Yo empecé a llorar. Mi cuerpo se estremecía a causa de los fuertes y rápidos sollozos hasta el punto de dolerme el pecho. Mamá y yo nos abrazamos llorando.

—Está en... en coma profundo... ahora —jadeó mamá entre sollozos—. El doctor Cory dice que es sólo cuestión de horas y el capitán quiere que muera aquí, como la mayoría de Booths.

—¡No! —chillé y me separé de ella. Corrí por el pasillo hasta llegar a la habitación de Eugenia donde encontré a Louella sentada a su lado.

—Oh, Lillian, cariño —dijo, poniéndose en pie—. Mantente alejada. Es contagioso.

—No me importa —grité, y me acerqué a Eugenia.

El pecho de Eugenia subía y bajaba, se estremecía a causa de los esfuerzos que hacía por respirar. Tenía círculos oscuros bajo los ojos cerrados y los labios azules. Su tez había adquirido ya la palidez de un cadáver, con las pústulas levantando feas cabezas. Me arrodillé a su lado y presioné la palma de su pequeña mano sobre mis labios, los labios que acababan de disfrutar del beso de Niles Thompson. Mis lágrimas cayeron sobre la mano y la muñeca de Eugenia.

—Por favor, no te mueras, Eugenia —murmuré—. Por favor, no te mueras.

—No puede evitarlo —dijo Louella—. Ahora está en las manos de Dios.

Miré primero a Louella y después a Eugenia, y el temor de perder a mi querida hermana hizo de mi corazón una fría piedra. Tragué saliva. El dolor de mi pecho era tan fuerte que pensé que me desmayaría allí mismo.

Su pequeño pecho volvió a subir y bajar, sólo que esta vez se oyó un extraño sonido en la garganta de Eugenia.

—Será mejor que vaya a buscar al médico —dijo Louella, y salió corriendo.

—Eugenia —dije, incorporándome para sentarme a su lado como había hecho tantas veces—. Por favor, no me dejes. Por favor, lucha. Por favor... —Coloqué su mano sobre mi rostro y me balanceé en la cama.

A continuación sonreí y me reí.

—Tengo que contarte todo lo que me ha ocurrido hoy en el colegio y lo que hizo Niles Thompson para defenderme. ¿Quieres saberlo, verdad? ¿Verdad, Eugenia? ¿Adivinas qué? —susurré, inclinándome sobre ella—. Él y yo fuimos otra vez al estanque mágico. ¿Quieres saberlo, verdad, Eugenia? ¿Verdad?

El pecho volvió a subir. Oí entrar a papá y al doctor Cory. Cayó su pecho y se volvió a oír el extraño sonido en la garganta, sólo que esta vez abrió la boca. El doctor Cory puso los dedos a ambos lados de su garganta y le abrió los párpados. Yo le miré mientras se volvía hacia papá moviendo la cabeza.

—Lo siento, Jed —dijo—. Ha muerto.

—¡NOOO! —chillé— ¡NOOOO!

El doctor Cory volvió a cerrar los ojos de Eugenia.

Yo volví a gritar una y otra vez. Louella me rodeaba con sus brazos y me estaba levantando de la cama, pero yo no la sentía. Tenía la sensación de alejarme flotando con Eugenia, como si me hubiera convertido en una nube. Miré hacia la puerta buscando a mamá, pero ella no estaba.

—¿Dónde está mamá? —le pregunté a Louella—. ¿Dónde está?

—No ha podido venir —dijo—. Ha subido corriendo a su habitación.

Yo no me lo podía creer. ¿Por qué no iba a querer estar con Eugenia en sus últimos momentos? Mi mirada de incredulidad se posó en papá, que miraba fijamente el cuerpo de Eugenia. Le temblaron los labios, pero no lloró. Levantó y hundió los hombros, dio media vuelta y se marchó. Yo miré al doctor Cory.

—¿Cómo ha podido ocurrir tan rápidamente? —pregunté—. No es justo.

—A menudo tenía fiebres altas —dijo—. Con frecuencia tenía

gripe. Ésta nos ha cogido de sorpresa. Nunca tuvo un corazón fuerte y todas las enfermedades han hecho estragos. —Movió tristemente la cabeza—. Tendrás que ser fuerte ahora, Lillian —dijo—. Tu madre va a necesitar una persona fuerte en la que apoyarse.

En aquel momento no me preocupaba nada mamá. Mi corazón estaba tan profundamente dolido que no me importaba nada ni nadie más que mi hermana muerta. La miré, agarrotada por la enfermedad, diminuta en su enorme y suave cama, y lo único que recordaba era su risa, sus ojos resplandecientes y su ilusión cuando entraba corriendo en su habitación después de la escuela para contarle los acontecimientos del día.

Extraño, pensé, porque nunca se me había ocurrido antes, pero yo la había necesitado a ella tanto como ella a mí. Mientras caminaba por los largos y oscuros pasillos de su habitación hasta la escalera de la casa, me di cuenta de lo desesperadamente sola que estaría a partir de ahora. Ya no tenía hermana con quien hablar, nadie a quien contarle mis más profundos secretos, nadie en quien confiar. Viviendo a través de las cosas que yo hacía y sentía, Eugenia se había convertido en parte de mí, y así es como me sentía en aquel momento —como si una parte de mí hubiera muerto. Mis piernas me subían las escaleras, pero no tenía la sensación de caminar. Era como si estuviera flotando.

Cuando llegué al rellano y giré para ir a mi habitación, levanté la cabeza y vi a Emily de pie entre las sombras de la primera esquina. Dio un paso adelante, tiesa como una estatua, la gruesa Biblia entre las manos. Sus dedos estaban blancos como la tiza sobre las tapas oscuras de piel.

—Empezó a morir el día en que tú pusiste tus ojos sobre ella —recitó Emily—. La oscura sombra de tu maldición cayó sobre su alma y la ahogó en el mal que tú trajiste a esta casa.

—No —grité—. Eso no es verdad. Yo quería a Eugenia; la quería más de lo que tú eres capaz de querer a nadie —insistí, pero ella permaneció inquebrantable, impávida.

—Mira el Libro —dijo. Tenía los ojos tan firmemente enfocados sobre mí, que parecía como si se hubiera hipnotizado. Levantó la Biblia y la extendió hacia mí—. Aquí están las palabras que te devolverán al infierno, palabras que son flechas, dardos, cuchillos para tu alma sórdida.

Yo negué con la cabeza.

—Déjame en paz. No soy mala. ¡No lo soy! —chillé, y me alejé corriendo de ella, me alejé de su mirada enfermiza y de sus odiosas palabras, me alejé de su rostro de piedra, sus manos huesudas y rígido cuerpo. Entré corriendo en mi habitación y di un portazo. Entonces caí sobre la cama y lloré hasta que se me agotaron las lágrimas.

La sombra de la Muerte se cernía sobre The Meadows y cubría la casa. Todos los trabajadores y sirvientes, Henry y Tottie, todos estaban tristes y permanecían de pie o sentados, cabizbajos y en oración. Todos los que habían conocido a Eugenia lloraban su desaparición. Se oyó gente entrando y saliendo de la casa durante toda la tarde. Las muertes, como los nacimientos, siempre producían gran actividad en la plantación. Me levanté y fui a la ventana. Incluso los pájaros parecían estar encogidos y tristes, sentados sobre las ramas de los magnolios y cedros como centinelas vigilando algún terreno sagrado.

Yo me quedé al lado de la ventana y vi caer la noche como una tormenta de verano que se acerca, resaltando las sombras de todos los rincones. Pero había estrellas, muchas estrellas, y algunas brillaban más que nunca.

Le están dando la bienvenida a Eugenia —susurré—. Es su bondad la que hace que brillen tanto esta noche. Cuidad bien de mi hermanita —rogué a los cielos.

Louella llamó a mi puerta.

—El Capitán... el Capitán está sentado a la mesa —dijo—. Está esperando para decir una oración especial antes de la cena.

—¿Quién puede comer? —pregunté—. ¿Cómo pueden pensar en comer en un momento como éste? —Louella no respondió. Se puso una mano sobre la boca y apartó un momento la mirada, se recompuso y volvió a mirarme—. Será mejor que baje, señorita Lillian.

—¿Qué pasa con Eugenia? —pregunté con un hilo de voz tan fino que pensé que se rompería con cada palabra.

—El Capitán ha llamado a la funeraria para que la vistan en su habitación, donde permanecerá hasta el entierro. El cura vendrá mañana para oficiar la ceremonia de despedida.

Sin lavarme la cara bañada en lágrimas, seguí a Louella y bajé las escaleras hasta el comedor, donde encontré a mamá, vestida de negro, con el rostro más blanco que la pared, los ojos cerrados, sentada y balanceándose en la silla. Emily también llevaba un vestido negro, pero papá no se había cambiando de ropa. Me hundí en la silla.

Papá inclinó la cabeza y mamá y Emily hicieron lo mismo. Yo también.

—Señor, te damos las gracias por nuestras bendiciones y esperamos que aceptes en tu seno a nuestra querida y recién fallecida hija. Amén —dijo rápidamente y cogió la fuente de puré de patatas. Me quedé boquiabierta.

¿Eso era todo? En algunas ocasiones habíamos permanecido de veinte minutos a media hora leyendo la Biblia y rezando antes de poder comer. ¿Y eso era todo lo que había que decir en favor de Eugenia antes de que papá cogiera la comida y empezáramos a servirnos? ¿Y quién podía comer? Mamá respiró profundamente y me sonrió.

—Ahora ya descansa, Lillian —dijo—. Por fin está en paz. Ya no habrá más sufrimiento. Alégrate por ella.

—¿Alegrarme? Mamá, no puedo alegrarme —exclamé—. ¡Nunca más seré feliz!

—¡Lillian! —gritó papá—. No quiero histerismos en la mesa. Eugenia sufrió y luchó, y Dios ha decidido sacarla de su miseria y eso es todo. Ahora come y compórtate como una Booth, aunque...

—¡Jed! —exclamó mamá.

Él la miró a ella y después a mí.

—Come en paz —dijo.

—Ibas a decir aunque no soy una Booth, ¿verdad, papá? Eso es lo que ibas a decirme —le acusé, arriesgando su ira.

—¿Y qué? —dijo Emily, sonriendo afectadamente—. No eres una Booth. No está diciendo ninguna mentira.

—No quiero ser una Booth si eso supone olvidarse tan pronto de Eugenia —afirmé desafiante.

Papá se inclinó sobre la mesa y me abofeteó la cara con tanta fuerza y rapidez que casi salí volando de la silla.

—¡Jed! —chilló mamá.

—¡Ya basta! —dijo papá, levantándose. En aquel momento, mirándome enfadado, parecía ser el doble de grande—. Será mejor que te alegres de llevar el nombre de Booth. Es un nombre con orgullo e histórico, y es un regalo del que siempre estarás agradecida o de lo contrario te mandaré de inmediato a un colegio para niñas huérfanas, ¿me oyes? ¿Me oyes? —repitió papá, señalándome con el dedo.

—Sí, papá —dije de forma neutral, pero el dolor seguía en mis ojos y estaba segura de que eso era todo lo que él veía.

—Debería decir que lo siente —dijo Emily.

—Deberías hacerlo —asintió papá.

—Lo siento, papá —dije—. Pero no puedo comer. ¿Puedo levantarme de la mesa? Por favor, papá.

—Haz lo que quieras —dijo, sentándose.

—Gracias, papá —dije, y me levanté rápidamente.

—Lillian —dijo mamá al irme de la mesa—, más tarde tendrás hambre.

—No, no tendré hambre, mamá.

—Bueno, yo sólo estoy comiendo un poco, para no tener hambre después —me explicó. Era como si la tragedia hubiera hecho retroceder el reloj varios años y su mente fuera ahora la de una niña pequeña. No podía enfadarme con ella.

—De acuerdo, mamá. Hablaré contigo más tarde —dije y me alejé, agradecida de tener la ocasión de escapar.

Al salir del comedor, me dirigí a la habitación de Eugenia por costumbre y no retrocedí. Llegué hasta su puerta y metí la cabeza. La única iluminación procedía de una vela colocada encima de la cabeza de Eugenia. Vi que la funeraria le había puesto uno de sus vestidos negros. Tenía el cabello cepillado alrededor de la cara, que estaba más blanca que la vela. Tenía las manos sobre el estómago, y en ellas sostenía una Biblia. Parecía estar en paz. Quizá papá tuviera razón; tal vez debería alegrarme de que estuviera con Dios.

—Buenas noches, Eugenia —susurré. A continuación me volví y subí corriendo a mi habitación, huyendo hacia la acogedora oscuridad donde el alivio llegó con el sueño.

El sacerdote fue el primero en llegar a la mañana siguiente, pero a medida que transcurría el día muchos, numerosos vecinos se enteraron del fallecimiento de Eugenia y llegaron a dar el pésame. Emily se colocó junto al cura a la entrada del dormitorio de Eugenia. Estuvo al lado del sacerdote la mayor parte del tiempo, la cabeza inclinada como él, los labios moviéndose casi en perfecta sincronía con los suyos mientras recitaba oraciones y salmos. En una ocasión incluso la oí corregirle cuando se saltó una frase.

Los hombres se retiraban cuanto antes y se reunían con papá en su despacho para tomar un whisky, mientras que las mujeres rodeaban a mamá y la consolaban en el salón. Ella pasó la mayor parte del día estirada en la *chaise longue*, con su largo vestido negro recubriendo los bordes y el rostro en forma de pálido corazón. Sus amigas pasaban, la besaban y abrazaban, y ella se aferraba a sus manos durante largos instantes mientras sollozaban.

Se le encargó a Louella preparar bandejas de comida y bebida y las doncellas las ofrecían a los visitantes. Durante la tarde llegó a reunirse tanta gente en la casa que casi parecía una de nuestras gloriosas fiestas. Las voces iban en aumento. Aquí y allá, se oían risas. A última hora de la tarde los hombres discutían de política y negocios con papá, como si la reunión no se diferenciara gran cosa de otros encuentros. No pude evitar admirar a Emily, que nunca sonrió, casi no comió y nunca soltó la Biblia. Mantuvo el tipo, un recuerdo viviente de las razones espirituales y pías de la ocasión. La mayoría de las personas no podía soportar mirarla o estar cerca de ella durante mucho tiempo. Emily les deprimía.

Eugenia iba a ser enterrada en el cementerio de la familia en The Meadows, claro está. Cuando llegaron los enterradores con el ataúd, yo tenía las piernas tan débiles que casi no podía mantenerme en pie. La simple vista de la oscura caja de roble me hacía sentir como si alguien me hubiera dado un puñetazo en el estómago. Fui a mi cuarto de baño y vomité hasta el último mordisco que había conseguido tragar aquel día.

Le preguntaron a mamá si quería bajar a ver a Eugenia una vez más antes de que cerraran el ataúd. No consiguió bajar, pero yo sí. Tenía que encontrar las fuerzas para decirle el último adiós a Eugenia. Entré en la habitación lentamente, mientras mi corazón latía con fuerza. El cura me saludó al entrar.

—Tu hermana está preciosa —dijo—. Han hecho un buen trabajo.

Miré asombrada su delgada y huesuda cara. ¿Cómo podía un muerto estar «precioso»? Eugenia no iba a una fiesta. Estaban a punto de enterrarla y relegarla a la oscuridad para siempre, y si había un Cielo para el descanso de su alma, el aspecto de su cuerpo no tenía nada que ver con lo que iba a ser para toda la eternidad. Me aparté de él y me acerqué al ataúd. Emily estaba de pie al otro lado, con los ojos cerrados, la cabeza ligeramente inclinada mientras apoyaba la Biblia contra su pecho. Deseé haber entrado en el cuarto de Eugenia durante la noche, cuando no había nadie. Lo que quería decirle, no quería que nadie, especialmente Emily, lo oyera. Tuve que decirlo todo en silencio.

—Adiós, Eugenia. Te echaré de menos siempre. Pero cuando me ría, sé que te oiré riendo conmigo. Cuando llore, sé que también te oiré llorar a ti. Me enamoraré de alguien maravilloso para las dos y le querré el doble porque tú estarás conmigo. Todo lo que haga, también lo haré por ti.

»Adiós mi querida hermana, mi hermanita que siempre me consideró hermana suya. Adiós, Eugenia —susurré, y me incliné sobre el ataúd para posar mis labios sobre su fría mejilla. Cuando me incorporé, los ojos de Emily se abrieron como los de una muñeca de juguete.

Me miró fijamente, y de pronto su rostro se llenó de terror. Era como si viera algo o alguien distinto, algo que le atemorizaba hasta la médula. Incluso el sacerdote se quedó sorprendido por su reacción y retrocedió, con la mano sobre el corazón.

—¿Qué ocurre, Hermana? —le preguntó.

—¡Satanás! —gritó Emily—. ¡Veo a Satanás!

—No, Hermana —dijo el sacerdote—. No.

Pero Emily se mantuvo firme. Levantó el brazo y me señaló.

—¡Retrocede, Satanás! —ordenó.

El cura se volvió hacia mí, su rostro mostrando ahora temor. Yo podía leer sus pensamientos en aquella mirada de terror. Si Emily, su seguidora más devota, la joven más pía que había conocido jamás, decía que tenía una visión de Satanás, así debía ser.

Yo salí corriendo de la habitación y subí a mi dormitorio a esperar el momento del funeral. Los minutos parecieron horas. Por fin llegó el momento y yo salí a acompañar a papá y mamá. Papá tuvo que sostener a mamá con firmeza al bajar las escaleras y unirse a los restantes asistentes. Henry tenía el carruaje en la entrada, justo detrás del coche fúnebre. Estaba cabizbajo y cuando me miró, vi que tenía los ojos llenos de lágrimas. Mamá, papá, Emily, el cura y yo subimos al carruaje. Los asistentes estaban detrás nuestro, en fila, ocupando todo el sendero de la entrada, bajo la avenida de cedros. Vi a las gemelas Thompson y a Niles al lado de sus padres. En el rostro de Niles podían verse la compasión y la tristeza, y cuando percibí la calidez de su mirada deseé que estuviera sentado en mi lado en el carruaje, cogiéndome de la mano y abrazándome.

Era un día perfecto para un funeral, gris y cubierto, en el que las nubes parecían cernerse tristemente sobre nosotros. Había una ligera brisa. Todos nuestros trabajadores y sirvientes se reunieron para acompañarnos en silencio. Justo antes de que empezara la procesión vi elevarse una bandada de golondrinas huyendo hacia el bosque, como si quisieran alejarse de tanta tristeza.

Mamá empezó a llorar suavemente. Papá se mantuvo sentado estoicamente, mirando al frente, con los brazos colgando a los lados y el rostro gris. Yo le cogí la mano a mamá. Emily y el sacerdote se sentaron delante nuestro pegados a sus Biblias.

Sólo cuando vi que levantaban el ataúd de Eugenia y lo llevaban a la fosa entendí del todo que mi hermana —mi mejor amiga— había desaparecido para siempre. Papá, por fin, abrazó a mamá con firmeza y ella pudo apoyarse en él e inclinar la cabeza sobre su hombro mientras el cura leía las últimas plegarias.

Cuando oí las palabras «polvo somos...» empecé a sollozar con tanta fuerza que Louella se acercó a mí y me rodeó con el brazo. Ella y yo lloramos juntas. Cuando la ceremonia terminó los asistentes se alejaron en silencio. El doctor Cory se reunió con papá y mamá en el carruaje y le susurró unas palabras de consuelo a mamá. Ella parecía estar ausente, la cabeza inclinada hacia atrás, los ojos cerrados. El carruje nos llevó de nuevo a la casa, donde Louella y Tottie ayudaron a mamá a subir a su habitación.

Durante el resto del día la gente iba y venía de la casa. Yo me quedé en el salón, saludando y aceptando el pésame una y otra vez. Vi que cada vez que se acercaban a Emily, ella tenía una rara habilidad para hacerles sentir incómodos. Los funerales eran situaciones difíciles para la gente, y Emily no hacía gran cosa para dar la bienvenida o tranquilizar a las personas. Estaban mucho más dispuestos a hablar conmigo. Todos decían el mismo tipo de cosas; lo importante que era ser fuerte y ayudar a mi madre, y cómo por fin Eugenia había dejado de sufrir.

Niles estuvo muy solícito. Me trajo algo de comer y beber y permaneció cerca de mí la mayor parte del día. Cada vez que se acercaba, Emily miraba desde el otro lado de la habitación, pero a mí no me importaba. Por fin, Niles y yo nos escabullimos de las visitas y salimos fuera. Nos paseamos por el lado oeste de la casa.

—No es justo que una persona tan simpática como Eugenia muera tan joven —dijo al fin Niles—. No me importa lo que dijera el párroco durante el entierro.

—Que no te oiga Emily decir eso o te condenará al Infierno —murmuré. Niles se echó a reír. Nos detuvimos y miramos en dirección al cementerio—. Voy a estar muy sola sin mi hermanita —dije. Niles no contestó, pero sentí cómo me cogía de la mano.

Se estaba poniendo el sol. Oscuras sombras empezaban a extenderse sobre los campos, dibujándose bajo las retorcidas ramas de los cedros. En la distancia las nubes habían empezado a dispersarse y el cielo negro-azul se divisaba prometiendo estrellas. Niles me rodeó con su brazo. Parecía lo más apropiado. Y a continuación yo apoyé la cabeza sobre su hombro. Permanecimos allí en silencio, contemplando los campos de The Meadows, dos jóvenes confusos y asombrados por la mezcla de belleza y tragedia, por el poder de la vida y el poder de la muerte.

—Ya sé que echarás de menos a tu hermana —dijo Niles— pero yo haré lo posible para que no te sientas sola —me prometió. Y a continuación me besó en la frente.

—Me lo imaginaba —oímos decir a Emily, y los dos nos volvimos rápidamente—. Me imaginaba que los dos estaríais aquí haciendo este tipo de cosas en un día como éste.

—No estamos haciendo nada malo, Emily. Déjanos en paz —espeté, pero ella se limitó a sonreír. Se volvió hacia Niles.

—Imbécil —dijo—. Lo único que conseguirás es envenenarte como ha envenenado todo y a todos desde el día en que nació.

—Tú eres el único veneno que hay por aquí —respondió Niles. Emily negó con la cabeza.

—Te mereces la desgracia —espetó—. Te mereces todo el sufrimiento y dureza que ella te traiga.

—¡Apártate de nosotros! —le ordené—. Vete —me incliné y cogí una piedra— o te juro que lo lamentarás. Lo haré —dije, levantando el brazo.

Emily me sorprendió avanzando desafiante.

—¿Crees que podrías hacerme daño? Yo tengo una fortaleza a mi alrededor. Mi devoción ha construido fuertes paredes para evitar que tú me toques. Pero tú —dijo, dirigiéndose a Niles—, tú no tienes esa fortaleza. Los dedos del diablo se están apoderando de tu alma mientras hablamos. Que Dios se apiade de ti —concluyó, alejándose enseguida.

Yo dejé caer la piedra y me eché a llorar. Niles me abrazó.

—No dejes que te asuste —dijo—. A mí no me da miedo.

—¿Niles, y si tiene razón? —gemí—. ¿Y si traigo conmigo una maldición?

—Entonces eres la maldición más bonita que conozco —respondió, y me limpió las lágrimas antes de besarme en la mejilla.

Yo le miré directamente a los ojos y sonreí.

Emily no podía tener razón; era imposible, pensé, pero mientras Niles y yo regresábamos a la casa, no pude apartar totalmente la sombra de la duda que corroía mi mente y que hacía que todo lo que había ocurrido y ocurriera pareciese formar parte de un destino decidido mucho antes de que yo naciera, y que no llegaría a su fin hasta el día de mi muerte. En un mundo en el que había tenido lugar la inmerecida y temprana muerte de Eugenia, nada demasiado cruel o demasiado injusto parecía imposible.

MAMÁ EMPEORA

Durante los meses que siguieron a la muerte de Eugenia, la casa de la plantación se hizo cada vez más sombría para mí. Para empezar, ya no oía a mamá a primera hora de la mañana ordenando a las doncellas que abrieran las cortinas, ni la oía decir que las personas, igual que las flores, necesitan sol, sol... dulce, dulce sol. No la oía reír cuando decía:

—Tú no me engañas, Tottie Fields. Ninguna de mis doncellas me engaña. Ya sé que todas tenéis miedo de abrir las cortinas porque teméis que vea las partículas de polvo reluciendo a la luz.

Antes de la muerte de Eugenia, mamá tenía a todo el servicio corriendo por la casa, abriendo cortinas para dejar entrar la luz de la mañana. Se oían risas y música y una sensación de que el mundo realmente despertaba. Claro está, había sectores de la casa que eran demasiado profundos o estaban demasiado alejados de la ventana para que les iluminara el sol de la mañana o la tarde, o incluso los candelabros. Pero cuando vivía Eugenia yo recorría los largos y anchos pasillos sin prestar atención a las sombras, y nunca sentía ni frío ni tristeza porque sabía que ella me esperaba para darme los buenos días con el rostro sonriente.

Inmediatamente después del funeral se limpió el cuarto de Eugenia, haciendo desaparecer todo cuanto pudiera evocar su recuerdo. Mamá no podía soportar la idea de ver las cosas de Eugenia. Ordenó a Tottie que empaquetara todas sus pertenencias en un baúl y que lo llevara al ático para abandonarlo en algún rincón. Antes de empaquetar los objetos personales de Eugenia —su joyero, cepillos y peines, perfumes y otras tonterías—, mamá me preguntó si quería alguna cosa. No es que no quisiera nada. No podía coger nada. Esta vez me sentí como mamá, al menos en parte. Se me hubiera roto aún más el corazón viendo las cosas de Eugenia en mi habitación.

Pero de pronto Emily mostró interés por los champús y las sales de baño. Repentinamente, los collares y pulseras de Eugenia ya no eran tonterías diseñadas para incitar la vanidad. Descendió sobre el cuarto de Eugenia como un buitre y saqueó los cajones y armarios para coger esto o aquello, vengativamente, me pareció a mí. Con una sonrisa siniestra desfiló ante mí y mamá, sus largos y delgados brazos cargados con los libros de Eugenia y otras cosas que anteriormente habían sido muy deseadas por mi hermana. En ese momento lo que más deseaba era arrancarle a Emily la sonrisa, como se arranca la corteza de un árbol para ver lo que hay debajo —una criatura mala y odiosa que se deleitaba con el dolor y la desgracia de los demás. Pero a mamá no le importó que Emily cogiera las cosas de Eugenia. Colocarlas en la habitación de Emily equivalía a dejarlas en el ático, ya que mamá casi nunca entraba en el dormitorio de Emily.

Poco después desapareció la cama de Eugenia, se vaciaron los armarios y cajones y también los estantes, se corrieron las cortinas y se cerraron las persianas. La habitación quedó sellada y cerrada como una tumba. Vi por la forma en que mamá miraba una última vez la puerta de la habitación de Eugenia que nunca más pondría los pies allí. Al igual que las demás cosas que quería ignorar o negar, el dormitorio de Eugenia y sus cosas ya no existirían para ella.

Mamá estaba desesperada. Quería poner fin a la tristeza, deshacerse de la tragedia y el dolor que sentía por la pérdida de Eugenia. Yo sabía que quería desterrar los recuerdos de mi hermana, de la misma forma que abandonaba la lectura de una novela. Llegó al punto de quitar algunas de las fotografías de Eugenia que colgaban en su sala de lectura. Enterró las más pequeñas en el fondo de los armarios. Si alguna vez yo mencionaba el nombre de Eugenia, mamá cerraba los ojos, apretándolos tan fuertemente, que parecía estar padeciendo un terrible dolor de cabeza. Estaba convencida de que también cerraba los oídos, porque esperaba que yo dejara de hablar, e inmediatamente seguía con los quehaceres anteriores a mi interrupción.

Papá, obviamente, nunca mencionaba el nombre de Eugenia, excepto en alguna oración a la hora de cenar. No preguntó por sus cosas, ni por lo que yo sabía. A mamá le dijo que por qué había descolgado la mayor parte de fotografías. Sólo Louella y yo parecíamos pensar en Eugenia y hablábamos de ella de vez en cuando.

También de vez en cuando, yo visitaba su tumba. De hecho, durante mucho tiempo, iba corriendo hasta allí cuando regresaba del colegio, y hablaba sobre el montículo a la losa con las lágrimas nublándome la vista mientras describía los acontecimientos del día de la misma forma que los narraba cuando Eugenia vivía e iba corriendo a su habitación. Pero gradualmente, el silencio que me rodeaba empezó a apoderarse de mí y a causar sus efectos. No bastaba con imaginar la forma en que Eugenia sonreía o imaginar su risa. Con cada día que pasaba aquella sonrisa y risa disminuían. Mi hermana iba muriendo cada vez más. Comprendí que no nos olvidamos de la gente que queremos, pero la luz de sus vidas y el calor que sentíamos en su presencia va desapareciendo como una vela en la oscuridad, una llama decreciendo poco a poco a medida que el tiempo nos separa del último momento que pasamos juntos.

A pesar de los esfuerzos por ignorar y olvidar la tragedia, mamá estaba más afectada de lo que pensaba, incluso más de lo que yo podía imaginarme. No le sirvió para nada cerrar la habitación de Eugenia y esconder todo recuerdo de ella, no le sirvió para nada no mencionarla nunca más. Había perdido una hija, una hija que había cuidado y amado, y gradualmente, en pequeñas cosas al principio, mamá empezó a caer bajo una tristeza que le absorbía todos los momentos del día.

De pronto ya no vestía tan bien, ni se cuidaba el cabello y el maquillaje. Se ponía el mismo vestido días enteros como si no se diera cuenta de que estaba arrugado o manchado. No sólo le faltaban fuerzas para cepillarse el cabello, sino que no tenía interés en que lo hiciéramos Louella o yo. No asistía a las reuniones de sus amigas y dejaba que pasaran meses sin invitar a nadie. Pronto las invitaciones dejaron de llegar y nadie llamaba a The Meadows.

Vi que la palidez y los ojos melancólicos de mamá se oscurecían cada vez más. Pasaba por delante de su sala de lectura y la veía estirada en el sofá; pero en vez de leer sus libros la encontraba mirando al vacío, con el libro cerrado sobre su regazo. La mayor parte del tiempo tampoco se oía la música.

—¿Estás bien, mamá? —le preguntaba, y ella se volvía como si se hubiera olvidado de quién era y me miraba durante largo rato antes de responder.

—¿Qué? Oh sí, sí, Lillian. Estaba soñando despierta. No es nada. —Me dirigía una sonrisa vacía e intentaba leer, pero cuando volvía a mirarla, la encontraba de la misma forma que antes, desesperada, el libro cerrado sobre su regazo, los ojos vidriosos, mirando al vacío.

Si papá se daba cuenta de esto, nunca lo mencionó en presencia mía y de Emily. No hizo comentario alguno acerca de sus largos silencios en la mesa; no dijo nada acerca de su aspecto físico ni se quejó nunca de sus ojos tristes y ocasionales ataques de llanto. Poco después de la muerte de Eugenia, aparentemente sin razón alguna, mamá se echaba a llorar en cualquier circunstancia. Si le ocurría en la mesa, se levantaba y se iba del comedor. Papá pestañeaba, la miraba marchar, y continuaba engullendo. Una noche, transcurridos ya seis meses desde la muerte de Eugenia y después de que mamá repitiera la escena una vez más en la mesa, decidí hablar.

—Se está poniendo cada vez peor, papá —dije—, no mejor. Ya no lee ni escucha música. Tampoco le interesa la casa. Ni siquiera quiere ver a sus amigas, y no sale.

Papá se aclaró la garganta y se limpió la grasa de los labios y bigote antes de contestarme.

—Desde mi punto de vista, no es mala cosa que no hable ya con aquellas entrometidas —contestó—. No se pierde nada, créeme. Y en lo que se refiere a esos estúpidos libros, maldigo el día en que traje el primero a casa. Mi madre nunca leyó novelas ni se pasaba todo el día escuchando música, te lo aseguro.

—¿Qué hacía con su tiempo, papá? —pregunté.

—¿Qué hacía? Pues... pues, trabajaba —espetó.

¿Pero no teníais docenas y docenas de esclavos?

—¡Y así era! No me refiero al trabajo del campo o las labores de la casa. Trabajaba cuidando de mi padre y de mí. Llevaba la casa, lo vigilaba todo. Y lo hacía mejor que un capitán de barco —dijo orgulloso— y siempre tenía el aspecto de ser la esposa de un importante terrateniente.

—Pero no se trata sólo de que no lea libros o vea a sus amigas, papá. Mamá se está abandonando. Está tan triste que no se ocupa de su ropa ni de su cabello.

—Se ocupaba demasiado de su aspecto —intervino Emily—. Si hubiera dedicado más tiempo a leer la Biblia y asistir regularmente a la iglesia, ahora no estaría tan desanimada. Lo que ha ocurrido ya no tiene remedio. Debemos aceptarlo y dar las gracias.

—¿Cómo puedes decir una cosa tan cruel? Fue su hija la que murió, nuestra hermana.

—Hermana mía, no tuya —respondió excitada Emily.

—No me importa lo que digas. Eugenia también era mi hermana, y yo me comporté más como una hermana que tú —insistí.

Emily se echó a reír, con dureza y sin piedad. Yo miré a papá pero él simplemente continuó masticando su comida y mirando el aire.

—Mamá está muy deprimida —repetí, moviendo la cabeza. Sentí las lágrimas que me quemaban bajo los párpados.

—¡La culpa de que mamá esté tan deprimida la tienes tú! —me acusó Emily—. Te pasas todo el día con cara de palo y los ojos llenos de lágrimas. Le recuerdas permanentemente que Eugenia está muerta. No le concedes ni un momento de alivio —atacó. Su largo brazo y huesudo dedo me señalaban desde el otro lado de la mesa.

—¡No es verdad!

—Basta —dijo papá. Frunció sus oscuras y espesas cejas y me miró fijamente—. Tu madre aceptará la tragedia a su debido tiempo y no quiero que sea un tema de discusión a la hora de cenar. Y tampoco quiero que pongáis mala cara en presencia de vuestra madre —nos avisó—. ¿Entendido?

—Sí, papá —contesté.

Golpeó con su periódico y empezó a quejarse del precio del tabaco.

—Están estrangulando al pequeño granjero. Es otra forma de matar el viejo sur —gruñó.

¿Por qué le resultaba aquello más importante que lo que le estaba ocurriendo a mamá? ¿Por qué todos se mostraban tan ciegos y no veían lo mal que lo estaba pasando y cómo había desaparecido la luz de sus ojos? Se lo pregunté a Louella, y cuando se aseguró de que ni Emily ni papá podían oírla, dijo:

—No hay nadie más ciego que el que no quiere ver.

—Pero si la quieren, Louella, como debe ser, ¿por qué deciden ignorar lo que le pasa?

Louella se limitó a darme una de sus miradas sabias, el tipo de mirada que lo decía todo sin decir nada. «Papá debe querer a mamá —pensé—, la debe querer a su manera.» Se casó con ella; quería y tuvo hijos con ella, la eligió para que fuera la señora de su plantación y llevara su nombre. Sabía todo lo que significaba aquello para él.

Y Emily —a pesar de su odioso carácter, su fanática devoción religiosa y su dureza— seguía siendo la hija de mamá. Ésta era su madre, la que moría de múltiples y pequeñas maneras. Tenía que darle pena, sentir compasión y tratar de ayudarla.

Pero bueno, la solución de Emily fue sugerir más oraciones, lecturas de la Biblia más extensas y más himnos. Cuando leía o rezaba delante de mamá, mamá se mantenía de pie o sentada sin moverse, con su hermoso rostro oscurecido, sus ojos vidriosos como los ojos de alguien hipnotizado. Cuando Emily daba fin a sus arrebatos religiosos, mamá me dirigía una mirada de profunda desesperación y se retiraba a sus habitaciones.

Y a pesar de no haber comido bien desde la muerte de Eugenia, vi que su rostro iba engordando al igual que su cintura. Cuando se lo mencioné a Louella, ella dijo:

—No me sorprende.

—¿Qué quieres decir, Louella? ¿Por qué no te sorprende?

—Es debido a todos esos julepes de menta con unas gotas de brandy y todos esos bombones. Se come kilos de bombones —dijo Louella, moviendo la cabeza— y no me hace caso. No señora. Lo que le digo le entra por un oído y le sale por el otro, tan rápidamente que oigo mi eco en la habitación.

—¡Brandy! ¿Lo sabe papá?

—Sospecho que sí —dijo Louella—. Pero lo único que hizo fue ordenarle a Henry que trajera otra caja. —Movió la cabeza, asqueada—. No va a salir nada bueno de esto —dijo—. Nada bueno.

Lo que me había contado Louella me llenó de consternación. La vida en The Meadows era triste sin Eugenia, pero la vida en The Meadows sin mamá podía ser insoportable, porque la única familia que tendría sería papá y Emily. Fui corriendo a ver a mamá y la encontré sentada ante el tocador. Llevaba uno de sus camisones de seda con bata haciendo juego, el de color granate, y se estaba cepillando el cabello, pero moviéndose con tanta lentitud que en cada pasada se demoraba lánguidamente. Me quedé unos segundos en el umbral de la puerta, mirándola, contemplándola con los ojos fijos en su reflejo, pero sin verse.

—Mamá —exclamé, corriendo a sentarme a su lado como había hecho en tantas ocasiones—. ¿Quieres que te lo cepille yo?

Al principio pensé que no me había oído, pero entonces suspiró profundamente y se volvió hacia mí. Al hacerlo, percibí el brandy en su aliento y se me partió el corazón.

—Hola, Violet —dijo, y sonrió—. Estás tan guapa esta noche, aunque tú siempre estás guapa.

—¿Violet? No soy Violet, mamá. Soy Lillian.

Me miró, pero yo estaba segura de que no me había oído. A continuación se volvió para mirarse en el espejo.

—¿Quieres que te diga lo que debes hacer con Aaron, verdad? Quieres que te diga si debes hacer algo más que cogerle de la mano. Mamá no te dice nada. Bueno —dijo, volviéndose de nuevo a mí con una gran sonrisa en los labios y los ojos resplandecientes, pero con una extraña luz en ellos— ya sé que has hecho algo más que cogerle de la mano, ¿verdad? Lo intuyo, Violet, de modo que no tiene sentido negarlo.

»No protestes —dijo, colocando los dedos sobre mis labios—. No desvelaré tus secretos. ¿Para qué sirven las hemanas si no para guardar los secretos en el corazón? La verdad es —dijo mamá, volviéndose a mirar en el espejo— que tengo celos. Tú tienes una persona que te quiere, que de verdad te quiere; tú tienes a alguien que no se quiere casar contigo sólo por tu nombre y tu clase social. Tú tienes a alguien que no considera el matrimonio como una transacción mercantil. Tú tienes a alguien que te alegra el corazón.

»Oh, Violet, me pondría en tu lugar en un segundo si me fuera posible.

Volvió a darse la vuelta.

—No me mires así. No estoy diciendo nada que no sepas ya. Odio mi matrimonio; lo he odiado siempre, desde el principio. Aquellos lamentos que provenían de mi habitación la noche antes de mi boda eran lamentos de agonía. Mamá estaba muy disgustada porque papá estaba furioso. Tenía miedo de que les avergonzara. ¿Sabes que era más importante para mí complacerles a ellos casándome con Jed Booth que complacerme a mí misma? Me siento... me siento como alguien sacrificado por el sacrosanto honor del sur. Sí, así es —dijo con firmeza.

»No pongas esa cara, Violet. Deberías sentir compasión por mí. Compasión, sí, porque nunca probaré los labios de un hombre que me ame tanto como Aaron te ama a ti. Compasión porque mi cuerpo nunca vibrará en el abrazo de mi marido de la misma forma que tu cuerpo vibra entre los brazos del tuyo. Yo viviré media vida hasta que muera, porque eso es lo que significa casarse con un hombre al que no amas y que no te ama... estar medio vivo —dijo, y volvió a mirarse en el espejo.

Levantó el brazo, y lentamente, con aquel mismo movimiento mecánico, empezó a cepillarse el cabello.

—Mamá —dije, tocándole el hombro. Ella no me oyó; se hallaba perdida en sus propios pensamientos, reviviendo algún extraño momento con mi verdadera madre hace ya muchos años.

—Estoy tan cansada esta noche, Violet. Hablaremos por la mañana. —Me besó en la mejilla—. Buenas noches, querida hermana. Dulces sueños. Ya sé que tus sueños serán más dulces que los míos, pero no tiene importancia. Tú te lo mereces; te mereces todo lo bueno y maravilloso de este mundo.

—Mamá —dije con voz rota cuando ella se puso de pie. Se me cortó la respiración y me ahogaban las lágrimas. Fue hacia su cama y lentamente se quitó la bata. La observé meterse bajo las mantas y me acerqué a ella y le acaricié el pelo. Tenía los ojos cerrados.

—Buenas noches, mamá —dije. Parecía estar completamente dormida. Apagué la lámpara de petróleo que estaba sobre la mesilla y la dejé en la oscuridad de su pasado y la incertidumbre de su presente, y lo que yo temía era la terrible oscuridad del futuro.

En los meses que siguieron mamá entraba y salía de estos extraños sueños. Cuando me la encontraba sola en su habitación, o incluso caminando por el pasillo, nunca sabía con seguridad, hasta que empezaba a hablar con ella, si estaba viviendo en el pasado o en el presente. La reacción de Emily fue ignorarlo y la de papá fue cada vez más intolerante, ausentándose más y más tiempo de casa. Y cuando regresaba, normalmente apestaba a bourbon o brandy, los ojos enrojecidos y tan lleno de ira sobre algo que le había ido mal en los negocios que yo no me atrevía a pronunciar ni una sílaba de queja.

Cuando papá se hallaba ausente, mamá venía a veces a cenar y a veces no. Normalmente, si sólo estábamos Emily y yo, comía lo más rápidamente posible y me marchaba. Cuando Emily me daba permiso para levantarme de la mesa, claro está. Papá dejaba instrucciones muy claras y precisas acerca de cómo se tenía que llevar la casa cuando él estaba fuera.

—Emily —declaró una noche a la hora de cenar— es la mayor y la más sabia, quizá incluso más sabia que tu madre en este momento —añadió—. Mientras me halle fuera, y tu madre no se encuentre bien, Emily estará al frente de las cosas y tú debes tratarla con el mismo respeto y obediencia con el que me tratas a mí. ¿Está claro, Lillian?

—Sí, papá.

—Lo mismo va para el servicio; ellos ya lo saben. Espero que todos observen el mismo comportamiento como cuando yo estoy en casa. Trabajar, rezar y portarse bien.

Emily absorbió esta mayor autoridad y poder como una esponja. Con mamá enajenada y papá fuera de casa con mayor frecuencia, reinaba sobre todos, obligando a las doncellas a hacer el trabajo una y otra vez hasta que a ella le parecía bien, y ordenando al pobre Henry a hacer más y más tareas. Una noche, antes de cenar, estando papá ausente y mamá encerrada en su habitación, le rogué a Emily que fuera más compasiva.

—Henry es mayor, Emily. No puede hacer tanto ni hacerlo tan rápido como antes.

—Entonces debería marcharse —declaró con firmeza.

—¿Y hacer qué? The Meadows es más que su lugar de trabajo; es su hogar.

—Éste es el hogar de los Booth —me recordó—. Es un hogar exclusivamente para la familia, y aquellos que no son Booths y que viven aquí lo hacen gracias a nuestra generosidad. Y no olvides, Lillian, que eso también reza para ti.

—Eres tan odiosa, Emily... ¿Cómo puedes mostrarte tan religiosa y devota y ser a la vez tan cruel?

Me dirigió una sonrisa gélida.

—Muy propio de ti decir una cosa así y hacer que los demás se lo crean. Es la manera que tiene Satanás de desacreditar a aquellos que son verdaderamente devotos. Sólo existe una forma de derrotar a Satanás, y eso pasa por la oración y la devoción. Aquí tienes —dijo, entregándome la Biblia. Louella entró en el comedor con la comida, pero Emily le prohibió que la pusiera en la mesa.

—Llévatela hasta que Lillian lea unas páginas —ordenó.

—Pero ya han rezado y todo está listo, señorita Emily —protestó Louella. Estaba orgullosa de su arte culinario y no le gustaba servir los alimentos fríos o pasados.

—Llévatelo —espetó Emily—. Empieza donde está marcada la página —me ordenó a mí— y lee.

Abrí la Biblia y empecé. Louella movió negativamente la cabeza y regresó a la cocina con la comida. Leí página tras página hasta que hube leído quince páginas, pero Emily no se daba por satisfecha. Cuando empecé a cerrar la Biblia, me ordenó que continuara.

—Pero, Emily, tengo hambre y se está haciendo tarde. Ya he leído quince páginas.

—Y leerás quince más —me ordenó.

—No lo haré —dije desafiante. Cerré de golpe la Biblia. Sus labios palidecieron y a continuación su mirada de odio cayó sobre mí como una bofetada.

—Entonces vete a tu cuarto sin cenar. Anda —ordenó—. Y cuando vuelva papá, le contaré tu desobediencia.

—No me importa. Quiero que lo sepa, y que sepa lo cruel que eres con todo el mundo cuando él no está aquí y cómo todos se quejan y amenazan con marcharse.

Golpeé la mesa con la silla y salí corriendo del comedor. Primero fui a la habitación de mamá a ver si conseguía que ella intercediera, pero ya estaba dormida, habiendo comido muy poco de lo que Louella le había traído. Frustrada, subí a mi dormitorio. Estaba enfadada, cansada y hambrienta. Minutos después, oí unos suaves golpes en mi puerta. Era Louella. Me traía una bandeja.

—Si Emily te ve, le dirá a papá que la has desobedecido —dije, reacia a coger la bandeja y meter en un lío a Louella.

—Ya no tiene importancia, señorita Lillian. Soy demasiado vieja para preocuparme y la verdad es que mis días aquí están contados. Iba a informar al capitán esta semana.

—¿Contados? ¿Qué quieres decir, Louella?

—Voy a marcharme de The Meadows. Me iré a vivir con mi hermana a Carolina del Sur. Ella está jubilada y ya es hora de que yo haga lo mismo.

—Oh, no, Louella —exclamé—. Para mí era más un miembro de la familia que una doncella. —Eran incontables las docenas y docenas de veces que había ido corriendo a ella cuando me cortaba un dedo o me caía. Había sido Louella quien me había cuidado durante todas mis enfermedades y la que me arreglaba la ropa y me cosía los dobladillos. Cuando murió Eugenia, había sido Louella la que me había ofrecido mayor consuelo y la persona a quien yo también había consolado.

—Lo siento, cariño —dijo, sonriendo a continuación—. Pero no te preocupes por ti. Ya eres una chica mayor, e inteligente. No tardarás en tener tu propia casa, así que también te marcharás de aquí. —Me abrazó y se marchó.

La mera idea de que Louella abandonara The Meadows me ponía enferma. Perdí el apetito y me quedé mirando la comida que había traído, pinchando las patatas y la carne con poco interés. Unos minutos después, la puerta se abrió y entró Emily, asintiendo.

—Me lo imaginaba —dijo—. Vi que Louella se movía a escondidas. Te arrepentirás. Las dos os arrepentiréis —amenazó.

—Emily, la única cosa de la que me arrepiento es de que no murieras tú en vez de Eugenia —espeté. Ella enrojeció como nunca la había visto enrojecer. Durante un momento se quedó muda. A continuación irguió los hombros y se marchó. Oí sus pasos alejándose por el pasillo, y después la puerta de su habitación al cerrarse. Al cabo de pocos minutos todo estaba en calma. Respiré profundamente y empecé nuevamente a comer. Sabía que necesitaría todas mis fuerzas para lo que con toda seguridad iba a ocurrir.

No tuve que esperar mucho. Cuando regresó papá aquella noche, Emily le esperaba en la puerta para darle la bienvenida y contarle mi desafío a la hora de cenar y lo que llegó a describir como la conspiración de Louella y mía para desobedecer sus órdenes. Yo me había ido a dormir temprano y me desperté al oír los pasos de papá en el pasillo. Sus botas golpeaban el suelo, y de pronto abrió la puerta de mi habitación. En la luz que le iluminaba la espalda vi su silueta. Sostenía un grueso cinturón de cuero en la mano. Mi corazón empezó a latir con fuerza.

—Enciende la lámpara —ordenó cerrando la puerta. Tenía el rostro congestionado por la ira, pero tras un minuto en su presencia percibí el olor a bourbon. Parecía haberse bañado en alcohol—. Has desafiado la Biblia —dijo—. ¿Has blasfemado en mi mesa? —Gritaba no sólo con la voz, sino también con los ojos que tenía firmemente puestos en mí, y yo casi no podía respirar.

—No, papá, Emily me pidió que leyera y yo la obedecí. Leí más de quince páginas, pero ella me obligaba a seguir y yo tenía hambre.

—¿Dejaste que tu cuerpo dominara las necesidades de tu alma?

—No, papá. Leí mucho, leí lo bastante.

—No sabes lo que es bastante y lo que no lo es. Te dije que obedecieras a Emily como me obedeces a mí —dijo, acercándose.

—Lo hice, papá. Pero ella se estaba comportando de forma poco razonable, injusta y cruel, no sólo conmigo, sino también con Louella y Henry...

—Aparta esas mantas —ordenó—. ¡Apártalas!

Le obedecí con rapidez.

—Ponte boca abajo —me ordenó.

—Papá, por favor —le rogué. Empecé a llorar. Él me cogió por el hombro y me dio la vuelta bruscamente. A continuación me levantó el camisón, quedando mis nalgas al descubierto. Durante un momento sólo sentí la palma de su mano. Parecía estar acariciándolo suavemente. Empecé a darme la vuelta cuando él volvió a rugir.

—Aparta el rostro, Satanás —exclamó. Apenas lo hice, sentí el primer golpe. El cinturón cayó sobre mi piel. Grité, pero él volvió a pegarme una y otra vez.

Papá me había pegado con anterioridad, pero nunca de esta manera. Al cabo de unos minutos, ya estaba demasiado dolorida para llorar. En vez de ello me ahogué con mis sollozos. Por fin, decidió que me había castigado lo suficiente.

—Nunca, no desobedezcas nunca una orden de esta casa y nunca cierres de golpe la Biblia sobre la mesa como si fuera un libro cualquiera —me amenazó.

Yo quería hablar, pero lo único que podía hacer era atragantarme con las palabras. La quemazón era muy profunda, sentía que el dolor me llegaba al pecho y hacía que mi corazón ardiera con tal fuerza que era como si una correa me atravesara el cuerpo. Permanecí inmóvil y durante largo rato le oí allí, de pie, a mi lado, respirando con dificultad. A continuación, dio media vuelta y abandonó mi habitación. Yo seguía sin moverme; hundí la cara en la almohada hasta que pude liberar mis frías lágrimas.

Pero, poco después, volví a oír pasos. Estaba aterrorizada de que hubiera vuelto. Una sensación en la nuca me hizo percibir que había alguien cerca. Me volví ligeramente y vi a Emily de rodillas, a mi lado. Vi cómo inclinaba la cabeza, pero lo único que pude hacer era mirarla con odio. Ella levantó la cabeza y a continuación colocó sus huesudos codos sobre mis abrasiones, haciendo que me doliera aún más. En las manos tenía aferrada la gruesa Biblia negra. Yo gemí y protesté, pero ella no me hizo caso y presionó con más fuerza, impidiendo que me moviera.

—Aquel que cava un hoyo caerá en él; y aquel que rompa la valla, le morderá una serpiente —decía.

—Apártate —le rogué con voz ronca—. Emily, apártate. Me estás haciendo daño.

—Las palabras de la boca de un hombre sabio son elegantes —continuó.

—Apártate. Márchate —dije—. ¡Márchate! —grité, y finalmente tuve la fuerza suficiente para darme la vuelta. Ella se levantó, pero permaneció de pie a mi lado hasta finalizar la lectura. A continuación cerró la Biblia.

—Se hará su voluntad —dijo, y se marchó.

La paliza de papá me dolía tanto que no podía sentarme. Lo único que podía hacer era permanecer allí estirada y esperar que el dolor fuera menguando.

Poco después Louella vino a mi habitación. Traía una pomada y me la puso en las heridas, sollozando también ella al verlas.

—Pobre niña —dijo—. Mi pobre niña.

—Oh, Louella, no me abandones. Por favor, no me abandones —le rogué.

Ella asintió.

—No me iré de inmediato, cariño, pero mi hermana también me necesita, y tendré que marcharme.

Me abrazó y mecimos nuestros cuerpos allí, juntas en la cama. A continuación me arregló las mantas y me arropó. Besó mi mejilla y se marchó. Yo todavía sentía un gran dolor, pero las reconfortantes manos de Louella me habían aliviado considerablemente. A pesar de todo, pude dormir.

Sabía que no tenía ningún sentido quejarme a mamá de lo que había ocurrido. Ella se sentó a desayunar a la mañana siguiente, pero no dijo casi nada. Cada vez que me miraba, parecía a punto de echarse a llorar. Ni siquiera se dio cuenta de lo incómoda que estaba, sentada sobre mi dolorido trasero. Yo sabía que si me atrevía tan siquiera a quejarme, papá se enfurecería.

Emily leyó los correspondientes pasajes de la Biblia y papá presidió la mesa con sus habituales aires de señor feudal, sin tan siquiera mirarme cuando me movía cada pocos minutos para aliviar el dolor. Todos comimos en silencio. Por fin, hacia el final del desayuno, papá se aclaró la garganta para anunciar algo.

—Louella me ha informado que tiene intención de poner fin a sus servicios dentro de dos semanas. Yo ya me había imaginado algo de eso y he buscado a una pareja que la sustituirán. Se llaman Slope, Charles y Vera. Vera tiene un hijo de un año llamado Luther, pero me ha asegurado que la educación del niño no irá en detrimento de sus responsabilidades. Charles ayudará a Henry con sus tareas, y Vera trabajará en la cocina, claro, y hará lo que pueda por... por Georgia —dijo, mirando a mamá. Ella permanecía allí, con una sonrisa tonta en la cara, escuchando como si fuera un niño más de la casa. Cuando papá terminó dejó la servilleta sobre la mesa y se levantó.

—Tengo importantes negocios que atender durante las próximas semanas y, de vez en cuando, estaré fuera un día o dos. Espero que no se vuelva a repetir el asunto del otro día —afirmó, mirándome fijamente. Yo bajé la vista rápidamente. Él dio media vuelta y nos dejó.

Mamá, repentinamente, se echó a reír como una colegiala. Se cubrió la boca con la mano y volvió a reír.

—¿Mamá? ¿Qué te ocurre?

—Se ha vuelto loca de pena —dijo Emily—. Se lo he dicho a papá, pero no me ha hecho ningún caso.

—¿Mamá, qué ocurre? —pregunté, mucho más asustada.

Ella apartó la mano y se mordió los labios con tanta fuerza que la piel palideció.

—Tengo un secreto —dijo, y nos miró furtivamente a Emily y a mí.

—¿Un secreto? ¿Qué secreto, mamá?

Se inclinó sobre la mesa, mirando primero la puerta por la que había salido papá y después mirándome a mí.

—Ayer vi a papá saliendo del cobertizo de las herramientas.

Estaba allí dentro, con Belinda, y ella tenía la falda levantada y los pantalones bajados —dijo.

Yo me quedé sin habla durante unos instantes. ¿Quién era Belinda?

—¿Qué?

—Sólo dice tonterías —dijo Emily—. Vamos. Es hora de marcharnos.

—Pero, Emily...

—Déjala —me ordenó Emily—. No le pasará nada. Louella se encargará de ella. Recoge tus cosas o llegaremos tarde a la escuela. ¡Lillian! —gritó al ver que yo no me movía.

Me levanté de la silla con los ojos pegados a mamá, que se había recostado riendo de nuevo con la mano sobre la boca. Verla así me ponía la piel de gallina, pero Emily estaba revoloteando alrededor de la mesa como un guardián de prisiones con un látigo, esperando que obedeciera sus órdenes. De mala gana, con el corazón tan pesado que parecía una piedra en mi pecho, me alejé corriendo de la mesa, recogí los libros y seguí a Emily.

—¿Quién es Belinda? —pregunté en voz alta. Emily se dio la vuelta con sonrisa afectada.

—Alguna esclava de la plantación de su padre —respondió—. Estoy segura que estaba recordando algo que ocurrió en realidad, algo asqueroso y malo, algo que seguro que has disfrutado oyendo.

—¡No es verdad! Mamá está muy enferma. ¿Por qué papá no llama a un médico?

—No hay ningún médico que pueda curar lo que ella tiene —dijo Emily.

—¿Qué tiene?

—Sentimiento de culpabilidad —respondió Emily con una mirada de satisfacción—. Se siente culpable por no haber sido todo lo devota que debería. Sabe que con sus pecados y maldades le dio al diablo la fuerza para vivir en nuestro hogar. Seguramente en tu habitación —añadió—. Y finalmente, también por su culpa, la pobre Eugenia nos ha dejado. Ahora lo lamenta, pero es demasiado tarde y se ha vuelto loca de culpabilidad.

»Está todo en la Biblia —añadió, con una sonrisa retorcida—. Lo único que tienes que hacer es leerlo.

—¡Eres una mentirosa! —chillé. Ella se limitó a sonreírme con aquel gesto de frialdad y aceleró sus pasos—. ¡Eres una mentirosa! Mamá no siente culpabilidad. No había ningún demonio en mi habitación y no se ha llevado a Eugenia. ¡Mentirosa! —grité, con las lágrimas cubriéndome las mejillas. Ella desapareció al girar la esquina. «Al carajo», pensé, y seguí lentamente, cabizbaja, con las lágrimas corriéndome por las mejillas cuando me encontré con Niles, que me esperaba en el sendero de entrada de su casa.

—Lillian, ¿qué ocurre? —preguntó, corriendo hacia mí.

—Oh, Niles. —Mis hombros se agitaban tanto a causa de los sollozos que él soltó los libros y rápidamente me abrazó. A toda prisa, entre gemidos, le describí lo que había ocurrido, le conté que papá me había pegado y que mamá estaba cada día más rara.

—Basta, basta —dijo, besándome suavemente en la frente y las mejillas—, siento mucho que tu padre te haya pegado. Si yo fuera mayor, iría y me enfrentaría con él —afirmó—, de verdad que lo haría.

Lo dijo con tanta firmeza que yo dejé de llorar y levanté la cabeza de su hombro. Limpiándome los ojos, le miré y vi la ira que sentía, y en aquel momento me di cuenta del amor que me profesaba.

—Estaría dispuesta a soportar el dolor de una paliza de papá si algo se pudiera hacer por la pobre mamá —dije.

—Quizá pueda pedirle a mi madre que vaya a visitar a la tuya para ver cómo está. Así podrá después pedirle a tu padre que intervenga.

—¿Harías eso, Niles? Puede que sirva de algo. Sí, puede que sí. Ya nadie viene a visitar a mamá, por tanto nadie sabe lo mal que está.

—Hablaré de ello esta noche, a la hora de cenar —me prometió. Me limpió las lágrimas que me quedaban con la mano—. Será mejor que sigamos el camino —dijo— antes de que Emily convierta también esto en algo pecaminoso.

Yo asentí. Obviamente tenía razón, de modo que nos apresuramos para llegar puntuales a la escuela.

La madre de Niles sí que vino a The Meadows unos días después. Desgraciadamente, mamá estaba durmiendo y papá se hallaba fuera, en uno de sus viajes. Le dijo a Louella que volvería otro día, pero cuando le pregunté a Niles por ello, me dijo que su padre había prohibido que volviera a visitar a mamá.

—Mi padre dice que no es asunto nuestro y que no hemos de meter las narices en los asuntos de tu familia. Creo —dijo, bajando la cabeza con cierta vergüenza— que simplemente teme a tu padre y sus terribles ataques de ira. Lo siento.

—Quizá vaya a ver al doctor Cory yo misma un día de estos —dije. Niles asintió, aunque los dos sabíamos que seguramente no lo haría. Lo que había dicho de papá era cierto, tenía muy mal genio y yo también temía ponerle de mal humor. Puede que impidiera la entrada al médico y que me pegara por haberle llamado.

—Quizá muy pronto se ponga bien —deseó Niles—. Mi madre asegura que el tiempo lo cura todo. Papá dice que tu madre está tardando un poco más que de costumbre, pero que todos debemos tener paciencia.

—Quizá —dije, pero sin grandes esperanzas—. La única que muestra preocupación es Louella, pero como ya sabes, nos dejará muy pronto.

Los restantes días que pasé con Louella transcurrieron con demasiada rapidez, hasta que llegó la mañana de su partida. Cuando me desperté y me di cuenta que había llegado el día, no tenía ganas de bajar y enfrentarme a todos los adioses, pero después pensé lo terrible que sería para Louella marcharse sin que me despidiera de ella. Me vestí lo más rápidamente que pude.

Henry acompañaría a Louella a Upland Station, donde iniciaría la conexión que la llevaría a casa de su hermana, en Carolina del Sur. Cargó sus baúles en el carruaje mientras todos los trabajadores y sirvientes se reunían alrededor de ella para despedirse. Todos habían llegado a querer a Louella, y se veían lágrimas en los ojos de casi todo el mundo; algunas de las doncellas, especialmente Tottie, lloraban a moco tendido.

—Vamos a ver —declaró Louella cuando salió al porche, con las manos firmemente puestas en las caderas. Llevaba el traje de ir a la iglesia los domingos y el sombrero—. No me voy a la tumba, simplemente voy a echarle una mano a mi hermana mayor que está jubilada y a jubilarme yo también. Algunos de vosotros estáis llorando simplemente de envidia —añadió, oyéndose algunas risas. A continuación bajó al porche y los abrazó y besó a todos diciéndoles que continuaran con sus tareas.

Papá se había despedido de ella la noche anterior cuando la había llamado al despacho para darle el dinero de la jubilación. Yo permanecí cerca de la puerta y le oí darle formalmente las gracias por haber sido una buena ama de llaves, honesta y leal. Su tono de voz era frío y oficial a pesar del tiempo pasado por ella en The Meadows, pues le había conocido incluso de niño.

—Claro —dijo al final—, le deseo suerte, y una vida larga y feliz.

—Gracias, señor Booth —dijo Louella. Se hizo una breve pausa y a continuación la oí decir—: permítame decirle sólo una cosa, señor, antes de marcharme.

—Adelante.

—Se trata de la señora Booth, señor. Su comportamiento es extraño y no tiene buen aspecto. Se muere de pena por la desaparecida pequeña y...

—Soy perfectamente consciente del ridículo comportamiento de la señora Booth, Louella, gracias. Pronto recuperará la cordura, estoy seguro, y continuará con su vida y será una buena madre para nuestros hijos, como debe ser, además de una buena esposa para mí. No se preocupe por ello ni un minuto más.

—Sí, señor —dijo Louella, pero su tono de voz dejaba traslucir su profunda desilusión.

—Bueno, entonces, adiós —concluyó papá. Yo me alejé rápidamente de la puerta para que Louella no supiera que había estado escuchando.

Ahora, al bajar las escaleras para despedirme, no pude evitar estallar en un mar de lágrimas. Era como si se hubieran abierto las compuertas de una presa.

—No le hagas sentir mal a Louella, cariño. Me espera un largo viaje y tengo que enfrentarme a una nueva vida. ¿Crees que va a ser fácil, dos viejas, con ideas fijas, viviendo juntas en una casa pequeña? No señor, no señor —dijo.

Yo sonreí entre las lágrimas.

—Te echaré de menos, Louella... mucho.

—Yo también te echaré de menos, Lillian. —Se volvió y miró la plantación y la casa. A continuación suspiró—. Creo que echaré mucho de menos The Meadows, echaré de menos cada rincón de todos los armarios, y también los recovecos de la casa. Muchas risas y muchas lágrimas se han oído y se han derramado entre esas paredes.

Se volvió hacia mí.

—Pórtate bien con los nuevos sirvientes que van a venir y vigila a tu madre lo mejor que puedas, y cuídate de tus asuntos. Te estás convirtiendo en una mujer muy hermosa. Sólo es cuestión de tiempo antes de que algún guapo galán venga a visitarte y se enamore de ti, y cuando eso ocurra acuérdate de la vieja Louella, ¿me oyes? Mándame una nota y cuéntamelo. ¿Me lo prometes?

—Claro, Louella. Te escribiré muy a menudo. Te escribiré tanto, que llegarás a cansarte.

Ella se echó a reír. Me abrazó y me besó y volvió a contemplar The Meadows antes de dejar que Henry le ayudara a subir al carruaje. Fue entonces cuando me di cuenta de que Emily no se había molestado siquiera en bajar a despedir a Louella, aunque también ella la conociera desde el primer día de su vida.

—¿Lista? —preguntó Henry. Ella asintió y él azuzó a los caballos. El carruaje empezó a moverse, recorriendo la larga avenida de cedros. Louella miró atrás y saludó con su pañuelo. Yo hice lo mismo, pero mi corazón se sentía tan vacío y mis pies tan insensibles que pensé que me desmayaría de pena. Permanecí allí y esperé hasta que el carruaje desapareciera de mi vista; a continuación me volví, y lentamente subí las escaleras para entrar en la casa que ahora estaba más vacía, más solitaria. Cada vez se parecía menos a un hogar.

SEGUNDA PARTE

BUENAS NOCHES, DULCE PRÍNCIPE

Charles Slope y su esposa Vera, la mujer que papá había contratado para sustituir a Louella, eran gente bastante agradable, y su hijo pequeño Luhter era simpático, pero yo no podía evitar la sensación de vacío que se había apoderado de mi corazón. Nadie podría, nunca, sustituir a Louella. Sin embargo, Vera se reveló como una excelente cocinera y, aunque preparaba las cosas de forma diferente, siempre estaban buenas; y Charles era con toda seguridad un buen trabajador que le proporcionó a Henry el alivio y la ayuda que necesitaba a su edad.

Vera, de veintitantos años y morena, era una mujer alta y esbelta cuyo cabello formaba un moño cuidadosamente recogido. Nunca le vi ni un solo pelo fuera de lugar. Tenía unos ojos suaves marrones claros, y una tez bastante morena. También un pecho pequeño y una cintura de caderas estrechas. A pesar de tener unas piernas largas, caminaba y se movía con elegancia, sin encorvarse como Emily o las otras mujeres altas que yo había conocido.

Vera llevaba la cocina con eficacia, lo cual, en una época cada vez más dura económicamente, papá apreciaba. Nada se echaba a perder. Los restos se convertían en estofados y ensaladas hasta el punto que los perros se sentían privados y quedaban ansiosos cuando se les echaba la comida. Anteriormente Vera había trabajado en una pensión y estaba acostumbrada a pasar con mucho menos. Era una mujer callada y sufrida, mucho más callada que Louella. Cuando pasaba por la cocina lo hacía sin cantar o tararear, y hablaba poco de su pasado, no ofreciendo casi nunca información acerca de su juventud. Las formalidades de papá no parecían asustarla, y yo pude percibir el placer en los ojos de mi padre cuando ella se dirigía a él diciendo Señor o Capitán Booth.

Obviamente, estaba interesada en saber cómo reaccionaría con Emily y cómo la trataría Emily. Aunque Vera nunca le llevaba la contraria a Emily, ni desobedecía ninguna de sus órdenes, tenía una forma de mirarla con severidad que me dio a entender que no le caía bien; pero era lo suficientemente lista como para mantener sus sentimientos ocultos bajo los sí señora y no señora. Nunca cuestionaba nada ni se quejaba, y pronto aprendió la ley del más fuerte.

Todo el cariño de Vera estaba reservado para su pequeño hijo, Luther. Era una buena madre que siempre conseguía satisfacer las necesidades del niño y mantenerlo limpio, bien alimentado y ocupado, a pesar de las tareas que tenía en la cocina y el peso añadido de ocuparse de mamá de vez en cuando. Papá debió haberle avisado del extraño y aun lunático comportamiento de mamá, ya que no pareció sorprenderse la primera vez que mamá se mostró demasiado cansada o confusa para bajar a cenar. Preparó la bandeja de mamá y se la llevó sin preguntar nada ni hacer comentario alguno. De hecho, yo estaba muy contenta con la forma en que Vera cuidaba de mamá, siempre asegurándose de que se levantara por la mañana, ayudándola a vestirse e incluso a lavarse. No tardó en conseguir que mamá le dejara cepillarle el cabello como había hecho Louella.

Mamá estaba muy contenta de tener un niño en casa. Aunque Vera tenía cuidado de que Luther no molestara a papá, conseguía que mamá le viera y hablara e incluso jugara casi a diario con él. Eso, más que nada, parecía aliviar a mamá de su depresión y tristeza, aunque invariablemente volvía a recaer en su extraña y prolongada melancolía.

Luther era un niño curioso, con cierta facilidad para liarse con la ropa amontonada en el cesto o para ocultarse sin temor bajo los muebles y armarios que deseaba explorar si no le vigilaban. Para su edad era grande y fuerte, moreno, de ojos marrones claros. Era un chico fuerte y resistente, que casi nunca lloraba, incluso cuando se caía y se hacía daño o cuando acercaba los dedos a algo caliente o punzante. En lugar de llorar, parecía enfadarse o sentirse desilusionado y se daba media vuelta en busca de alguna otra cosa que despertara su interés. Se parecía más a su padre que a su madre y tenía las mismas manos cortas, con dedos tan regordetes como los de su padre, Charles.

Charles Slope era un hombre educado de treinta y tantos años, que tenía experiencia con automóviles y motores, cosa que agradaba mucho a papá, que había comprado recientemente un Ford, uno de los pocos coches en esta parte del mundo. Los conocimientos mecánicos de Charles parecían ilimitados. Henry me contó que no había nada en la plantación que Charles no pudiera reparar. Era particularmente brillante a la hora de improvisar recambios, lo cual significaba que las máquinas y herramientas viejas podían mantenerse en uso indefinidamente, evitando así que papá tuviera que hacer nuevas inversiones.

Los problemas económicos iban en aumento, no sólo para nosotros, sino también para las vecinas plantaciones. Cada vez que papá regresaba de uno de sus viajes, afirmaba que era necesario hacer nuevas economías en la casa y en la plantación. Empezó por dejar que se marcharan algunos de los trabajadores, y a continuación despidió a parte del servicio doméstico, lo cual significaba que Tottie y Vera tendrían más trabajo en la casa. A continuación decidió cerrar grandes sectores de la plantación, cosa que a mí no me importaba; pero el día que decidió prescindir de Henry, se me hundió el corazón.

Yo había regresado del colegio y empezaba a subir las escaleras cuando oí unos sollozos que procedían de la parte posterior de la casa, y encontré a Tottie sentada en un rincón al lado de la ventana de la biblioteca. Tenía un plumero en la mano, pero no estaba trabajando. Estaba hundida en un sillón mirando por la ventana.

—¿Qué ocurre, Tottie? —pregunté. Los tiempos se habían puesto tan difíciles, y con tanta rapidez, que no sabía qué esperar.

—Han despedido a Henry —dijo—. Está haciendo las maletas para marcharse.

—¿Despedido? ¿Marcharse... a dónde?

—Se marcha de la plantación, señorita Lillian. Su padre dice que Henry es ya demasiado viejo y no sirve para nada. Dice que debería irse a vivir con sus parientes; pero él no tiene parientes vivos.

—¡Henry no puede marcharse! —exclamé—. Ha estado aquí casi toda su vida. Tiene que quedarse aquí hasta que muera. Él siempre ha pensado que así sería.

Tottie negó con la cabeza.

—Se habrá marchado antes de que caiga la noche, señorita Lillian —afirmó con tanta solemnidad como la Voz del Destino. Aspiró, se puso de pie y empezó de nuevo a quitar el polvo—. Las cosas ya no son como antes —murmuró—. Los nubarrones no dejan de llegar.

Me volví, abandoné mis libros sobre la mesa del pasillo y salí corriendo de la casa. Llegué a las habitaciones de Henry lo más rápidamente que pude y llamé a su puerta.

—Hola, señorita Lillian —dijo Henry, sonriendo ampliamente como si nada ocurriera. Miré el interior de su habiación y vi que había recogido toda su ropa y que había llenado con ella una vieja maleta de piel junto con el resto de sus pertenencias. Había utilizado cuerda en los lugares que faltaban las correas de la maleta.

—Tottie acaba de contarme lo que ha hecho papá, Henry. No puedes marcharte. Voy a rogarle que te deje quedar —gemí. Mis ojos se estaban llenando rápidamente de lágrimas y pensé que mi rostro quedaría arrasado.

—Oh, no, señorita Lillian. No puede hacer eso. Los tiempos son difíciles, y el capitán no tiene dónde elegir —dijo Henry, pero pude percibir el dolor en su rostro. Adoraba The Meadows tanto como papá. Aún más, porque el sudor y la sangre de Henry se habían quedado en esta plantación.

—¿Y quién nos cuidará y nos proporcionará la comida y...?

—Oh, el señor Slope lo hará perfectamente cuando se trate de tareas como esas, señorita Lillian. No se preocupe por nada.

—No estoy preocupada por nosotros, Henry. Yo no quiero que esas cosas las haga otro. No puedes marcharte. Primero Louella se retira, y ahora prescinden de tus servicios. ¿Cómo puede papá despedirte? Formas parte de esta tierra... tanto como él. No dejaré que te eche. No dejaré que ocurra eso. ¡No recojas nada más! —grité, y me dirigí corriendo a la casa antes de que Henry me pudiera hacer cambiar de idea.

Papá estaba en su despacho, detrás de su escritorio, inclinado sobre sus paneles. A su lado tenía una copa de bourbon. Cuando entré, no levantó la vista hasta que llegué a la altura de la mesa.

—¿Qué ocurre ahora, Lillian? —quiso saber como si yo me pasara todo el día pidiéndole cosas y haciéndole preguntas. Se incorporó y se atusó el bigote; sus ojos oscuros me miraban críticamente—. No quiero oír nada acerca de tu madre, si es a eso a lo que has venido.

—No, papá. Yo...

—¿Qué pasa? Ya ves que estoy muy ocupado con estas malditas cuentas.

—Se trata de Henry, papá. No podemos dejar que se vaya... simplemente, no podemos. Henry ama The Meadows. Él pertenece aquí para siempre —le rogué.

—Para siempre —espetó papá como si hubiera dicho una inconveniencia. Miró por la ventana un momento y a continuación se inclinó hacia adelante—. Esta plantación sigue siendo una granja que se trabaja, que tiene beneficios, un negocio. ¿Sabes lo que eso significa, Lillian? Eso quiere decir que uno hace los costes y los gastos a un lado y los beneficios a otro —dijo, señalando los papeles con su largo dedo índice—. Y después se restan periódicamente los beneficios de los costes y los gastos y el resultado es lo que tienes y lo que no tienes; y nosotros no tenemos ni una cuarta parte de lo que teníamos hace un año en esta misma época. ¡Ni una cuarta parte! —gritó, los ojos bien abiertos y chillándome como si la culpa fuera mía.

—Pero, papá, Henry...

—Henry es un empleado, como todos los demás, y al igual que todos los demás tiene que hacer su trabajo o marcharse. La realidad es —dijo papá en un tono más tranquilo— que Henry ya no es ningún jovencito, ya debería estar jubilado y sentado en cualquier porche fumándose una pipa mientras se dedica a recordar su juventud —dijo papá, con cierta melancolía—. Le he tenido empleado todo el tiempo que he podido, pero incluso su pequeño salario resulta un gravamen y no puedo perder ni un centavo en estos días.

—Pero Henry hace su trabajo, papá. Siempre lo ha hecho.

—Tengo un hombre nuevo, joven, que desarrolla mucho trabajo y que me cuesta mi dinero, pero lo vale. Ahora sería estúpido mantener a Henry para que acompañara a Charles cada vez que hace algo, ¿no te parece? Eres una chica lo bastante lista como para entenderlo, Lillian. Y además, nada deprime tanto a un hombre como el saber que ya no sirve para nada, y eso es a lo que tendría que enfrentarse Henry si se quedara aquí.

»Por tanto —dijo, recostándose y satisfecho de su lógica— de alguna manera le estoy haciendo un gran favor al despedirlo.

—¿Pero adónde irá, papá?

—Tiene un sobrino que vive en Richmond —dijo papá.

—A Henry no le gustará vivir en una ciudad —murmuré.

—Lillian, no tengo tiempo para ocuparme en tales minucias. The Meadows... de esto es de lo que tengo que preocuparme, y eso es lo que debería preocuparte a ti. Ahora vete, sal de aquí y haz lo que sueles hacer a esta hora del día —dijo, despidiéndome con un gesto de la mano y volviendo a inclinarse sobre sus papeles. Permanecí allí de pie un momento y a continuación salí lentamente.

Aunque era un día espléndido y soleado, a mí me pareció gris y cubierto cuando salí de la casa y me dirigí a la vivienda de Henry. Ya había terminado de hacer las maletas y se estaba despidiendo de los trabajadores que aún seguían con nosotros. Yo le observé y esperé. Henry se echó el saco a la espalda y cogió la improvisada asa de la vieja maleta y empezó a recorrer el sendero hacia mí. Se detuvo y soltó la maleta.

—Bueno, señorita Lillian —dijo, mirando a su alrededor—. Es una bella tarde para darse un paseo, ¿verdad?

—Henry —sollocé—. Lo siento. No he conseguido que papá cambie de opinión.

—No quiero que se preocupe, señorita Lillian. No le pasará nada al viejo Henry.

—No quiero que te vayas, Henry —gemí.

—Vamos, señorita Lillian, yo no me voy. No creo que pudiera marcharme de The Meadows. Lo llevo aquí —dijo, señalando el corazón— y aquí —dijo, señalándose la sien—. Todos mis recuerdos son de The Meadows, de mi tiempo aquí. La mayoría de la gente que he conocido se ha marchado ya. Espero que a un mundo mejor —añadió—. A veces —dijo, asintiendo— es más difícil ser el que se queda atrás.

»Pero —dijo, sonriendo— me alegro de haberme quedado el tiempo suficiente para verla crecer. Ya es una bella joven, señorita Lillian. Algún día se convertirá en la esposa de un caballero y tendrá su propia plantación, o algo igual de grande y adecuado.

—Si eso ocurre, Henry, ¿vendrás a vivir conmigo? —le pregunté, limpiándome las lágrimas.

—Claro que sí, señorita Lillian. No tendrá que pedírselo dos veces al viejo Henry. Bueno —dijo, extendiendo la mano—. Cuídese mucho, y de vez en cuando piense en el viejo Henry.

Le miré la mano y a continuación di un paso adelante y le abracé. Le cogí por sorpresa y se quedó allí parado mientras me aferraba a él, aferrada a lo que era bueno y cariñoso en The Meadows, aferrada a los recuerdos de mi infancia, aferrada a los cálidos días y noches de verano, al sonido de la armónica en la noche, a las palabras sabias que Henry había tejido a mi alrededor, y a la visión de él corriendo para ayudarme con Eugenia, o la visión de él sentado a mi lado en el carruaje cuando me llevaba al colegio. Me aferré a las canciones, a las palabras y a las sonrisas esperanzadoras.

—Tengo que marcharme, señorita Lillian —susurró con una voz rota por la emoción. Sus ojos brillaban con lágrimas contenidas. Cogió su vieja maleta y empezó a recorrer el sendero. Yo corrí a su lado.

—¿Me escribirás, Henry? ¿Me dirás dónde estás?

—Claro que sí, señorita Lillian. Mandaré una nota o dos.

—Papá debería haberle dicho a Charles que te acompañara a algún sitio —grité, manteniéndome a su lado.

—No, Charles tiene muchas cosas que hacer. No me asustan nada las largas caminatas, señorita Lillian. Cuando era un niño, no me impresionaba nada caminar de un horizonte a otro.

—Ya no eres un niño, Henry.

—No, señora. —Irguió los hombros lo mejor que pudo y aceleró la marcha, cada paso alejándole más y más de mí.

—Adiós, Henry —exclamé cuando dejé de correr a su lado. Durante un momento continuó caminando, y entonces, al final del sendero, se volvió. Por última vez vi la cariñosa sonrisa de Henry. Quizá fuera magia; quizá fuera mi desesperada imaginación, pero me pareció más joven; parecía no haber envejecido ni un día desde que me llevaba a hombros, cantando y riendo. En mi mente su voz formaba parte de The Meadows tanto como el canto de los pájaros.

Un instante después giró al final del sendero y desapareció. Bajé la cabeza, y con el corazón tan pesado que hacía que mis pasos fueran lentos, me dirigí de nuevo a casa. Cuando levanté la vista vi que una larga, pesada nube, había cubierto el horizonte dejando caer un velo gris sobre el gran edificio, haciendo que todas las ventanas aparecieran oscuras y vacías, a excepción de una sola, la ventana de la habitación de Emily. Desde allí ella me miraba; su largo y demacrado rostro manifestaba desagrado. Quizá me vio abrazarme a Henry. Con toda seguridad distorsionaría mi expresión de amor y lo convertiría en algo sucio y pecaminoso. Yo le devolví la mirada con desafío. Ella me dedicó su característica sonrisa, fría y retorcida. Levantó las manos que sostenían la Biblia y se volvió, desapareciendo en la oscuridad de la habitación.

La vida continuó en The Meadows, a veces tranquilamente y a veces con sobresaltos. Mamá tenía sus días buenos y sus días malos, y yo tenía que recordar que lo que le decía un día podía haberlo olvidado al siguiente. En sus recuerdos, llenos de agujeros como un queso suizo, los acontecimientos de su juventud a veces quedaban mezclados con los acontecimientos del presente. Parecía sentirse más cómoda con los viejos recuerdos, y se aferraba a ellos con tenacidad, eligiendo selectivamente para rememorar los buenos tiempos cuando vivía en la plantación de su familia.

Empezó de nuevo a leer, pero frecuentemente releía las mismas páginas y el mismo libro. Lo más doloroso para mí era oírle hablar de Eugenia o referirse a mi hermana como si todavía estuviera viva y en su habitación. Siempre iba a «llevarle esto a Eugenia» o «decirle aquello a Eugenia». Yo no tenía la valentía de recordarle que Eugenia había fallecido, pero Emily no se callaba nunca. Ella, al igual que papá, tenían poca paciencia con los lapsus de mamá y sus ensoñaciones. Yo intenté que Emily mostrara más compasión, pero ella no estaba de acuerdo.

—Si alimentamos la estupidez —dijo, eligiendo las palabras de papá— no hará más que continuar.

—No es estupidez. Simplemente los recuerdos son demasiado dolorosos y no los puede soportar —le expliqué—. Con el tiempo...

—Con el tiempo se pondrá peor —afirmó Emily con su característico tono de superioridad y casi profético—. A no ser que consigamos que recupere la cordura. Mimarla no sirve de nada.

Yo me tragué las palabras y la dejé. Como habría dicho Henry, sería más fácil convencer a una mosca de que era una abeja y hacer que fabricara miel que cambiar la mentalidad de Emily. El único que comprendía mi pena y mostraba cierta compasión era Niles. Él escuchaba mis historias con ojos simpáticos y asentía. El corazón se le rompía por mamá y por mí.

Niles se había convertido en un chico alto y delgado. Cuando cumplió los trece años, empezó a afeitarse. Tenía una barba espesa y oscura. Ahora, ya mayor, tenía sus tareas en la granja de su familia. Al igual que nosotros, los Thompson tenían problemas para cumplir con sus obligaciones financieras, y como nosotros, ellos también habían tenido que despedir a parte del servicio. Niles había ocupado su lugar y hacía ahora el trabajo de un hombre mayor. Estaba orgulloso de ello y le cambió, endureciéndole y convirtiéndole en una persona más madura.

Pero no dejamos de ir a nuestro estanque mágico o de cultivar la fantasía. De vez en cuando, nos escapábamos juntos y llegábamos paseando hasta el estanque. Al principio resultaba doloroso volver al lugar donde habíamos llevado a Eugenia y donde habíamos desnudado nuestros deseos, pero era agradable hacer algo que sólo nos pertenecía a nosotros. Nos besábamos y acariciábamos y desvelábamos más y más nuestros más recónditos pensamientos, pensamientos que normalmente se guardaban bajo llave en nuestros corazones.

Niles fue el primero en decir que soñaba con nuestro matrimonio, y una vez admitió su deseo yo le confesé que quería lo mismo. Con el tiempo heredaría la finca de su padre y nosotros viviríamos allí, y criaríamos a nuestra familia. Siempre estaría a disposición de mamá, y en cuanto tuviéramos todo en marcha inmediatamente me pondría en contacto con Henry y le traería a casa. Al menos estaría cerca de The Meadows.

Niles y yo solíamos sentarnos al sol del atardecer al borde del estanque para tejer nuestros planes con tanta confianza que cualquiera que nos oyera hubiera jurado que eran inevitables. Teníamos una gran fe en el poder del amor. El amor nos haría siempre felices. Sería como una fortaleza construida a nuestro alrededor, protegiéndonos de la lluvia y el frío y de las tragedias que pudieran ocurrirles a otros. Seríamos la pareja de ensueño, la que con toda probabilidad habían sido mis padres.

Después de que Louella y Henry abandonaran The Meadows, y durante la época de crisis que nos afectaba a todos, pocas cosas hacían ilusión, había poco que hacer, a excepción de mis citas con Niles y el colegio. Pero hacia finales de mayo se creó una gran expectación por la fiesta de los dieciséis años de las hermanas de Niles, las gemelas Thompson.

Una fiesta así siempre despertaba ilusiones, pero una que fuera a darse en honor de unas gemelas aún era más excepcional. Todo el mundo hablaba de ello. Las invitaciones eran más preciosas que el oro. En la escuela, todos los chicos y chicas que querían ir le hacían la pelota a las gemelas.

Se planeaba convertir la gran entrada de la casa de los Thompson en un sofisticado salón de baile. Se contrataron los servicios de un decorador profesional para que colgara lámparas, serpentinas y luces. Cada día la señora Thompson añadía algo al fabuloso menú, pero además de ser el festín del año, habría una orquesta de verdad: música de profesionales que tocarían música de baile. Con toda seguridad se prepararían juegos y concursos y la noche finalizaría cortando lo que prometía ser el pastel de cumpleaños más grande de toda Virginia. Al fin y al cabo, era un pastel para dos chicas, no una.

Durante un tiempo llegué a pensar que mamá realmente asistiría. Cada día, después del colegio, corría a contarle nuevos detalles acerca de la fiesta, exagerando las cosas que me había contado Niles, y la mayoría de días llegaba a ilusionarse. Un día incluso revisó su armario y decidió que necesitaba algo nuevo, algo más de moda para ponerse y empezó a planear una salida para ir de compras.

Aquella tarde había conseguido ilusionarla tanto que se dirigió a su tocador y realmente empezó a arreglarse el pelo y el maquillaje. Estaba muy preocupada por los nuevos peinados, de modo que yo fui caminando a Upland Station y le traje un ejemplar de la última revista de modas, pero cuando regresé y se la di, parecía estar ausente. Tuve que recordarle la razón por la cual nos preocupaban nuestros vestidos y peinados.

—Ah, sí —dijo, volviendo a recordar—. Iremos a comprar unos vestidos y zapatos nuevos —me prometió, pero cuando se lo recordaba a lo largo de los días que siguieron, se limitaba simplemente a sonreír y decir: «...mañana. Lo haremos mañana».

El mañana no llegaba nunca. O se olvidaba o caía en uno de sus profundos estados de melancolía. Y entonces empezó a dar muestras de una terrible confusión, y cada vez que mencionaba la fiesta de los Thompson hablaba de una fiesta similar que se dio en honor de Violet.

Dos días antes de la fiesta fui a ver a papá, quien trabajaba en su despacho, y a quien le expliqué el comportamiento de mamá. Casi le rogué que hiciera alguna cosa.

—Salir y volver a ver gente, papá, la ayudará.

—¿Una fiesta? —dijo.

—La fiesta de las gemelas Thompson, papá. Todo el mundo va a ir. ¿No te acuerdas? —pregunté, con mi voz llena de desesperación.

Él negó con la cabeza.

—¿Crees que mi única preocupación estos días es pensar en una fiesta de cumpleaños? ¿Cuándo has dicho que era? —preguntó.

—Este sábado por la noche, papá. Recibimos la invitación hace un tiempo —dije. Una sensación de vacío me empezó a invadir el fondo del estómago.

—¿Este sábado por la noche? No puedo asistir —declaró—. No habré regresado de mi viaje de negocios hasta el domingo por la mañana.

—Pero, papá... ¿quién nos llevara a mamá, a Emily y a mí?

—Dudo que tu madre pueda asistir —dijo—. Si Emily va, tú puedes ir. Así irás bien acompañada; pero si ella no va, tú tampoco —declaró con firmeza.

—Papá. Es la fiesta más importante del... del año. Todos mis amigos del colegio van a ir, además de todas las familias vecinas.

—Es una fiesta —dijo—, ¿verdad? No eres lo bastante mayor para ir sola. Hablaré con Emily del asunto y le daré instrucciones —dijo.

—Pero, papá, a Emily no le gustan las fiestas... ni siquiera tiene un vestido y zapatos adecuados y...

—Eso no es culpa mía —dijo—. Sólo tienes una hermana mayor y, desgraciadamente, tu madre no se encuentra muy bien estos días.

—¿Entonces por qué te marchas de nuevo? —espeté, con mucha más rapidez y dureza de la que era mi intención; pero estaba desesperada, frustrada y enfadada y las palabras salieron casi solas de mi boca.

Los ojos de papá casi se salieron de sus órbitas. Su rostro enrojeció como un tomate y se levantó de su asiento con una furia que me hizo tambalear y retroceder hasta que choqué con una silla de respaldo alto. Parecía como si estuviera a punto de explotar, todo su cuerpo moviéndose en todas direcciones.

—¡Cómo te atreves a hablarme de esa manera! ¡Cómo te atreves a ser tan insolente! —rugió y dio la vuelta a su escritorio.

Yo, sentada en la silla, me amilané rápidamente.

—Lo siento, papá. No era mi intención ser insolente —exclamé, las lágrimas cayéndome en abundancia antes de que él tuviera tiempo de levantar el brazo. Mi llanto calmó algo la tormenta que brotaba de su interior y permaneció simplemente enfadado unos minutos a mi lado.

A continuación, en tono contenido pero rebosante de ira, señaló la puerta y dijo:

—Vete directamente a tu habitación y enciérrate allí hasta que yo te dé permiso para salir. ¿Me oyes? Ni siquiera quiero que vayas al colegio hasta que yo te lo diga.

—Pero, papá...

—¡No salgas de la habitación! —ordenó. Yo bajé rápidamente la vista—. ¡Arriba!

Lentamente me levanté y pasé por delante suyo, cabizbaja. Él me siguió hasta la puerta.

—Anda, sube y cierra esa puerta. No quiero ver tu cara ni oír tu voz —rugió.

El corazón me latía con fuerza y mis pies parecían de plomo. Papá gritó con tanta fuerza que las doncellas sacaron la cabeza para mirar. Vi a Vera y Tottie en la puerta del comedor, y en lo alto de las escaleras estaba Emily mirándome fijamente.

—Esta niña está castigada —anunció papá—. No debe poner un pie fuera de su habitación hasta que yo lo diga. Señora Slope, encárguese de que le suban las comidas a su cuarto.

—Sí, señor —contestó Vera.

La cabeza de Emily subía y bajaba sobre su largo cuello delgado cuando pasé delante de ella. Tenía los labios apretados y los ojos agudos y penetrantes. Sabía que una vez más se sentía justificada y apoyada en sus convicciones de que yo era una mala semilla. No tenía sentido apelar a ella, incluso en nombre de mamá. Fui a mi habitación, cerré la puerta y recé para que papá se calmara lo suficiente como para dejarme ir a la fiesta.

Pero no fue así, y partió de The Meadows en viaje de negocios sin haberme dado permiso para salir de mi habitación. Me había pasado todo el tiempo leyendo y sentada al lado de la ventana mirando los campos, con la esperanza de que papá encontrara un punto sensible en su corazón y me perdonara por mi insolencia, pero sin nadie que me defendiera; con mamá confusa y encerrada en su mundo, y Emily encantada por el estado de mis cosas, no tenía abogado. Le rogué a Vera que le pidiera a papá que me viniera a ver. Cuando regresó a traerme la siguiente comida, me informó que él había negado con la cabeza a la vez que decía:

—No tengo tiempo para tonterías. Deje que reflexione sobre su comportamiento un poco más.

Yo asentí, desanimada.

—Le mencioné la fiesta —me desveló Vera, y yo levanté la vista esperanzada.

—¿Y?

—Dijo que Emily no iba, de forma que no tenía sentido que le pidiera permiso para que fueras tú. Lo siento —dijo Vera.

—Gracias por intentarlo, Vera —le dije, y ella se marchó.

Estaba segura de que Niles preguntaba por mí en la escuela sin recibir una explicación satisfactoria por parte de Emily. Sin embargo, el día de la fiesta vino a The Meadows y preguntó si podía verme. Vera tuvo que decirle que estaba castigada y que no se me permitía tener visitas. Le dijo que se marchara.

—Al menos sabe lo que ocurre —murmuré cuando Vera me contó lo ocurrido—. ¿Dijo alguna otra cosa?

—No, pero se le cayó el alma a los pies y puso cara de frustración total —dijo Vera.

Aquella tarde transcurrió con gran lentitud. Yo me quedé sentada al lado de la ventana viendo cómo se ponía el sol. Sobre la cama tenía extendido mi mejor vestido con los zapatos más bonitos en el suelo, zapatos con los que había soñado bailar hasta que se me cayeran los pies. Durante uno de sus buenos momentos, mamá me había dado un collar de esmeraldas para ponerme con una pulsera, también de esmeraldas, haciendo juego. Tenía aquellas joyas al lado del vestido. De vez en cuando lo miraba con ansia y me imaginaba vestida y guapa.

Cuando oscureció, eso fue exactamente lo que hice. Me preparé para la fiesta como si papá me hubiera dado permiso para ir a ella. Me bañé y me senté delante del tocador. Me cepillé el cabello y me lo arreglé. A continuación me puse el vestido y los zapatos y las joyas que me había dado mamá. Vera me trajo la cena y se quedó asombrada, pero también encantada.

—Estás tan guapa, cariño —dijo—. Siento que no puedas ir.

—Pero sí voy a ir, Vera —le dije—. Me lo voy a imaginar todo y fingiré que estoy allí.

Ella se echó a reír y me desveló algo de su juventud.

—Cuando yo tenía tu edad, solía ir hasta la plantación de los Pendleton cuando celebraban alguna de sus grandes fiestas de gala, y me acercaba al máximo para ver a todas aquellas bellas mujeres vestidas de satén y muselina blanca y a los hombres, galantes con sus chalecos y corbatas. Escuchaba las risas y la música que salía por las ventanas abiertas y las terrazas y bailaba con los ojos cerrados, imaginando ser una joven elegante. Claro que no lo era, pero era divertido imaginarlo.

»Bueno —añadió, encogiéndose de hombros—, estoy segura de que habrá otras fiestas para ti, mejores ocasiones en las que podrás ponerte tan guapa como ahora. Buenas noches, cariño —añadió, y se marchó.

No comí gran cosa; tenía los ojos puestos en el reloj la mayor parte del tiempo. Intenté imaginarme lo que podía estar ocurriendo a cada instante. Ahora llegaban los invitados. Sonaba la música. Las gemelas saludaban en la puerta a todos los que llegaban. Me compadecí de Niles, cuya obligación era la de colocarse con la familia y poner cara de contento e ilusionado. Seguro que estaba pensando en mí. Un poco después, me imaginé a los invitados bailando. Si yo estuviera allí, Niles me hubiera sacado a bailar. Dejé que mi imaginación se desbordara. Empecé a tararear y a moverme por mi pequeña habitación, imaginando la mano de Niles sobre mi cintura y mi mano en la suya. Toda la gente nos miraba. Éramos la pareja más guapa del lugar.

Cuando finalizó la música, Niles sugirió que comiéramos algo. Yo me acerqué a la bandeja que había traído Vera y mordisqueé algo, fingiendo que Niles y yo comíamos carne y pavo y ensaladas. Después de saciarnos, se reanudó la música y volvimos a la pista de baile. Yo flotaba en sus brazos.

—La, la, la, la —cantaba, y daba vueltas en mi habitación hasta que oí unos golpes en mi ventana y paré. Contuve la respiración, miré fuera y vi una figura que me miraba. Él volvió a golpear la ventana. Me latía el corazón. Seguidamente pronunció mi nombre y yo corrí a la ventana. Era Niles.

—¿Qué haces? ¿Cómo has llegado hasta aquí? —exclamé tras abrir la ventana.

—Subí escalando por las tuberías. ¿Puedo entrar?

—Oh, Niles —dije, mirando mi puerta—. Si Emily se llega a enterar...

—No se enterará. Hablaremos bajito.

Retrocedí y él entró. Estaba muy guapo vestido con traje y corbata, a pesar de que estaba totalmente despeinado por la escalada y tenía las manos negras de la suciedad de la tubería y el tejado.

—Te vas a estropear el traje. Mira —afirmé, dando un paso atrás. Una mancha de suciedad le cubría la mejilla—. Ve a mi cuarto de baño y lávate —le ordené. Intenté parecer preocupada, pero mi corazón rebosaba de alegría. Él se echó a reír y fue al cuarto de baño.

Unos minutos después, salió, secándose las manos con la toalla.

—¿Por qué has hecho esto? —pregunté. Estaba sentada en la cama con las manos sobre el regazo.

—Decidí que sin ti la fiesta no era nada divertida. Me quedé para cumplir con todas mis obligaciones y después desaparecí. Nadie va a darse cuenta. Hay muchísima gente y mis hermanas están muy ocupadas. Tienen la tarjeta de baile llena para toda la noche.

—Háblame de la fiesta. ¿Ha salido todo bien? ¿Son maravillosas las decoraciones? Y la música, ¿es maravillosa la música?

Él se quedó allí quieto, sonriéndome.

—Tranquila —dijo—. Sí, las decoraciones salieron bien y la música es buena, pero no me preguntes lo que llevaban las otras chicas. Yo no estaba mirando a las otras chicas; pensaba sólo en ti.

—Vamos, Niles Thompson. Con todas esas mujeres bonitas y...

—Estoy aquí ¿verdad? —señaló—. En cualquier caso —dijo, retrocediendo unos pasos para mirarme—, tú estás radiante; no es justo que te hayan castigado.

—¿Qué? Oh —dije, enrojeciendo. Me di cuenta de que me había sorprendido en medio de mi actuación—. Yo...

—Me alegro de que te hayas vestido así. Me hace sentir como

si estuvieras en la fiesta. Bueno, señorita Lillian —dijo, con una gran inclinación—, ¿me concedería el placer de bailar conmigo o tiene ya la tarjeta completa?

Yo me eché a reír.

—¿Señorita Lillian? —volvió a preguntar.

Me puse de pie.

—Me quedan un par de bailes libres —dije.

—Qué alegría —dijo, y me cogió de la mano. A continuación colocó la mano sobre mi cintura como me había imaginado que haría, y empezamos a movernos siguiendo nuestra propia música. Durante un momento, cuando cerré los ojos y volví a abrirlos y me vi en el espejo del tocador, creí estar en la fiesta. Oía la música y las voces y las risas de los demás invitados. Él también había cerrado los ojos, y dimos vueltas y vueltas hasta que chocamos con mi mesilla de noche y la lámpara cayó con un golpe al suelo, quedando el cristal hecho añicos.

Durante unos minutos ninguno de los dos se atrevió a decir nada. Permanecimos en silencio para ver si se oían pasos en el corredor. Yo le indiqué que no deberíamos hacer ruido y me arrodillé para recoger los trozos más grandes de vidrio. Con uno de los trozos me corté el dedo y grité. Niles me cogió el dedo y al instante presionó mi dedo herido contra sus labios.

—Vete a lavarlo —dijo—. Yo acabaré de limpiar esto. Anda, ve.

Hice lo que me dijo, pero no había estado ni un instante en el cuarto de baño cuando oí pasos en la puerta de mi habitación. Saqué la cabeza para avisar a Niles, que rápidamente se estiró en el suelo y se metió debajo de la cama justo en el momento que Emily abrió la puerta.

—¿Qué está ocurriendo aquí? ¿Qué ha pasado? —exigió saber.

—La lámpara se cayó de la mesita y se rompió —dije, saliendo del cuarto de baño.

—¿Qué... por qué estás vestida así?

—Quería ver qué aspecto tendría si hubiera ido a la fiesta como el resto de las chicas de mi edad —contesté.

—Ridículo. —Retorció la cara con mirada sospechosa y entrecerró los ojos al escudriñar la habitación y detener la mirada en la ventana abierta—. ¿Por qué está tan abierta esa ventana?

—Tenía calor —dije.

—Entrarán todo tipo de insectos voladores. —Se acercó a la ventana pero yo la adelanté y llegué primero. Al bajar la vista, vi que Niles se había metido debajo de la cama. Emily se quedó en el centro de la habitación, mirándome todavía con interés.

—Si papá no quería que fueras a la fiesta es evidente que tampoco querría que te vistieras de ese modo. Quítate esa estúpida ropa —me ordenó.

—No es una ropa estúpida.

—Es una tontería estar así vestida en tu cuarto, ¿verdad? ¿Qué me dices? —dijo cuando yo no respondí.

—Sí, supongo que lo es —dije.

—Entonces, quítate esas prendas y guárdalas. —Cruzó los brazos bajo sus pequeños pechos y sacó los hombros. Vi que no iba a quedarse satisfecha y marcharse hasta que no hiciera lo que me había pedido, de modo que fui hacia el espejo y me desabroché el vestido. Me lo quité. A continuación me quité también el collar y la pulsera de mamá y los puse sobre la caja, en mi tocador.

Después de colgar el vestido, Emily se tranquilizó.

—Así está mejor —dijo—. En vez de hacer todas estas tonterías deberías estar rezando para pedir perdón por todos tus pecados.

Yo estaba allí de pie en sujetador y bragas, esperando que se marchara, pero ella continuó mirándome fijamente.

—He estado pensando en ti —dijo—. Pensando en qué debería hacer, en lo que Dios quiere que haga, y he decidido que Él quiere que te ayude. Te daré las oraciones y las secciones de la Biblia para que las leas una y otra vez y si haces lo que te pido, quizá te salves. ¿Lo harás?

Pensé que asentir sería la única forma de conseguir que se marchara de mi habitación.

—Sí, Emily.

—Bien. Ponte de rodillas —me ordenó.

—¿Ahora?

—No hay mejor momento que el presente —recitó—. De rodillas —repitió, señalando el suelo. Lo hice al lado de la cama.

Extrajo un trozo de papel del bolsillo y me lo tiró—. Lee y reza —me ordenó. Lo cogí lentamente. Era el salmo cincuenta y uno, uno largo. Gemí en silencio pero empecé.

—Ten piedad de mí, oh Señor...

Cuando terminé. Emily asintió, satisfecha.

—Léelo cada noche antes de irte a dormir —me aconsejó—. ¿Lo entiendes?

—Sí, Emily.

—Bien. De acuerdo, buenas noches.

Suspiré aliviada cuando se marchó. Cuando la puerta se cerró Niles salió de debajo de la cama.

—Santo cielo —dijo, poniéndose de pie—, nunca me había dado cuenta de que estuviera tan loca.

—Es mucho peor que esto, Niles —dije. Y entonces los dos nos dimos cuenta de que estaba allí de pie en sujetador y bragas. La mirada de Niles se suavizó. Paso a paso, se acercó. Yo no me volví ni fui a buscar la bata. Cuando sólo nos separaban unos centímetros, me cogió de la mano.

—Eres tan guapa... —susurró.

Dejé que me besara y apreté mis labios con más fuerza sobre los suyos. Los dedos de su mano derecha rozaron el lado izquierdo de mi pecho. «No lo hagas, no lo hagas —quería gritar—. No hagamos nada más, nada que le dé la razón a Emily en su creencia de que soy malvada», pero mi excitación sofocó los gritos de mi conciencia y los sustituyó por un gemido de placer. Mis brazos hablaron por mí, acercándole para poder besarle una y otra vez. Las manos de Niles empezaron a moverse con más rapidez, acariciando, frotando, dibujando las líneas de mi hombro hasta que sus dedos encontraron el cierre. Yo me aferré a él, la mejilla sobre su salvaje corazón. Él dudó, pero yo le miré a los ojos y asentí con los míos. Sentí abrirse el cierre y el sujetador pareció salir volando de mi pecho como si tuviera mente propia. Cuando mis pechos quedaron al descubierto, nos sentamos en la cama y Niles puso sus labios sobre mis pezones.

Toda mi resistencia se evaporó. Dejé que él me recostara sobre la almohada. Cerré los ojos y sentí sus labios pasar por encima de mi pecho y bajar hasta mi ombligo. Sentí su cálido aliento sobre mi estómago.

—Lillian —susurró—. Te quiero. Te quiero de verdad.

Yo coloqué mis manos sobre su rostro y le subí hasta que sus labios volvieron a estar sobre los míos, mientras que sus manos seguían acariciando mis pechos.

—Niles, será mejor que paremos antes de que sea demasiado tarde.

—Me pararé —prometió, pero no se detuvo y yo no le aparté, incluso cuando sentí la dureza de su pene contra mi cuerpo.

—Niles ¿has hecho alguna cosa así antes? —pregunté.

—No.

—Entonces, ¿cómo sabremos cuándo debemos parar? —pregunté. Él estaba tan ocupado acariciándome que no me respondió, pero yo sabía que si no se lo recordaba, iríamos demasiado lejos—. Niles, por favor, ¿cómo sabremos cuándo parar?

—Lo sabremos —prometió y me besó con más fuerza. Sentí su mano moverse entre su estómago y el mío hasta que se posó sobre mi pelvis y sus dedos se movieron, haciendo que mi cuerpo se estremeciera de tanta excitación.

—No, Niles —dije, apartándole con toda la resistencia que me quedaba—. Si hacemos eso, no podremos parar.

Él bajó la cabeza y respiró profundamente varias veces y a continuación asintió.

—Tienes razón —dijo, y se dio media vuelta en la cama. Yo pude ver el bulto que tenía en los pantalones.

—¿Duele, Niles? —pregunté.

—¿Qué? —Miró en la misma dirección que mis ojos y se incorporó rápidamente.

—Oh. No —dijo, poniéndose rojo como un tomate—. Estoy bien. Pero será mejor que me marche. No sé si podré responder de mí si me quedo mucho más tiempo aquí —confesó. Se puso de pie y se alisó el pelo. Evitó mirarme y se dirigió a la ventana—. Además, será mejor que vuelva a casa.

Yo me envolví en la manta y me acerqué a él. Presioné la mejilla contra su hombro y él me besó el cabello.

—Me alegro de que vinieras, Niles.

—Yo también.

—Ten cuidado al bajar. Está muy alto.

—Oye, soy un escalador experto, ¿no es verdad?

—Sí. Me acuerdo —dije riendo—; eso fue lo que me dijiste el primer día de colegio cuando volvíamos andando, alardeabas de escalar árboles.

—Escalaría la montaña más alta, el árbol más alto para llegar hasta ti, Lillian —juró. Nos besamos y a continuación salió de la habitación. Dudó un instante al lado de mi ventana y desapareció en la oscuridad. Yo le oí pasar corriendo por el tejado.

—Buenas noches —susurré.

—Buenas noches —me contestó susurrando y yo cerré la ventana.

Charles Slope fue el primero en verle a la mañana siguiente, aplastado al lado de la casa, con el cuello roto a causa de la caída.

TODA MI SUERTE ES MALA

Me despertaron el sonido de unos gritos. Reconocí la voz de Tottie y a continuación oí la de Charles Slope dando órdenes a otros para que le ayudaran. Me puse rápidamente la bata y me calcé las zapatillas. El alboroto continuaba fuera, de modo que desafié las órdenes de papá y salí de mi habitación. Corrí por el pasillo hasta llegar a la escalera. Como los pollos asustados, todos corrían de un lado a otro. Vi a Vera atravesar a toda prisa el recibidor con una manta. La llamé a gritos, pero ella no me oyó, de modo que empecé a bajar las escaleras.

—¿Dónde vas? —gritó Emily desde detrás mío. Ella acababa de salir de su habitación.

—Ha ocurrido algo terrible. Tengo que ir a ver qué ha pasado —le expliqué.

—Papá aún no te ha permitido salir de la habitación. ¡Vuelve! —me ordenó, su largo brazo y huesudo dedo índice señalando mi puerta. Yo la ignoré y continué bajando las escaleras—. Papá te ha prohibido que salgas de tu habitación. ¡Vuelve! —gritó, pero yo ya estaba cruzando el recibidor hacia la puerta principal.

Ojalá hubiera retrocedido. Ojalá no hubiera abandonado nunca la habitación, ni salido nunca de la casa, ni haber visto a ningún ser vivo. Antes de llegar a la puerta ya experimentaba una terrible sensación de vacío en el estómago. Era como si me hubiera tragado una pluma de pollo y estuviera flotando en mi interior, haciéndome de vez en cuando cosquillas por dentro. De alguna forma conseguí continuar, salir de la casa, bajar los escalones del porche e ir a la parte lateral de la casa donde vi a Charles, Vera, Tottie y dos trabajadores mirando el cuerpo bajo la manta. Cuando vi y reconocí los zapatos que sobresalían, sentí que mis piernas cedían y se convertían en algo de goma. Levanté la vista y pude ver una de las tuberías rotas y colgando y en aquel momento grité y caí sobre el césped.

Vera fue la primera en llegar hasta mí. Me abrazó y me acunó en sus brazos.

—¿Qué ha ocurrido? —grité.

—Charles dice que cedió la tubería y que se cayó. Debe haber caído de cabeza, es lo que pensamos.

—¿Está bien? —pregunté—. Tiene que estar bien.

—No, cariño, no lo está. Es el chico Thompson, ¿verdad? ¿Estuvo en tu habitación anoche? —preguntó. Yo asentí.

—Pero se marchó pronto y es un buen escalador —dije—. Puede subir a los árboles más difíciles.

—No fue culpa suya; fue la tubería —repitió Vera—. Sus padres deben de estar fuera de sí preguntándose dónde está. Charles ha mandado a Clark Jones a casa de los Thompson.

—Quiero verle —dije. Vera me ayudó a ponerme en pie y me condujo hasta el cuerpo de Niles. Charles levantó la vista del cuerpo y negó con la cabeza.

—Esa tubería estaba oxidada y no pudo aguantar su peso. No tendría que haberse confiado —dijo Charles.

—¿Va a ponerse bien? —pregunté desesperadamente.

Charles miró a Vera y a continuación a mí.

—Ya no está con nosotros, señorita Lillian. La caída... acabó con él. Por lo que veo, se rompió el cuello.

—Oh, por favor, no. Por favor, Dios, no —gemí, y caí de rodillas al lado del cuerpo de Niles. Lentamente, aparté la manta y le miré. La Muerte ya había cerrado sus ojos, la Muerte que había visitado con anterioridad esta casa y alegremente había robado a Eugenia. Moví la cabeza, incrédula. Éste no podía ser Niles. El rostro estaba demasiado pálido, los labios demasiado azules y gruesos. Ninguno de los rasgos faciales era el de Niles. Niles era un chico guapo con ojos sensibles y oscuros y una suave sonrisa en los labios. No, me dije a mí misma, no era Niles. Sonreí al percatarme de mi estúpido error.

—No es Niles —dije, y respiré aliviada—. No sé quién es, pero no es Niles. Niles es mucho más guapo. —Miré a Vera, que me observaba con compasión—. No lo es, Vera. Es otra persona. Quiza sea un ladrón. Quizá...

—Vamos adentro, cariño —dijo, levantándome y abrazándome—. Es horrible.

—Pero no es Niles. Niles está en casa, a salvo. Ya verás cuando regrese Clark Jones —dije, pero mi cuerpo seguía temblando. Me castañeteaban los dientes.

—De acuerdo, cariño, de acuerdo.

—Pero Niles sí subió a verme anoche porque no me dejaron ir a la fiesta. Pasamos un rato juntos y después volvió a salir por la ventana. Desapareció en la oscuridad y regresó con su familia, a la fiesta. Ahora está en casa, en la cama, o quizá se está levantando para desayunar —le expliqué mientras volvíamos a la entrada de casa.

Emily estaba esperando en las escaleras del porche con los brazos cruzados.

—¿Qué ocurre? —exigió saber—. ¿A qué vienen todos estos gritos?

—Es el chico Thompson, Niles —respondió Vera—. Debe de haberse caído al bajar del tejado. Cedió una de las tuberías y...

—¿El tejado? —Emily me escudriñó rápidamente—. ¿Estaba en tu habitación anoche? ¡PECADORA! —gritó antes de que yo pudiera responder—. ¡Estaba en tu habitación!

—No. —Negué con la cabeza. Me sentí ligera, altiva, flotando como flotan las grandes nubes blancas en el cielo azul—. No, yo fui a la fiesta. Exactamente. Estuve en la fiesta. Niles y yo bailamos toda la noche. Nos lo pasamos muy bien. Todo el mundo nos miraba con envidia. Bailamos como dos ángeles.

—Lo metiste en tu cama —me acusó Emily—. Le sedujiste. Jezabel.

Yo simplemente le sonreí.

—Te lo llevaste a la cama y el Señor te ha castigado. Está muerto por tu culpa. Por tu culpa —afirmó.

Mis labios empezaron a temblar de nuevo. Negué con la cabeza. «No estoy aquí; todo esto es una pesadilla» —pensé—. «En cualquier momento me despertaré en mi habitación, en mi cama, sana y salva.»

—Espera a que se entere papá de esto. Te despellejará viva. Deberían apedrearte, igual que hacían antiguamente con las putas, apedrearte —dijo con su tono de voz más arrogante y altivo.

—Señorita Emily, acaba usted de decir una cosa terrible. Está afectada, no sabe dónde está ni qué ha ocurrido —dijo Vera. Emily levantó sus ojos de fuego y posó su mirada directamente sobre la nueva ama de llaves.

—Y tú no te compadezcas de ella ahora. Así es como consigue ella que tú no te des cuenta de su maldad. Es una zorra astuta. Es una maldición viviente y siempre lo ha sido, desde el día en que nació y en el que su madre murió dando a luz.

Vera no sabía que no era hija de mamá y papá. La noticia la dejó atónita, pero no me soltó ni abandonó.

—Nadie es una maldición, señorita Emily. No debe usted decir una cosa así. Vamos, cariño —me dijo—. Será mejor que subas arriba y descanses. Vamos.

—¿No es Niles, verdad? —le pregunté.

—No, no lo es —dijo. Yo me giré y le sonreí a Emily.

—No es Niles —le dije.

—Jezabel —murmuró ella, y se alejó para ir a ver el cuerpo. Vera me subió a mi habitación y me ayudó a meterme en la cama. Me tapó hasta la barbilla con las mantas.

—Le traeré algo caliente para beber y algo de comer. Será mejor que descanse, señorita Lillian —dijo, marchándose.

Permanecí allí escuchando. Oí los ruidos, el sonido de los caballos, el carruaje, y los llantos. Reconocí la voz del señor Thompson y oí llorar a las gemelas y a continuación se hizo un mortal silencio. Vera me trajo una bandeja.

—Ya ha pasado todo —me dijo—. Se lo han llevado.

—¿A quién se han llevado?

—Al joven que se cayó del tejado —dijo Vera.

—Oh. ¿Lo conocíamos, Vera? —Ella negó con la cabeza—. Pero sigue siendo terrible. ¿Y mamá? ¿Ha oído los gritos y el alboroto?

—No. A veces, sólo a veces, su enfermedad es una bendición —dijo Vera—. No ha salido de su habitación esta mañana. Está en la cama leyendo.

—Bien —dije—. No quiero que nada más la moleste. ¿Ha vuelto papá a casa?

—No, todavía no —dijo Vera. Negó con la cabeza—. Pobrecita. Estoy segura de que tú serás la primera en enterarte cuando llegue. —Me observó mientras sorbía el té y comía un poco de avena. A continuación se marchó.

Terminé rápidamente de comer y entonces decidí que me levantaría y me vestiría. Estaba segura de que papá me permitiría salir de mi habitación cuando regresara hoy. Mi castigo se habría terminado y entonces planearía las cosas que Niles y yo haríamos juntos. Si papá me dejaba salir de casa, dar un paseo, iría a hacerles una visita a los Thompson. Quería ver todos los maravillosos regalos que con toda seguridad habían recibido las gemelas. Y mientras estaba allí, claro está, vería a Niles y tal vez quisiera después acompañarme de regreso a casa. Quizá, incluso podríamos desviarnos y visitar el estanque mágico.

Me dirigí al tocador, me cepillé el cabello y me lo recogí con una cinta rosa. Me puse un bonito vestido azul y esperé pacientemente, sentada al lado de la ventana mirando el cielo azul, pensando en que las nubes blancas se parecían. Una se parecía a un camello porque tenía una joroba y otra se parecía a una tortuga. Éste era un juego al que jugábamos Niles y yo cuando íbamos al estanque. Él solía decir «veo un barco» y yo tenía que señalar la nube. «Me apuesto cualquier cosa a que está sentado junto a su ventana haciendo exactamente lo mismo que yo», pensé. Estoy segura. Así es como éramos —siempre pensando y sintiendo las mismas cosas al mismo tiempo. Estaba escrito en el destino que debíamos ser amantes.

Cuando papá regresó a casa, sus pasos en las escaleras eran tan resonantes y firmes que sus botas produjeron un eco en todo el pasillo. Parecieron sacudir hasta los cimientos de la plantación, retumbando en las paredes. Era como si un gigante regresara a casa, el gigante de los cuentos y narraciones infantiles. Papá abrió lentamente mi puerta. Llenando el espacio de la puerta, los hombros anchos, permaneció mirándome en silencio. Tenía el rostro carmesí y los ojos abiertos como platos.

—Hola, papá —dije sonriendo—. Hace un día precioso, ¿verdad? ¿Has tenido un buen viaje?

—¿Qué has hecho? —preguntó con voz ronca—. ¿Qué terrible vergüenza y humillación has traído a la casa de los Booth?

—No te he desobedecido, papá. Me quedé en mi cuarto anoche tal como me ordenaste y lamento mucho el dolor que te he causado. ¿Me perdonas ahora? ¿Por favor?

Hizo una mueca, como si acabara de tragarse una almendra amarga.

—¿Perdonarte? No tengo el poder de perdonarte. Ni siquiera el sacerdote de nuestra diócesis tiene ese poder. Sólo Dios puede perdonarte y estoy seguro de que Él tiene Sus razones para dudar de hacerlo. Me compadezco de tu alma. Estoy seguro de que irá al infierno —dijo, y negó con la cabeza.

—Oh, no, papá. Estoy leyendo las oraciones que me dio Emily. Mira, papá —dije, y me levanté para recoger la hoja en la que estaba escrito el salmo. Se lo enseñé, pero papá ni lo miró ni lo cogió. En vez de ello, continuó mirándome fijamente, negando con mayor énfasis.

—No vas a hacer nada que entrañe más vergüenza para esta familia. Has sido una carga para mí desde el principio, pero te recogí porque eras huérfana. Y ahora mira las gracias que me das. En vez de recibir bendiciones, recogemos más y más maldiciones. Emily tiene razón en todo lo que a ti se refiere. Eres una Jonás y una Jezabel. Se enderezó y pronunció la frase como si fuera un juez bíblico.

»De ahora en adelante, y hasta que diga lo contrario, no saldrás de The Meadows. Se ha terminado el colegio. Dedicarás tu tiempo a rezar y a meditar y yo personalmente me ocuparé de tus actos de contrición. Ahora contéstame directamente —gritó—. ¿Dejaste que aquel chico te conociera en el sentido bíblico de la palabra?

—¿Qué chico, papá?

—El chico Thompson. ¿Copulaste con él? ¿Te arrebató la inocencia en esa cama anoche? —preguntó, señalando mi almohada y mi manta.

—Oh, no, papá. Niles me respeta. Sólo bailamos, de verdad.

—¿Bailar? —La confusión inundó su rostro—. ¿De qué demonios estás hablando, niña? —Dio un paso adelante, observándome críticamente. Yo mantuve mi sonrisa—. ¿Qué te ocurre, Lillian? ¿No sabes el acto terrible que has cometido y la terrible consecuencia que ha tenido? ¿Cómo puedes permanecer ahí con esa estúpida sonrisa en la cara?

—Lo siento, papá —dije—. No puedo evitar estar contenta. Hace un día precioso, ¿verdad?

—Para los Thompson no es exactamente un día precioso. Éste es el día más oscuro de la vida de William Thompson, el día en que ha perdido a su único hijo, y yo sé lo que es no tener un hijo que herede tu tierra y el nombre de tu familia. Ahora, quítate esa estúpida sonrisa de la cara —me ordenó papá, pero yo fui incapaz de obedecerle. Dio un paso adelante y me pegó con tanta fuerza que la cabeza me cayó sobre el hombro, pero no desapareció la sonrisa—. ¡Basta! —dijo. Volvió a pegarme, esta vez haciéndome caer al suelo. Me dolió, y escoció. La cabeza me daba vueltas y estaba mareada, pero levanté la vista, sin dejar de sonreír.

—Hace un día demasiado bonito para estar triste, papá. ¿No puedo salir? Quiero dar un paseo y escuchar los pájaros y ver el cielo y los árboles. Seré buena. Te lo prometo.

—¿No has oído lo que he dicho? —rugió a mi lado—. ¿No sabes lo que has hecho al dejar que ese chico subiera aquí? —Extendió el brazo y señaló la ventana—. Salió por esa ventana, cayó al suelo y murió. Se rompió el cuello. Está muerto, Lillian —afirmó papá—. ¡No me digas que te vas a volver tan loca como Georgia ahora! ¡No voy a tolerarlo!

Extendió el brazo y me cogió por el pelo, levantándome del suelo. El dolor me hizo chillar. A continuación me llevó hasta la ventana.

—Mira ahí fuera —dijo, empujándome la cara contra el vidrio—. Vamos, mira. ¿Quién estuvo ahí anoche? ¿Quién? Habla. Dímelo ahora mismo o, Lillian, te arrancaré la ropa y te pegaré hasta que mueras o me lo digas. ¿Quién?

Me sostuvo la cabeza de tal forma que no podía apartar la vista y, durante un instante, vi el rostro de Niles, mirándome, con la sonrisa grande y los ojos traviesos.

—Niles —dije—. Era Niles.

—Exactamente, y después, al marcharse y bajar, la tubería cedió y cayó. ¿Entonces sabes lo que ha ocurrido, verdad? Tú viste el cuerpo, Lillian. Vera me ha dicho que lo viste.

Yo negué con la cabeza.

—No —dije.

—Sí, sí, sí —insistió papá—. Es el chico Thompson el que estuvo ahí muerto toda la noche hasta que Charles le encontró por la mañana. El chico Thompson. Dilo, maldita sea. Dilo. Niles Thompson está muerto. Dilo.

Mi corazón estaba loco. Parecía un frenético animal en mi pecho, latiendo con fuerza, chillando y queriendo escapar. Empecé a llorar, silenciosamente al principio; las lágrimas arrasaban mis mejillas. Entonces me empezaron a temblar los hombros y sentí el estómago que se me hundía, las piernas cedieron, pero papá me sostuvo con firmeza.

—¡Dilo! —me chilló en la oreja—. ¿Quién está muerto? ¿Quién?

Las palabras salieron lentamente de mi garganta como si estuviera sacándome el hueso de una cereza que me había tragado.

—Niles —murmuré.

—¿Quién?

—Niles. Oh Dios, no. Niles.

Papá me soltó y yo caí a sus pies. Permaneció allí mirándome.

—Estoy seguro de que mientes acerca de lo que ocurrió entre los dos —dijo, asintiendo—. Echaré al diablo de tu alma —murmuró papá—. Lo juro, lo echaré. Empezaremos tu penitencia hoy mismo. —Se dio medio vuelta y fue hacia la puerta.

Cuando la abrió, me miró de nuevo.

—Emily y yo —afirmó— echaremos al diablo de tu alma.

Y me dejó sollozando en el suelo.

Permanecí durante horas en el suelo, escuchando los sonidos que se producían abajo, escuchando los sonidos amortiguados y sintiendo las vibraciones. Me imaginé que era un feto y que aún vivía en el útero materno, con el oído pegado a la membrana, oyendo los sonidos del mundo externo, las sílabas, los golpes, cada nota o algo desconocido; sólo que a diferencia de un feto, yo tenía recuerdos. Sabía que el sonido de la vajilla o un vaso significaba que se estaba poniendo la mesa, y una voz ronca que papá había dado una orden. Reconocí los pasos de casi todo el mundo cuando pasaban por delante de mi puerta y supe cuándo se paseaba Emily, Biblia en mano, mientras sus labios pronunciaban alguna oración. Intenté oír algún sonido que sugiriera la presencia de mamá, pero nada se produjo.

Cuando Vera subió a mi habitación, me encontró todavía en el suelo. Emitió un pequeño grito y puso la bandeja sobre la mesa.

—¿Qué hace, señorita Lillian? Vamos, levántese.

Me ayudó a ponerme en pie.

—Su padre ha ordenado que sólo tome pan y agua esta noche, pero yo le he puesto un trozo de queso debajo del plato —dijo, guiñando un ojo.

Yo negué con la cabeza.

—Si papá dice que sólo debo tomar pan y agua, eso es lo único que comeré. Tengo que hacer penitencia —le dije a Vera. Mi voz me resultaba desconocida, incluso para mí. Parecía salir de otra persona, de una Lillian más pequeña que vivía dentro de una más grande—. Soy una pecadora; soy una maldición.

—Eso no es verdad, querida.

—Soy una Jonás, una Jezabel. —Saqué el trozo de queso y se lo devolví.

—Pobre niña —murmuró, agitando la cabeza. Cogió el queso y se marchó.

Yo me bebí el agua y mordisqueé el pan y a continuación me puse de rodillas y recité el salmo cincuenta y uno. Lo repetí hasta que me dolió la garganta. Oscureció, de modo que me acosté e intenté dormir, pero poco después se abrió la puerta y entró papá. Encendió las lámparas y yo miré la puerta y vi que le seguía una mujer mayor de Upland Station que reconocí como la señora

217

Coons. Era una comadrona que había traído al mundo docenas y docenas de bebés en su época y que todavía seguía ejerciendo, aunque algunos decían que tenía casi noventa años.

Tenía un fino cabello gris, tan fino que se le veía parte del cuero cabelludo. Sobre el labio superior podía distinguirse un fino vello gris tan claro como el bigote de un hombre. Tenía un rostro delgado con una nariz larga y estrecha y unas mejillas hundidas, pero sus ojos oscuros seguían siendo grandes, y parecían aún más grandes por la forma en que se le habían hundido las mejillas y le sobresalía la frente sobre su arrugada y manchada piel. Tenía unos labios delgados como lápices, pero de un color rosa apagado. Era una mujer pequeña, no mucho más alta que una chica joven, con brazos y manos huesudas. Era difícil creer que hubiera tenido alguna vez la fuerza de asistir a un parto y mucho menos pensar que pudiera hacerlo ahora.

—Ahí está —dijo papá, señalándome—. Adelante.

Yo me encogí en la cama al ver acercarse a la señora Coons con sus pequeños y huesudos hombros encorvados y la cabeza ladeada hacia mí. Entrecerró los ojos, pero su mirada era penetrante. Me escudriñó la cara y a continuación asintió.

—Quizá sí —dijo—. Quizá sí.

—Deja que te mire la señora Coons —ordenó papá.

—¿Qué quieres decir, papá?

—Va a decirme qué ocurrió anoche —dijo. Mis ojos se abrieron como platos. Negué con la cabeza.

—No, papá. No hice nada malo. De verdad. No hice nada malo.

—No querrás que te creamos ahora, ¿verdad, Lillian? —preguntó—. No me lo pongas más difícil —me aconsejó—. Si es necesario, te sujetaré yo mismo —amenazó.

—¿Qué vas a hacer, papá? —Miré a la señora Coons y mi corazón empezó a latir porque ya sabía la respuesta—. Por favor, papá —gemí. Mis lágrimas se incrementaron, cálidas, ardientes—. Por favor —le rogué.

—Haz lo que te diga —me ordenó papá.

—Levántate la falda —exigió la señora Coons. Le faltaban casi todos los dientes y los que le quedaban casi estaban podridos.

La lengua le revoloteaba en la boca. Era marrón y húmeda, como un trozo de madera muerta.

—¡Haz lo que te dice! —espetó papá.

Con los hombros agitándose a causa de los sollozos, me levanté la falda hasta la cintura.

—Ya puede mirar —le dijo la señora Coons a papá. Sentí unos dedos, dedos tan fríos y duros como estacas, que me bajaron las bragas. Sus uñas me arañaron la piel mientras me los bajaba pasando por las rodillas hasta los tobillos—. Levanta las rodillas —dijo.

Pensé que me quedaba sin respiración. Hice grandes esfuerzos por tomar aire. Me estaba mareando. Ella tenía las manos sobre mis rodillas, abriéndolas y separándome las piernas. Aparté la mirada, pero no sirvió de nada. La indignidad se llevó a cabo. Resultó doloroso y yo grité. Debí perder el conocimiento durante un instante, porque cuando abrí los ojos, la señora Coons estaba en la puerta con papá, asegurándole que no había perdido la inocencia. Cuando él y ella se hubieron marchado, me quedé sollozando hasta que se me secaron los ojos y me dolía la garganta. A continuación me subí las bragas y me senté sobre la cama.

Cuando estaba a punto de ponerme de pie, regresó papá, seguido de Emily. Él llevaba un gran baúl y ella sostenía en los brazos uno de sus feos vestidos de tela de saco. Él soltó el baúl y me miró con los ojos llameantes de ira.

—La gente viene de todos los rincones del país al funeral de ese chico —dijo—. Nuestro nombre, para nuestra desgracia, está en labios de todos. Quizá tenga la hija de Satanás en mi casa, pero no tengo por qué ofrecerle un hogar. —Asintió a Emily, quien se dirigió a mi armario y empezó a descolgar todas mis prendas de vestir de los colgadores.

Los amontonó sin ninguna consideración a sus pies, tirando mis blusas de seda, las bonitas faldas y vestidos, todas las cosas que mamá se había esmerado en comprarme y hacerme.

—De ahora en adelante, sólo te pondrás prendas sencillas, comerás cosas sencillas y dedicarás tu tiempo a la oración —ordenó papá. Y a continuación enumeró las normas.

»Mantén tu cuerpo limpio y no te pongas ningún perfume, ni cremas, ni maquillaje, ni jabón aromático.

»No tienes que cortarte el pelo, pero debes llevarlo recogido, y no dejes que nadie, especialmente ningún hombre, te vea con el pelo suelto.

»No pongas el pie fuera de esta casa o de la finca sin mi explícito permiso.

»Deberás humillarte de todas las formas posibles. Considérate ahora una sirvienta, no un miembro de la familia. Lava los pies de tu hermana, vacía su orinal y nunca, bajo ningún concepto, levantes la vista en desafío a ella o a mí. Ni siquiera a uno de los sirvientes.

»Cuando te hayas arrepentido de verdad y estés libre del mal, entonces podrás volver a formar parte de la familia y ser como el hijo pródigo que se perdió y después volvió al redil.

»¿Has comprendido, Lillian?

—Sí, papá —dije.

Su rostro se suavizó un poco.

—Me compadezco de ti, me compadezco por lo que tienes que soportar ahora en tu corazón, pero es exactamente por eso que he consentido, con Emily y el cura, en ordenar estos castigos para tu redención.

Mientras hablaba, Emily extraía con energía todos mis zapatos del armario y los amontonaba. Lo metió todo en el baúl y a continuación se dirigió a los cajones para sacar toda mi bonita ropa interior y calcetines. Prácticamente arremetió contra mis joyas y pulseras. Cuando hubo vaciado los cajones se detuvo y echó una mirada a la habitación.

—La habitación debe ser tan sencilla como la de un monasterio —afirmó Emily. Papá asintió, y entonces Emily se dirigió a las paredes y descolgó todos mis cuadros y los diplomas enmarcados del colegio. Recogió mis animales de peluche, mis recuerdos, e incluso mi caja de música. También arrancó las cortinas de las ventanas. Lo metió todo en el baúl. Entonces se puso delante de mí—. Quítate el vestido que llevas puesto y ponte éste —dijo, indicando el vestido de tela de saco que había traído. Yo miré a papá. Él se atusó el bigote y asintió.

Me puse de pie y me desabroché el vestido azul. Me lo quité y lo dejé caer al suelo. Lo cogí y lo puse sobre el montón que Emily tenía de mis cosas en el baúl. Permanecí allí temblorosa, abrazándome.

—Ponte esto —dijo Emily, dándome el vestido. Me lo puse por encima de la cabeza. Era demasiado grande y demasiado largo, pero ni a Emily ni a papá les importaba.

—A partir de esta noche puedes bajar a comer —dijo papá—, pero de hoy en adelante no hables, a no ser que te pregunten; y está prohibido que hables con los criados. Me duele tener que hacer todo esto, Lillian, pero la sombra de la mano del mal se cierne sobre esta casa y tenemos que hacer que desaparezca.

—Oremos juntos —sugirió Emily. Papá asintió—. De rodillas, pecadora —me espetó. Me arrodillé y ella y papá se unieron a mí—. Oh Señor —dijo Emily—. Danos las fuerzas para ayudar a esta alma maldita y negarle el triunfo al diablo —dijo, y a continuación recitó la Oración del Señor. Cuando terminó, ella y papá se llevaron el baúl que contenía todas mis adoradas posesiones y me dejaron con las paredes y los cajones vacíos.

En ese momento no tuve tiempo para compadecerme de mí misma. Sólo pensaba en Niles. Si no me hubiera portado de manera tan insolente con papá, quizá hubiera podido ir a la fiesta; y si hubiera ido a la fiesta, Niles no hubiera tenido que subir a mi habitación a verme y estaría vivo.

Me aferré aún a esta creencia cuando se celebraron las exequias de Niles dos días más tarde. No volví a negar lo que había ocurrido, no volví a desear que fuera un mal sueño. Papá me prohibió que asistiera al funeral y al entierro. Dijo que mi presencia allí sería una vergüenza para la familia.

—Todas las miradas caerían sobre nosotros, los Booth —afirmó, para añadir a continuación—: nos mirarían con odio. Ya es suficiente que yo tenga que estar al lado de los Thompson y rogarles que me perdonen por tener una hija como tú. Dependo de Emily. —La miró con más respeto y admiración que nunca.

—El Señor nos dará las fuerzas necesarias para soportar las adversidades con valentía, papá —dijo.

—Gracias exclusivamente a tu devoción religiosa, Emily —contestó—. Sólo gracias a eso.

Aquella mañana permanecí sentada en mi habitación mirando hacia la plantación de los Thompson, donde sabía que Niles iba a descansar para siempre. Podía oír los sollozos y los llantos con tanta claridad como si estuviera allí. Mis lágrimas fluían mientras recitaba la Oración del Señor. A continuación me puse en pie para abrazar gustosamente las cargas de mi nueva vida, encontrando irónicamente cierto alivio en la humillación y el dolor. Cuanto mayor era la dureza con la que me hablaba o trataba Emily, mejor me sentía. Ya no la odiaba. Me di cuenta de que había un lugar en este mundo para las Emilys, y no corrí a mamá en busca de consuelo y compasión.

En cualquier caso, mamá sólo tenía una vaga idea de lo que había ocurrido porque nunca había llegado a comprender lo unidos que estábamos Niles y yo. Escuchó los detalles del terrible accidente y Emily le dio su versión de lo sucedido y lo que siguió, pero al igual que todo lo que encontraba desagradable, lo ignoró u olvidó rápidamente. Mamá era como un recipiente rebosante de tristeza y tragedia, y ya no podía soportar una gota más.

En ocasiones hacía algún comentario sobre mi ropa y mi cabello, y en los días más lúcidos se preguntaba por qué no iba al colegio, pero en cuanto se lo empezaba a explicar dejaba de escuchar o cambiaba de tema.

Vera y Tottie intentaban siempre que comiera más o que hiciera alguna de las cosas que había hecho en el pasado. Les entristecía, al igual que a los otros sirvientes y trabajadores, que hubiera aceptado mi destino tan gustosamente. Pero cuando yo pensaba en todas las personas que me querían y que yo quería y lo que les había ocurrido —desde mi madre y padre verdaderos hasta Eugenia y Niles—, no podía hacer otra cosa que aceptar mis castigos y buscar la salvación, tal como habían ordenado Emily y papá.

Cada mañana me levantaba lo bastante pronto como para ir a la habitación de Emily y sacar su orinal. Lo lavaba y lo devolvía antes de que ella se moviera. A continuación ella se incorporaba y yo traía la palangana con agua caliente y un paño para lavarle los pies. Tras haberlos secado, y siempre y cuando ella se hubiera vestido, me arrodillaba en el rincón de su habitación y repetía las oraciones que ella me dictaba. A continuación bajábamos a desayunar y Emily y yo leíamos los pasajes bíblicos que ella había escogido. Yo obedecía a papá y no hablaba, a no ser que se dirigieran a mí. Normalmente eso significaba un sencillo sí o no.

Las mañanas que se reunía mamá con nosotros, era más difícil mantener la prohibición. A menudo mamá se perdía en alguna experiencia pasada y me la describía de la misma forma que había hecho años antes, esperando que yo hiciera algún comentario y me riera del mismo modo. Yo miraba a papá, a ver si me daba permiso para responder. A veces asentía y yo hablaba, y a veces ponía mala cara y entonces me mantenía quieta.

Se me permitía coger la Biblia y salir durante una hora para pasear por los campos y recitar mis oraciones. Emily me controlaba el tiempo y me llamaba cuando finalizaba la hora. No me daban muchas tareas domésticas. Mi penitencia tenía que estar relacionada con tareas que me limpiaran el alma. Creo que papá y Emily se daban cuenta de que los sirvientes y los trabajadores hubieran hecho el trabajo por mí. Tenía que ocuparme de mi habitación, claro está, y en algunas ocasiones hacer cosas para Emily, pero la mayoría del tiempo debía dedicarlo al estudio religioso.

Una tarde, semanas después de la muerte de Niles, la señorita Walker vino a The Meadows a interesarse por mí. Tottie, que estaba limpiando cerca del despacho, oyó la conversación y subió a mi habitación a contármelo.

—Tu profesora del colegio ha venido esta tarde a interesarse por ti —anunció ilusionada. Se aseguró de que nadie la veía entrar en mi habitación y cerró la puerta con cuidado—. Quería saber dónde ha estado, señorita Lillian. Le dijo a su padre que era la mejor alumna y que no ir al colegio era un pecado.

»El Capitán se enfadó mucho con lo que dijo. Lo pude percibir en su tono de voz. Ya sabe cuando su voz parece una pala llena de gravilla, y le dijo que a partir de ahora estudias en casa y que tu educación religiosa es lo principal.

»Pero la señorita Walker dijo que eso no estaba bien, y que se va a quejar a las autoridades por este comportamiento. Entonces se enfadó muchísimo y dijo que acabaría con su empleo si se atrevía a hablar de este asunto. Él le dijo que no podía amenazarle. "¿No sabe quién soy? —gritó—. Soy Jed Booth. Esta plantación es una de las más importantes del país."

»Bueno, pues ella no retrocedió ni una pizca. Repitió que iba a quejarse y él le pidió que se marchara.

»¿Qué te parece eso? —me preguntó Tottie. Yo moví la cabeza tristemente, suspirando—. ¿Qué ocurre, señorita Lillian? ¿No se alegra?

—Papá conseguirá que la despidan —dije—. Es sólo otra persona que me quiere y que acabará mal por ello. Ojalá pudiera impedir que siguiera intentándolo.

—Pero, señorita Lillian... todo el mundo dice que debería ir al colegio y...

—Será mejor que te vayas, Tottie, antes de que Emily te oiga y te despidan a ti también —dije.

—A mí no tienen que despedirme, señorita Lillian —respondió—. Yo también voy a abandonar este oscuro lugar, y muy pronto. —Tenía los ojos llenos de lágrimas—. No me gusta nada verla sufrir de esta manera, y sé que a Louella y al viejo Henry se les rompería el corazón si se enteraran de esto.

—Bueno, no se lo digas entonces, Tottie. No quiero causar más dolor a nadie —dije—. Y no hagas nada para que las cosas me resulten más fáciles, Tottie. Las cosas tienen que ser duras. Debo ser castigada. —Ella negó con la cabeza y me dejó sola.

«Pobre señorita Walker», pensé. La echaba de menos, echaba de menos la clase, echaba de menos la ilusión de aprender, pero también sabía lo horrible que sería para mí sentarme en la clase y mirar atrás y ver vacío el pupitre de Niles. No, papá me estaba haciendo un favor al no dejarme ir a la escuela, pensé, y recé para que la señorita Walker no perdiera su empleo.

Pero una tormenta de problemas financieros obligó a papá a olvidarse de todo, incluso de las amenazas que le había hecho a la señorita Walker. Unos días después papá tuvo que asistir a un juicio porque uno de sus acreedores le estaba demandando por falta de pago. Por primera vez existía el riesgo real de perder The

Meadows. La crisis fue el único tema de conversación, tanto en la finca como en la casa. Todo el mundo estaba impaciente por saber cuál sería el resultado. El desenlace final fue que papá tuvo que hacer lo que más temía: tuvo que vender un trozo de The Meadows e incluso subastar parte de la maquinaria.

La pérdida de una parte de la plantación, incluso una pequeña porción, era algo a lo que papá no podía enfrentarse. Cambió dramáticamente. Ya no caminaba tan erguido ni con tanta arrogancia como antes. En vez de eso, bajaba la cabeza cuando entraba en su despacho como si tuviera vergüenza de mirar los retratos de su padre y abuelo. The Meadows había sobrevivido a lo peor que le podía ocurrir a cualquier plantación —la Guerra Civil— pero no podía sobrevivir a sus propios problemas económicos.

Papá bebía cada vez más. Casi nunca le veía sin un vaso de whisky en la mano o a su lado, encima de la mesa. Apestaba a alcohol. Oía sus fuertes pasos durante la noche, cuando finalmente subía de trabajar en el despacho. Recorría con paso cansino el pasillo, se detenía en mi puerta, a veces durante casi un minuto, y después continuaba. Una noche, chocó contra una mesa y tiró la lámpara. La oí caer al suelo, pero tenía demasiado miedo para abrir la puerta y ver qué había ocurrido. Le oí maldecir y después continuar su camino.

Nadie hablaba de lo mucho que bebía papá, aunque todos estaban enterados de ello. Incluso Emily lo ignoraba o excusaba. Un día regresó de un viaje de negocios tan borracho que Charles tuvo que acompañarle a su habitación; y una mañana Vera y Tottie lo encontraron tirado en el suelo al lado de su escritorio, durmiendo la mona, pero nadie se atrevió a criticarle.

Claro está, mamá no se daba cuenta de nada, y si se daba, fingía que no estaba ocurriendo. El alcohol solía hacer que papá se pusiera de pésimo humor. Era como si el bourbon despertara todos los monstruos que dormían en su mente e hiciera que atacaran. Una noche se volvió loco y rompió un montón de objetos en su despacho, y otra noche todos le oímos gritar y pensamos que estaba peleando con alguien. Ese alguien resultó ser el retrato de su padre, quien, le oímos decir, le acusaba de ser un mal hombre de negocios.

Una noche después de que papá hubiera estado bebiendo en su despacho y repasando los papeles, una noche terrible, empezó a subir las escaleras ayudándose con la barandilla hasta llegar al rellano, pero una vez allí se soltó, se tambaleó hasta perder el equilibrio y rodó de cabeza por las escaleras, cayendo al suelo con tal estruendo que tembló la casa. Todos salieron corriendo de sus habitaciones, todos, salvo mamá.

Allí estaba papá, tirado, gimiendo y gruñendo. Tenía la pierna derecha tan doblada que parecía tenerla cortada. Charles tuvo que ir a buscar ayuda para levantar a papá del suelo, pero apenas le tocaron la pierna chilló de dolor, por lo que decidieron dejarlo allí tendido hasta que llegara el médico.

Papá se había roto la pierna justo por encima de la rodilla. Era una mala rotura que requería semanas y semanas de inmovilización. El médico se la enyesó. Finalmente levantaron a papá, pero como requería una atención especial y necesitaba otra habitación, le pusieron en el dormitorio contiguo a sus habitaciones y a las de mamá.

Yo permanecí al lado de mamá, que estaba muy nerviosa, retorciendo su pañuelo de seda mientras decía una y otra vez:

—Oh, Dios, ¿qué vamos a hacer? ¿Qué vamos a hacer?

—Le dolerá durante un tiempo —dijo el médico— y necesita mucha tranquilidad. Yo me pasaré por aquí de vez en cuando a verle.

Mamá se retiró rápidamente a sus aposentos y Emily entró a ver a papá.

No podía imaginarme a papá guardando cama. Tal como había pensado, cuando despertó y se dio cuenta de lo ocurrido, rugió de ira. Tottie y Vera tenían miedo de entrar con las bandejas de comida. La primera vez que Tottie entró con una bandeja, él la arrojó contra la puerta y ella tuvo que limpiar la habitación. Estaba segura de que él y Emily encontrarían la forma de culparme por el accidente, de modo que me quedé en mi habitación, temblando de terror.

Una tarde, dos días después del accidente, Emily vino a verme. Yo ya había almorzado y había regresado a mi habitación a leer los pasajes de la Biblia. Emily levantó severamente los hombros, y parecía que una varilla metálica se le hubiera deslizado por la espalda. Sonrió y apretó los labios, tensando su delgado rostro.

—Papá quiere verte —añadió—. Ahora mismo.

—¿Papá? Mi corazón empezó a latir con fuerza. ¿Qué nueva penitencia me impondría como consecuencia de lo que le había ocurrido a él?

—Ve inmediatamente —me ordenó.

Yo me levanté lentamente, cabizbaja, pasé delante suyo y recorrí el pasillo. Cuando llegué a la puerta de la habitación de papá, volví la cabeza y vi a Emily mirándome fijamente. Llamé y esperé.

—Entra —gritó.

Abrí la puerta y entré en la estancia, reconvertida ahora en habitación de hospital para él. En la mesilla, al lado de la cama, estaba la cuña y la botella para la orina. La bandeja del desayuno estaba sobre la mesa camilla. Estaba incorporado, recostado sobre dos grandes y confortables almohadas. El edredón le cubría las piernas y el torso, pero la escayola sobresalía a un extremo y un lado. Tenía libros y papeles extendidos sobre la cama.

El cabello de papá le caía desordenadamente sobre la frente. Llevaba una camisola de cuello abierto. Estaba mal afeitado y tenía los ojos vidriosos, pero cuando entré se enderezó.

—Vamos, entra. No te quedes ahí parada como una idiota —espetó.

Yo me dirigí hacia la cama.

—¿Cómo te encuentras, papá? —pregunté.

—Fatal, ¿cómo quieres que me encuentre?

—Lo siento, papá.

—Todo el mundo lo siente, pero soy yo el que está inmovilizado en esta cama con todo el trabajo que hay que hacer. —Me escudriñó con más intensidad, sus ojos recorriendo lentamente mis piernas—. Has estado haciendo bien tu penitencia, Lillian. Incluso Emily tiene que admitirlo —dijo.

—Lo intento, papá.

—Bien —dijo—. En cualquier caso, este accidente me ha metido en un buen lío y estoy rodeado de incompetentes; además, tu madre no sirve para nada en tiempos como éstos. Ni siquiera mete la cabeza en la habitación para ver si estoy vivo o muerto.

—Oh, estoy segura de que...

—Eso no me importa ahora, Lillian. Seguramente es mucho mejor que no venga a verme. Lo único que conseguiría es irritarme más. Lo que he decidido es que tú vas a ser la persona que cuide de mí y me ayude en mi trabajo —afirmó categóricamente.

Yo levanté la vista, sorprendida.

—¿Yo, papá?

—Sí, tú. Considéralo como una parte más de tu penitencia. Por lo que sé... y tal como habla Emily, puede que lo sea. Pero eso no es lo importante ahora. Lo que sí es importante —dijo, volviendo a mirarme con severidad— es que me cuides bien y que yo pueda confiar en alguien que sea capaz de hacer las cosas bien. Emily está ocupada con sus estudios religiosos y, además —dijo, bajando la voz—, a ti siempre se te han dado mejor las matemáticas. Tengo estas cuentas —dijo, cogiendo un montón de papeles—. Y tengo la mente como un colador. No puedo retener nada durante cierto tiempo. Quiere que sumes los totales y lleves los libros, ¿entiendes? Pronto lo entenderás todo, estoy seguro.

—¿Yo, papá? —repetí. Él puso los ojos como platos.

—Sí, tú. ¿Con quién diablos crees que he estado hablando todo este tiempo? Vamos —continuó— quiero que me traigas la comida. Yo te diré lo que quiero y tú se lo transmitirás a Vera, ¿entendido? Quiero que vengas aquí cada mañana y vacíes la cuña y mantengas la habitación limpia.

»Por la noche —dijo en tono más cariñoso— vendrás a leerme los periódicos y un poco la Biblia. ¿Me estás escuchando, Lillian?

—Sí, papa —dije rápidamente.

—Bien. De acuerdo. Ahora llévate esta bandeja del desayuno. Después, sube y cambia la ropa de la cama. Tengo la sensación de haber estado durmiendo sobre mi propio sudor durante días. También necesito una camisa limpia. Cuando hayas terminado con todo eso, quiero que te sientes a aquella mesa y hagas todas estas cuentas. Necesito saber qué es lo que hay que pagar este mes. Bien —dijo cuando vio que no me movía—, andando.

—Sí, papá —dije, y cogí la bandeja del desayuno.

—Ah, y cuando vuelvas a subir, ve a mi despacho y tráeme una docena de mis puros.

—Sí, papá.

—Lillian...

—¿Sí, papá?

—Sube también la botella de bourbon que tengo en el cajón de la izquierda y un vaso. De vez en cuando, necesito algo que me reanime.

—Sí, papá —dije. Me esperé un momento para ver si quería alguna otra cosa. Pero él cerró los ojos, de modo que salí corriendo de la habitación. La cabeza me daba vueltas. Pensaba que papá me odiaba y ahora, en cambio, no podía creer que quisiera que le hiciera todas esas cosas personales. Pensé que debía de haber llegado a la conclusión de que me estaba redimiendo. Sin duda alguna mostraba respeto por mis habilidades. Con un poco de orgullo en mis andares por primera vez en muchos meses, recorrí rápidamente el pasillo y bajé las escaleras. Emily me esperaba al pie.

—No te ha elegido a ti por encima de mí porque te quiera más —me aseguró—. Ha decidido, y yo estoy de acuerdo en ello, en que son más tareas lo que necesitas en este momento. Haz lo que te diga con rapidez y eficacia, pero cuando hayas acabado no olvides el resto de tu penitencia —dijo.

—Sí, Emily.

Ella miró la bandeja vacía.

—Vamos —dijo—. Haz lo que te han dicho.

Yo asentí y me apresuré a la cocina. A mi regreso, recogí todas las cosas que papá me había pedido y se las llevé a su habitación. Después me dirigí al armario de la ropa y cogí sábanas limpias. Hacerle la cama a papá resultó ser una tarea difícil porque tenía que ayudarle a darse la vuelta mientras intentaba colocar la sábana. Él gruñó y gritó de dolor y en dos ocasiones me detuve, esperando que me pegara por haberle causado aquel malestar. Pero él contuvo la respiración y me dijo que continuara. Seguidamente le cambié el edredón y las fundas de las almohadas. Cuando terminé, fui a buscarle una camisola limpia.

—Necesito que me ayudes con esto, Lillian —dijo—. Retiró

las mantas y empezó a quitarse el camisón sucio—. Vamos, ven —dijo—. No creo que te sorprenda lo que puedas ver.

No pude evitar sentir vergüenza. Papá estaba desnudo bajo la camisola. Le ayudé a quitarse la sucia, intentando no mirar, pero a excepción de los dibujos que había visto en los libros de la biblioteca no había visto jamás a un hombre desnudo y no pude evitar el sentir algo de curiosidad. Él vio mi interés y me miró un momento.

—Así es como nos ha hecho el Señor, Lillian —dijo con una voz extraña y suave. Yo sentí el calor que me subía por el cuello y la cara y empecé a darme la vuelta para coger la camisola limpia, pero él me asió del brazo con tanta fuerza que casi grité—. Míralo bien, Lillian. Lo vas a ver una y otra vez, porque quiero que tú me bañes, ¿lo entiendes?

—Sí, papá —dije, y mi voz era poco más que un susurro. Papá se inclinó para servirse un poco de bourbon. Tragó unos dos dedos y a continuación asintió para que le trajera la ropa limpia.

—De acuerdo, ayúdame a ponerme eso —dijo.

Así lo hice. Después de aquello, papá se recostó en su cama limpia y pareció estar mucho más cómodo.

—Ahora puedes ocuparte de esos papeles, Lillian —dijo. Señaló con la cabeza los papeles y el escritorio. Yo los recogí rápidamente y me dirigí a la mesa. No me di cuenta de lo mucho que me temblaba el cuerpo hasta que empecé a anotar los números. Mis dedos temblaban tanto que tuve que esperar unos minutos. Cuando me giré, vi que papá me observaba. Había encendido uno de sus puros y se había servido más bourbon.

Media hora más tarde se quedó dormido, roncando. Yo anoté todos los totales en los libros al lado de las categorías correspondientes y a continuación me levanté silenciosamente y fui de puntillas hasta la puerta. Le oí gemir y esperé, pero no abrió los ojos.

Seguía durmiendo cuando le traje la comida. Esperé al lado de su cama hasta que abrió los ojos. Durante unos segundos pareció confundido, pero enseguida se incorporó, gruñendo.

—Si quieres, papá —dije— te puedo dar la comida. —Me miró durante unos instantes y asintió. Yo le di cucharada tras cucharada de sopa caliente y él se la comió como un bebé. Incluso le limpié los labios con la servilleta. A continuación le puse mantequilla al pan y le serví el café. Él comió y bebió en silencio, mirándome de forma extraña todo el tiempo.

—He estado pensando —dijo—, es desmasiado complicado para mí tener que llamarte a gritos cada vez que necesito algo, especialmente si lo necesito durante la noche.

Yo esperé que siguiera, sin entender sus palabras.

—Quiero que duermas aquí conmigo —dijo—. Hasta que pueda moverme solo —añadió rápidamente.

»Sí —dijo—. Puedes prepararte la cama en aquel sofá. Anda, ve a verlo —me ordenó. Yo me puse de pie lentamente, atónita—. He revisado las cuentas que has hecho, Lillian. Lo has hecho muy bien, francamente bien.

—Gracias, papá. —Y empecé a salir de la habitación con mi mente llena de confusos pensamientos.

—Ah, Lillian —dijo papá cuando llegué a la puerta.

—¿Sí, papá?

—Esta noche, después de cenar, me darás el primer baño —dijo. A continuación se sirvió otra copa de bourbon y encendió un puro.

Yo me marché, no muy segura de si debía estar contenta o triste por el cariz que iba tomando la nueva situación. No me fiaba ya de la suerte y pensaba que el destino era un duendecillo que jugaba con mi corazón y mi alma.

ENFERMERA DE PAPÁ

Después de cenar aquella noche, le leí el periódico a papá. Él estaba sentado fumando un puro y sorbiendo su bourbon mientras yo leía, y de vez en cuando hacía algún comentario acerca de esto o lo otro, maldiciendo a un senador o gobernador, quejándose de otro país u otro estado. Odiaba Wall Street, y en un determinado momento, empezó a gritar y a chillar acerca del poder de un pequeño grupo de hombres de negocios del norte que estaban ahogando al país y muy especialmente a los granjeros. Cuanto más se enfadaba, más bourbon bebía.

Cuando se cansó de las noticias, afirmó que ya era hora de que le diera el baño. Yo llené una palangana grande con agua caliente, fui a buscar el jabón y la esponja y regresé. Él ya había conseguido quitarse la camisola.

—De acuerdo, Lillian —me avisó—. Procura no mojar las sábanas.

—Sí, papá. —No estaba segura de cómo o dónde empezar. Él se recostó en la almohada, puso los brazos a los lados y cerró los ojos. Las mantas le cubrían hasta la cintura. Yo empecé por los brazos y hombros.

—Puedes frotar con más fuerza, Lillian. No estoy hecho de porcelana —dijo.

—Sí, papá. —Le lavé los hombros y el pecho, pasando la esponja y aclarando en pequeños, círculos. Cuando llegué al estómago, papá se bajó un poco más las mantas.

—Tendrás que quitármelas, Lillian. Resulta demasiado difícil para mí.

—Sí, papá —dije. Tanto me temblaban las manos que hasta temblaron las mantas. En aquel momento deseaba que papá hubiera contratado los servicios de una enfermera profesional. Lavé alrededor de la escayola, intentando mantener los ojos fijos en la pierna. Sentí el calor de mi rostro y sabía que estaba roja como un tomate a causa de la vergüenza. Cuando le miré, vi que papá tenía los ojos abiertos como platos y que me escudriñaba.

—¿Sabes? —dijo—, es cierto que te pareces mucho a tu verdadera madre. Ella era una mujer muy guapa. Cuando yo salía con Georgia, solía bromear con Violet y le decía: «Me olvidaré de Georgia y te esperaré, Violet.» Ella era muy tímida y se sonrojaba y escondía la cara detrás de un libro o se marchaba corriendo.

Apuró la copa de whisky de un trago y asintió a sus recuerdos.

—Una chica muy guapa, una chica muy guapa —murmuró, y a continuación fijó la mirada sobre mí. Hizo que mi corazón dejara casi de latir y bajé la vista mirando la palangana al tiempo que aclaraba la esponja.

—Iré a buscar una toalla y te secaré, papá —dije.

—Todavía no has terminado, Lillian —dijo—. Tienes que lavarme todo el cuerpo. Un hombre tiene que estar limpio por todas partes —dijo. Mi corazón latía con mucha fuerza.

Sólo una zona había quedado sin lavar.

—Vamos, Lillian —dijo—. Vamos —afirmó en un tono más exigente cuando yo dudé. Llevé la esponja a sus partes más íntimas y la pasé rápidamente. Él cerró los ojos y un suave gemido escapó de sus labios. Cuando percibí el movimiento, retrocedí, pero él cogió mi muñeca y la sostuvo con firmeza, apretando con tanta fuerza que yo hice una mueca de dolor.

»¿Hasta dónde llegaste con ese chico, Lillian? ¿Estuviste a punto de perder la inocencia? ¿Es eso lo que te recuerda esto? Dime —dijo, agitándome el brazo.

Las lágrimas me quemaban los párpados.

—No, papá. Por favor, suéltame. Me estás haciendo daño.

Me soltó el brazo, pero asintió con mirada reprobatoria.

—Tu madre no ha cumplido su deber contigo. No sabes qué esperar, lo que tienes que saber antes de salir al mundo. No es responsabilidad de un hombre tener que enseñártelo, pero tal como está Georgia seré yo quien se haga cargo. Sólo te pido que nadie se entere de lo que ocurra entre nosotros, Lillian. Es algo privado, ¿me entiendes?

¿Qué quería decir con «enseñarme»? ¿Enseñarme qué y cómo? Tanto estaba temblando que las rodillas chocaban la una contra la otra, pero vi que esperaba una respuesta, de modo que asentí rápidamente.

—De acuerdo —dijo papá, soltándome—. Ve a buscar la toalla.

Me apresuré al cuarto de baño y volví con la toalla. Papá se había servido otra copa de whisky y lo estaba sorbiendo cuando le pasé la toalla por los hombros. Sentí el movimiento de sus ojos cada vez que me giraba o movía. Le sequé con la mayor rapidez posible, pero cuando llegué a las piernas, intenté no mirar mientras trabajaba.

Repentinamente él se echó a reír de forma extraña.

—¿Te asusta, verdad? —dijo, y volvió a reírse. Temí que el whisky hiciera aflorar el demonio que llevaba dentro.

—No, papá.

—Claro que sí —dijo—. Un hombre maduro asusta a una jovencita. —A continuación se puso serio, me cogió la muñeca y me acercó tanto a él que sentí su apestoso aliento sobre mi rostro—. Cuando un hombre está excitado, Lillian, se le pone más grande, pero a una mujer madura eso le gusta y no se asusta en absoluto. Ya verás; lo entenderás —predijo—. De acuerdo, ya es suficiente —añadió rápidamente—. Termina lo que estabas haciendo.

Acabé de secarle los pies, y a continuación doblé la toalla y le ayudé a ponerse la camisola. Después de abrigarle bien llevé la palangana, esponja y toalla al cuarto de baño. Mi corazón seguía latiendo con fuerza. Tenía unas ganas terribles de salir de la habitación. Papá se estaba comportando de forma ciertamente extraña. Sus ojos repasaban mi cuerpo como si yo fuera la que estaba desnuda y no él. Pero cuando regresé del cuarto de baño, había vuelto a la normalidad y me pidió que le leyera la Biblia.

—Lee hasta que me duerma, y prepárate después la cama ahí —dijo, señalando el sofá—. Ponte el camisón y duerme un poco.

—Sí, papá.

Me senté a su lado y empecé a leer las primeras páginas del Libro de Job. Mientras leía vi que los párpados de papá le pesaban cada vez más, hasta que no pudo mantener los ojos abiertos y se durmió. Cuando empezó a roncar, cerré suavemente la Biblia y fui a mi habitación en busca de un camisón.

Ahora toda la casa estaba en silencio, tranquila y oscura. Me pregunté qué estaría haciendo mamá y deseé que estuviera bien para poder cuidar de papá. Puse la oreja junto a su puerta, pero no oí nada. De vuelta a la habitación de papá vi a Emily de pie en su puerta, mirándome.

—¿Dónde vas con el camisón? —exigió saber.

—Papá quiere que duerma en el sofá, en su cuarto, por si necesita algo durante la noche —le expliqué.

Ella no respondió. En vez de eso, cerró la puerta.

Volví a entrar en el cuarto de papá. Él seguía dormido, de modo que hice el menor ruido posible. Me puse el camisón, hice la cama, susurré mis oraciones y me dormí. Horas después, papá me despertó.

—Lillian —dijo—. Ven aquí. Tengo frío.

—¿Frío, papá? —A mí no me parecía que hiciera frío—. ¿Quieres otra manta?

—No —dijo—. Métete en la cama, a mi lado —dijo—. Lo único que necesito es el calor de tu cuerpo.

—¿Qué? ¿Qué quieres decir, papá?

—No es tan extraño, Lillian. Mi abuelo solía utilizar a las jóvenes esclavas para estar caliente. Las llamaba sus calientacamas. Vamos —insistió, levantando la manta—. Ponte a mi lado.

Dudando, con el corazón casi desbocado, me senté en la cama, a su lado.

—Date prisa —exclamó—. Se está escapando el poco calor que hay debajo de esta manta.

Extendí las piernas y, dándole la espalda, me metí debajo de la manta. Inmediatamente, papá me acercó a él. Durante unos momentos estuvimos así, yo con los ojos abiertos como platos, él respirándome pesadamente en el cuello. Percibí el olor a whisky rancio en su aliento y se me revolvió el estómago.

—Tendría que haber esperado a Violet —susurró—. Ella era mucho más bella que Georgia y, con un hombre como yo, no se hubiera metido en líos. Tu verdadero padre era demasiado blando, demasiado joven y demasiado débil —murmuró.

Yo no me moví; no dije ni una palabra. De pronto sentí la mano de papá bajo mi camisón, posándose en mi cadera. Sus gruesos dedos presionaron suavemente mi pierna y empezó a ascender, llevándose a la vez el camisón.

—Tengo que mantenerme caliente —murmuró papá en mi oreja—. Estáte quieta. Buena chica, buena chica.

Aterrorizada, con mi corazón latiendo desacompasadamente, me tapé la boca con la mano y reprimí un grito cuando la mano de papá llegó a mi pecho. Lo cogió ansiosamente y con la otra mano me subió el camisón por encima de la cintura. Sentí sus rodillas presionar contra las mías y entonces su dureza me llegó y se abrió paso. Intenté apartarme, pero su brazo se tensó alrededor de mi cuerpo acercándome más y más a él.

—Caliente —repitió—. Tengo que estar calentito, eso es todo.

Pero eso no era todo. Cerré los ojos con fuerza y me dije a mí misma que eso no estaba ocurriendo. No sentía lo que estaba sintiendo entre las piernas; no era verdad que me estuvieran separando las piernas a la fuerza, y no sentí a papá hundirse en mí. Él gimió y me mordió el cuello con la suavidad suficiente como para no hacerme sangre. Yo contuve la respiración e intenté separarme, pero papá apoyó su pesado cuerpo, escayola y todo, sobre mí, hundiéndome en el colchón. Gruñó y presionó.

Mis sollozos eran débiles y mi lágrimas empapaban la almohada y las sábanas. A mí me pareció que pasaban horas y horas, cuando en realidad sólo transcurrieron unos minutos. Cuando acabó, papá no me soltó y no se apartó. Siguió aferrado a mí, su cabeza contra la mía.

—Ahora estoy calentito —murmuró. Yo esperé y esperé, temiendo moverme, sin atreverme a quejarme. Poco después, le oí roncar y yo inicié un lento viaje para liberarme de sus brazos y salir de debajo suyo. Debí tardar horas, porque tenía miedo a despertarle, pero al fin pude salir. Él gruñó e inmediatmente volvió a roncar.

Me quedé allí, en la oscuridad, temblando, tragándome los sollozos que me subían uno tras otro de la base de la garganta. Temiendo no poder mantener el silencio y despertar a papá, salí de puntillas de la habitación al mal iluminado pasillo. Respiré profundamente y cerré con suavidad la puerta detrás mío. A continuación giré a la derecha, pensando en ir a ver a mamá. Pero dudé. ¿Qué podía contarle y qué haría ella? ¿Lo entendería? Aquello fácilmente podría irritar a papá. No, no podía ir a ver a mamá. Podía ir a hablar con Vera y Charles, pero tenía demasiada vergüenza. Ni siquiera se lo podía contar a Tottie.

Di vueltas y vueltas, confusa, mientras el corazón me latía con fuerza, y entonces fui corriendo a la habitación donde se guardaban todas las viejas fotografías y objetos. Rápidamente encontré la foto de mi verdadera madre y, abrazándola, me incliné de cuclillas. Allí lloré y lloré hasta que oí los pasos de Emily y pude distinguir un hilillo de luz procedente de la vela. Al instante apareció allí, en el umbral de la puerta.

Levantó la vela para iluminarme.

—¿Qué estás haciendo aquí? ¿Qué tienes en la mano?

Me mordí el labio y sollocé. Quería contarle lo que había ocurrido; quería decírselo a gritos.

—¿Qué es? —quiso saber—. ¿Qué tienes en la mano? Deja que lo vea ahora mismo.

Lentamente, le enseñé el retrato de mi verdadera madre. Emily pareció sorprenderse durante unos instantes y me miró más fijamente.

—Ponte de pie —ordenó—. Vamos. Ponte de pie.

Hice lo que me ordenaba.

Emily se acercó más, levantando la vela y caminando a mi alrededor.

—Mírate —dijo de pronto—. Tienes la menstruación y no te

has preparado. Qué vergüenza. ¿No tienes ni un gramo de autoestima?

—No tengo la menstruación.

—Tienes el camisón manchado —respondió.

Contuve la respiración. Éste era el momento de decírselo, pero las palabras se me habían atragantado.

—Ponte un camisón limpio inmediatamente y una compresa —ordenó—. Juro —dijo, moviendo la cabeza— que a veces pienso que no sólo eres moralmente retrasada, sino también retrasada mental.

—Emily —empecé a decir. Estaba tan desesperada, tenía que contárselo a alguien, aunque fuera ella—. Emily, yo...

—No permaneceré ni un minuto más aquí en la oscuridad contigo. Guarda esa foto —dijo— y vete a dormir. Tienes mucho que hacer por papá —añadió. Se dio media vuelta y me dejó en la oscuridad.

Me aterrorizaba la idea de volver al cuarto de papá, pero tenía miedo de hacer otra cosa diferente. Tras cambiarme el camisón, regresé, dudando en el umbral de la puerta para asegurarme de que seguía durmiendo. Después me metí rápidamente en la cama y me cubrí con las mantas, colocándome en posición fetal. Allí me quedé dormida, llorando.

Lo que me había hecho papá me hizo sentir sucia, me hizo sentir como si una mancha se extendiera por todo mi cuerpo hasta llegar a mi corazón. Ni veinte, ni cien, ni mil baños me quitarían esta suciedad. Mi alma estaba mancillada y sucia. Por la mañana, cuando Emily me viera a la luz del día, sabría que me habían deshonrado. Llevaría este estigma en el rostro para siempre.

Con toda seguridad, me dije a mí misma, se trataba simplemente de un castigo más. No tenía derecho a quejarme. Las cosas horribles que ahora me pasaban, me pasaban por algo. En cualquier caso ¿a quién podría quejarme? La gente a la que amaba o que me quería había desaparecido o estaba enferma. Lo único que me quedaba era rezar y pedir perdón.

De alguna manera, pensé, había impulsado a papá a emprender una mala acción. Ahora algo terrible le ocurriría a él, y, una vez más mía sería la culpa.

Papá fue el primero en despertarse por la mañana. Gruñó y a continuación me gritó para que me despertara.

—Dame la cuña —me ordenó. Salté de la cama y se la entregué. Mientras se aliviaba, yo me puse rápidamente la bata y las zapatillas. Una vez hubo terminado cogí la cuña y la vacié en el cuarto de baño. Apenas hice eso empezó a pedirme el desayuno a gritos.

—Café caliente y huevos ahora mismo. Estoy muerto de hambre. —Aplaudió y sonrió. ¿Se habría olvidado de lo que había hecho la noche anterior? me pregunté. No había ni el menor asomo de remordimiento ni culpabilidad en su rostro.

—Sí, papá —dije, evitando mirarle y dirigiéndome a la puerta.

—Lillian —me llamó. Yo me volví, pero mantuve la mirada baja. A pesar de que había sido él quien me había forzado, era yo la que sentía vergüenza—. Mírame a la cara cuando te hable —ordenó. Levanté la cabeza lentamente—. Así está mejor. Vamos —dijo—, me estás cuidando muy bien. Estoy seguro de que me pondré muy bien enseguida gracias a ti. Y cuando alguien hace una buena obra, como la estás haciendo tú, compensa algunas de las cosas malas que ha hecho. El Señor es misericordioso. Recuérdalo —dijo.

Yo me tragué el deseo de llorar y reprimí el gemido que me ascendía por la garganta. ¿Y qué me dices de anoche? quería gritar. ¿También lo perdonará el Señor?

—¿Lo recordarás? —preguntó. Sonaba más a amenaza que a pregunta.

—Lo recordaré, papá.

—Bien —dijo—. Bien. —Asintió y yo me dirigí apresuradamente a la cocina en busca de su desayuno. Emily estaba ya levantada y esperaba en la mesa. Yo estaba segura de que, en cuanto me viera, enseguida se daría cuenta de lo ocurrido y recordé la forma en que me había encontrado la noche anterior, pero no me miró de forma distinta a otras mañanas. Su rostro reflejaba el mismo odio, el mismo asco.

—Buenos días, Emily —dije mientras me dirigía a la cocina—. Tengo que llevarle el desayuno a papá.

—Un momento —espetó. Yo dudé, pero intenté no mirarla directamente a la cara.

—¿Hiciste anoche lo que debías para mantenerte limpia?

—Sí, Emily.

—Deberías saber cuándo va a venirte la menstruación para que no te coja de sorpresa. Lo único que tienes que hacer es recordar por qué lo tienes; es una forma de recordarnos siempre el pecado de Eva en el Paraíso.

—Lo recordaré, Emily.

—¿Por qué te has levantado tan tarde? ¿Por qué no has venido a mi habitación esta mañana a vaciar el orinal? —preguntó rápidamente.

—Lo siento, Emily, pero... —Levanté la vista. Quizá, si le explicaba cómo había ocurrido—, pero papá tenía frío anoche y...

—Todo eso no importa —se apresuró a decir—. Te dije... tienes que mantener tu penitencia, además de cuidar de las necesidades de papá. ¿Lo entiendes?

—Sí, Emily.

—Humm —dijo. Apretó los labios y entrecerró los ojos a modo de sospecha. Decidí que si me preguntaba por qué había ido a ver la fotografía de mi verdadera madre, se lo contaría. Se lo escupiría. Pero no me lo preguntó porque de hecho no le importaba qué hacía en aquella habitación sollozando.

—De acuerdo —dijo tras unos segundos—. Cuando hayas acabado con papá, ve a mi habitación y vacía el orinal.

—Sí, Emily. —Suspiré y continué hacia la cocina, donde encontré a Vera preparándole un poco de té a mamá.

—Fui a verla esta mañana —me explicó Vera—. Dijo que le dolía el estómago y que no quería tomar otra cosa.

—¿Está enferma mamá?

—Seguramente debió estar comiendo esos dulces toda la noche —dijo Vera—. Te juro que no sabe cuántos ha comido. ¿Cómo está el capitán esta mañana?

—Tiene hambre —contesté y le dije lo que papá quería. Vera se me quedó mirando.

—¿Te encuentras bien, Lillian? —preguntó suavemente—. Estás muy pálida y pareces cansada. —Yo aparté rápidamente la mirada.

—Estoy bien, Vera —contesté y me mordí el labio inferior

para reprimir el llanto que luchaba por salir. Vera se mantuvo escéptica pero preparó rápidamente el desayuno de papá. Cogí la bandeja y me marché. Quería pararme en el camino y ver a mamá antes de darle el desayuno a papá, pero Emily me siguió y me prohibió la visita.

—Se le enfriará la comida y se enfadará —me avisó—. Puedes visitar a mamá más tarde. Estoy segura de que no tiene nada. Ya sabes cómo es.

Papá pareció desilusionarse cuando vio a Emily entrar en la habitación detrás mío. Coloqué la bandeja sobre la mesilla y a continuación, antes de que pudiera empezar, Emily inició las oraciones matinales.

—Que sean cortas esta mañana, Emily —dijo. Ella me miró enfadada como si me culpara por el comportamiento de papá.

Abrevió la lectura.

—Amén —dijo papá, en cuanto hubo terminado. Se lanzó sobre los huevos. Emily le observó mientras comía durante unos minutos antes de volverse hacia mí.

—Vístete —me ordenó— y baja a desayunar rápidamente. Todavía tienes que cumplir con las tareas matinales en mi habitación y decir tus oraciones.

—Y cuando termines sube corriendo —añadió papá—. Hay unas cartas que tienes que escribir y algunos pedidos que rellenar.

—Mamá no se encuentra muy bien hoy, papá —dije—. Me lo ha dicho Vera.

—Vera la cuidará —dijo—. No pierdas el tiempo con sus tonterías.

—Iré a verla y me encargaré de que diga una oración —nos aseguró Emily.

—Bien —dijo papá. De un trago se acabó el café y posó sus ojos sobre mí. Yo aparté la mirada y a continuación salí de la habitación para vaciar el orinal de Emily. Seguidamente me vestí y bajé a desayunar con ella. No obstante, antes de aquello, entré a escondidas en la habitación de mamá.

Bajo el edredón, sola en su enorme cama de oscuros postes de roble y de amplio cabezal, y con la cabeza reposando suavemente en medio de la gran almohada, mamá parecía una niña pequeña y frágil. Su rostro estaba más pálido que una perla sin brillo y el cabello despeinado le enmarcaba la cabeza. Tenía los ojos cerrados, pero se abrieron por completo al acercarme. Una suave sonrisa se dibujó en sus labios y la mirada se le llenó de ilusión al verme.

—Buenos días, cariño —dijo.

—Buenos días, mamá. Me han dicho que no te encontrabas muy bien esta mañana.

—Oh, no es más que un estúpido dolor de barriga. Ya casi ha desaparecido —dijo, y me extendió la mano.

Yo cogí la suya ansiosamente. Tenía unas ganas enormes de contarle lo que me había ocurrido. Quería hundir mi cabeza en su regazo, dejar que me abrazara, me cuidara y me dijera que no debía odiarme a mí misma. Necesitaba que me reconfortara y me prometiera que nada malo ocurriría. Necesitaba el amor de una madre, una unión con algo cálido y tierno. Deseaba inhalar el aroma a lavanda y sentir la suavidad de su cabello. Ansiaba sus tiernos besos y la paz que se apoderaba de mí cuando me sentía segura entre sus brazos.

Quería volver a ser una niña pequeña; quería tener aquella edad antes de que cayeran sobre mí todas las terribles verdades, cuando aún era joven para creer en la magia, cuando me sentaba en el regazo de mamá o a su lado, con la cabeza en el regazo y escuchaba su delicada voz mientras tejía alguna de aquellas historias de hadas que nos leía a Eugenia y a mí. ¿Por qué teníamos que hacernos mayores y entrar en un mundo lleno de mentiras y crueldad? ¿Por qué no podíamos quedarnos congelados en los buenos tiempos siendo prisioneros de la felicidad?

—¿Cómo está Eugenia esta mañana? —preguntó, sin darme tiempo a contarle nada desagradable.

—Está bien, mamá —dije, reprimiéndome un sollozo.

—Bien, bien. Intentaré ir a verla más tarde. ¿Hace un día soleado? —preguntó—. Lo parece —dijo, mirando hacia los ventanales.

Entonces me di cuenta de que ni yo había mirado por la ventana aquella mañana. Vera había descorrido las cortinas de mamá, pero yo vi un cielo cubierto de oscuras nubes y no el cielo azul que mamá creía ver.

—Sí, mamá —dije—. Hace un día espléndido.

—Bien. Quizá salga a pasear. ¿Te gustaría venir conmigo?

—Sí, mamá.

—Pásate después de comer y saldremos. Pasearemos por los campos y cogeremos flores. Necesito flores frescas en mi habitación. ¿De acuerdo?

—De acuerdo, mamá.

Me dio unos golpecitos en la mano y cerró los ojos. Poco después, sonrió, pero mantuvo los ojos cerrados.

—Todavía tengo un poco de sueño, Violet —dijo—. Dile a mamá que quiero dormir un poco más.

«Santo Dios —pensé—, ¿qué le está ocurriendo? ¿Por qué sigue pasando de un mundo al otro y por qué no hace nadie nada para ayudarla?»

—Mamá, soy Lillian. Soy Lillian, no Violet —insistí, pero ella no parecía oírme ni tampoco parecía importarle.

—Estoy tan cansada —murmuró—. Anoche me pasé demasiado tiempo contando estrellas.

Me quedé allí unos minutos más, sosteniéndole la mano y observándola hasta que su respiración se hizo suave y regular. Me di cuenta de que volvía a estar dormida. Le solté la mano y me volví lentamente con la sensación de moverme a la deriva, como un globo al viento. Tan sólo esperaba que me azuzaran de un lado a otro los fuertes vientos que me aguardaban, y en mi estela la cuerda que había soltado la mano de un niño.

Durante los próximos días empecé a preguntarme si el demonio había poseído a papá, obligándole a hacer lo que me había hecho. Papá no habló en absoluto del incidente, ni tampoco dijo nada que me hiciera sentir incómoda ni avergonzada. En vez de ello, me halagaba continuamente día tras día, especialmente en presencia de Emily.

—Lillian vale más que un capataz —afirmó—. Hace los cálculos en un abrir y cerrar de ojos y es un lince detectando errores. Incluso descubrió que estaba pagando de más por el pienso, ¿verdad, Lillian? La gente siempre intenta robarte un dólar y lo consigue si uno no está atento. Has hecho un buen trabajo, Lillian. Un magnífico trabajo —dijo.

Los ojos de Emily se entrecerraron y apretó los labios, pero se vio obligada a asentir y a decirme que ya iba por el buen camino.

—No vayas a perderte ahora —me avisó.

Al final de la semana el médico vino a ver a papá y le dijo que tendría que conseguir una silla de ruedas y unas muletas y salir de la habitación.

—Necesitas un poco de aire fresco, Jed —afirmó—. Tienes la pierna rota, pero el resto de tu cuerpo necesita algo de ejercicio. Eso es lo que opino —añadió el doctor, mirándome—; estas bonitas mujeres te están acostumbrando mal al darte todo lo que pides.

—¿Y qué? —contestó papá—. Uno se pasa la vida trabajando como un burro por la familia. No supone gran cosa que ellos te cuiden a ti de vez en cuando.

—Claro —dijo el médico.

Fue Emily quien sugirió que sacáramos la vieja silla de ruedas de Eugenia para que papá pudiera usarla. Charles la subió, después de engrasarla y limpiarla, hasta que llegó a parecer nueva. Aquella tarde trajeron las muletas de papá y él se levantó de la cama por primera vez desde el accidente. Pero cuando Emily sugirió que se trasladara abajo, a la antigua habitación de Eugenia, papá se acobardó.

—Me encuentro perfectamente aquí arriba —dijo—. Cuando tenga ganas de bajar ya lo resolveremos.

La idea de estar en la habitación de Eugenia y de dormir en su cama parecía aterrorizarle. En vez de bajar, me ordenó que yo le paseara por allí arriba. Le llevé a ver a mamá y después él decidió regalarme una visita comentada de la planta superior, describiendo las habitaciones, contándome quién había vivido en ellas y dónde había jugado de pequeño.

Salir de la habitación animó y estimuló su apetito. Aquella tarde le ayudé a afeitarse y a ponerse una de sus camisas más bonitas. Tuve que cortar la pierna de uno de sus pantalones para que pudiera ponérselo por encima de la escayola. Hizo prácticas con las muletas y fue a su mesa a trabajar. Yo abrigué la esperanza de que todo esto significara que mis días y noches de enfermera tocaran a su fin, pero papá no me ordenó dormir en mi habitación.

—Puedo moverme, Lillian —dijo, pero todavía necesito que me ayudes durante un poco más de tiempo. ¿Estás dispuesta, verdad? —preguntó. Yo asentí rápidamente y me concentré en mis tareas para que no viera la desilusión dibujada en mi rostro.

Papá empezó a recibir a algunos de sus amigos y una noche, unos días después, celebró una partida de cartas en su habitación. Yo les traje unos refrescos y me marché, esperando abajo. Antes de que todos los hombres se marcharan, me había quedado dormida en el sofá de cuero en el despacho de papá. Les oí reír al bajar las escaleras y me apresuré a ver qué quería papá antes de irse a dormir. Le encontré de muy mal humor. Había bebido mucho y, aparentemente, también había perdido mucho dinero.

—Tengo una mala racha —murmuró—. Ayúdame a quitarme esto —gritó unos segundos después y empezó a despojarse de la camisa. Yo corrí hacia él y le ayudé a desvestirse, estirándole la bota y los calcetines y después los pantalones. No es que me ayudara mucho, moviéndose de un lado a otro y maldiciendo su mala suerte. No hacía más que coger el vaso de bourbon y, cuando se acababa, exigía que lo volviera a llenar.

—Pero es tarde, papá —dije—. ¿No quieres irte a dormir ahora?

—Tú sírveme el whisky y no me des la lata —espetó. Me apresuré a hacer lo que me decía y a continuación le doblé la ropa.

Recogí las cosas que habían dejado los amigos de papá e intenté airear la habitación. Había tanto humo de puro que olían hasta las paredes, pero a papá no pareció importarle. Se quedó dormido bebiendo, hablando de sus errores al jugar a cartas.

Agotada, yo también me fui por fin a la cama. Horas después, desperté de sopetón al oírle caer al suelo. Por lo que pude ver, se había olvidado de la pierna rota y, en estado de embriaguez, había intentando levantarse para ir al lavabo. Yo me levanté rápidamente y corrí en su ayuda, pero me era imposible levantarle. Era un peso muerto y no hacía nada para ayudarme en mis esfuerzos.

—Papá —le rogué—. Estás en el suelo. Intenta subir a la cama.

—Qué... qué —dijo, haciéndome caer a mí en un intento de levantarse.

—Papá —le rogué, pero él me mantuvo encima suyo, con mi cuerpo retorcido tan incómodamente que no podía moverme ni liberarme. Pensé en llamar a gritos a Emily, pero temí lo que pudiera decir si me veía entre los brazos de papá. En vez de eso, le rogué que me soltara. Él murmuró y gruñó y finalmente se movió, pudiendo liberarme. Una vez más, intenté que se ayudara a sí mismo. Esta vez se agarró al poste de la cama y se empujó lo suficiente para que la parte superior del cuerpo quedara en la cama. Yo le levanté y empujé hasta que estuvo de nuevo encima. Agotada, me quedé allí, jadeando.

Pero de pronto papá se echo a reír y extendió la mano para cogerme la muñeca. Me estiró.

—Papá, no —grité—. Suéltame, por favor.

—Calientacamas —murmuró. Me cogió el camisón y lo subió de un golpe mientras me colocaba debajo suyo. Inmovilizada por su peso, lo único que podía hacer era intentar zafarme deslizándome, pero mis movimientos le complacieron y le excitaron aún más. Se reía y murmuraba nombres que yo no había oído nunca, aparentemente confundiéndome con mujeres que había conocido en sus viajes de negocios. Yo empecé a gritar, pero él colocó su gran mano sobre mi boca.

—Calla —dijo—. O despertarás a toda la casa.

—Papá, por favor, no me lo vuelvas a hacer. Por favor —le rogué.

—Tienes que aprender —dijo—. Tienes que saber lo que pasa. Yo te enseñaré... yo te enseñaré. Mejor que sea yo que un desconocido, algún sucio desconocido. Sí, sí... deja que te enseñe...

A los pocos minutos estaba dentro de mí. Yo aparté la cara mientras él jadeaba y movía su cuerpo encima mío. Intenté cerrar los ojos y fingir que estaba en otro lugar, pero su apestoso aliento invadió mis pensamientos y sus labios se movieron rápidamente por encima de mi cabello y frente, chupando, lamiendo, besando. Sentí la ardiente explosión en mi interior y sentí la flaccidez de su cuerpo. Gimió y, lentamente se dio la vuelta.

—Mala suerte —dijo—. Sólo es una mala racha. Hay que superarla.

Yo no me moví. Mi corazón latía con tanta fuerza que pensé que explotaría. Lentamente me incorporé y me bajé de la cama. Papá no se movió, no pronunció palabra. Por el sonido de su respiración estaba segura de que se había vuelto a dormir. Mi cuerpo se estremeció de sollozos, que empezaron en mi corazón y que permanecieron en mi pecho. Fui en busca de mis cosas, las recogí y me fui a mi habitación. Quería dormir en mi propia cama. Quería morir en mi propia cama.

Emily me despertó a la mañana siguiente. Yo me había quedado dormida aferrada a la almohada. Cuando abrí los ojos, la vi mirándome fijamente.

—Papá te está llamando —dijo—. ¿No le oyes berrear en el pasillo? ¿Tengo que despertarte yo? Sal de la cama inmediatamente —me ordenó.

Miré la almohada y, durante un instante, sentí el cuerpo sudoroso y caliente de mi padre encima mío. Le oí murmurando sus promesas y llamándome por otros nombres. Sentí sus dedos acariciando mis pechos y su boca presionando sobre la mía y grité.

Grité con tanta fuerza y tan inesperadamente que Emily retrocedió, boquiabierta. A continuación, empecé a golpear la almohada. La golpeé con mis puños una y otra vez, a veces no acertando y pegándome a mí misma, pero no me detuve. Me estiré el cabello y me presioné las sienes con las manos y volví a gritar una y otra vez, saltando en la cama y pegándome en las caderas, el estómago y la cabeza.

Emily sacó la Biblia del bolsillo de su bata y empezó a leer, levantando la voz para ocultar mis gritos. Cuanto más alto leía, más alto gritaba yo. Al fin, con la garganta seca y ronca de tanto gritar, caí desfallecida sobre la cama. Los labios me temblaban y los dientes castañeteaban. Emily continuó leyendo pasajes de la Biblia y se persignó de nuevo y empezó a retirarse, cantando un himno al hacerlo.

Trajo a papá a la puerta de mi habitación. Él se quedó allí de pie con las muletas y me miró.

—El diablo entró en su cuerpo anoche —le dijo Emily a papá—. He iniciado el proceso para que abandone su alma.

—Hummm —dijo papá—. Bien —dijo, y rápidamente volvió a su dormitorio. No exigió que volviera. Vera y Tottie vinieron a verme y me trajeron algo de comer y beber, pero yo no quise nada, ni una migaja. Lo único que hice fue sorber un poco de agua por la noche y a la mañana siguiente. Permanecí en la cama aquel día y también el siguiente. De vez en cuando, Emily pasaba por mi habitación a recitar unas oraciones y cantar un himno.

Finalmente, la mañana del tercer día, me levanté, me di un baño caliente y bajé. Vera y Tottie se alegraron de verme levantada. Me hicieron todo tipo de mimos, tratándome como la señora de la casa. Apenas pronuncié palabra. Fui a ver a mamá y me pasé la mayor parte del día con ella, escuchando sus fantasías e historias, viéndola dormir, y leyéndole una de sus novelas románticas. Tenía extraños arrebatos de energía, levantándose a veces para arreglarse el cabello y después regresando a la cama. A veces se levantaba y se vestía, y a continuación se desvestía y volvía a ponerse el camisón y la bata. Su extraño comportamiento, su locura, me tranquilizaban. Me sentía confusa y perdida.

Pasaron los días. Papá cada vez se movía con más autonomía. Pronto bajó las escaleras con las muletas y fue a su despacho. Cuando me veía, apartaba la mirada y se ocupaba de cualquier otra cosa. Yo intentaba no verle; intenté mirar a través suyo. Finalmente, murmuró un hola o un buenos días y yo hice lo mismo.

Por las razones que fueran, Emily también empezó a dejarme en paz. Rezaba sus oraciones y a veces me pedía que leyera algo de la Biblia, pero no me acosaba ni perseguía con sus exigencias religiosas de la forma en que lo había hecho después de la muerte de Niles.

Pasaba gran parte de mi tiempo leyendo. Vera me enseñó a hacer punto y también me dedicaba a eso. Daba paseos y comía en un silencio relativo. Me sentía extrañamente fuera de mi cuerpo; era como un espíritu que se movía por encima mío, observando cómo mi cuerpo hacía sus actividades diarias con absoluta monotonía.

Un día conseguí que mamá saliera, pero padecía más dolores de cabeza y dolores de estómago que de costumbre y se pasaba la mayor parte del tiempo en la cama. La única conversación larga que sostuve con papá fue para hablar de ella. Le pedí que llamara a un médico.

—No se lo está imaginando ni está fingiendo, papá —le dije—. Padece verdaderos dolores.

Él gruñó, evitando mirarme como de costumbre, y prometió hacer algo cuando acabara con el papeleo. Pero pasaron semanas sin que hiciera nada hasta que, finalmente, una noche, mamá se quejó tanto que no paró de chillar. Incluso papá se asustó y le pidió a Charles que fuera a buscar al médico. Después de que éste la hubiera examinado, quiso llevarla al hospital, pero papá no se lo permitió.

—Ningún Booth ha ido nunca a un hospital, ni siquiera Eugenia. Dale un tónico y se pondrá bien —insistió.

—Creo que es algo más serio, Jed. Necesito que la vean otros médicos y que le hagan unas pruebas.

—Dale un tónico —repitió papá. De mala gana, el médico le dio a mamá algo para el dolor y se marchó. Papá le dijo que se tomara el tónico cada vez que tuviera dolor. Le prometió que compraría una caja entera si quería. Yo le dije a Emily que estaba mal y que ella debería convencerle para que escuchara al médico.

—El médico se ocupará de mamá —respondió Emily— y no un montón de médicos ateos.

Transcurrió más tiempo. Mamá no mejoró, pero tampoco pareció empeorar. El tónico era sedante y dormía la mayor parte del tiempo. Yo me compadecía de ella porque el otoño había llegado con amarillos más brillantes y marrones, más bellos de los que yo recordaba. Quería llevarla a pasear.

Una mañana, en cuanto me desperté, decidí que sacaría a mamá de la cama y la vestiría, pero cuando me levanté yo, una náusea se apoderó de mí y tuve que ir corriendo al baño donde vomité hasta que me dolió el estómago. No podía imaginarme la razón y por qué me había ocurrido tan de repente. Me quedé sentada en el suelo, la cabeza dándome vueltas, y cerré los ojos.

Entonces me di cuenta. Me cayó como un jarro de agua fría, dejándome la cara caliente y el corazón latiendo con fuerza. Habían pasado casi dos meses y no había tenido la menstruación. Me puse rápidamente de pie, me vestí y bajé apresuradamente al despacho de papá a consultar sus libros de medicina. Abrí uno en el que sabía se hablaba del embarazo y leí la terrible noticia que ya en mi corazón sabía.

Seguía sentada en el suelo, con el libro abierto sobre el regazo, cuando papá entró en el despacho. Se detuvo sorprendido.

—¿Qué haces aquí a estas horas? —exigió saber—. ¿Qué estás leyendo?

—Uno de tus libros de medicina, papá. Quería asegurarme primero —dije. Mi tono de voz era tan desafiante que papá se quedó sorprendido.

—¿Qué quieres decir? ¿Segura de qué?

—Segura de que estaba embarazada —afirmé. Las palabras cayeron como un trueno. Abrió los ojos como platos y se quedó boquiabierto. Negó con la cabeza—. Sí, papá, es verdad. Estoy embarazada —dije—. Y tú sabes cómo y cuándo ha ocurrido.

De pronto, levantó los hombros y me señaló con el dedo.

—No vayas haciendo este tipo de acusaciones sin sentido, Lillian. No se te ocurra decir una cosa tan escandalosa, me oyes o...

—¿O qué, papá?

—O te azotaré. Yo ya sé cómo te has quedado embarazada. Fue aquel chico, aquella noche. Fue así; ocurrió aquel día —decidió, asintiendo después de hablar.

—Eso es mentira, papá, y tú lo sabes. Hiciste venir a la señora Coons. Y oíste perfectamente lo que dijo.

—Dijo que no estaba segura —mintió papá—. Así es, así es, eso es lo que dijo. Y ahora sabemos por qué no estaba segura. Eres una vergüenza, una vergüenza para esta casa y para este nombre y yo no permitiré que nadie le haga esto a la familia. Nadie se va a enterar —dijo, asintiendo de nuevo.

—¿Qué ocurre? ¿Qué ocurre, papá? —preguntó Emily, apareciendo detrás de él—. ¿Por qué le estás gritando a Lillian ahora?

—¿Por qué estoy gritando? Está embarazada con el hijo de ese chico muerto. Por eso —dijo rápidamente.

—No es cierto, Emily. No fue Niles —dije.

—Cállate —dijo Emily—. Claro que fue Niles. Estuvo en tu dormitorio y tú cometiste un terrible pecado. Ahora vas a sufrir las consecuencias.

—No hay razón para que nadie se entere —dijo papá—, la mantendremos oculta hasta después.

—¿Y entonces qué harás, papá? ¿Qué pasará con el bebé?

—El bebé... el bebé...

—Será el bebé de mamá —dijo rápidamente Emily.

—Sí —afirmó papá, asintiendo—. Claro. Nadie ve a Georgia estos días. Todo el mundo se lo creerá. Eso está bien, Emily. Por lo menos pondremos a salvo el buen nombre de los Booth.

—Eso es una horrible mentira —dije.

—Cállate —ordenó papá—. Sube arriba. Y no vuelvas a bajar hasta... hasta que el bebé nazca. Anda, vamos.

—Haz lo que te dice papá —me ordenó Emily.

—¡Muévete! —gritó papá. Dio un paso hacia mí—. O te daré unos latigazos tal como he prometido.

Cerré el libro y salí apresuradamente del despacho. Papá no tendría que azotarme. Yo quería ocultar la vergüenza y el pecado; deseaba esconderme en un rincón oscuro y morir. Eso no me parecía tan terrible. «Preferiría estar con mi perdida hermana, Eugenia, y el amor de mi vida, Niles, que vivir en este horrible mundo», pensé, y rogué a Dios que el corazón simplemente se me detuviera.

MI CONFINAMIENTO

Mientras yacía sobre la cama mirando el techo, papá y Emily estaban abajo en el despacho, planificando el gran engaño. En aquel momento no me importaba qué hacían ni qué decían. Ya no creía tener control alguno de mi destino. Seguramente jamás lo tuve. Cuando era más joven y pasaba el tiempo proyectando las cosas maravillosas que haría en mi vida, estaba simplemente soñando, engañándome. Ahora comprendía que las pobres almas como yo venían a este mundo para ilustrar las terribles consecuencias que podían tener lugar si se desobedecían los mandamientos de la ley de Dios. No importaba cuál de tus antepasados desobedeciera los preceptos de la ley: los pecados de los padres también eran, como solía decir Emily, responsabilidad de los hijos. Yo era una prueba evidente de ello.

Sin embargo, ¿por qué Dios escuchaba a alguien tan cruel y horrible como Emily y hacía oídos sordos a alguien tan cariñosa y tierna como Eugenia o mamá, o tan sincera como yo? Eso me asustaba y confundía. Yo había rezado por Eugenia, por mamá y por mí, pero ninguna de estas oraciones recibieron respuesta.

De alguna manera, por alguna razón misteriosa, Emily vino a este mundo para juzgar y mandarnos a todos. Hasta ahora, me pareció a mí, todas sus profecías, todas sus amenazas, todas sus predicciones se habían hecho realidad. El diablo se había apoderado de mi alma, incluso antes de nacer, y me había corrompido con tanta eficacia, que había llegado a ocasionar la muerte de mi madre. Tal como había dicho Emily muchas veces, era una Jonás. Mientras estaba en la cama con la mano sobre el estómago y me daba cuenta de que en mi interior se estaba formando un hijo indeseado, tuve realmente la sensación de que me había tragado una ballena y que me movía entre las oscuras paredes de otra prisión.

En eso se iba a convertir mi habitación por lo que se refería a papá y Emily: una prisión. Entraron juntos, armados con sus palabras bíblicas de justificación, y dictaron su sentencia como si fueran jueces de Salem, Massachussetts, mirando odiosamente a una mujer sospechosa de ser bruja. Antes de que hablaran, Emily recitó una oración y leyó un salmo. Papá permaneció a su lado, con la cabeza inclinada. Cuando ella terminó, levantó la cabeza y sus duros ojos oscuros se fijaron en mí.

—Lillian —declaró con una voz que retumbaba—, permanecerás en esta habitación bajo llave hasta que nazca el niño. Hasta entonces, Emily, y sólo Emily, será tu contacto con el mundo externo. Ella te traerá la comida y se ocupará de tus necesidades físicas y espirituales.

Dio un paso adelante, esperando que yo me opusiera de alguna manera, pero mi lengua permaneció pegada a mi paladar.

—No quiero oír quejas, ni gemidos, ni lloros, ni golpes en la puerta, ni gritos desde la ventana. ¿Me has entendido? Si lo haces, haré que te trasladen al ático y te encadenaré a la pared hasta que sea la hora de dar a luz. Hablo en serio —dijo con firmeza en la amenaza—. ¿Comprendido?

—¿Pero qué pasará con mamá? —pregunté—. Quiero verla cada día y ella querrá verme a mí.

Papá frunció sus oscuras y espesas cejas y se quedó pensativo. Miró a Emily antes de decidir y después se dirigió a mí.

—Una vez al día, cuando Emily te dé permiso, ella vendrá a buscarte y te llevará a la habitación de Georgia. Te quedarás allí media hora y después regresarás aquí. Cuando Emily diga que se ha acabado el tiempo, debes obedecer, de otra forma... no vendrá a buscarte más —afirmó con cierta dureza en la voz.

—¿No voy a poder salir y tomar un poco el sol y respirar aire fresco? —pregunté. «Incluso las malas hierbas necesitan un poco de sol y aire fresco», pensé, pero no me atreví a decirlo, o Emily, con toda seguridad, diría que una mala hierba no peca.

—No, maldita sea —respondió, el rostro enrojecido—. ¿No entiendes lo que estamos intentando hacer aquí? Estamos intentando salvar el buen nombre de la familia. Si alguien te ve con la barriga la gente hablará, y antes de que te des cuenta todo el condado estará enterado de nuestra vergüenza. Siéntate allí, al lado de la ventana, y tendrás sol y aire fresco.

—¿Qué pasará con Vera y Tottie? —pregunté suavemente—. ¿No puedo verlas?

—No —dijo con firmeza.

—Se preguntarán por qué —murmuré, desafiando su desdén.

—Yo me ocuparé de ellas. No te preocupes tú. —Me señaló con su grueso dedo índice—. Obedece a tu hermana, escucha sus órdenes y haz lo que te he dicho que hagas y cuando esto acabe podrás volver a ser uno de nosotros. —Titubeó un poco, suavizándose—. Incluso podrás volver al colegio. Pero —añadió rápidamente— sólo si eres digna de ello.

»Sólo para que no te vuelvas loca —dijo— te traeré parte de mi papeleo de vez en cuando, y podrás tener libros para leer, y hacer punto. Yo vendré a visitarte cuando pueda —concluyó y se volvió para marcharse. Emily se quedó en el umbral de la puerta.

—Ahora te traeré el desayuno —dijo en un tono de voz arrogante y altivo y siguió a papá. Oí a Emily metiendo la llave en la puerta y darle la vuelta hasta que se cerró.

Pero en cuanto los pasos se alejaron, empecé a reírme. No podía evitarlo. De pronto me di cuenta de que Emily iba a ser ahora la que me serviría a mí. Tendría que traerme las comidas, subiendo y bajando las escaleras con la bandeja como si yo fuera alguien a quien mimar delicadamente. Claro está, ella no lo veía de esa forma; ella se consideraba mi carcelera, mi guardiana.

Quizá no estuviera realmente riendo; quizá fuera mi forma de llorar, porque ya no me quedaban lágrimas, estaba seca. Podía llenar un río con mi tristeza y sólo tenía catorce años. Incluso la risa era dolorosa. Me oprimía el corazón y me dolían las costillas. Respiré profundamente y me dirigí a la ventana.

Qué aspecto tan bello tenía el mundo exterior ahora que estaba prohibido. El bosque era un paisaje de colores otoñales con gamas de naranja y matices ocre y amarillo. Los campos sin cultivar estaban cubiertos de pequeños pinos y matorrales de color gris y marrón. Las pequeñas nubes nunca me habían parecido tan blancas ni el cielo tan azul, y los pájaros... los pájaros estaban por todas partes señoreando su libertad, su amor al vuelo. Era un tormento verlos en la distancia y no poder oír su canto.

Yo suspiré y me aparté de la ventana. Como mi habitación se había convertido en una celda, me pareció más pequeña. Las paredes daban la sensación de ser más gruesas, los rincones más oscuros. Incluso el techo parecía más bajo. Temí que cada día descendiese un poco y que pudiese aplastarme de soledad. Cerré los ojos e intenté no pensar en ello. Poco después, Emily me trajo el desayuno. Colocó la bandeja sobre la mesita de noche y retrocedió con los hombros erguidos, los ojos entrecerrados, los labios apretados. La blancura de su tez me ponía enferma. Estar encerrada entre estas cuatro paredes me haría parecerme a ella.

—No tengo hambre —dije después de mirar la comida, especialmente los cereales calientes y el pan tostado seco.

—Hice que Vera te lo preparara especialmente —afirmó, señalando los cereales calientes—. Te lo comerás, y te lo comerás todo. A pesar del pecado de estar embarazada, hay un niño en el que pensar y al que proteger. Lo que hagas después con tu cuerpo no tiene ninguna importancia, pero lo que ahora hagas con él sí, y mientras yo me ocupe comerás bien. Come —me ordenó, como si yo fuera su marioneta particular.

Pero lo que había dicho Emily me pareció sensato. ¿Por qué castigar al niño dentro de mí? Estaría haciendo lo mismo que se me había hecho a mí: aplastar al niño con los pecados de los padres. Comí mecánicamente mientras Emily me observaba, esperando para asegurarse de que me tragaba cada bocado.

—Sé que tú sabes —dije, haciendo una pausa— que Niles no es el padre de mi hijo. Estoy segura de que sabes lo que aquí ha sucedido.

Me miró fijamente durante mucho tiempo sin decir ni una palabra y al final asintió.

—Más razón para que me escuches y me obedezcas. No sé cuál es la razón, pero tú eres el vehículo por el cual el demonio entra en nuestras vidas. Debemos encerrarlo en tu cuerpo para siempre y no permitirle ninguna victoria en esta casa. Reza y medita sobre tu deplorable situación —dijo. A continuación cogió la bandeja y se llevó los platos vacíos de mi habitación, cerrando con llave la puerta al salir.

Había empezado el primer día de mi condena en la prisión. Me encogí en la pequeña habitación que iba a ser mi mundo durante meses y meses. Con el tiempo llegaría a conocer todas y cada una de las grietas de la pared, todas y cada una de las manchas del suelo. Bajo la supervisión de Emily, limpiaba y pulía y volvía a limpiar y a pulir todos los muebles, todos los rincones. Cada dos o tres días papá me traía sus libros para que yo hiciera las cuentas, tal como había prometido, y Emily, de mala gana, me traía libros para leer como había ordenado papá. Yo seguí con el punto y también hice algunas bonitas piezas para colgar en las desnudas paredes.

Pero el mayor interés lo despertaba mi propio cuerpo, cuando de pie delante del espejo en mi cuarto de baño estudiaba los cambios. Vi cómo aumentaban de tamaño mis pechos y mis pezones se oscurecían. Pequeñas venas moradas aparecían en mi pecho, y cuando pasaba la punta de los dedos por el lugar tenía nuevas sensaciones y sentía el cuerpo que se desarrollaba en mi interior. Las náuseas duraron hasta el tercer mes, momento en que dejaron de producirse.

Una mañana me levanté con un apetito terrible. Aguardaba impaciente la llegada de Emily, y cuando ésta vino con la bandeja, me comí todo en pocos minutos y le pedí que me trajera más.

—¿Más?—espetó—. ¿Crees que voy a subir y bajar las escaleras todo el día para satisfacer tus caprichos? Comerás lo que te traigo y cuando lo traiga y nada más.

—Pero, Emily, dice el libro de medicina de papá que las mujeres embarazadas a veces tienen más hambre. Hay que comer por dos. Dijiste que no querías que el bebé sufriera a causa de mis pecados —le recordé—. No te lo estoy pidiendo por mí; te lo pido por el niño, que con toda seguridad quiere y necesita más.

¿De qué otra forma puede expresar sus deseos si no es a través mío?

Emily hizo una mueca, pero vi que estaba reconsiderando la situación.

—Muy bien —accedió—. Te traeré algo más y me aseguraré de que te sirvan un poco más de todo de ahora en adelante, pero si veo que te estás poniendo más y más gorda...

—Evidentemente voy a engordar, Emily. Es el proceso natural de las cosas —dije—. Mira en los libros o dile a papá que se lo pregunte a la señora Coons. —Una vez más reconsideró las cosas.

—Veremos —dijo, y se marchó en busca de más comida. Yo me felicité por el éxito que había tenido en conseguir que Emily hiciera algo por mí. Quizá había exagerado un poco excesivamente, pero me sentía bien. Hacía muchos meses que no había sentido tanto placer y me sorprendí a mí misma sonriendo. Obviamente le oculté mis sonrisas a Emily, que continuaba merodeando, mirándome con suspicacia a la menor oportunidad.

Una tarde, mucho después de que me hubiera traído la comida, oí un ligero golpe en la puerta y me acerqué. Estaba cerrada con llave, de modo que no pude abrirla.

—¿Quién es? —pregunté.

—Soy Tottie —contestó Tottie mediante un fuerte susurro—. Vera y yo nos hemos estado preocupando por usted todo este tiempo, señorita Lillian. No queremos que crea que no nos importaba. Su padre nos dijo que no subiéramos nunca aquí a verla y que no nos preocupáramos, pero nos preocupamos. ¿Está bien?

—Sí —dije—. ¿Sabe Emily que estás aquí?

—No. Ella y el Capitán no están en casa ahora y me he atrevido a subir.

—Será mejor que no te quedes mucho tiempo, Tottie —le avisé.

—¿Por qué se ha encerrado ahí dentro, señorita Lillian? No se trata de lo que dicen su padre y Emily, ¿verdad? ¿Usted no quiere que sea así?

—No se puede evitar, Tottie. Por favor no me hagas más preguntas. Estoy bien.

Tottie se quedó en silencio un momento. Pensé que quizá se había marchado de puntillas, pero volvió a hablar.

—Su padre le está diciendo a la gente que su madre está embarazada. Vera dice que no parece ni actúa como si lo estuviera. ¿Lo está, señorita Lillian?

Me mordí el labio. Quería contarle la verdad a Tottie, pero tenía miedo, no tanto por mí sino por ella. No había forma de saber lo que haría papá si ella se lo contaba a alguien. En cualquier caso, estaba avergonzada de lo que había ocurrido y no quería que nadie lo supiera.

—Sí, Tottie —dije rápidamente—. Es verdad.

—¿Entonces por qué quiere quedarse encerrada en su habitación, señorita Lillian?

—No quiero hablar de esto, Tottie. Por favor, vuelve abajo. No quiero crearte ningún problema —dije, reprimiéndome las lágrimas.

—No importa, señorita Lillian. De hecho he venido a despedirme. Me voy, tal como dije que haría. Me voy al norte, a Boston, a vivir con mi abuela.

—Oh, Tottie, te echaré de menos —exclamé—. Te echaré mucho de menos.

—Me gustaría darle un abrazo de despedida, señorita Lillian. ¿No querría abrirme la puerta a mí?

—No..., no puedo, Tottie —dije. Ahora estaba llorando.

—¿No puede o no quiere, señorita Lillian?

—Adiós, Tottie —dije—. Buena suerte.

—Adiós, señorita Lillian. Usted y Vera y Charles y su hijo Luther son las únicas personas de las que quería despedirme. Y su madre, claro está. La verdad es que me estoy despidiendo de este triste lugar. Sé que no es feliz ahí, señorita Lillian. Si hay algo que pueda hacer por usted antes de marcharme... cualquier cosa.

—No, Tottie —dije con la voz quebrada—. Gracias.

—Adiós —repitió y se marchó.

Lloré tanto que pensé que no tendría apetito a la hora de cenar, pero mi cuerpo me sorprendió. Cuando Emily apareció con mi bandeja, le eché un vistazo a la comida y me di cuenta de que estaba muerta de hambre. Este apetito voraz continuó bien entrado el cuarto y quinto mes.

Con el mayor apetito vino también una mayor energía. Mis

cortos paseos para ir a ver a mamá no bastaban como ejercicio, y cuando veía a mamá no podía ir a ningún sitio con ella, especialmente después de haber cumplido el sexto mes. Para entonces, mamá se pasaba la mayor parte del tiempo en la cama, con el rostro demacrado y la mirada mortecina. Emily y papá le habían dicho a mamá que estaba embarazada, que el médico la había examinado y que así era. Ella estaba lo suficientemente loca como para aceptar el diagnóstico, y, por lo que entendí, incluso le dijo a Vera que estaba embarazada. Obviamente, no pensaba que Vera lo creyera, pero sí supuse que sería discreta y que no se metería en el asunto.

Por estas fechas mamá experimentaba más y más dolores de estómago y tomaba más analgésicos. Papá había cumplido su palabra en eso. Había docenas de botellas de analgésicos en la habitación de mamá, algunas vacías, otras medio vacías, todas en fila sobre la mesilla de noche.

Cuando la visitaba, mamá permanecía en la cama inmovilizada, gimiendo suavemente, los ojos medio abiertos, casi sin darse cuenta de que yo estaba con ella. A veces intentaba tener buen aspecto y se ponía un poco de maquillaje, pero cuando yo llegaba el maquillaje se había corrido y aún así estaba pálida bajo el colorete y el rojo del pintalabios. Sus grandes ojos me miraban desolados y sólo escuchaba vagamente las cosas que le decía.

Emily no quería admitirlo, pero mamá había perdido mucho peso. Tenía los brazos tan delgados que se le veía el hueso claramente y las mejillas estaban terriblemente hundidas. Cuando le tocaba el hombro, parecía estar hecha de huesos de pájaro. Veía, por la cantidad de comida que dejaba en el plato, que casi no comía. Intenté darle de comer, pero se negaba con la cabeza.

—No tengo hambre —gemía—. Tengo el estómago mal otra vez. Tengo que darle un descanso, Violet.

Ahora la mayor parte del tiempo me llamaba Violet. Dejé de corregirla, aun cuando sabía que a mis espaldas Emily se reía y movía la cabeza.

—Mamá está muy, muy enferma —le dije a Emily una tarde al principio de mi séptimo mes de embarazo—. Tienes que hacer que papá llame al médico. Tiene que ir al hospital. Se está muriendo.

Emily no me hizo ningún caso y continuó caminando por el pasillo, haciendo sonar su llavero de cancerbero.

—¿No te preocupas por ella? —pregunté. Me detuve en el pasillo y Emily se vio obligada a darse la vuelta—. Es tu madre. ¡Tu verdadera madre! —chillé.

—Baja la voz —dijo Emily, retrocediendo—. Claro que me preocupo por ella —respondió fríamente—. Rezo por ella cada noche y cada mañana. A veces entro en su habitación y hago vigilia durante una hora a su lado. ¿No te has fijado en las velas?

—Pero, Emily, necesita atención médica y pronto —le rogué—. Hay que llamar inmediatamente al médico.

—No podemos llamar al médico, imbécil —espetó—. Papá y yo les hemos contado a todo el mundo que mamá está embarazada de tu hijo. No podemos hacer nada por el estilo hasta que nazca el niño. Ahora volvamos a tu habitación antes de que tanta charla llame la atención. Vamos.

—No podemos seguir así —dije—. La salud de mamá es demasiado importante. No voy a dar ni un paso más.

—¿Qué?

—Quiero ver a papá —dije desafiante—. Baja y dile que suba.

—Si no vuelves inmediatamente a tu habitación, no vendré a buscarte mañana —me amenazó Emily.

—Ve a buscar a papá —insistí, y crucé los brazos bajo el pecho—. No voy a dar ni un solo paso hasta que vayas a buscarle.

Emily me miró enfadada y a continuación bajó. Poco después, papá subió las escaleras, el cabello despeinado, los ojos enrojecidos.

—¿Qué ocurre? —quiso saber—. ¿Qué está ocurriendo?

—Papá, mamá está muy, muy enferma. No podemos seguir fingiendo que es ella quien está embarazada. Hay que ir inmediatamente en busca del médico —insistí.

—¡Santo cielo! —dijo, la ira encendiéndole el rostro. Sus ojos me quemaban—. Cómo te atreves a decirme lo que tengo que hacer. Vuelve a tu cuarto. Vamos —dijo. Como no me movía, me empujó. Sin duda me hubiera pegado de vacilar un instante más.

—Pero mamá está muy enferma —gemí—. Por favor, papá. Por favor —le rogué.

—Yo me ocuparé de Georgia. Tú cuida de ti misma —dijo—. Anda, vamos —extendió el brazo y con el dedo señaló la puerta. Yo retrocedí lentamente, pero apenas entré Emily cerró de golpe la puerta y echó la llave.

Aquella noche no regresó con mi cena, y cuando empecé a preocuparme y golpeé la puerta, ella respondió tan rápidamente que lo único que pude suponer era que había estado al otro lado de la puerta esperando que me impacientara y tuviera hambre.

—Papa dice que te vayas a la cama sin cenar esta noche —afirmó a través de la puerta cerrada—. Ése es tu castigo por tu mal comportamiento.

—¿Qué mal comportamiento? Emily, sólo estoy preocupada por mamá. Eso no es un mal comportamiento.

—El desafío es un mal comportamiento. Tenemos que vigilarte muy de cerca y no permitir la más mínima indiscreción —explicó Emily—. Una vez que el demonio dispone de una rendija, por pequeña que sea, toma posesión de nuestras almas. Ahora tú tienes otra alma en formación en tu cuerpo, y le gustaría atraparla también. Vete a dormir —ordenó.

—Pero, Emily... espera —exclamé, oyendo cómo se alejaban sus pasos. Golpeé la puerta y moví el asa, pero ella no regresó. Ahora realmente me sentía como una prisionera en mi propia habitación, pero lo que más dolor me causaba era saber que la pobre mamá no iba a recibir la atención médica que tanto necesitaba. Una vez más, por mi culpa, una persona amada saldría perjudicada.

Cuando Emily volvió a la mañana siguiente con mi desayuno, declaró que ella y papá habían tomado una nueva decisión.

—Hasta que acabe todo esto, los dos estamos de acuerdo en que sería mejor que no visitaras a mamá —dijo, colocando la bandeja sobre mi mesa.

—¿Qué? ¿Por qué no? Tengo que ver a mamá. Ella quiere verme; se alegra —exclamé.

—La anima —me imitó Emily con desdén—. Ni siquiera sabe quién eres ya. Cree que eres su hermana muerta y no te recuerda de una visita a otra.

—Pero le sigue gustando. A mí no me importa si me confunde con su hermana. Yo...

—Papá ha dicho que será mucho mejor que no vayas a verla hasta después de dar a luz, y yo estoy de acuerdo —afirmó.

—¡No! —grité—. Eso no es justo. He cumplido con todas las demás cosas que tú y papá habéis ordenado, y me he portado bien.

Emily entrecerró los ojos y apretó los labios tanto que las comisuras palidecieron. Se puso las manos sobre la cadera y se inclinó hacia mí, con los mechones de pelo cayendo a los lados de su delgado y duro rostro.

—No nos obligues a llevarte al ático y tener que encadenarte a la pared. Papá ha amenazado con hacerlo y lo hará.

—No —dije, negando con la cabeza—. Necesito ver a mamá. Tengo que verla. —Las lágrimas resbalaban por mis mejillas, pero Emily no cambió su odiosa expresión.

—Está decidido —dijo—. No hay más que hablar. Ahora tómate el desayuno antes de que se enfríe. Toma —dijo, tirando un paquete de papeles sobre mi cama—. Papá quiere que compruebes todas estas cifras con cuidado. —Se dio media vuelta y salió de la habitación cerrándola con llave.

Hubiera pensado que ya no me quedaban lágrimas después de haber llorado tanto en mi corta vida, pero estar separada de la única persona cariñosa con la que tenía contacto era demasiado. No me importaba que mamá me confundiera con mi verdadera madre. Seguía sonriéndome y hablándome suavemente. Todavía quería cogerme la mano y hablar de cosas bonitas, cosas agradables. Era la única nota de color que me quedaba en un mundo oscuro y monótono. Sentada a su lado, incluso mientras dormía, me tranquilizaba y me ayudaba a soportar aquel horrible cautiverio.

Me tomé el desayuno y lloré. Ahora el tiempo pasaría con mucha más lentitud. Cada minuto sería como una hora, cada hora como un día. No tenía ganas de leer ni una palabra más, tejer, o comprobar las cuentas de papá. Lo único que hice fue sentarme al lado de la ventana y contemplar el mundo exterior.

Qué fuerte había sido mi hermana Eugenia. Así es como ella vivió la mayor parte de su corta vida y, sin embargo, había conseguido mantener viva cierta felicidad y esperanza. Fueron mis recuerdos de ella y de la ilusión que le hacía todo lo que yo le contaba los que me ayudaron a pasar los siguientes días y semanas.

En la última semana del séptimo mes de mi embarazo engordé bastante. En algunos momentos me resultaba difícil respirar. Sentía las patadidas del niño. Cada mañana requería un mayor esfuerzo levantarse y moverse por mi pequeña habitación. Limpiar y pulir, incluso estar sentada durante largos ratos, me cansaba. Una tarde, después de recoger la bandeja de los platos de la comida, Emily me criticó por ser muy perezosa y por ponerme demasiado gorda.

—No es el bebé quien está pidiendo la comida extra; eres tú. Mírate la cara. Mírate los brazos.

—¿Y qué esperas? —le respondí—. Tú y papá no me dejáis salir. No se me permite hacer ningún tipo de ejercicio.

—Las cosas son así —declaró Emily, pero cuando se marchó decidí finalmente que no era así como tenían que ser las cosas. Estaba decidida a salir, aunque sólo fuera un rato.

Me dirigí a la puerta y estudié el cerrojo. A continuación cogí una lima y volví. Lentamente intenté apartar el cerrojo lo suficiente como para que cuando estirara la puerta ésta pasara sin problemas y se abriera. Tardé cerca de una hora, casi consiguiéndolo y fallando una docena de veces; pero no me rendí, hasta que finalmente, al estirar la puerta, ésta se abrió.

Durante unos instantes no sabía qué hacer con mi inminente libertad. Sólo supe quedarme allí parada en el umbral, mirando fuera, al pasillo. Antes de salir, miré primero a la derecha y después a la izquierda para asegurarme de que no había nadie merodeando por allí. Una vez fuera de mi habitación, sin la sombra de Emily acompañándome y obligándome a tomar una cierta dirección y sendero, me sentí mareada. Cada paso, cada rincón de la casa que veía, cada cuadro, cada ventana, me parecía algo nuevo y bonito. Fui directamente a la escalera, desde donde observé el recibidor y la entrada, que en los últimos meses se había limitado a ser un recuerdo.

La casa estaba silenciosa. El único sonido procedía del viejo reloj de pared. Entonces recordé que muchos de los sirvientes se habían marchado, incluida Tottie. ¿Estaba papá trabajando en el despacho? ¿Dónde estaba Emily? Temía que surgiera repentinamente de algún oscuro rincón. Durante un momento consideré regresar a mi habitación, pero el desafío y la ira fueron en aumento y me dieron el valor de continuar. Bajé cuidadosamente las escaleras, deteniéndome después de cada crujido de la madera para cerciorarme de que nadie había oído nada.

Al pie de la escalera me detuve de nuevo y esperé. Me pareció oír unos sonidos procedentes de la cocina, pero aparte de eso y el reloj, todo estaba tranquilo. Advertí que no salía luz del despacho de papá. La mayoría de las habitaciones de abajo estaban muy oscuras. Todavía de puntillas, me dirigí hasta la puerta principal.

Cuando mi mano tocó el pomo, experimenté algo así como una descarga eléctrica en todo mi cuerpo. En pocos segundos estaría fuera de la casa y a la luz del día. Sentiría el cálido sol de primavera sobre mi piel. Sabía que corría el riesgo de que me vieran así, embarazada, pero sin preocuparme para nada de mi propia vergüenza abrí la puerta lentamente. Hizo tanto ruido que estaba segura de que Emily y papá saldrían a mirar, pero no apareció nadie y salí fuera.

Qué maravillosa sensación la de estar al sol. Qué bien olían las flores. La hierba no había estado nunca tan verde, ni los magnolios tan blancos. Juré no dar nunca nada por sentado, por muy pequeño e insignificante que pareciera. Todo me parecía adorable: el sonido de la gravilla crujiendo bajo mis pies, el vuelo de las golondrinas, el ladrido de los perros, las sombras, el aroma de los animales y los campos abiertos con la alta hierba meciéndose al viento. Nada era más valioso que la libertad.

Caminé, disfrutando de todas y cada una de las cosas que veía. Afortunadamente no había nadie a la vista. Todos los trabajadores seguían en el campo y Charles seguramente estaría en el granero. No me di cuenta de lo mucho que me había alejado hasta que me di la vuelta y vi la casa. Pero no regresé; continué, siguiendo un viejo sendero por el que había correteado muchas veces de niña. Me condujo al bosque, donde disfruté de la fresca sombra y del acre aroma de los pinos. Los sinsontes y los arrendajos revoloteaban por todas partes. Parecían tan ilusionados como yo con mi entrada en su santuario.

Mientras continuaba por el fresco y sombreado sendero, los recuerdos de mi niñez fluían sin parar. Recordé haber venido al bosque con Henry para buscar una buena madera para tallar. Recordé haber perseguido una ardilla para verla almacenar las bellotas. Recordé la primera vez que había llevado a Eugenia a pasear y, claro está, recordé nuestra maravillosa salida al estanque mágico. Con ese recuerdo fui consciente de que había recorrido casi tres cuartas partes del camino que llevaba hasta la plantación de los Thompson. Este sendero en el bosque era un atajo que las gemelas Thompson, Niles, Emily y yo habíamos tomado a menudo.

Mi corazón empezó a latir. Seguro que Niles recorrió este sendero aquella fatídica noche en que vino a verme. Mientras continuaba, vi su rostro y su sonrisa, oí su voz y sus dulces carcajadas. Vi sus ojos jurándome amor y sentí sus labios rozar los míos. Se me cortó la respiración, pero continué, a pesar de la fatiga que sentía en las piernas. Soportaba más peso y me resultaba más difícil caminar a causa del tamaño de mi barriga, pero mi cuerpo no había hecho ejercicio en meses. Me dolían los tobillos y tuve que pararme a recuperar el resuello. En cualquier caso, había llegado al final del sendero del bosque y ahora contemplaba los campos de los Thompson.

Observé la casa de la plantación, sus graneros y el cobertizo donde se preparaban los ahumados. Vi sus carruajes y los tractores, pero cuando me volví a la derecha tuve palpitaciones y casi me desmayé. Aquí, en la parte trasera de uno de los campos del sur, estaba el cementerio de la familia. La lápida de Niles tan sólo distaba unos metros de mí. ¿Me había traído el Destino hasta aquí? ¿Me había atraído de alguna forma el espíritu de Niles? Dudé. No tenía miedo de nada sobrenatural; temía mis propias emociones, el torrente de lágrimas que surgía y luchaba en las paredes de mi corazón, amenazando con ahogarme en un renovado océano de tristeza.

Pero ya no podía volverme atrás, no podía regresar sin visitar la tumba de Niles. Lentamente, casi tropezando dos veces con la maleza, me abrí paso entre las tumbas de la familia hasta llegar a la de Niles. Aún conservaba buen aspecto. Alguien había colocado recientemente flores frescas. Contuve la respiración y levanté la mirada para leer la inscripción:

NILES RICHARD THOMPSON,
DESAPARECIDO PERO NO OLVIDADO

Miré fijamente las fechas y leí y releí su nombre. A continuación me acerqué lo bastante como para poner la mano sobre la piedra. Al haber estado expuesta al sol de la tarde, el granito estaba caliente. Cerré los ojos y recordé su cálida mejilla contra la mía, su atenta mano sosteniendo la mía.

—Oh, Niles —gemí—. Perdóname. Perdóname por haber sido también una maldición para ti. Si no hubieras venido a mi habitación... si nunca nos hubiéramos mirado con afecto... si hubiera dejado tu corazón en paz... perdóname por haberte amado, querido Niles. Te añoro mucho más de lo que jamás puedas imaginar.

Las lágrimas que me inundaban las mejillas cayeron sobre su tumba. Mi cuerpo tembló y mis débiles piernas cedieron, haciéndome caer de hinojos. Allí permanecí, los sollozos cada vez más fuertes y profundos, hasta que la falta de resuello me aterrorizó. Necesitaba oxígeno; podía morir aquí, y mi bebé moriría aquí también. El pánico se apoderó de mí. Extendí el brazo y así la lápida de la tumba de Niles poniéndome de pie con dificultad. Me tambaleé insegura durante un momento antes de recuperar el equilibrio. Entonces, con las lágrimas inundándome las mejillas, me di media vulta y me apresuré hacia el sendero del bosque.

Había cometido un terrible error. Me había alejado demasiado. El temor y la ansiedad se apoderaron de mis piernas, convirtiendo cada paso en un sufrimiento. Mi barriga se hizo doblemente pesada y mi respiración era cada vez más entrecortada. La espalda me oprimía mucho más a cada paso. La cabeza me empezó a dar vueltas. De pronto se me enganchó el pie bajo la raíz de un árbol y caí hacia adelante, chillando al cogerme a un arbusto que me arañó los brazos y el cuello. Caí al suelo dando un golpe, y la colisión me produjo oleadas de dolor por todo mi cuerpo: desde los hombros al pecho y el estómago. Allí permanecí unos minutos, sosteniéndome la barriga, esperando que el dolor cesara.

El bosque permanecía en silencio. Los pájaros también estaban asustados. Lo que se había iniciado como algo agradable y maravilloso se había convertido en una sombría y temible aventura. Las mismas sombras que antes me habían parecido frescas y bondadosas se perfilaban ahora oscuras y siniestras, y el sendero que me había atraído con sus promesas de diversión se había convertido en un terrible paseo lleno de peligros y amenazas.

Me incorporé, gimiendo suavemente. La mera idea de volver a ponerme en pie me pareció una tarea sobrehumana. Respiré profundamente dos veces y me puse de pie, levantándome como una mujer de noventa años. En el momento en que lo hice tuve que cerrar los ojos porque el bosque empezó a dar vueltas. Esperé, respirando de forma entrecortada y colocando la mano derecha sobre mi corazón para asegurarme de que no se me saliera del cuerpo a fuerza de latidos. Finalmente, mi respiración y mi pulso se fueron serenando y yo abrí los ojos.

El sol se había puesto con mayor rapidez de lo esperado. Las sombras eran más profundas; el bosque más frío. Volví a recuperar el sendero, intentando moverme con premura, y, a la vez, evitar otra desagradable caída. Los efectos de la primera no me habían abandonado todavía. Mi estómago continuó doliéndome de forma punzante, el dolor era continuo y descendía cada vez más, hasta que llegué a sentir pinchazos en la ingle y cada paso se convirtió en algo verdaderamente difícil.

Tenía la sensación de que hacía horas que caminaba, pero reconocí los alrededores y el paisaje y supe que estaba tan sólo a medio camino. Una vez más el terror se apoderó de mí, y con él vinieron unas fuertes palpitaciones que me paralizaron la respiración. Tuve que detenerme y agarrarme a un árbol joven y esperar que fuera desapareciendo el ataque de ansiedad. Fue mejorando, pero no desapareció. Sabía que tenía que continuar lo más rápidamente posible, ya que algo extraño y nuevo estaba ocurriendo en mi interior. Había movimiento en lugares en los que nunca había sentido nada. El problema con cada paso que daba era que el dolor iba en aumento y se producía mayor movimiento en el interior de mi cuerpo.

«Oh no —pensé—. No voy a conseguir regresar; no lo voy a conseguir.» Empecé a gritar, pequeños y suaves gritos al principio, pero que fueron en aumento y se hicieron más desesperados a medida que experimentaba más y más dolor. También mis piernas se estaban rebelando. No querían seguir adelante y la espalda... era como si alguien me clavara clavos a medida que caminaba. Al cabo de un rato me di cuenta de que sólo había recorrido unos pocos metros. Volví a gritar y esta vez el esfuerzo hizo que me diera vueltas el cerebro y que me dolieran los ojos. Jadeé y volví a hundirme en el suelo del bosque. Después de aquello la oscuridad se apoderó de mí.

Al principio, cuando recuperé el conocimiento, pensé que estaba en mi habitación, soñando en la cama, pero la sensación de tener pequeñas hormigas y otros insectos subiéndome por las piernas y por dentro de la falda confirmó rápidamente mi situación. Me limpié, y, cuando lo hice, sentí un líquido cálido que me bajaba por las piernas. Entre los árboles se filtraba la luz suficiente como para ver que era sangre.

Este nuevo incidente me dejó petrificada. Los dientes me empezaron a castañetear. Me giré y me incorporé hasta quedar sentada. A continuación me ayudé con el árbol que tenía a mi lado para ponerme en pie. Sin ser consciente ya del dolor, demasiado paralizada para darme cuenta de si me arañaban los arbustos y las ramas, seguí adelante, moviéndome pesadamente pero sin detenerme. En cuanto vi la plantación emití otro grito, esta vez llamando con todas mis fuerzas. Afortunadamente, en ese preciso instante, Charles regresaba al granero con unas herramientas y me oyó.

Supongo que debió quedarse atónito: una jovencita embarazada saliendo del bosque, totalmente despeinada, con la cara cubierta de lágrimas y barro. Se quedó simplemente mirándome. Yo no tenía fuerzas suficientes para volver a gritar. Levanté la mano e hice un gesto. En aquel momento mis rodillas cedieron y yo caí al suelo con estrépito. Así me quedé durante un buen rato, demasiado agotada para moverme. En vez de intentarlo, cerré los ojos.

«Ya no me importa —pensé—. No me importa nada. Que acabe todo aquí. Será mejor para los dos, para el bebé y para mí. Que acabe todo aquí.» Mi oración retumbó por el largo y hueco pasillo de mi obnubilada mente. Ni siquiera oí a los que se acercaban; no oí a papá gritar; ni tan siquiera sentí nada cuando me levantaron. Mantuve los ojos cerrados y me acomodé en mi propio y cómodo mundo, alejada del dolor, el odio y los problemas.

Días después, Vera me dijo que Charles le había contado que mantuve una sonrisa fija en la cara durante todo el trayecto de regreso a casa.

PEQUEÑA CHARLOTTE,
DULCE CHARLOTTE

—¿Cómo te atreves a hacernos esto después de todos los esfuerzos que papá y yo hemos hecho para mantener la vergüenza en secreto? —chilló Emily. Con un gran esfuerzo abrí los ojos y contemplé su rostro, retorcido y enfadado. Nunca sus ojos color gris piedra se habían mostrado tan airados. Las comisuras de sus pequeños y finos labios se hundían en las mejillas, y el centro de su labio inferior caía tanto que sus feos dientes quedaban expuestos sobre las pálidas encías. Su cabello sin brillo le colgaba lacio a ambos lados de la cara, con las puntas de los secos mechones abiertas. Su terrible ira le hacía resoplar por la nariz como un rabioso buldog.

Grandes punzadas de dolor me atravesaban el estómago hasta llegar a la ingle, para después volver a subir por los lados de mi cuerpo. Era como si me hubieran metido en una bañera erizada de cuchillos de cocina. Gemí e intenté incorporarme, pero mi cabeza era un trozo de hierro y yo no tenía suficiente fuerza en el cuello para elevarla ni un centímetro de la almohada. Como mejor pude, miré a mi alrededor. Estaba todavía tan confusa que no recordaba nada. ¿Realmente había salido de la habitación? ¿De verdad me había escapado para ir a dar un paseo por el bosque, o era todo un sueño? No, no podía ser un sueño. Emily no estaría chillando y retorciéndose las manos por un sueño.

¿Dónde estaba papá? ¿Dónde estaba Charles y Vera y los demás que me habían ayudado a volver a casa? ¿Había oído mamá todo el alboroto preguntando qué me había ocurrido:

—¿Dónde estabas? ¿Qué querías hacer? —exigió saber Emily. Cuando no respondí, me cogió del brazo y me zarandeó hasta que volví a abrir los ojos—. ¿Y bien...?

El dolor me dejó sin habla, pero entrecortadamente le respondí.

—Sólo... quería salir, Emily. Y... sólo quería dar un paseo y ver... las flores y los árboles y... sentir los rayos de sol sobre mi rostro —dije.

—Imbécil, pequeña imbécil —dijo, moviendo la cabeza—. Estoy segura de que fue el mismísimo demonio el que te abrió la puerta animándote a salir.

El dolor me daba ganas de gritar, pero lo ignoré y continué discutiendo con Emily.

—No lo fue, Emily. Lo hice yo misma porque estaba desesperada, gracias a papá y a ti.

—No nos culpes a nosotros. No te atrevas a culparnos a papá y a mí por nada. Hicimos lo que teníamos que hacer para recuperar la dignidad en esta casa —respondió rápidamente.

—¿Dónde está papá? —pregunté, mirando a mi alrededor. Suponía que él estaría todavía más enfadado, hecho una verdadera tormenta de ira y dispuesto a cubrirme de improperios y amenazas.

—Ha ido a buscar a la señora Coons —dijo, prácticamente escupiéndome las palabras—. Gracias a ti.

—¿La señora Coons?

—¿No sabes lo que has hecho? Estás sangrando. Algo le ha ocurrido al bebé y todo por tu culpa. Seguramente lo has matado —me acusó, retrocediendo mientras la cabeza subía y bajaba sobre su largo cuello, los huesudos brazos cruzados bajo el pecho. La piel de sus puntiagudos codos era blanca como la leche.

—Oh no —dije. Seguramente por eso tenía tanto dolor—. Oh, no.

—Sí. Ahora puedes añadir el de asesinato a la lista de todos tus pecados. ¿Hay algo o alguien que no hayas tocado o visto que no hayas destrozado o dañado, alguien además de mí? —preguntó, y a continuación pasó a responder ella misma a la pregunta—. Claro que no. Por qué papá pensaba que sería diferente, no lo sé. Yo le avisé; le avisé, pero él pensó que todo podría volver a la normalidad; a ser como antes.

—¿Sabe mamá lo que me ha ocurrido? —pregunté. Nada de lo que pudiera decir Emily me importaba ya. Decidí simplemente ignorarla.

—¿Mamá? Claro que no. Si no sabe lo que le ha ocurrido a ella —respondió Emily— ¿qué puede saber sobre los demás? —Se dio media vuelta y se alejó.

—¿Dónde vas? —Hice un gran esfuerzo por levantar la cabeza unos centímetros—. ¿Qué vas a hacer? —pregunté.

—Tú no te muevas y cállate —me contestó, y se marchó, cerrando la puerta.

Volví a recostar la cabeza sobre la almohada. Tenía miedo de moverme. El menor gesto me producía unos pinchazos en el cuerpo, era como si docenas y docenas de alfileres calientes flotaran por mis venas, pinchando y cortándome. Estaba caliente y sudorosa, era como si mi corazón estuviera en remojo en un pecho lleno de agua hirviendo. Volví a quejarme. Me estaba poniendo cada vez peor.

—¡Emily! —chillé—. Ve a buscar ayuda. ¡Me muero de dolor! ¡Emily!

Algo me estaba ocurriendo en la barriga. Sentí unos movimientos y unas contracciones en la barriga, y los mismos me causaban un dolor inaguantable. Grité con todas mis fuerzas hasta que se me resintieron las cuerdas vocales. La contracción continuó y, repentinamente, empezó a desaparecer. Me dejó sin respiración y empecé a toser. Mi corazón latía con fuerza. Mi cuerpo temblaba de tal manera que toda la cama se movía.

—Oh, Dios —recé—. Lo siento. Lo siento. Soy una Jonás, una maldición, incluso para un niño nonato. Por favor, ten piedad de mí. Déjame morir ahora y pon fin a esta miseria.

Me recosté, jadeando, rezando, esperando.

Finalmente se abrió la puerta y papá entró lentamente, seguido por la señora Coons y Emily que cerró tras de sí. La señora

Coons se acercó y me miró. El sudor me empapaba la frente y las mejillas. Tenía la sensación de que me habían estirado los ojos, la nariz y la boca hasta el punto de que todo se iba a romper. La señora Coons puso sus largos y duros dedos sobre mi corazón. Cuando levanté la vista para mirarla vi unos ojos grises apagados, un rostro delgado y una piel manchada y tuve la sensación de haberme muerto de verdad y de estar en el país de los muertos. Su aliento olía a cebollas. Aquello me revolvió el estómago y una oleada de náuseas me subió por la garganta.

—¿Y bien? —quiso saber papá, impaciente.

—No corras, Jed Booth —dijo riéndose la señora Coons. A continuación bajó las manos hasta mi estómago y las mantuvo allí, esperando. La contracción empezó de nuevo, esta vez más fuerte y más rápida que antes. Yo respiré entrecortadamente y a continuación empecé a gemir, los gritos más largos y más fuertes a medida que progresaba la contracción y mi barriga se ponía tan dura como una roca. La señora Coons asintió y se incorporó, su mirada de pájaro fija en mí un momento.

—Se está adelantando —afirmó—. Bueno, Emily —dijo—, querías aprender a hacer esto. Ahora te daré la primera lección. Trae unas toallas y una palangana de agua caliente, cuanto más caliente mejor —dijo.

Emily asintió, el rostro lleno de ilusión. Era la primera vez que veía a Emily interesada en algo que no fueran sus estudios bíblicos y las creencias religiosas.

La señora Coons se volvió hacia papá, que tenía un aspecto pálido y confuso. Se movía de derecha a izquierda. Sus ojos iban de un lado a otro y la lengua mojaba sus labios como si acabara de comer algo delicioso. Finalmente, se atusó las puntas del bigote y fijó la mirada en la señora Coons.

—¿Quieres ayudar, Jed Booth? —le preguntó la señora Coons. Sus ojos se abrieron como platos.

—¡Santo Dios! ¡No! —exclamó, y salió corriendo de la habitación. La señora Coons cacareó como una bruja y vio cómo se marchaba.

—No he conocido nunca a un hombre que tuviera el valor para quedarse a mirar —me informó, frotándose las esqueléticas manos. Las venas le sobresalían a través de la piel y la parte de arriba era morada y azul.

—¿Qué me está pasando, señora Coons? —pregunté.

—¿Pasando? Nada te está pasando. Le está pasando al bebé que llevas dentro. Le has provocado y ahora quiere salir —dijo—. Ahora está dando vueltas, confuso. La naturaleza le dice que espere, que todavía no es hora, pero tu cuerpo le está diciendo que salga. Si todavía vive, claro está —añadió—. Vamos a quitarte la ropa. Vamos. No estás tan desvalida como crees.

Hice lo que me pedía, pero cuando volvió el dolor, lo único que pude hacer fue recostarme y esperar a que pasara.

—Respira a fondo, respira muy a fondo —me aconsejó la señora Coons—. Las cosas se van a poner mucho peor antes de lo que te imaginas —volvió a cacarear—. No parece que valga mucho la pena el placer para llegar a estar en este estado, ¿verdad?

—Yo no obtuve ningún placer, señora Coons.

Ella sonrió, su boca desdentada como un agujero negro en la cara, la lengua moviéndose en el interior.

—Momentos como éste hacen difícil recordarlo —dijo. Yo no tenía fuerzas para discutir. Los dolores eran cada vez más rápidos. Vi que la señora Coons se impresionaba con aquello—. No tardará mucho ahora —predijo con la seguridad de la experiencia.

Llegó Emily con el agua y las toallas y se colocó al lado de la vieja, que se había posicionado al pie de la cama después de decirme que levantara las rodillas.

—El primero siempre es el más difícil —le dijo a Emily—. Especialmente cuando la madre es tan joven como ella. Todavía no ha crecido lo suficiente. Vamos a tener que ayudarla.

La señora Coons tenía razón. Los dolores no eran lo peor. Cuando llegó lo peor, grité tan fuerte que estaba segura de que toda la casa e incluso la gente que viviera a mucha distancia podrían oírme. Jadeaba y asía con fuerza las sábanas. En una ocasión quise coger la mano de Emily, sólo para sentir el calor de otro ser humano, pero ella se negó a dármela. La retiró en cuanto se rozaron nuestros dedos. Quizá tenía miedo de que la contaminara o que la quemara con mi dolor.

—Empuja —me ordenó la señora Coons—. Empuja más fuerte. Empuja —gritó.

—¡Estoy empujando!

—No viene fácil —murmuró, y colocó sus frías manos sobre mi barriga. Sentí sus dedos hundiéndose en mi piel, presionándome el estómago. Le oí darle órdenes a Emily, pero en ese momento estaba en tal agonía que no pude escucharla; ni verla. La habitación era como una nube de bruma rojiza. Todos los sonidos se desplazaban más y más lejos. Incluso mis propios gritos parecían proceder de otra persona.

Transcurrieron horas y horas. El dolor no cesaba y mis esfuerzos fueron agotadores. Cada vez que intentaba relajarme, la señora Coons me gritaba en la oreja que empujara con más fuerza. En medio de una contracción particularmente fuerte y agonizante, Emily se arrodilló al lado de la cama y me susurró en el oído.

—Ves... ves qué precio hay que pagar por los pecados de la carne; mira cómo hay que sufrir por el mal que hacemos. Maldice al demonio; maldícele. Haz que salga. Dilo. Al infierno, Satanás. ¡Dilo!

Estaba dispuesta a hacer cualquier cosa para que cesara el dolor, cualquier cosa para que Emily dejara de susurrarme en el oído.

—¡Al infierno, Satanás! —grité.

—Bien. Dilo otra vez.

—Al infierno, Satanás. Al infierno, Satanás.

Ella se unió a mí, y a continuación, sorprendiéndome, la señora Coons hizo lo mismo. Era ensordecedor, las tres gritando: «Al infierno, Satanás.»

De alguna forma, quizá porque estaba distraída, el dolor pareció disminuir con mi canto. ¿Tenía razón Emily? ¿Estaba ahuyentando al demonio de mi cuerpo y de la habitación?

—Empuja —gritó la señora Coons—. Por fin sale. Empuja fuerte. Empuja.

Gemí. Estaba segura de que el esfuerzo me mataría y comprendí cómo mi madre pudo morir al dar a luz. Pero no me importaba. Nunca en mi vida había tenido tantas ganas de morir como ahora. La muerte se me apareció como una fuente de alivio. La tentación de cerrar los ojos y hundirme en mi propia tumba era maravilloso. Incluso recé para que ocurriera.

Sentí que algo brotaba, un movimiento. La señora Coons daba órdenes y aleccionaba a Emily tan rápidamente que parecían palabras sin sentido o brujería. Y entonces, de pronto, en un enorme temblor, la parte inferior de mi cuerpo se estremeció y ocurrió... salió el bebé. La señora Coons exclamó. Vi la mirada de sorpresa en el rostro de Emily y a continuación vi a la señora Coons coger el bebé entre sus manos ensangrentadas. Tenía todavía el cordón umbilical colgando, pero el bebé parecía estar perfectamente.

—¡Es una niña! —afirmó la señora Coons. Colocó su boca sobre el rostro y los labios ensangrentados del bebé y chupó hasta que el bebé lloró; la primera queja, estaba segura—. ¡Está viva! —dijo la señora Coons.

Emily se santiguó rápidamente.

—Ahora observa atentamente y aprende a cortar y atar el cordón umbilical —le dijo la señora Coons.

Yo cerré los ojos con una tremenda sensación de alivio inundando todo mi cuerpo. «Una niña pensé—. Es una niña. Y no ha nacido muerta. No soy una asesina.» Quizá ya no fuera una maldición para aquellos a los que tocaba o que me tocaban a mí. Quizá, con el nacimiento de mi hija, yo también había renacido.

Papá esperaba en el umbral de la puerta.

—Es una niña —le anunció Emily cuando entró—. Y está viva.

—¿Una niña?

Percibí la desilusión en su rostro. Había ansiado tener el hijo tan deseado.

—Otra niña —negó con la cabeza y miró a la señora Coons como si fuera culpa suya.

—Yo no los fabrico. Me limito a traerlos al mundo —le dijo.

Él se quedó cabizbajo.

—Adelante —ordenó, y le dedicó una mirada de conspiración a Emily. Ella le entendió.

En cuanto lavaron al bebé y le envolvieron en una manta, iniciaron la segunda fase del engaño. Se llevaron a mi hija al cuarto de mamá.

«Se ha acabado», pensé. Pero antes de quedarme dormida, me di cuenta de que ahora también estaba a punto de empezar.

No me moví de la cama durante dos días y dos noches. Emily me hizo saber inmediatamente que no iba a ocuparse más de mis necesidades.

—Vera te subirá la comida y te ayudará —afirmó—. Pero papá quiere verte levantada muy pronto. Vera tiene bastante que hacer sin tener que cuidar a gente como tú.

»No discutirás ni mencionarás el nacimiento del bebé con Vera. Nadie debe mencionarlo ni hacer comentario alguno en esta casa. Papá lo ha dejado perfectamente claro, de modo que todo el mundo lo sabe.

—¿Cómo está mi hija? —le pregunté, y ella inmediatamente se alteró.

—Nunca, nunca, nunca la llames tu hija. Es la hija de mamá, de mamá —machacó.

Cerré los ojos, tragué saliva, y, a continuación, volví a formular la pregunta.

—¿Cómo está la hija de mamá?

—Charlotte está bien —me dijo.

—¿Charlotte? ¿Se llama así?

—Sí. Papá pensó que llamarla Charlotte era algo que le gustaría a mamá. Charlotte era el nombre de la abuela de mamá —me dijo—. Todo el mundo lo entenderá y les ayudará a creer que es suya.

—¿Y cómo está mamá?

Sus ojos se ensombrecieron.

—Mamá no está bien —dijo—. Tenemos que rezar, Lillian. Tenemos que rezar mucho y todo lo que podamos.

Su tono de voz me asustó.

—¿Por qué no llama papá a un médico ahora? Ya no hay razón para negarse. El bebé ha nacido —exclamé.

—Supongo que lo hará... pronto —dijo—. Por tanto, ya ves...

hay muchas razones serias y muchas cosas que hacer sin que tú te quedes aquí en la cama como una pobre inválida mimada.

—No soy una inválida mimada. No lo estoy haciendo a propósito, Emily. Lo he pasado muy mal. Incluso lo dijo la señora Coons. Tú estabas ahí; lo viste. ¿Cómo puedes tener tan pocos sentimientos, ser tan poco compasiva y seguir fingiendo que eres tan pía y devota? —pregunté.

—¿Fingir? —dijo boquiabierta—. Tú, entre todas las personas del mundo, me acusas de fingir.

—En algún lugar de esa Biblia que llevas a todas partes aparecen palabras que hablan de amor y de cuidar a los enfermos —respondí con firmeza. Todos estos años de estudios bíblicos no habían sido en vano. Sabía de lo que estaba hablando. Y Emily también.

—Y en algún lugar hay palabras acerca del mal que anida en nuestros corazones y los pecados del hombre, y sobre qué debemos hacer para superar nuestras debilidades. Sólo cuando nos liberamos del demonio podemos disfrutar de los placeres del amor —dijo. Ésa era su filosofía, su credo, y yo me compadecía de ella. Negué con la cabeza.

—Siempre estarás sola, Emily. Nunca tendrás a nadie más que a ti misma.

De un gesto tiró para atrás la cabeza y se irguió en toda su altura.

—No estoy sola. Camino con el ángel Miguel, que tiene la espada del juicio en la mano —alardeó. Yo me limité a negar con la cabeza. Ahora que mi sufrimiento había acabado, sólo sentía compasión por ella. Ella lo intuyó y no pudo tolerar que la mirara de aquella forma. Se dio la vuelta rápidamente y salió apresuradamente de mi habitación.

La primera vez que Vera me trajo algo de comer le pregunté cómo estaba mamá.

—No se lo puedo decir con seguridad, Lillian. El Capitán y Emily la han estado cuidando estos últimos días.

—¿Papá y Emily? ¿Pero por qué?

—Así es como quieren que sea —respondió Vera, pero pude ver que ella estaba muy preocupada.

Mi preocupación por mamá me sacó de la cama antes de lo previsto. Al principio del tercer día, después del nacimiento de Charlotte, me levanté. Inicialmente me movía como una viejecita, doblada y con tantos dolores como la señora Coons, pero a medida que iba desentumeciéndome respiraba profundamente y me enderezaba. Entonces salí de la habitación y fui a ver a mamá.

—¿Mamá? —dije, después de llamar suavemente a la puerta. No hubo respuesta, pero no parecía estar durmiendo. Después de cerrar la puerta, me giré y vi que tenía los ojos abiertos.

—Mamá —dije, dirigiéndome a ella—. Soy yo, Lillian. ¿Cómo estás hoy?

Me detuve antes de llegar a su cama. A mí me parecía que mamá había adelgazado otros quince kilos desde mi última visita. Su tez color magnolia estaba ahora amarillenta y enfermiza. Su bello pelo rubio, sin lavar, ni cepillar, ni recibir cuidado durante días, quizá semanas, estaba seco y feo. La edad, siguiendo a su enfermedad, se había apoderado de su cuerpo, haciendo incluso que se le arrugara la piel de los dedos. Había arrugas donde yo nunca las había visto. Sus mejillas y mandíbula quedaban bien dibujadas bajo la fina piel. A pesar de que la habían rociado abundantemente con su colonia de lavanda, haciendo que toda la habitación oliera, mamá parecía estar sucia, descuidada, tan sola y abandonada como cualquier mujer pobre pudriéndose en un hospital para indigentes.

Pero lo que más me asustaba era la forma en que los ojos vidriosos de mamá miraban fijamente el techo. No movía los ojos; ni tan siquiera le temblaban los párpados.

—¿Mamá?

Me quedé allí de pie, a su lado, mordiéndome el labio inferior para impedir sollozar en voz alta. Estaba tan quieta... No la sentía respirar. Su pecho no se movía bajo las mantas.

—Mamá —susurré—. Mamá, soy yo... Lillian. ¿Mamá? —Le toqué el hombro. Estaba tan fría que retiré la mano sorprendida y tragué saliva. A continuación, lentamente, centímetro a centímetro, acerqué la mano y le toqué la mejilla. También estaba fría—.

¡Mamá! —grité nerviosa, y en voz alta. Sus párpados ni siquiera se movieron. Suavemente, pero con firmeza, le sacudí el hombro. La cabeza se movía ligeramente de lado a lado, pero sus ojos permanecían quietos.

Esta vez mi grito fue horrible.

—¡MAMÁ!

La volví a zarandear una y otra vez, pero ella seguía sin mirarme ni moverse. El pánico se apoderó de mí, paralizándome. Me quedé allí, de pie, sollozando abiertamente y con los hombros temblorosos. ¿Cuánto tiempo hacía que nadie había venido a verla? me pregunté. Busqué rastros de la bandeja del desayuno, pero no vi nada. Ni siquiera había un vaso de agua en la mesilla de noche. Agarrándome el estómago, atragantándome con los sollozos, me volví y fui a la puerta de la serie de habitaciones de mamá. Me detuve para volver a mirarla: aparecía como un ser encogido y arrugado bajo el pesado edredón, con la cabeza sobre la almohada de seda que tanto había amado. Abrí la puerta para salir y gritar, pero me encontré directamente con papá. Él me cogió por los hombros.

—Papá —exclamé—. Mamá no respira. Mamá...

—Georgia ha muerto. Falleció mientras dormía —dijo papá secamente. No había lágrimas en sus ojos, ningún sollozo en sus voz. Estaba tan firme y derecho como siempre, los hombros tirados hacia atrás, la cabeza levantada con aquel orgullo Booth que yo tanto odiaba.

—¿Qué le ha ocurrido, papá?

Él me soltó los hombros y retrocedió.

—Hace meses el médico me dijo que creía que Georgia tenía un cáncer de estómago. No tenía ninguna esperanza, y me dijo que lo único que debía hacer era mantenerla cómoda y sin dolor el máximo tiempo posible.

—¿Por qué no me lo dijo nadie? —pregunté, agitando la cabeza, incrédula—. Por qué me ignorabas cuando te decía que tenía muy mal aspecto?

—Primero teníamos que ocuparnos de esta situación —contestó—. Cuando Georgia estaba lúcida le contaba lo que estábamos haciendo y ella juró que se mantendría con vida hasta que consiguiéramos nuestro objetivo. Si no hubieras adelantado el bebé, ella no habría podido cumplir su promesa.

—Papá ¿cómo puede importarte más este engaño que la vida de mamá? ¿Cómo puede ser? —exigí saber.

—Ya te lo he dicho —respondió con una mirada gélida—, no podíamos hacer nada más por ella. No tenía sentido abandonar nuestro plan sólo para mandarla a morir a un hospital, ¿verdad? En cualquier caso todos los Booth mueren en casa —concluyó—. Todos los Booth mueren en casa.

Me reprimí y me tragué los gritos, haciendo un esfuerzo para controlarme.

—¿Cuánto tiempo hace que está... está muerta, papá? ¿Cuándo ocurrió?

—Justo después de que te escaparas. De modo que ya ves —dijo, sonriendo alocadamente—; las oraciones de Emily surtieron efecto. El Señor esperó para llevarse a Georgia y cuando Él no pudo esperar más, te obligó a hacer lo que tenías que hacer y todo salió bien. Ya ves el poder de las oraciones, especialmente cuando las pronuncia alguien tan devoto como Emily.

—¿Habéis mantenido en secreto su muerte todos estos días? —pregunté, incrédula.

—Pensé en decir que murió al dar a luz, pero Emily y yo pensamos que deberíamos esperar un día o dos, explicando que la gran debilidad, junto con el esfuerzo del parto, había acabado con su vida, pero ella luchó noblemente durante días. Tal como lo haría cualquier esposa mía —añadió de nuevo, con la característica arrogancia de los Booth.

—Pobre mamá —susurré—. Pobre, pobre mamá.

—Nos hizo un gran servicio a todos, incluso al final de su vida —afirmó papá.

—¿Y qué hay de nosotros? ¿Qué servicio le hemos prestado nosotros, dejando que se prolongara su agonía y enfermedad? —contesté yo. Papá hizo una mueca, pero rápidamente recuperó la compostura.

—Ya te lo he dicho. No se podía hacer otra cosa y no tenía sentido perder la oportunidad de proteger el nombre de la familia Booth.

—¡El nombre de la familia! El nombre de la familia... ¡Maldito sea el nombre Booth!

Papá extendió el brazo y me dio un cachete.

—¿Dónde está ahora el honor de la familia, papá? ¿Cumple todo esto con la gran tradición del noble sur que tanto dices amar y valorar? ¿Estás orgulloso de ti mismo, papá? ¿Crees que tu padre y tu abuelo estarían orgullosos de lo que me has hecho y de lo que le has hecho a tu esposa? ¿De verdad crees que eres un verdadero caballero del sur?

—Vuelve a tu habitación —rugió, con el rostro encendido y congestionado—. Anda.

—No voy a permitir que me encierres más, papá —dije con desafío.

—Harás lo que yo te diga y lo harás ahora mismo, ¿me oyes?

—¿Dónde está mi hija? Quiero ver a mi hija —exigí. Dio un paso hacia mí y empezó a levantar el brazo de nuevo—. Puedes pegarme y pegarme, papá, pero no me moveré de aquí hasta que vea a mi hija, y cuando la gente venga al funeral de mamá y se percate de mis cardenales habrá muchos rumores acerca de los Booth —añadí.

Su brazo se paralizó en el aire. Le salía humo por las orejas, pero no me pegó.

—Pensé —dijo, bajando lentamente la mano— que algo de humildad habrías aprendido de todo esto, pero veo que sigues siendo una insolente.

—Estoy cansada, papá, cansada de mentiras y engaños, cansada del odio y la ira, cansada de oír hablar del demonio y del pecado cuando el único pecado del que soy aparentemente culpable es de haber nacido y vivido en esta horrible familia. ¿Dónde está Charlotte? —repetí.

Me miró fijamente durante unos instantes.

—No debes hablar de ella como tu hija —me ordenó.

—Lo sé.

—Hice que le prepararan una habitación en el viejo dormitorio de Eugenia y contraté los servicios de una niñera para que la cuide. La niñera se llama Clark, señora Clark. No le digas nada que le induzca a pensar algo distinto a lo que yo le he dicho —me avisó—. ¿Me oyes? —Asentí—. De acuerdo —dijo apartándose—. Puedes ir a verla, pero recuerda todo lo que te he dicho, Lillian.

—¿Cuándo tendrá lugar el funeral de mamá? —pregunté.

—Dentro de dos días —contestó—. Ahora avisaré al médico y a la funeraria para que la preparen.

Cerré los ojos y tragué saliva. A continuación, sin volver a mirarle, pasé por delante suyo hasta la escalera. Al atravesar el pasillo en el que Eugenia había pasado tanto tiempo, me sentí ligera: flotaba en el vacío.

La señora Clark parecía ser una mujer de cincuenta y cinco o sesenta años, morena, con suaves ojos castaños. Era una mujer pequeña, con una sonrisa de abuela y una voz agradable. Me pregunté cómo papá había conseguido encontrar a alguien tan apropiado, alguien tan cariñoso y perfecto para aquel trabajo. Se mostraba como alguien muy profesional y llevaba uniforme blanco.

Me sorprendió lo mucho que había cambiado la habitación de Eugenia. Una cuna con tocador haciendo juego había sustituido todos los viejos muebles de mi hermana, y el papel pintado era más claro para combinarlo mejor con las nuevas y alegres cortinas. Cualquiera que viniera a ver a la niña, y especialmente la nueva niñera, la señora Clark, creería que papá estaba encantado con la llegada del nuevo bebé.

Pero no me sorprendió que quisiera que la niña estuviera abajo y lejos de su dormitorio, el mío y el de Emily. Charlotte había sido un accidente y, con toda seguridad en la mente de Emily, era hija del pecado. Papá no quería enfrentarse a la realidad de lo que había hecho y cada vez que Charlotte lloraba, se acordaba del pecado. Era comprensible que no quisiera verla.

La señora Clark se levantó de la silla al lado de la cuna cuando entré en la habitación.

—Hola —dije—. Soy Lillian.

—Sí, querida. Tu hermana Emily me ha hablado mucho de ti. Siento que no te hayas encontrado muy bien estos días. Ni siquiera has podido ver a tu hermanita, ¿verdad? —preguntó, y a continuación le dedicó una gran sonrisa a mi hija, que estaba en la cuna.

—No —mentí.

—La pequeña está durmiendo, pero puedes acercarte a mirarla —dijo la señora Clark.

Me acerqué a la cuna y contemplé a Charlotte. Parecía muy pequeña, pues su cabeza no era más grande que una manzana. Sus pequeños puños estaban cerrados mientras dormía, y sus dedos eran rosados y blancos. Deseaba con todas mis fuerzas cogerla en brazos, abrazarla y llenar su pequeña cara de besos. Era difícil creer que alguien tan bello y precioso pudiera ser el fruto de tanto dolor y agonía. Llegué a creer incluso que sentiría cierto resentimiento al verla por primera vez, pero en cuanto vi aquella pequeña nariz y su boca, la diminuta barbilla y el cuerpo de muñeca, sólo sentí una gran ternura y amor.

—Ahora tiene ojos azules, pero los bebés cambian de color a medida que crecen —dijo la señora Clark—. Y, como puedes ver, su cabello es marrón claro con muchos mechones dorados; por cierto, igual que el tuyo. Pero eso no es extraño. Las hermanas, a menudo, tienen el mismo color de pelo. ¿De qué color tiene el pelo tu madre? —preguntó inocentemente, y yo empecé a temblar. Las lágrimas me rodaron por las mejillas—. ¿Qué ocurre, querida? —preguntó la señora Clark, retrocediendo—. ¿Te duele algo?

—Sí, señora Clark... tengo un gran, un gran dolor. Mi madre... mi madre ha fallecido. El nacimiento del bebé y su debilitado estado han sido demasiado para ella —dije, con la sensación de que papá era un ventrílocuo y yo su marioneta. La señora Clark se quedó boquiabierta y a continuación me abrazó rápidamente.

—Pobre niña —dijo mirando a Charlotte—. Pobres niñas —dijo—. Con tanta felicidad y tener que soportar todo este dolor y tristeza.

Acababa de conocer a esta simpática mujer y no sabía casi nada de ella, pero sus brazos eran reconfortantes y su hombro acogedor. Hundí el rostro en él y lloré hasta la saciedad. Mis sollozos despertaron a la pequeña Charlotte. Rápidamente, me sequé las lágrimas y observé que la señora Clark la sacaba de la cuna.

—¿Quieres sostenerla? —me preguntó.

—Oh, sí —dije—. Tengo muchas ganas.

La cogí en brazos y la mecí suavemente, besando su pequeña mejilla y frente. En pocos segundos cesaron sus llantos y volvió a dormirse.

—Lo has hecho muy bien —dijo la señora Clark—. Algún día serás una madre estupenda, estoy segura.

Incapaz de decir una palabra, devolví a Charlotte a la señora Clark y huí de la habitación con el corazón destrozado.

Aquella tarde llegaron los de la funeraria y prepararon el cadáver de mamá. Papá, al menos, me permitió que eligiera el vestido con el que iba a ser enterrada, diciendo que yo sabría mejor que Emily qué vestido hubiera escogido mamá. Elegí algo alegre, algo muy bonito, uno que realmente le hiciera sentir como la señora de una gran plantación sureña; un vestido de blanco satén con bordado en el dobladillo de la falda. Emily se quejó, claro está, afirmando que el vestido era demasiado festivo para un muerto.

Pero yo sabía que la gente vendría a dar el pésame y sabía que a mamá no le hubiera gustado estar fea y desaliñada.

—La tumba —declaró Emily con su característico tono profético— es el único lugar al que uno no puede llevarse la vanidad.

Pero yo no cedí.

—Mamá ya sufrió bastante cuando vivía en esta casa —dije con firmeza—. Es lo menos que podemos hacer por ella ahora.

—Ridículo —murmuró Emily, pero papá le debió decir que evitara los conflictos y el malestar durante el período de duelo. Había demasiadas visitas y ya corrían demasiados rumores acerca de nosotros. Emily, simplemente, se dio media vuelta y me dejó con la gente de la funeraria. Yo les entregué la ropa de mamá, incluyendo los zapatos y sus collares y pulseras preferidas. Les pedí que le cepillaran el cabello y les dejé sus polvos perfumados.

El ataúd se colocó en la sala de lectura de mamá, donde había pasado tanto tiempo entregada a los libros. Emily y el reverendo colocaron las velas y extendieron un manto negro en el suelo, bajo el ataúd. Ella y el sacerdote se quedaron en la puerta, saludando a la gente que venía a dar el pésame.

Pero Emily me sorprendió realmente aquellos días de luto. Por un lado no abandonó la sala excepto para ir al lavabo y, por otro, inició un severo ayuno tomando únicamente agua. Se pasó incontables horas de rodillas, rezando al lado del ataúd de mamá y permaneció allí incluso durante la noche. Yo lo sabía porque bajaba cuando no podía dormir, y la encontraba en la sala, cabizbaja, las velas parpadeando en la oscura estancia.

Ni siquiera levantó la cabeza cuando entré y me acerqué al ataúd. Me quedé allí de pie, contemplando el delgado rostro de mamá, imaginando una ligera y suave sonrisa en los labios. Me gustaba creer que su alma se sentía complacida y que le gustaba lo que yo había hecho por ella. Su aspecto en presencia de otros, especialmente otras mujeres, era muy importante para ella.

El funeral fue uno de los más relevantes de nuestra comunidad. Incluso vinieron los Thompson, habiendo encontrado en su corazón la generosidad de perdonar a los Booth por la muerte de Niles y rezar junto a nosotros en la iglesia y en el cementerio. Papá se puso un elegante traje oscuro y Emily su mejor vestido para la ocasión. Yo también iba de negro, pero me puse la pulsera con colgantes que mamá me había regalado para mi cumpleaños hacía dos años. Charles y Vera se pusieron sus trajes de domingo y Luther vestía un pantalón largo y camisa de vestir. Ofrecía un aspecto confuso y serio, cogido como estaba de la mano de su madre. La muerte es la cosa más confusa y misteriosa de este mundo para un niño que se despierta cada día pensando que todo lo que hace o ve es inmortal, especialmente sus padres y los padres de otros jóvenes.

Pero aquel día no me dediqué realmente a contemplar a los asistentes. Cuando el reverendo inició el servicio religioso, yo tenía los ojos puestos en el ataúd de mamá, ahora cerrado. No lloré hasta que llegamos a la tumba y colocaron a mamá en el hoyo, junto al ataúd de Eugenia. Recé y deseé que estuvieran juntas de nuevo. Con toda seguridad mi deseo reconfortaría a las dos.

Papá se frotó los ojos una vez con el pañuelo antes de que nos alejáramos de la tumba, pero Emily no derramó ni una sola lágrima. Si había llorado, lo había hecho en su interior. Me percaté de cómo la miraban algunas personas, susurrando y moviendo negativamente la cabeza. A Emily le importaba un comino lo que la gente pensaba de ella. Era de la opinión de que nada en este mundo, nada de lo que la gente hiciera o dijese, nada de lo que ocurriera, era tan importante como lo que venía después. Tenía la atención puesta en el más allá, y en la preparación del viaje que transcurriría por el camino de la gloria.

Pero yo ya no la odiaba por su comportamiento. Algo había sucedido en mi interior como consecuencia del nacimiento de Charlotte y la muerte de mamá. La ira y la intolerancia se vieron sustituidos por la pena y la paciencia. Por fin me había dado cuenta de que Emily era la que más compasión merecía de las tres. Incluso la pobre y enfermiza Eugenia había tenido más suerte, ya que había podido disfrutar un poco de este mundo, de la belleza y el cariño, mientras que Emily era incapaz de nada que no fuera tristeza y pena. Su lugar estaba en los cementerios. Desde que supo andar se empezó a comportar como un empleado de pompas fúnebres. Se cubría de sombras y ella sola, en sí misma, encontraba paz y seguridad rodeada siempre de historias y palabras bíblicas perfectamente recitadas bajo cielos grises.

El funeral y sus secuelas le proporcionaron a papá otra excusa para seguir bebiendo. Se sentó con sus compañeros de juego y tragó vasos y vasos de bourbon hasta que se quedó dormido en la silla. Durante los días siguientes papá sufrió un cambio dramático en sus costumbres y comportamiento. Por un lado ya no se levantaba pronto por la mañana, y siempre solía estar sentado a la mesa cuando yo llegaba. Empezó a llegar tarde. Una mañana ni siquiera apareció, y yo le pregunté a Emily dónde estaba. Ella se limitó a mirarme y a negar con la cabeza. A continuación susurró en voz baja una de sus oraciones.

—¿Qué ocurre, Emily? —quise saber.

—Papá está sucumbiendo al diablo, cada día un poco más —afirmó.

Yo casi me eché a reír. ¿Cómo no podía haberse dado cuenta Emily de que papá llevaba ya mucho tiempo negociando con Satanás? ¿Cómo podía excusarle por beber y jugar, así como las deplorables actividades cuando estaba fuera de casa en los llamados viajes de negocios? ¿Tan ciega estaba por su estúpida fe de carbonero cuando estaba en casa? Sabía perfectamente lo que me había hecho a mí, y sin embargo intentaba excusarlo culpándome a mí y al demonio. ¿Qué parte de responsabilidad tenía él?

Lo que en realidad le molestaba a Emily era que papá ni siquiera se preocupaba en cubrir las apariencias. No venía a la mesa por la mañana para decir sus oraciones y no leía la Biblia. Cada noche se quedaba dormido bebiendo, y cuando se levantaba ni siquiera se vestía correctamente. No se afeitaba; ya no observaba un aspecto pulcro. En cuanto podía abandonaba la casa para sumirse en sórdidos antros, donde jugaba toda la noche haciendo partidas de cartas en salas llenas de humo. Nosotros sabíamos que había mujeres de mala reputación en aquellos lugares, mujeres cuyo único fin era entretener y dar placer a los hombres.

La bebida, los amoríos y el juego distrajeron a papá y ya no se ocupaba de llevar The Meadows. Pasaban semanas y los trabajadores se quejaban de no recibir el sueldo. Charles intentaba reparar y mantener en buen estado la vieja maquinaria, pero era como un niño intentando que no se produjera una inundación tapando el agujero con el dedo. Cada vez que se quejaba o le daba una mala noticia, papá se ponía a gritar y a chillar como un energúmeno culpando al gobierno o a los extranjeros. Normalmente todo acababa en un estupor alcohólico, sin hacer nada, sin resolver ningún problema.

Poco a poco, The Meadows empezó a parecerse a las viejas plantaciones desiertas o destruidas por la Guerra Civil. Sin dinero para pintar las vallas y los graneros, cada vez con menos trabajadores dispuestos a aguantar las iras, rabietas y dilaciones de papá a la hora de pagarles sus justos salarios, The Meadows inició su decadencia hasta que sólo quedaron unos pequeños ingresos para sostener lo poco que quedaba.

Emily, en lugar de criticar abiertamente a papá, decidió inventar formas de ahorrar y economizar en la casa. Le ordenó a Vera que sirviera comidas más y más baratas. Grandes sectores de la casa se mantenían a oscuras, fríos y ni siquiera se quitaba el polvo. Un manto de desgracias cayó sobre lo que en el pasado había sido una bella y orgullosa plantación sureña.

Los recuerdos de las grandes barbacoas de mamá, las elegantes cenas, el sonido de risas y música se fueron perdiendo, se retiraron a las sombras para sepultarse entre las tapas de los álbumes de fotos. El piano ya no estaba afinado, las cortinas empezaron a llenarse de suciedad y polvo, y el antiguo y espléndido paisaje de flores y arbustos sucumbió a la invasión de las malas hierbas.

Todo lo que para mí había sido bello e interesante había desaparecido, pero tenía a Charlotte y ayudaba a la señora Clark a cuidarla. Juntas la vimos crecer hasta que dio el primer paso y dijo la primera palabra comprensible. No fue mamá ni papá. Dijo Lil... Lil.

—Qué bonito y adecuado que sea tu nombre la primera palabra sensata que pronuncia —afirmó la señora Clark. Claro está, no sabía lo maravilloso y adecuado que realmente era, aunque en algunas ocasiones yo pensé que sabía más de lo que fingía. ¿Cómo podía mirarme a la cara cuando sostenía a Charlotte o jugaba, o le daba de comer y no darse cuenta de que Charlotte era mi hija y no mi hermana? ¿Y cómo no podía darse cuenta de la forma en que papá evitaba a la niña y no pensar que era muy raro?

Bien, hacía algunas de las cosas más elementales. Pasaba por su habitación ocasionalmente para ver a Charlotte vestida con algo bonito o para verla subir los primeros escalones. Incluso llamó a un fotógrafo para que fotografiara a sus «tres» hijas, pero en general, trataba a Charlotte como a alguna pupila que debía custodiar.

Aproximadamente un mes después del fallecimiento de mamá, regresé a la escuela. La señorita Walker seguía siendo la profesora, y se quedó bastante sorprendida al ver lo bien que había mantenido mi nivel de estudios. De hecho, no pasaron más de unos cuantos meses antes de que me pusiera a su lado a enseñar a los niños más jóvenes haciendo el papel de ayudante. Emily no iba ya a la escuela y no le interesaba lo que yo hiciera allí. A papá tampoco le interesaba.

Pero todo aquello tuvo un brusco final cuando Charlotte cumplió los dos años. Papá anunció a la hora de cenar que iba a tener que despedir a la señora Clark.

—Ya no podemos pagarle —afirmó—. Lillian, tú y Emily y Vera cuidaréis a la niña a partir de ahora.

—¿Qué pasa con el colegio, papá? Yo tenía intención de hacerme maestra.

—Tendrás que dejarlo —contestó—. Hasta que las cosas mejoren.

Pero yo sabía que las cosas no mejorarían, nunca. Papá había perdido todo interés en sus asuntos y se pasaba la mayor parte del tiempo bebiendo y jugando. En pocos meses había envejecido años. Las canas le habían invadido el cabello, sus mejillas y barbilla estaban hundidas y tenía grandes ojeras y bolsas bajo los ojos.

Poco a poco, empezó a vender la mayor parte de las mejores tierras del sur. Los terrenos que no vendía los arrendaba, y se quedaba satisfecho con los escuetos ingresos que obtenía. En cuanto tenía dinero en las manos desaparecía corriendo a jugárselo en alguna partida de cartas.

Ni Emily ni yo sabíamos lo mal que estaban las cosas hasta que regresó una noche, tarde, después de una velada siniestra de borrachera y cartas y entró en su despacho. Tanto a Emily como a mí nos despertó el estampido de un pistoletazo. El alma se me cayó a los pies. Mi corazón se desbocó. Me incorporé rápidamente y escuché, pero sólo se percibía un silencio mortal. Me puse la bata y las zapatillas y salí corriendo de la habitación, encontrándome a Emily en el pasillo.

—¿Qué ha sido eso? —pregunté.

—Vino de abajo —contestó. A continuación me miró con una mirada cargada de malos presagios y las dos bajamos las escaleras. Emily sostenía una vela porque ahora manteníamos oscura la parte de abajo cuando todos nos retirábamos por la noche.

Un destello de luz salía de la puerta abierta. Con el corazón en la garganta, caminé unos pasos detrás de Emily y entré tras ella. Allí encontramos a papá, hundido en el sofá, con la pistola en la mano y humeante todavía. Había intentado suicidarse, pero había apartado la pistola de la sien en el último momento, disparando la bala contra la pared.

—¿Qué ha pasado? ¿Qué ha ocurrido, papá? —exigió saber Emily—. ¿Por qué estás ahí sentado con esa pistola?

—Mejor sería estar muerto —dijo—. En cuanto recupere la fuerza volveré a intentarlo —gimió en un tono de voz tan poco habitual en él que tuve que mirarle dos veces.

—No lo harás —espetó Emily. Le arrancó la pistola de la mano—. El suicidio es un pecado. No matarás.

Él la miró con ojos patéticos. Nunca le había visto tan débil y derrotado.

—No sabes lo que he hecho, Emily. No tienes ni idea.

—Entonces dímelo —dijo ella severamente.

—Me jugué The Meadows en una partida de cartas. He perdido la herencia de mi familia —gimió—. A un hombre llamado Cutler. Y ni siquiera es granjero. Tiene un hotel en la playa —dijo con desdén.

Me miró a mí, y a pesar de todo lo que nos había hecho a mí y a mamá, sólo pude compadecerme de él.

—Lo he hecho, Lillian —dijo—. El hombre puede echarnos de la casa en cuanto quiera.

Lo único que hizo Emily fue murmurar una de sus oraciones.

—Eso es ridículo —dije—. Algo tan grande y tan importante como The Meadows no puede perderse en una partida de cartas. Es imposible. —Papá abrió los ojos, sorprendido—. Estoy segura de que encontraremos la forma de que nada de eso ocurra —afirmé con tanta seguridad y autoridad que me sorprendí de mí misma—. Ahora vete a dormir, papá, y mañana por la mañana, con la cabeza clara, encontrarás la forma de resolver el problema.

Me di media vuelta y le dejé sentado, boquiabierto, sin estar demasiado segura de por qué de pronto era tan importante proteger esta depauperada plantación sureña que había sido para mí una prisión además de un hogar. Una cosa, al menos, estaba clara: no era importante porque fuera el hogar de los Booth.

Quizá fuera importante porque había sido el hogar de Henry, y de Louella y de Eugenia y de mamá. Quizá fuera importante en sí misma, por las mañanas primaverales llenas de sinsontes y arrendajos, por los magnolios en el patio y la glicinia que cubría las viejas vallas. Quizá no se mereciera lo que le estaba ocurriendo.

Pero no tenía ni idea de cómo salvarla. No tenía ni idea de cómo salvarme a mí misma.

EL PASADO SE DESPIDE.
LLEGA EL FUTURO

Durante los días que siguieron, papá no mencionó la pérdida de The Meadows en una partida de póker. Pensé que quizá se había serenado y había encontrado la forma de resolver el problema. Pero una mañana, a la hora del desayuno, se aclaró la garganta, se estiró el bigote y anunció:

—Bill Cutler pasará esta tarde a ver la casa y el terreno.

—¿Bill Cutler? —preguntó Emily, arqueando las cejas. No le gustaba tener visitas, especialmente si eran de desconocidos.

—El hombre que me ganó la plantación —respondió papá, casi atragantándose con las palabras. Agitó el puño cerrado delante del rostro—. Si sólo pudiera reunir una cantidad de dinero para apostar, podría volver al juego y ganar la plantación con la misma rapidez con que la perdí.

—El juego es un pecado —afirmó Emily con expresión severa.

—Yo ya sé lo que es pecado y lo que no lo es. Es un pecado perder la plantación de mi familia. Eso sí que es un pecado —rugió papá, pero Emily ni tan siquiera pestañeó. No retrocedió ni un centímetro, ni alteró su postura condescendiente. En una batalla de miradas, Emily era invencible. Papá apartó la mirada y masticó la comida furiosamente.

—Si este hombre vive en Virginia Beach, papá, ¿para qué quiere una plantación aquí? —pregunté.

—Para venderla, imbécil —espetó.

Quizá fuera el ejemplo de Emily sentada tan firmemente y con seguridad al otro lado de la mesa, o quizá fuera mi creciente seguridad en mí misma. Fuera lo que fuera, no retiré mis palabras.

—El mercado del tabaco está deprimido, especialmente para los pequeños granjeros; nuestros edificios están en mal estado. La mayor parte del material está viejo y gastado. Charles se queja continuamente de que las cosas se rompen. No tenemos ni la mitad de vacas y pollos que teníamos antes. Los jardines y las fuentes, al igual que los setos, hace meses y meses que no se cuidan. Incluso la casa está pidiendo a gritos una urgente reforma. Encontrar a alguien que compre otra vieja y pobre plantación no le va a resultar nada fácil —señalé.

—Sí, bueno, eso es verdad —admitió papá—. No va a conseguir una gran fortuna, eso está claro, pero gane lo que gane será un dinero llovido del cielo, ¿verdad? Además, cuando le conozcas, te darás cuenta de que es el tipo de hombre al que le gusta jugar con la vida y las posesiones de los demás. No necesita el dinero —murmuró papá.

—Estás pintando el retrato de un monstruo —dije. Papá abrió los ojos como platos.

—Sí, bueno, no vayas a ser mal educada cuando pase por aquí. Yo quiero poder hablar con él, ¿me oyes?

—En lo que a mí se refiere, no tengo por qué verlo en absoluto —dije, y realmente no tenía el menor deseo de conocer a ese hombre. Le hubiera eludido, también, si papá no le hubiera traído a la habitación de Charlotte cuando yo estaba jugando con ella. Estábamos las dos en el suelo, Charlotte fascinada con uno de los cepillos de mango de madreperla que había estado utilizando para cepillarle el cabello. Cuando estaba con ella, me olvidaba de todo y de todos. Me abrumaba la fuerza que me invadía, recordándome que estaba tocando y besando un bebé nacido de mi propia carne. De modo que no oí los pasos en el corredor ni me di cuenta de que me estaban observando.

—¿Y quién es ésta? —oí que decía alguien, y miré el umbral de la puerta donde estaba papá con un desconocido alto y moreno. Me observaba con unos pícaros ojos morenos, y una sonrisa tímida en los labios. Era delgado y de hombros anchos, con brazos largos y manos elegantes, manos que no mostraban señales de haber hecho ningún trabajo duro sino que estaban tan cuidadas como las de una mujer. Más adelante, descubriría que las durezas que tenía eran durezas causadas por la navegación, lo cual explicaba también su tez morena.

—Éstas son mis otras dos hijas —dijo papá—. El bebé se llama Charlotte y ésta es Lillian. —Papá hizo un gesto con la cabeza para que me pusiera de pie y saludara cortésmente al desconocido. De mala gana, me incorporé, me alisé la falda y di un paso hacia adelante.

—Hola, Lillian. Yo soy Bill Cutler —dijo, extendiendo sus suaves dedos. Le cogí la mano y le saludé, peró él no me la soltó inmediatamente. En vez de ello, amplió la sonrisa y se quedó embelesado, subiendo la mirada lentamente desde los pies y deteniéndose en mis pechos y rostro.

—Hola —dije. Suavemente pero con firmeza extraje mi mano de la suya.

—¿Te ocupas de la niña ahora? —preguntó. Yo miré a papá, que permanecía tieso con los ojos fijos sobre mí mientras se atusaba nerviosamente el bigote.

—Comparto las responsabilidades con nuestra ama de llaves, Vera, y mi hermana Emily —respondí rápidamente, pero antes de que pudiera darme la vuelta él volvió a dirigirse a mí.

—Me apuesto cualquier cosa que al bebé le gusta más estar contigo que con los demás —dijo.

—A mí me gusta estar con ella.

—Eso es; eso es. Y un bebé eso lo intuye. Yo lo he visto con algunas de las familias que vienen a mi hotel. Tengo un lugar muy bonito al lado del mar —alardeó.

—Qué bien —dije con todo el firme desinterés que pude. Pero él no se desanimó. Se mantuvo firme como un árbol. Yo cogí a Charlotte en brazos. Ella miraba con interés a Bill Cutler, pero la atención de éste estaba puesta en mí.

—Me apuesto a que tu padre no os lleva nunca en coche a la playa, ¿verdad?

—No tenemos tiempo para viajes de placer —dijo rápidamente papá.

—No, supongo que no, perdiendo como pierdes a las cartas —dijo Bill Cutler. El rostro de papá enrojeció. Se le dilataron las aletas de la nariz y sus labios se tensaron, pero mantuvo la indignación bien callada en su interior—. Claro, es una pena para ti y tus hermanas, Lillian —dijo Bill Cutler, dirigiéndose a mí—. Las mujeres jóvenes deberían ir a la playa, especialmente las mujeres guapas —añadió, mientras sus ojos resplandecían de picardía.

—Papá tiene razón —dije—. Tenemos mucho que hacer por aquí, pues la plantación está muy mal —dije—. No hemos podido mantenerla y tenemos que pasar con lo que hay.

Los ojos de papá se abrieron como platos, pero yo pensé que haría todo lo que pudiera para que a Bill Cutler The Meadows le pareciera más una carga que una bendición.

—Parece que cada día algo nuevo se rompe o tiene lugar alguna desgracia. ¿Verdad, papá?

—¿Qué? —se aclaró la garganta—. Sí.

—Bueno, parece que tienes una chica muy inteligente en la familia, Jed —dijo con una sonrisa—. La has mantenido en secreto... muy en secreto. ¿Qué me dices de prestármela un ratito?

—¿Qué? —pregunté rápidamente. Él se echó a reír.

—Para enseñarme el lugar —me explicó—. Me apuesto cualquier cosa a que una visita contigo será más instructiva y placentera que con Jed. ¿Jed?

—Tiene que cuidar al bebé —dijo papá.

—Vamos, Jed. Puedes pasar sin ella una hora o dos. Me haría muy feliz —añadió, clavando sus ojos morenos sobre papá. Papá parecía incómodo. No le gustaba estar en este aprieto, presionado y controlado, pero no pudo más que asentir.

—De acuerdo. Lillian, acompaña al señor Cutler. Enséñale lo que quiera ver. Yo le diré a Vera que venga a cuidar de Charlotte —dijo papá. Sacando humo por las orejas, salió en busca de Vera.

—Mi padre sabe más de la plantación que yo —me quejé, y metí a Charlotte en el parque.

—Quizá. O quizá no. Yo no soy ningún imbécil. Salta a la vista que no ha estado cuidando este lugar como se merece. Se acercó a mí, se acercó tanto que sentí su cálido aliento en la nuca—. Me apuesto a que haces muchas cosas por aquí, ¿verdad?

—Cumplo con mis tareas —dije, inclinándome para darle al bebé uno de sus juguetes. No quería mirar a Bill Cutler. Me sentía incómoda bajo aquel escrutinio masculino. Cuando Bill Cutler me miraba, me miraba toda entera, los ojos viajando de arriba abajo cada vez que hablaba. Yo me sentía como debían sentirse las esclavas cuando las exhibían para la subasta.

—¿Y en qué consisten esas tareas? Además de cuidar de tu hermana, claro está.

—Ayudo a papá en la contabilidad —dije. La sonrisa de Bill Cutler se amplió.

—Pensé que quizá harías alguna cosa así. Pareces una joven muy lista, Lillian. Me apuesto lo que sea a que sabes cuál es su activo y pasivo hasta el último centavo.

—Sé únicamente lo que papá quiere que sepa —dije rápidamente. Él se encogió de hombros.

—No he encontrado todavía una mujer que deje que un hombre controle lo que quiere hacer o saber, si tiene la mente para hacerlo o saberlo —bromeó. Tenía una forma de mover los ojos y juntar los labios que hacía que todo lo que decía pareciera tener un significado ambiguo y libertino. Me alegré cuando Vera entró por la puerta.

—Me ha mandado el Capitán —dijo.

—¿El Capitán? —repitió Bill Cutler, y se echó a reír—. ¿Quién es el Capitán?

—El señor Booth —respondió.

—¿Capitán de qué? ¿De un barco que se hunde? —Volvió a reír. A continuación extendió el brazo para que lo cogiera—. ¿Señorita Booth?

Yo lancé una mirada a Vera que parecía confusa e irritada, y a continuación, de mala gana, cogí el brazo que me ofrecía Bill Cutler y dejé que me llevara.

—¿Examinamos primero la finca? —preguntó cuando llegamos a la entrada.

—Lo que más le plazca, señor Cutler —contesté.

—Oh, por favor, llámeme Bill. Soy Willian Cutler segundo, pero prefiero que me llamen Bill. Es más... informal, y me gusta ser informal con las mujeres guapas.

—Me lo imagino —dije, y él se echó a reír a carcajadas.

Cuando salimos al porche, él se detuvo y observó los terrenos. Mostrarlos me hacía sentir vergüenza. Me dolía el corazón ver cómo se habían estropeado los parterres, cómo se habían oxidado los bancos y cómo el agua sucia manaba de las fuentes.

—Debe de haber sido una plantación preciosa en el pasado —comentó Bill Cutler—. Al recorrer el sendero de la entrada no pude evitar imaginármela en sus buenos tiempos.

—Sí que era preciosa —dije con tristeza.

—Ése es el problema del viejo sur. No quiere convertirse en el nuevo sur. Esos viejos dinosaurios se niegan a admitir que perdieron la Guerra Civil. Los hombres de negocios tienen que buscar nuevas y más modernas maneras de hacer las cosas, y si las buenas ideas proceden del norte, por qué no utilizarlas también. Ahora mismo, yo por ejemplo —dijo—, yo he cogido la pensión de mi padre y la he convertido en un lugar elegante. Tengo una clientela rica y de buena posición. Es una propiedad excelente en primera línea de mar. Con el tiempo... con el tiempo, Lillian, seré un hombre rico. —Hizo una pausa—. Aunque no se puede decir que no lo sea ya.

—Debes tener mucho dinero, pasándote todo el tiempo jugando a cartas y ganando los hogares y propiedades de otras personas más desafortunadas —espeté. Él volvió a reírse a carcajadas.

—Me gusta tu forma de ser, Lillian. ¿Cuántos años tienes?

—Pronto cumpliré los diecisiete —dije.

—Una edad estupenda... inocente y a la vez sofisticada, Lillian. ¿Has tenido muchos novios?

—Ése no es asunto tuyo. ¿Quieres hacer un recorrido de la plantación o una incursión a mi pasado? —respondí. Él volvió a reírse. Parecía que nada de lo que yo pudiera hacer o decir le molestaría. Cuanto más obstinada y antipática era, mejor le caía. Frustrada, bajé los escalones y le llevé a ver los graneros, el cuarto de los ahumados, el mirador y los cobertizos llenos de herramientas viejas y oxidadas. Le presenté a Charles, quien le explicó lo mal que estaban las cosas y cuánta maquinaria había que comprar. Él escuchó, pero yo observé que por muchas cosas que le enseñara y por muchas personas que le presentara, no hacía más que mirarme a mí.

Hacía que me palpitara el corazón, pero no de forma agradable. No me miraba con ojos tiernos, dulces y cariñosos como había hecho Niles; me observaba con un lascivo y desenfrenado deseo. Cuando le hablaba y le describía la plantación, me escuchaba, pero no oía ni una palabra. En vez de ello, se quedaba allí de pie con torcida sonrisa, los ojos llenos de deseo.

Por fin, le anuncié que nuestro paseo había terminado.

—¿Tan pronto? —se quejó—. Justo cuando estaba empezando a divertirme.

—Eso es todo lo que hay —dije. No iba a alejarme demasiado de la casa con él, pues no me sentía segura a solas con el señor Bill Cutler—. Como ves has ganado un buen dolor de cabeza —añadí—. Lo único que conseguirá The Meadows es chuparte el dinero.

Él se rió.

—¿Tu padre te ha entrenado para que digas todo eso? —preguntó.

—Sr. Cutler...

—Bill.

—Bill. ¿No has oído o visto nada a lo largo de esta visita: Afirmas ser uno de los jóvenes, modernos y sabios hombres de negocios. ¿Estás diciendo que estoy exagerando?

Adoptó una actitud pensativa y a continuación se giró, observando el entorno como si sus ojos acabaran de abrirse y fuera consciente del mal estado de The Meadows. Entonces asintió.

—Tiene sentido lo que dices... —dijo, sonriendo—, pero yo no he pagado ni un centavo por esto y podría simplemente subastarlo todo, poco a poco, si quisiera.

—¿Lo harás? —pregunté con el corazón acongojado.

Él me miró de soslayo.

—Quizá. Quizá no. Depende.

—Depende de qué? —pregunté.

—Simplemente depende —dijo, y entonces entendí por qué papá había dicho que a este hombre le gustaba jugar con las vidas y bienes de las demás personas.

Yo empecé a dirigirme rápidamente a la casa y él pronto se unió a mí.

—¿Aceptarías que te invitara a cenar conmigo en mi hotel esta noche? —preguntó—. No es un lugar muy elegante, pero...

—No, gracias —dije con celeridad—. No puedo.

—¿Por qué no puedes? Tan ocupada estás haciendo la ruinosa contabilidad de tu padre? —preguntó, evidentemente no acostumbrado a que le rechazaran.

Yo me volví hacia él.

—¿Por qué no nos limitamos a decir que estoy ocupada y lo dejamos en eso?

—Menudo orgullo —murmuró—. Está bien. Me gustan las mujeres con coraje. Son mucho más interesantes en la cama.

Me sonrojé y me giré de nuevo.

—Eso es de muy mala educación y totalmente inapropiado, señor Cutler —le respondí—. Quizá para usted los caballeros del sur sean unos dinosaurios, pero al menos saben ser educados con las mujeres. —Una vez más se rió a carcajadas, y yo me alejé dejándole muerto de risa.

Pero muy a pesar mío, casi media hora después, apareció de nuevo en el umbral de la puerta del cuarto de Charlotte para anunciarme que le habían invitado a cenar en casa.

—Simplemente he pasado para decirte que, dado que no has aceptado mi invitación a cenar, yo he aceptado la invitación de tu padre —dijo, la mirada llena de alegría.

—¿Papá te ha invitado? —pregunté incrédula.

—Bueno —respondió, guiñando un ojo—, digamos que le he obligado a hacerlo. Espero con ilusión verte más tarde —bromeó, se levantó el sombrero, y se marchó.

Me daba mucha rabia que un hombre tan grosero y arrogante pudiera meterse en nuestra casa y hacer lo que quisiera con nosotros. Y todo por culpa de las estúpidas apuestas de papá. No podía evitar el estar de acuerdo con Emily esta vez; el juego era malo, era como una enfermedad, casi tan mala como el alcoholismo de papá. Por mucho que le doliera o que le perjudicara, no podía evitar hacerlo una y otra vez. Sólo que ahora también nosotros íbamos a sufrir.

Abracé a la pequeña Charlotte y le cubrí las mejillas de besos. Ella se rió y con los pequeños dedos jugó con mis mechones de pelo.

—¿En qué clase de mundo vas a crecer, Charlotte? Espero y deseo que sea mejor de lo que ha sido para mí.

Ella me miró fijamente, con los ojos llenos de interés dado mi tono de voz y porque unas pequeñas e infantiles lágrimas resbalaron y cayeron de mis ojos tristes.

A pesar del estado de nuestra economía, papá le ordenó a Vera que preparara una cena mucho mejor de la que estábamos acostumbrados a tomar en aquella época. Su orgullo sureño no le permitía menos, y a pesar de que Bill Cutler no le caía bien y le odiaba por haberle ganado The Meadows en una partida de cartas, no podía ofrecerle unos alimentos sencillos servidos en una vajilla ordinaria. En vez de ello, Vera tuvo que sacar nuestra mejor porcelana y cristal. Se colocaron grandes velas blancas en los candelabros de plata, y un enorme mantel de lino blanco que yo no había visto utilizar en años cubría la mesa del comedor.

A papá sólo le quedaban unas pocas botellas de vino de marca, pero dos de ellas se sirvieron para acompañar el pato. Bill Cutler insistió en sentarse a mi lado. Iba elegante y formalmente ataviado y, he de confesarlo, estaba guapo. Pero su aire irreverente, su sonrisa sardónica, y sus continuos intentos de seducción me irritaron y desanimaron. Vi lo mucho que Emily le odiaba, pero cuanto más furiosamente le miraba ella más parecía él disfrutar de la cena.

Casi se echó a reír cuando Emily empezó la lectura de la Biblia y las oraciones.

—¿Hacen esto cada noche? —preguntó escéptico.

—Claro —respondió papá—. Somos personas religiosas.

—¿Tú, Jed? ¿Religioso? —Se echó a reír, la cara roja por las tres copas de vino que ya había consumido. Papá nos miró rápidamente a mí y a Emily y también se sonrojó, aunque se tragó la ira. Bill Cutler tuvo el buen sentido de cambiar rápidamente de tema. Se deshizo en elogios hacia la comida y halagó tanto a Vera que ésta se sonrojó. Durante toda la cena, Emily le observó con tanto asco y odio en el rostro que yo tuve que ocultar una sonrisa en la servilleta. Llegó un momento en que Bill Cutler evitó mirarla hablando sólo con papá y conmigo.

Nos describió su hotel, la vida en la playa, sus viajes y algunos de los planes que tenía para el futuro. A continuación él y papá empezaron a discutir acaloradamente acerca de la economía y lo que el gobierno debía o no hacer. Después de cenar, los dos pasaron al despacho de papá a fumar un puro y a tomar un brandy. Yo ayudé a Vera a recoger la mesa y Emily fue a cuidar de Charlotte.

A pesar de lo que había ocurrido y de lo que sabía, Emily adoptaba un papel más fraternal hacia Charlotte de lo que había hecho conmigo. Intuí que había asumido un papel protector con mi bebé, y cuando le hablé de ello un día contestó con sus habituales creencias y predicciones religiosas.

—Esta niña es la más vulnerable a Satanás, ya que nació de la más pura lascivia. Yo la rodearé con un círculo de fuego sagrado tan caliente que Satanás en persona no podrá acercarse a ella. Las primeras frases que pronuncie serán de oración —me prometió.

—No la conviertas en un ser miserable —le rogué—, deja que crezca como un ser normal.

—¿Normal? —me espetó—. ¿Como tú?

—No. Mejor que yo.

—Eso es lo que intento hacer —me dijo.

Ya que en lo que se refería a Charlotte, Emily se comportaba de forma misteriosamente suave e incluso amorosa, no intenté intervenir y Charlotte la trataba como haría un niño a un padre. Una palabra de Emily y Charlotte dejaba de jugar con lo que no debía. Bajo la atenta vigilancia de Emily, permanecía quieta y obediente cuando había que vestirla, y cuando Emily la acostaba no oponía ninguna resistencia.

Emily la tenía generalmente hipnotizada con las lecturas bíblicas. Cuando terminé de ayudar a Vera y fui a la habitación de

Charlotte, me encontré a Charlotte sobre el regazo de Emily escuchando las primeras páginas del Génesis. Charlotte levantó la vista mientras escuchaba fascinada a Emily que bajaba el tono para emitir la voz de Dios.

Charlotte me miró con curiosidad después de que Emily finalizara las lecturas. Sonrió, aplaudiendo juguetonamente con las manos, anticipando unos minutos más alegres y divertidos. Pero a Emily aquello le pareció inapropiado después de momentos tan religiosos.

—Es hora de que se vaya a la cama —afirmó. Me dejó ayudarla a acostar a la niña y darle un beso de buenas noches. Pero antes de marcharnos, Emily quiso que viera una cosa, que fuera testigo del éxito que había tenido con Charlotte.

—Recemos —dijo Emily, y juntó las palmas de la mano. El bebé me miró a mí y después a Emily que repitió las palabras y los gestos. A continuación Charlotte unió las pequeñas manos y las mantuvo así hasta que Emily hubo completado el Padre Nuestro.

—Me imita como un mono —afirmó Emily— pero con el tiempo lo comprenderá y su alma se salvará.

«¿Quién salvará la mía?», me pregunté y subí a mi habitación a acostarme. Mientras subía las escaleras, oí las risas de Bill Cutler procedentes del despacho de papá. Me apresuré y me alegré de poner cierta distancia y puertas entre mi persona y ese hombre arrogante y mezquino.

Pero aquello era más fácil decirlo que hacerlo. Todos los días, durante el resto de la semana, Bil Cutler vino a visitar The Meadows. Parecía que cada vez que me daba la vuelta estuviera detrás mío, u observándome desde alguna ventana cuando estaba jugando en el jardín con Charlotte. A veces jugaba a cartas con papá, a veces cenaba con nosotros, y a veces aparecía con la excusa de que estaba examinando su nueva pertenencia para decidir qué iba a hacer con ella. Nos rondaba como una tormenta, un recuerdo de lo que nos esperaba cuando por fin decidiera actuar. En consecuencia, dominaba nuestro hogar y nuestras vidas, o al menos la mía. Una tarde, a última hora después de dejar a Charlotte en su habitación y subir a prepararme para la cena, me pareció oír pasos, y, al mirar por la puerta de mi cuarto de baño, vi a Bill Cutler entrando en mi dormitorio. Me había quitado el vestido para lavarme y cepillarme el pelo y sólo llevaba una enagua sobre el sostén y las bragas.

—Oh —dijo cuando me vio—, ¿es ésta tu habitación?

«Como si no lo supiera», pensé.

—Lo es y no me parece muy bonito que entres sin llamar.

—Sí que he llamado —mintió—. Supongo que no me has oído porque tenías el grifo abierto. —Miró a su alrededor—. Es un cuarto muy bonito... sencillo y desnudo —dijo, necesariamente sorprendido al ver las paredes y ventanas desnudas.

—Me estoy preparando para la cena —dije—. ¿Te importa?

—Oh no, no me importa. No me importa en absoluto. Adelante —siguió. Nunca en mi vida había conocido a una persona tan irritante. Se quedó allí, quieto, con una sonrisa lasciva en la cara, mirándome. Yo me cubría el pecho con los brazos.

—Podría cepillarte el cabello, si quieres.

—No quiero. Por favor, márchate —insistí, pero él se limitó a reír y dio unos pasos al frente—. Si no sale de mi habitación, señor Cutler, yo...

—¿Gritarás? Eso no sería muy bonito. Y —dijo, volviendo a mirar a su alrededor— en lo que se refiere a que ésta es tu habitación... bueno —sonrió— en realidad es mía.

—No hasta que no tomes posesión —respondí.

—Eso es cierto —dijo, acercándose—. La posesión es nueve décimas de la ley, especialmente en el sur. Sabes, eres muy joven muy guapa e inteligente. Me gusta el fuego de tus ojos. La mayoría de mujeres que conozco sólo tienen una cosa en los ojos —dijo, sonriendo ampliamente.

—Estoy segura de que eso es cierto para la mayoría de las mujeres que tú conoces —espeté. Él se echó a reír.

—Vamos, Lillian. No te caigo tan mal, ¿verdad? Estoy seguro de que te parezco algo atractivo. Nunca he conocido a una mujer a la que no le pareciera guapo —añadió con osadía.

—Pues has encontrado la primera —dije. Ahora estaba tan cerca de mí que tuve que retroceder un paso.

—Eso es porque no me conoces lo suficiente. Con el tiempo... —colocó las manos sobre mis hombros y yo empecé a apartarme, pero sus dedos se aferraron a mí y me sujetó firmemente.

—Suélteme —exigí.

—Tanto fuego en esos ojos —dijo—. Tengo que apagarlo o te quemarás —añadió y posó sus labios tan rápidamente sobre los míos que no tuve tiempo de apartar la cara. Luché con él, pero me envolvió con sus brazos y me besó con renovada fuerza. En cuanto se apartó, me limpié el beso con el revés de la mano.

—Sabía que serías excitante. Eres como un caballo salvaje, pero cuando te haya domado galoparás como pocas —declaró, bajando la mirada de mi sonrojado rostro a mi pecho.

—¡Fuera de mi habitación! ¡Fuera! —grité, señalando la puerta. Él levantó los brazos.

—De acuerdo, de acuerdo. No te pongas así. Se trataba sólo de un beso amistoso. ¿No te desagradó, verdad?

—He odiado cada segundo —espeté.

Él se echó a reír.

—Estoy seguro de que soñarás con esto toda la noche.

—En pesadillas —repliqué. Aquello le hizo reír aún más.

—Lillian, realmente me gustas. La verdad es que ésta es la única razón por la cual sigo divirtiéndome con esta espantosa y destartalada plantación sureña. Eso y ganar una y otra vez a tu padre a las cartas —añadió. A continuación se dio media vuelta y me dejó, llena de indignación y furia y con el corazón palpitante.

Aquella noche me negué a mirarle a la cara a la hora de cenar y contesté a todas sus preguntas con monosílabos. Papá no pareció enterarse ni importarle mis sentimientos hacia Bill Cutler, y Emily supuso que le veía de la misma forma en que le veía ella. De vez en cuando, debajo de la mesa, me tocaba con la punta de la bota o los dedos y yo tuve que ignorarlo o fingir que no estaba ocurriendo. Vi lo mucho que le divertía mi incomodidad. Me alegré cuando finalizó la cena y pude escaparme a mi habitación, lejos de sus bromas miserables.

Poco más de media hora después, oí los pasos de papá en el pasillo. Estaba incorporada en la cama leyendo y levanté la vista cuando abrió la puerta de mi dormitorio. Se quedó allí unos instantes, mirándome. Desde el nacimiento de Charlotte, evitaba acercarse a mi habitación. Yo sabía que le avergonzaba hacerlo. De hecho, casi nunca se quedaba a solas conmigo en ningún sitio.

—¿Leyendo otra vez, eh? —preguntó—. Juro que lees aún más que Georgia. Claro que lees cosas mejores —añadió. Su tono de voz, la forma en que apartaba la vista cuando hablaba, y su inseguridad despertaron mi curiosidad. Puse el libro a un lado y esperé. Durante unos instantes pareció distraerse.

»Deberíamos volver a decorar esta habitación —dijo—. Quizá incluso pintarla; en fin, hacer algo. Volver a poner las cortinas... pero... quizá sería una tontería gastar tiempo y dinero. —Dejó de hablar y me miró—. Ya no eres una niña pequeña, Lillian. Ahora eres una jovencita y, en cualquier caso —dijo, aclarándose la garganta—, tienes que seguir con tu vida.

—¿Seguir con qué, papá?

—Cuando una chica tiene tu edad eso es lo que se espera de ella. Excepto cuando se trata de una joven como Emily, claro está. Emily es diferente. Emily tiene un destino diferente, otra finalidad en la vida. No es como las demás chicas de su edad; nunca lo ha sido. Yo siempre lo he sabido y lo he aceptado, pero tú, tú...

Vi cómo se esforzaba en elegir las palabras para describir la diferencia entre Emily y yo.

—Soy normal —dije.

—Sí, eso es. Eres una dama del sur. Y bien —dijo, enderezándose con las manos a la espalda y paseando delante de mi cama—, cuando yo te acepté en nuestro hogar, hace ya unos diecisiete años, acepté también las responsabilidades de un padre, y como padre que soy, debo velar por tu futuro —afirmó—. Cuando una joven llega a tu edad en nuestra sociedad, es hora de pensar en el matrimonio.

—¿Matrimonio?

—Eso es, matrimonio—. No puedes quedarte aquí hasta llegar a ser una vieja solterona, ¿verdad? Leyendo, haciendo punto, y pasándote la vida en una escuela de una sola aula.

—Pero si no he conocido a ningún hombre con el que quiera casarme, papá —exclamé. Quería añadir «desde que murió Niles, he abandonado toda idea de amor y romance», pero me mantuve en silencio.

—De eso exactamente se trata, Lillian. No lo has conocido ni lo conocerás. No tal como están las cosas ahora. Al menos no conocerás a nadie que esté a tu altura, alguien que pueda darte una buena vida. Tu madre... es decir... Georgia, hubiera deseado que te encontrara un joven aceptable, un hombre de cierta posición y dinero. Estaría orgullosa de ello.

—¿Encontrarme un hombre?

—Así es como se hacen las cosas —afirmó, esforzándose por pronunciar lo que deseaba decirme—. Estas tonterías de romances y amor es lo que está llevando al sur a la debacle, acabando con la vida de la familia. Las jóvenes no saben lo que les conviene y lo que no. Necesitáis depender de mentes más viejas y sabias. Ha funcionado bien en el pasado y funcionará bien ahora.

—¿Qué estás diciendo, papá? ¿Quieres encontrarme un marido? —pregunté, atónita. Nunca en el pasado había mostrado interés en ello, ni siquiera lo había mencionado. Una especie de parálisis me invadió al darme cuenta de lo que estaba a punto de decirme.

—Claro —respondió—. Y lo he encontrado. Te casarás con Bill Cutler dentro de dos semanas. No es necesario que celebremos una gran boda. Eso sería como tirar el dinero —añadió.

—¡Bill Cutler! ¡Ese hombre horrible! —exclamé.

—Es un gran caballero, de buena posición social y con dinero. Su hotel de la playa valdrá mucho dinero con el tiempo y...

—Preferiría morir —afirmé.

—¡Entonces morirás! —respondió papá, agitando el puño sobre mi cabeza—. Y seré yo mismo quien te haga los honores....

—Papá, ese hombre es sencillamente abominable. Sabes perfectamente lo arrogante y poco respetuoso que es, cómo viene aquí día tras día para torturarte, torturarnos a todos. No es decente; no es un caballero.

—Basta ya, Lillian —dijo papá.

—No, no basta. No es suficiente. ¿Y por qué querrías que me case con un hombre que te ha robado la plantación de la familia en una partida de cartas y se vanagloria de ello contigo? —pregunté entre lágrimas. La cara de papá me proporcionó la respuesta—. Has llegado a un arreglo con él —dije con desánimo—. Me has cambiado a mí por The Meadows.

Papá se encogió un poco y dio un paso adelante, indignado.

—¿Y qué si es así? ¿No tengo derecho a hacerlo? Cuando tú eras huérfana, sin madre ni padre, ¿no te acepté en mi casa? ¿No te he mantenido, comprado la ropa y alimentado durante años y años? Igual que cualquier hija, tú me debes algo a mí. Tienes una deuda conmigo —concluyó, asintiendo.

—¿Y qué pasa con lo que tú me debes a mí, papá? —repliqué—. ¿Qué hay de lo que tú me has hecho a mí? ¿Podrás compensármelo alguna vez?

—No vuelvas a decir una cosa así —me ordenó. Se mantuvo delante mío, hinchando el pecho, los hombros erguidos—. No vayas contando historias, Lillian. No te lo permitiré.

—No tienes que preocuparte por eso —dije en voz baja—. Yo estoy más avergonzada que tú de lo ocurrido. Pero, papá, —dije, apelando a la poca ternura que pudiera quedarle—, por favor, no me obligues a casarme con ese hombre. Nunca podré quererle.

—No tienes que quererle. ¿Crees que todos los matrimonios se quieren? —dijo, sonriendo de forma sardónica—. Eso son cosas de los estúpidos libros de tu madre. El matrimonio es una componenda desde el principio hasta el fin. La esposa le proporciona algo al hombre y el marido mantiene a la mujer, y, lo que es más importante, las dos familias se benefician. Siempre y cuando se trate de un arreglo bien hecho.

»¿Qué hay de malo en ello para ti? —continuó—. Serás la señora de una buena casa y me apuesto cualquier cosa a que en poco tiempo tendrás más dinero del que yo jamás he tenido. Te estoy haciendo un favor, Lillian, de modo que espero algo más de agradecimiento por tu parte.

—Estás salvando tu plantación, papá. No me estás haciendo ningún favor —le acusé, mis ojos entrecerrados de ira. Aquello le sorprendió momentáneamente.

—No obstante —dijo, irguiéndose—, te casarás con Bill Cutler dentro de dos semanas a partir de mañana. Hazte a la idea. Y no quiero oír ni una palabra en contra, ¿me oyes? —dijo, y su tono de voz era estéril, como si careciera de corazón. Me miró atentamente unos segundos. Yo no dije nada; simplemente aparté la vista, y entonces él se volvió y salió de la habitación.

Me estiré de nuevo en la cama. Había empezado a llover, y mi dormitorio se quedó repentinamente húmedo y frío. Las gotas de agua chocaban contra mi ventana y el tejado. Tenía la sensación de que el mundo no podía ser un lugar más oscuro ni más antipático. Una terrible idea me vino a la mente con las ráfagas de viento que hacían que la lluvia azotara la casa: suicidio.

Por primera vez en mi vida consideré seriamente la posibilidad. Quizá pudiera subirme al tejado y dejarme caer al igual que había hecho Niles. Incluso la muerte me parecía mejor que casarme con Bill Cutler. La mera idea hacía que se me revolviera el estómago. La verdad era que si papá no hubiera perdido una partida de cartas, yo no pasaría de mano en mano como una ficha más. No era justo. Una vez más, el diabólico destino jugaba con mi futuro, jugaba con mi vida. ¿Formaba también esto parte de la maldición? Quizá había llegado la hora de poner fin a todo.

Mis pensamientos pasaron a Charlotte. Lo que convertía este matrimonio en algo aún más terrible era la idea de que ya no podría verla con frecuencia, porque estaba claro que no podría llevarme a Charlotte. No podía reclamarla como propia. Tendría que dejar atrás a mi hija. Mi corazón se endurecía como una piedra al saber que con el tiempo me convertiría en una desconocida para mi propia hija. Al igual que yo, Charlotte perdería su verdadera madre y Emily asumiría más y más responsabilidades. Emily sería quien más influencia tendría sobre ella. Qué triste. Aquel dulce rostro de querubín perdería la alegría bajo un cielo constantemente gris en un mundo de melancolía y penumbra.

Claro está, yo escaparía de este terrible mundo al casarme con Bill Cutler, pensé. Si sólo pudiera encontrar la forma de llevarme a Charlotte, quizá llegaría a soportar la vida con ese hombre. Quizá pudiera convencer a papá. De alguna manera... y entonces tanto Charlotte como yo estaríamos libres de Emily y papá y la miseria que vivía junto a nosotros en esta moribunda plantación. Una casa llena de trágicas memorias y sombras siniestras. Entonces casarse con Bill Cutler tendría algún sentido, razoné. ¿Qué otra cosa podía hacer?

Me levanté y bajé. Bill Cutler se había marchado y papá estaba ordenando unas cosas de la mesa de su despacho. Levantó la vista rápidamente al verme entrar, anticipando otra discusión.

—Lillian, no voy a discutir más sobre este asunto. Ya te dije...

—No voy a discutir contigo, papá. Sólo quiero pedirte una cosa y entonces estaré dispuesta a casarme con Bill Cutler y salvar The Meadows —dije. Él se sorprendió y se recostó en la silla.

—Adelante. ¿Qué quieres?

—Quiero a Charlotte. Quiero llevármela conmigo cuando me vaya —dije.

—¿Charlotte? ¿Llevarte al bebé? —Se quedó un momento pensativo, con los ojos fijos en los cristales mojados por la lluvia. Lo estaba considerando realmente. Mis esperanzas fueron en aumento. Papá no quería verdaderamente a Charlotte. Si él pudiera deshacerse también de ella... A continuación negó con la cabeza y se volvió hacia mí—. No puedo hacer eso, Lillian. Es mi hija. No puedo deshacerme de mi hija. ¿Qué pensaría la gente? —Abrió los ojos—. Te diré lo que pensarían. Pensarían que tú eres su madre. No señor, no puedo dejar que se marche Charlotte.

»Pero —dijo antes de que yo pudiera responder— quizá, con el tiempo, Charlotte pudiera pasar más tiempo contigo. Quizá —dijo, pero yo no le creí. Entendí, sin embargo, que era lo máximo que podía conseguir.

—¿Dónde se celebrará la boda? —pregunté, derrotada.

—Aquí mismo, en The Meadows. Será una pequeña celebración... algunos de mis amigos más íntimos, algunos primos...

—¿Puedo invitar a la señorita Walker?

—Si es imprescindible... —dijo de mala gana.

—¿Y puedo arreglarme el vestido de boda de mamá? Vera podría hacerlo —dije.

—Sí —contestó papá—. Ésa es una buena idea, un buen ahorro. Ahora estás pensando con sensatez, Lillian.

—No se trata de un ahorro. Se me ha ocurrido por cariño.

Papá me miró atentamente y se recostó en el sillón.

—Es bueno, Lillian. Es bueno para los dos que te marches ahora —afirmó, con tono amargo.

—Por una vez, papá, estoy de acuerdo contigo —dije, y dando media vuelta abandoné su despacho.

ADIÓS

Llevando lámparas de petróleo, Vera y yo fuimos al ático para buscar el vestido de boda de mamá en uno de los baúles depositados al fondo, en el rincón de la derecha. Sacamos el polvo y limpiamos las telas de araña. Entonces buscamos hasta encontrarlo. Escondidos, con bolas de naftalina, entre el vestido, el velo y los zapatos habían algunos de los recuerdos de la boda de mamá: su corsé, tieso y amarillento, arrugado entre las páginas de la Biblia de piel que utilizó el sacerdote, una copia de la invitación de boda acompañada de una extensa lista de los invitados, el ahora oxidado cuchillo de plata que se utilizó para cortar el pastel de bodas, y las copas de vino de plata, grabadas, de papá y ella.

A medida que iba sacándolo todo, no podía dejar de pensar en lo que mamá sintió justo antes de su boda. ¿Se sentía emocionada, era feliz? ¿Creía que casarse con papá y vivir en The Meadows iba a ser algo maravilloso? ¿Estaba enamorada de él, aunque sólo fuera un poquito? ¿Pretendió amarla él lo bastante como para que ella se lo creyese?

Había visto algunas de sus fotos de boda, desde luego. En ellas mamá tenía un aspecto joven y bello, radiante y llena de esperanza. Parecía estar orgullosa de su vestido y muy contenta por la extraordinaria excitación existente a su alrededor. Cuán diferentes iban a ser nuestras bodas. La suya había sido una gran fiesta que había conmocionado a toda la comunidad. La mía, en cambio, sería simple y rápida como un breve oficio de difuntos. Odiaría pronunciar la promesa y mirar al novio. Seguramente desviaría la mirada al decir: «Sí, quiero.» Cualquiera de mis sonrisas sería falsa, una máscara que papá me obligaba a llevar. Nada sería real. De hecho, para poder aguantar la ceremonia, decidí fingir que me casaba con Niles. Este espejismo fue lo que me mantuvo con ánimo durante las dos semanas siguientes. Fue lo que me proporcionó el valor suficiente para hacer las cosas que había que hacer.

Vera y yo llevamos el vestido a su habitación, para arreglarlo y ajustarlo a mi medida, acortando y estrechándolo hasta que me quedó bien. Mientras Vera trabajaba, la pequeña Charlotte gateaba entre mis piernas y a nuestro alrededor, sentándose y mirando con interés. No podía saber que la ceremonia en cuestión me apartaría de su lado, y que, al igual que yo, muy pronto perdería a su verdadera madre. Traté de no pensar en ello.

—¿Cómo fue tu boda, Vera? —pregunté. Me miró dejando de coser el dobladillo.

—¿Mi boda? —Sonrió e inclinó la cabeza—. Rápida y sencilla. Nos casamos en la casa del cura, enfrente de su saloncito, con su mujer, mi papá y mi mamá y los padres de Charles. Ninguno de los hermanos de Charles vinieron. Tenían trabajo, y mi hermana en aquel tiempo trabajaba como ama de llaves y tampoco pudo asistir.

—Al menos tú estabas enamorada del hombre con el que te casaste —dije con tristeza.

Vera se recostó en la silla con una media sonrisa en la cara.

—¿Enamorada? —dijo—. Eso creo. En aquel momento aquello no era tan importante como iniciar una vida propia. El matrimonio era una promesa, una forma de trabajar en equipo y conseguir una situación más desahogada. Al menos —dijo con un suspiro, así era como lo veíamos entonces. Siendo jóvenes, pensábamos que todo sería fácil.

—¿Charles fue tu único novio?

—El único, aunque siempre soñé con un príncipe azul que me arrebatase —confesó con una sonrisa. Entonces levantó y dejó caer sus hombros con un suspiro—. Pero llegó el momento de pisar tierra firme y acepté la proposición de Charles. Puede que Charles no sea el hombre más apuesto de la tierra, pero es bueno, trabajador y amable. A veces —Vera dijo, mirándome rápidamente—, es lo mejor que una jovencita puede esperar, lo máximo que puede conseguir. El amor, de la manera en que tú te lo imaginas ahora... es un lujo que sólo pueden disfrutar los ricos.

—Odio al hombre con el que voy a casarme aunque sea rico —declaré. Vera no necesitaba mi aseveración. Bajó la cabeza comprensivamente.

—Quizá —dijo, levantando la aguja y el hilo de nuevo— puedas cambiarle, o al menos llegar a tolerarle. —Hizo una pausa—. Has crecido mucho en estos últimos años, Lillian. No me cabe la menor duda al decir que tú eres la más fuerte y la más lista de los Booth. Algo en ti te dará la fuerza necesaria. Estoy segura de ello. Mantén tu posición. Tengo el presentimiento de que el señor Cutler está tan interesado en su propio placer que no tendrá ningunas ganas de discutir cuando se presente un conflicto.

Asentí y me acerqué a Vera para abrazarla y darle las gracias. Sus ojos se empañaron de lágrimas. La pequeña Charlotte estaba celosa de aquellas manifestaciones de afecto y lloró para que la cogiésemos en brazos. La levanté y la besé en la mejilla.

—Cuida de Charlotte lo mejor que puedas, Vera. Te lo pido por favor. Me destroza el corazón tener que dejarla.

—No tiene ni que pedírmelo, señorita Lillian. Para mí es como si fuera mi propio Luther. Los dos crecerán juntos y cuidarán uno del otro, estoy segura —dijo Vera—. Ahora ocupémonos del vestido. Quizá no sea el vestido más caro, pero va a sobresalir como el vestido más bonito jamás visto a este lado de Virginia. La señorita Georgia no querría que fuera de otra forma.

Reí y tuve que asentir. Si mamá estuviese viva y con buena salud, estaría corriendo por toda la casa, preocupándose de que todo estuviese limpio y ordenado. Pondría flores por todas partes. Sería todo como cuando organizaba sus famosas barbacoas. Era como si la estuviese viendo, cada vez más radiante, a medida que los minutos nos acercaban al gran acontecimiento. Cuando mamá era joven y hermosa irradiaba felicidad ante la actividad y la excitación como una flor ante la llegada de la primavera.

Esta «joie de vivre» era algo que Emily no había heredado. Tenía poco interés en los preparativos, excepto en hablar de los aspectos religiosos de la ceremonia con el cura, decidiendo las oraciones y los himnos. Y a papá sólo le preocupaba no excederse en los gastos. Cuando Bill Cutler se enteró de cómo papá estaba recortando el presupuesto, le dijo que no se preocupara por ello; él se ocuparía de pagar la factura. Quería que fuese una fiesta espléndida, a pesar de que iba a ser muy limitada.

—Tengo algunos amigos íntimos que han confirmado su asistencia. Asegúrense de que haya música —ordenó—. Y suficiente whisky, del bueno. Nada de cazalla sureña.

A papá le avergonzaba tener que aceptar la ayuda de su futuro yerno, pero accedió a las exigencias de Bill Cutler: contrató una orquesta y algunos sirvientes para que ayudasen a Vera a servir y a preparar platos especiales.

A medida que se acercaba el día de mi boda estaba cada vez más nerviosa. A veces me detenía en medio de alguna actividad y me daba cuenta de que mis dedos temblaban, mis piernas se movían y una sensación de vacío me revolvía la boca de mi estómago. Como si supiese que su mera presencia podía hacerme cambiar de opinión, Bill Cutler se mantuvo alejado de The Meadows hasta el día de la boda. Le dijo a papá que tenía que volver a Cutler's Cove para supervisar el hotel. Su padre había muerto y su madre era demasiado vieja y senil para viajar. Era hijo único y regresaría con sus amigos íntimos y sin familiares.

Algunos de los primos de papá y mamá también asistirían. La señorita Walker contestó a mi invitación y prometió venir. Papá ciñó sus invitaciones a media docena de familias vecinas, eliminando la de los Thompson. Entre todos habría escasamente tres docenas de invitados, a diferencia del gentío que solía asistir a alguna de las fiestas cuando The Meadows estaba en su pleno apogeo.

La noche antes de mi boda no pude probar bocado. Tenía un nudo en el estómago. Me sentía como en una cuerda de presos encadenados entre sí. Papá me miró y montó en cólera.

—No se te ocurra mañana bajar las escaleras con esa cara tan larga, Lillian. No quiero que la gente piense que te estoy enviando al patíbulo. Me estoy gastando todo lo que puedo y más para que todo quede bien —dijo, fingiendo no haber aceptado nada de Bill Cutler.

—Lo siento, papá —exclamé—. Ya lo intento, pero no puedo.

—Tendrías que sentirte feliz —intercaló Emily—. Vas a participar en uno de los sacramentos más elevados, el matrimonio, y deberías pensar en él como tal —sermoneó, mirándome pomposamente con su larga nariz.

—No puedo pensar en mi matrimonio como en un sacramento; se trata más bien de una venta —repliqué—. No me siento mejor tratada que los esclavos antes de la Guerra Civil, intercambiada como si fuera una vaca o un caballo.

—¡Maldita sea! —chilló papá, golpeando la mesa con su puño. Los platos saltaron—. Si me avergüenzas mañana...

—No te preocupes, papá —dije con un suspiro—. Cruzaré la iglesia y me casaré con Bill Cutler. Repetiré las palabras, pero eso será todo, una vulgar repetición. No tendré en cuenta ninguna de mis promesas.

—Si pones la mano sobre la Biblia y mientes... —amenazó Emily.

—Basta ya, Emily. ¿Piensas que Dios es sordo y estúpido? ¿Crees que no puede leer nuestros corazones y nuestras mentes? ¿De qué me sirve el decir que creo en las palabras de promesa del matrimonio, si en mi corazón no lo siento —me recosté en la silla—. Algún día, Emily, llegarás a comprender que Dios tiene que ver tanto con el amor y la verdad como con el castigo y la justicia, dándote cuenta de lo que te has perdido al persistir obcecadamente en tu error —le dije. Me levanté antes de que pudiese responder y la dejé a ella y a papá para que siguieran con sus propios pensamientos.

No dormí mucho. En vez de ello, me senté al lado de la ventana mirando cómo el cielo se iba cubriendo de estrellas. Al amanecer, una ola de nubes se recortó en el horizonte y empezó a cubrir los diminutos diamantes parpadeantes. Cerré los ojos y me dormí un rato, y cuando desperté de nuevo vi que iba a ser un día lánguido y gris que amenazaría lluvia. Acentuando, cómo no, mi melancolía y desdicha. No bajé a desayunar. Vera anticipó mi actitud trayéndome una bandeja con té y cereales calientes.

—Será mejor que tomes algo —me aconsejó—, o te desmayarás en el altar.

—Quizá sea lo mejor, Vera —dije, pero la obedecí y comí cuanto pude. Oí llegar a las personas que habían contratado para ayudar en la recepción y cómo daban comienzo los preparativos y se iniciaban los arreglos en el salón de baile. Poco tiempo después, algunos de los primos de mamá y papá, empezaron a llegar. Algunos venían desde más de cien millas de distancia. Los músicos hicieron su aparición y, tan pronto como sacaron sus instrumentos, se oyó música. En un instante la plantación ofrecía un aire de lo más festivo. Los aromas de exquisitas comidas inundaban los pasillos, el oscuro y viejo lugar se transformó en otro, lleno de luz y ruido con el parloteo de la gente. A pesar de mi estado de ánimo no podía evitar sentir cierta satisfacción con los cambios.

Charlotte y Luther estaban muy ilusionados con la llegada de todos los invitados y sirvientes. Algunos de los parientes de mamá y papá no habían visto nunca a Charlotte, y la acariciaban. Después, Vera la subió a mi habitación a verme. Le había hecho un vestidito de fiesta, y estaba adorable. Tenía ganas de estar en la fiesta para reunirse con Luther y no perderse nada.

—Al menos los niños están contentos —murmuré. Me fijé en el reloj. Con cada movimiento, las manecillas se iban acercando más y más a la hora en la que yo tendría que salir de mi habitación y bajar las escaleras al son de las notas de *La Marcha Nupcial*. Sólo que a mí me parecía que estaba bajando las escaleras para subir después al cadalso.

Vera me dio un apretón de manos y sonrió.

—Estás preciosa, querida —dijo—. Tu madre estaría muy orgullosa de ti.

—Gracias, Vera. Cómo me gustaría que estuvieran aquí Totti y Henry.

Ella asintió, cogió la manita de Charlotte y me dejó allí hasta que el reloj diese la hora. No hace tantos años, cuando mamá estaba viva y bien de salud, soñé en cómo sería el día de mi boda.

Hubiésemos pasado horas y horas en su tocador planeando cómo colocar cada mechón de mi cabello. Luego hubiéramos experimentado con el colorete y el pintalabios. Yo habría vestido un modelo diseñado exclusivamente para mí, con el velo y los zapatos haciendo juego. Mamá hubiera buscado en su joyero tratando de escoger el brazalete y collar más adecuados.

Una vez se decidió todo lo que yo me pondría y con los preparativos acabados, nos hubiésemos sentado durante horas y horas a hablar. Yo hubiese escuchado los relatos de su propia boda y mamá me hubiera dado consejos de cómo comportarme con mi marido la primera noche. Entonces, al bajar las escaleras, la hubiese visto contemplarme con ojos rebosantes de amor y orgullo. Hubiésemos intercambiado miradas y sonrisas como dos amigas cómplices. Me cogería la mano y me la apretaría antes de subir al altar, y al finalizar la ceremonia sería la primera en desearme toda la suerte y felicidad que la vida me tenía reservadas. Yo lloraría y me sentiría atemorizada cuando llegase el momento de partir en viaje de novios, pero la sonrisa de mamá me calmaría y yo me sentiría lo bastante fuerte como para empezar mi maravillosa vida de casada.

En vez de este panorama tan halagüeño estaba sentada en mi siniestra habitación y escuchaba el terrible tic-tac de mi reloj, sólo en compañía de mis sombríos pensamientos.

Me sequé las lágrimas y aguanté la respiración cuando escuché que subía el tono de la música y oí los pasos de papá en el pasillo. Había venido para acompañarme hasta el principio de la escalinata. Había venido para entregarme, intercambiarme, y reparar sus disparates y así salirse con la suya. Me levanté y lo recibí con cara de piedra en cuanto abrió la puerta.

—¿Preparada? —preguntó.

—Tan preparada como nunca lo estaré —dije. Sonrió estúpidamente, se atusó el bigote y me ofreció su brazo.

Me apoyé en su brazo y empezamos a salir, deteniéndome en la puerta para mirar mi habitación, que en un momento dado fue como una prisión para mí. Pero pensé que veía la cara de Niles en la ventana mirando hacia dentro y sonriendo. Sonreí, cerré los ojos, fingí que era él quien me estaba esperando abajo, y seguí caminando con papá.

Bajé despacio, temerosa de que mis piernas se quebraran haciéndose añicos como el cristal en caso de caerme por la escalera de caracol, dejándome totalmente descompuesta a los pies de los sonrientes invitados que se encontraban sentados y esperando. Me fijé en la señorita Walker, que me sonreía, y repuse mis fuerzas. Papá saludó con la cabeza a algunos de sus amigos. Vi las caras de los amigos de mi futuro marido, desconocidos que me contemplaban y escudriñaban para ver quién había robado el corazón de Bill Cutler. Algunos sonrieron con idénticas muecas libertinas; otros en cambio se mantuvieron interesados, curiosos.

Nos detuvimos al final de las escaleras. Los allí reunidos aplaudieron. Frente a nosotros, el sacerdote esperaba con Bill Cutler. Se giró y esbozó su arrogante sonrisa hacia mí mientras me conducían por el pasillo como un cordero al matadero. Sin lugar a dudas estaba apuesto, con su esmoquin y su cabello negro rizado bien peinado en las sienes. Vi a Emily sentada al frente, con Charlotte a su lado perfectamente sentada, sus grandes ojos siguiendo el movimiento de todos y cada uno y abriéndolos de par en par cuando me vio acercarme. Papá me llevó hasta el improvisado altar y se quedó atrás. La música cesó. Alguien tosió. Oí risas ligeras de los amigos de Bill, y entonces el sacerdote levantó sus ojos al techo e inició la ceremonia.

Dijo dos oraciones, una más larga que la otra. Entonces hizo una señal con la cabeza a Emily y empezó el himno. Los invitados estaban impacientes, pero ni él ni Emily hicieron caso alguno. Cuando la ceremonia tocó a su fin, el sacerdote fijó sus tristes ojos en mí, ojos que yo siempre pensé que se parecían a los de un director de pompas fúnebres, y empezó a recitar la fórmula del matrimonio. Tan pronto como preguntó «¿Quién da a esta mujer en matrimonio?», papá se lanzó hacia adelante y cacareó: «Yo.» Bill Cutler sonrió, pero yo bajé la cabeza mientras el sacerdote continuaba describiendo cuán sagrado y serio era el matrimonio, antes de llegar a la parte donde me preguntaba si yo quería a este hombre como mi fiel esposo.

Lentamente dejé que mis ojos se posaran sobre la cara de mi futuro marido, y el milagro por el que yo había rezado, ocurrió. No vi a Bill Cutler; vi a Niles, dulce y apuesto, sonriéndome con amor, de la misma forma que él lo había hecho una y otra vez en el estanque mágico.

—Sí quiero. —En ningún momento oí la promesa de Bill Cutler, pero cuando el sacerdote nos declaró marido y mujer noté cómo levantaba mi velo y presionaba ansiosamente sus labios sobre los míos, besándome tan fuerte e intensamente que provocó suspiros entre la audiencia. Mis ojos se abrieron de golpe y dirigí mi mirada hacia la cara de Bill Cutler, que irradiaba placer. Se oyeron vítores y los invitados se levantaron para ofrecerme sus más calurosas felicitaciones. Cada uno de los amigos de mi nuevo marido me dio un beso deseándome suerte, guiñando el ojo al hacerlo. Uno de ellos dijo:

—Necesitarás mucha suerte, estando casada con este truhán.

Finalmente, fui capaz de apartarme para hablar con la señorita Walker.

—Te deseo toda la felicidad y salud que la vida te pueda ofrecer, Lillian —me dijo, abrazándome.

—Y yo desearía estar aún en su clase, señorita Walker. Desearía poder regresar unos años atrás y volver a ser aquella niña pequeña, con ganas de que me enseñasen e ilusionada con todas las pequeñas cosas que aprendía.

Se alegró.

—Te echaré de menos —dijo—. Tú fuiste mi mejor y más brillante alumna. Abrigué la ilusión de que llegaras a ser profesora, pero ahora comprendo que tendrás mucha más responsabilidad como dueña y señora de un importante centro hotelero en la playa.

—Hubiera preferido ser profesora —dije. Ella sonrió como si yo hubiera deseado algo imposible.

—Escríbeme de vez en cuando —dijo, y le prometí hacerlo.

En cuanto finalizó la ceremonia, empezó la fiesta. No tenía apetito, a pesar de la fantástica comida que se sirvió. Estuve un rato con alguno de los parientes de papá y mamá, me preocupé de que Charlotte comiera y bebiera algo, y entonces, en cuanto pude, me escapé. Una ligera lluvia había empezado a caer, pero la ignoré por completo. Me levanté la falda y me apresuré a salir por la puerta trasera de la casa, cruzando el patio rápidamente. Encontré el camino que me llevaba hacia el campo del norte y prácticamente corrí todo el rato hasta el cementerio familiar para despedirme de mamá y Eugenia, que yacían la una al lado de la otra.

Las gotas de lluvia se entremezclaron con mis lágrimas, no podía decir nada. Todo lo que podía hacer era quedarme de pie y llorar, mis hombros agitándose, mi corazón tan pesado que pensé que se había vuelto de piedra en mi pecho. Mis recuerdos me transportaron a un día soleado de muchos años atrás, cuando Eugenia todavía no estaba tan enferma como llegó a estarlo. Ella, mamá y yo estábamos en la glorieta. Bebíamos limonada fresca y mamá nos contaba historias de su juventud. Yo tenía cogida la mano de mi hermana y las dos dejamos vagar nuestros pensamientos junto a mamá, quien no paraba de describirnos algunos de los mejores días de su juventud. Habló con tal sentimiento e ilusión que era como si las dos hubiéramos estado allí.

—¡Oh, niñas!, el sur era entonces un lugar maravilloso. Se celebraban fiestas y bailes, el ambiente era único; los hombres siempre tan atentos y educados y las jovencitas cantando siempre el estribillo de una canción u otra. Nos enamorábamos cada día de alguien diferente, y nuestras emociones cabalgaban con el viento. Era como un cuento de hadas, el cual cada mañana empezaba con la conocida frase de «Érase una vez...».

—Rezo, queridas niñas, para que así sea para vosotras dos. Venga, dejad que os abrace —dijo, extendiendo sus brazos hacia nosotras. Nos hundimos en su pecho y sentimos su corazón palpitar de alegría. En aquellos días parecía que nada malo o cruel podía ocurrirnos.

—Adiós, mamá —dije finalmente—. Adiós, Eugenia. Nunca dejaré de pensar en ti ni de quererte.

El viento despeinó mi cabello y la lluvia empezó a arreciar. Tenía que irme y regresar rápidamente a la casa. La fiesta estaba en su apogeo. Todos los amigos de mi marido eran ruidosos y alborotadores, haciendo girar a sus mujeres salvajemente mientras bailaban.

—¿Dónde estabas? —preguntó Bill cuando me vio en la puerta.

—Me fui a despedir de mamá y Eugenia.

—¿Quién es Eugenia?

—Mi hermana, la que murió.

—¿Otra hermana? Bueno, si está muerta, ¿cómo le dijiste adiós? —preguntó. Ya había consumido bastante alcohol y se ladeaba cuando hablaba.

—Fui al cementerio —dije secamente.

—Los cementerios no son un sitio adecuado para una novia —murmuró—. Venga. Vamos a enseñarle a esta gente cómo se baila. —Antes de que pudiera negarme, me agarró el brazo y me arrastró a la pista de baile. Los que estaban bailando se apartaron para dejarnos más espacio. Bill me cogió con evidente torpeza. Traté de moverme con la mayor gracia posible, pero Bill tropezó con sus propios pies y cayó, arrastrándome con él. A todos sus amigos les pareció muy jocoso, pero yo no podía estar más abochornada. Tan pronto como pude ponerme en pie, salí corriendo y subí a mi habitación. Me quité el vestido de boda y me puse ropa de viaje. Todas mis cosas ya estaban dentro del equipaje y mis baúles colocados cerca de la puerta.

Al cabo de una hora, aproximadamente, Charles subió y llamó a la puerta.

—El señor Cutler me ha ordenado que cogiera sus cosas y las pusiera en el coche, señorita Lillian —dijo con tono de disculpa—. Me ha ordenado que baje. —Yo asentí con la cabeza, contuve la respiración, y empecé a bajar. La mayoría de los invitados todavía estaban allí, esperando para despedirse y desearnos suerte. Bill estaba repantigado en un sofá, sin corbata, y con el cuello de la camisa abierto. Parecía congestionado, pero se puso en pie en cuanto aparecí.

—¡Hela aquí! —anunció—. Mi nueva esposa. Bueno, nos vamos de luna de miel. Sé que a alguno de vosotros os gustaría acompañarnos —añadió y sus amigos rieron—. Pero sólo hay sitio para dos en nuestra cama.

—Espera y verás —gritó alguien. Se oyeron más carcajadas. Todos sus amigos se reunieron a su alrededor para darle palmaditas en la espalda y darle la mano una última vez.

Papá, que había bebido demasiado alcohol, estaba despatarrado en una silla, con la cabeza ladeada.

—¿Lista? —preguntó Bill.

—No, pero iré contigo —dije. Se rió de esto y empezó a poner su brazo bajo el mío cuando se acordó de algo.

—Un momento —dijo y sacó el documento de propiedad de papá de The Meadows, el documento que había ganado en una partida de cartas. Se acercó con paso lento hacia él y le sacudió los hombros.

—¿Qu... qué? —dijo Papá, sus ojos se agrandaron pestañeando nerviosamente.

—Aquí tienes, papi —dijo Bill, y hundió el documento en las manos de papá. Papá lo miró atontado durante unos instantes y entonces me miró a mí. Yo aparté la mirada hacia Emily, que estaba de pie con algunos de nuestros familiares y tomando sorbitos de una taza de té. Sus ojos se cruzaron con los míos y, por un momento, pensé que había una expresión de pena y compasión en su cara.

—Vamos, señora Cutler —dijo Bill. El grupo nos siguió hasta la puerta, donde Vera esperaba con Charlotte en sus brazos y Luther a su lado. Me paré para coger a Charlotte una vez más y besar su mejilla. Me miró extrañada empezando a comprender la finalidad de esta separación. Sus ojos empequeñecieron con aire preocupado y sus labios temblaron.

—Lil —dijo cuando la dejé en los brazos de Vera—. Lil.

—Adiós, Vera.

—Dios te bendiga —dijo Vera, tragándose rápidamente las lágrimas. Acaricié los cabellos de Luther y le besé en la frente, entonces seguí a mi nuevo marido hacia la puerta principal de The Meadows. Charles tenía todo el equipaje cargado en el coche, y los ruidosos amigos de Bill se despedían a gritos desde la puerta.

—Adiós, señorita Lillian. Buena suerte —dijo Charles.

—Ya no necesita más suerte —dijo Bill—. Me tiene a mí.

—Todos necesitamos algo de suerte —insistió Charles. Me ayudó a subir al coche y cerró la puerta mientras Bill se colocaba detrás del volante. Tan pronto como el coche estuvo en marcha, Bill giró y empezó a conducir por el camino de baches.

Miré atrás. Vera estaba ahora en el dintel de la puerta, todavía con Charlotte en sus brazos y Luther a su lado, aferrándose a su falda. Saludó con la mano.

«Adiós», articulé. Me despedí de una casa diferente, una Meadows distinta, la que yo disfruté y estimé con cariño. The Meadows, de la que yo me despedí, era una plantación rebosante de luz y de vida.

Me despedía del canto de los pájaros, del revoloteo de las golondrinas de la chimenea, del parloteo de los sinsontes y arrendajos, de la alegría de verles saltar de una rama a otra. Mi adiós iba dirigido a una casa de una plantación limpia, radiante, con ventanas que brillaban y columnas que estaban rectas y erguidas bajo la luz del sol sureño; una casa con herencia e historia, cuyas paredes vibraban con las voces de docenas de sirvientes. Mi adiós iba para los blancos y estrellados magnolios, la glicinia que cubría las verandas, el brillante ladrillo blanco y los setos de mirtilo rosa pálido, los verdes prados alfombrados con fuentes cantarinas en las cuales los pájaros se bañaban y sumergían sus plumas. Mi adiós atravesaba un paseo de espesas y frondosas hayas alineadas. Mi adiós era para Henry cantando mientras trabajaba, para Louella tendiendo la ropa recién lavada y perfumada, para Eugenia saludando desde su ventana, para mamá mirando por encima de una de sus novelas de amor, para su cara sonrosada por algo que acababa de leer.

Y mi despedida era para una niña corriendo alegremente paseo arriba llevando en su mano cerrada un trabajo del colegio cubierto de estrellas doradas, gritando con tanta alegría e ilusión que pensaba que explotaría.

—¿Por qué estás llorando? —exigió saber Bill.

—Por nada —dije rápidamente.

—Éste debería ser el día más feliz de tu vida, Lillian. Estás casada con un guapo y joven caballero del sur que brilla en lo más alto de su fama. Te estoy rescatando. Eso es lo que estoy haciendo —alardeó.

Me limpié las mejillas y me volví mientras continuábamos dando saltos por los baches del sendero.

—¿Por qué querías casarte conmigo? —pregunté.

—Vaya, Lillian —dijo—, eres la primera mujer que he conocido, que he deseado y que no he conseguido que me deseara. Desde el primer momento supe que eras algo especial y Bill Cutler no es el tipo de hombre que pasa por alto algo especial. Y, además, todo el mundo viene diciéndome que ya es hora de que tenga una esposa. Los huéspedes de Cutler's Cove son gente de familia. Pronto formarás parte de todo ello.

—Sabes que no te quiero —dije—. Sabes perfectamente por qué me casé contigo.

Él se encogió de hombros.

—No me importa. Empezarás a quererme en el preciso momento en que te haga el amor —prometió—. Entonces te darás cuenta de la suerte que has tenido.

»De hecho —prosiguió, mientras empezábamos a alejarnos de The Meadows—, he decidido que deberíamos detenernos en el camino y no retrasar durante más tiempo tu buena suerte. En vez de pasar la noche de bodas en Cutler's Cove, la pasaremos en un hotelito que conozco a una hora y media de aquí. ¿Qué te parece la idea?

—Horrible —murmuré.

Él se rió a grandes carcajadas.

—Igual que un caballo salvaje —afirmó—. Voy a disfrutar con esto.

Continuamos nuestro camino y sólo miré atrás una sola vez cuando llegamos al sendero que nos conducía a Niles y a mí al estanque mágico. Cómo me hubiera gustado detenerme y poder hundir los dedos en el agua mágica y desear estar en otro lugar.

Pero la magia sólo se produce cuando estás con personas a las que quieres. Pasaría mucho tiempo antes de que volviera a verla o sentirla, y aquello, más que todo lo demás, me hacía sentir sola y perdida.

Si me hubiera casado con un hombre al que amase y que a su vez me amara a mí, la posada Dew Drop —el pequeño hotel que Bill había encontrado para nuestra noche de bodas— hubiera resultado encantador y romántico. Era un edificio de dos plantas con persianas de azul brillante y revestimientos de tablilla blanca, apartado de la carretera y asentado entre robles y nogales. El edificio tenía grandes ventanales y porches con espigados soportes. Nuestra habitación en la parte superior daba a un rellano que nos proporcionaba un amplio panorama del paisaje colindante. En la planta baja había un salón grande con muebles coloniales bien conservados, y paisajes al óleo sobre la chimenea y en las paredes del pasillo y del comedor.

Los Dobbs, los propietarios, eran una pareja mayor que Bill, evidentemente, había conocido en el camino de The Meadows al planear minuciosamente nuestro itinerario. Sabían que regresaría con su nueva esposa. El señor Dobbs era alto, un hombre delgado con dos patillas de cabello gris a cada lado de la calva que relucía cubierta de manchas de la edad. Tenía unos pequeños ojos marrón claro, y una larga y estrecha nariz que le colgaba sobre la delgada boca. Dada su altura y su delgadez, además de sus rasgos faciales, me recordaba un espantapájaros. Tenía unas manos grandes con dedos largos y se frotaba continua y nerviosamente las palmas al hablar. Su esposa, también alta, pero mucho más gruesa y con hombros como los de un leñador y un pesado y duro pecho, se mantenía a un lado, asintiendo a todo lo que decía su marido.

—Espero que estén cómodos y calientes y que disfruten de su estancia entre nosotros —dijo el señor Dobbs—. Mañana, Marion, les hará un desayuno estupendo, ¿verdad, Marion?

—Todos los días hago un desayuno estupendo —dijo con firmeza, y a continuación sonrió—. Pero mañana será especial, considerando la ocasión y los huéspedes que nos visitan.

—Y supongo que los dos tendrán verdadero apetito —añadió el señor Dobbs, guiñándole un ojo y sonriéndole a Bill, que irguió los hombros y le devolvió la sonrisa.

—Confío en que así sea —contestó.

—Todo está como usted quería —dijo el señor Dobbs—. ¿Quiere que le vuelva a mostrar el camino?

—No es necesario —dijo Bill—. Primero le enseñaré la habitación a mi esposa y regresaré a recoger nuestras cosas.

—¿Quiere que le ayude a hacerlo? —preguntó el señor Dobbs.

—Tampoco es necesario —dijo Bill—. Me siento pletórico de energía esta noche —añadió. Me cogió de la mano y me condujo hasta las escaleras.

—Bueno, que duerman bien y que no les piquen las pulgas —añadió el señor Dobbs a modo de broma.

—No tenemos pulgas, Horace Dobbs —dijo su mujer, muy seria— y nunca las hemos tenido.

—Hablo en broma, madre. Sólo era una broma —murmuró, y se alejó apresuradamente.

—Enhorabuena —dijo la señora Dobbs antes de seguir a su marido. Bill asintió y continuó conmigo hacia arriba.

La habitación era agradable. Tenía una cama de latón con cuidados dibujos en el cabeza y los postes, un amplio colchón cubierto por un edredón floreado y dos enormes almohadas haciendo juego. Las ventanas lucían unas cortinas de aldogón, azuladas y blancas. El suelo de madera parecía haberse pulido una y otra vez para resaltar su natural resplandor. Había una suave alfombra de lana beige bajo la cama. Ambas mesillas de noche tenían lámparas de petróleo de latón.

—La escena de la seducción —anunció Bill, contento— ¿Qué te parece?

—Es muy bonito —tuve que admitir. Por qué culpar a los Dobbs de mi infelicidad, pensé, o a esta agradable casa.

—Tengo buen ojo para estas cosas —alardeó—. Es la sangre de propietario de hotel que llevo dentro. Iba conduciendo, pensando en nuestra primera noche juntos cuando vi este lugar, pisé el freno y entré a efectuar los preparativos. Normalmente no me molesto en complacer a las mujeres, ¿sabes?

—Según el sacerdote, ya no soy cualquier mujer para ti. Da la casualidad que pronunció las palabras marido y mujer —dije secamente. Bill se echó a reír y me enseñó dónde estaba el cuarto de baño en el pasillo.

—Bajaré a buscar tu bolsa y la mía mientras te pones cómoda —dijo, señalando la cama— y te preparas. —Se relamió anticipadamente y se dio media vuelta bajando apresuradamente las escaleras.

Yo me senté en la cama y crucé las manos sobre mi regazo. Mi corazón empezaba a latir con fuerza. En pocos minutos tendría que entregarme a un hombre que casi no conocía. Él descubriría todos los detalles íntimos de mi cuerpo. Me había estado diciendo a mí misma que podría superar este mal trago cerrando los ojos y fingiendo que Bill Cutler era Niles, pero ahora que estaba aquí y faltaban pocos minutos para que tuvieran lugar los acontecimientos, me di cuenta de que sería imposible alejar la verdad y sustituirla por un sueño. Bill Cutler no era el tipo de hombre que se pudiera negar.

Bajé la vista y vi que me temblaban los dedos. Las rodillas me tiritaban; y mis ojos, querían soltar las lágrimas. La niña pequeña que en mí aún existía quería pedir clemencia, llamar a mamá. ¿Qué iba a hacer? ¿Debería rogarle a mi nuevo marido que fuera tierno y comprensivo y me concediera más tiempo? ¿Debería confesar todos los horrores de mi vida y buscar su compasión?

Otra parte de mí gritaba NO, con fuerza y claridad. Bill Cutler no era el tipo de hombre capaz de entender y preocuparse por estas cosas; no era un caballero del sur, en ningún sentido de la palabra. Recordé las sabias palabras del viejo Henry: «Una rama que no se dobla con el viento acaba rompiéndose.» Contuve la respiración y me reprimí las lágrimas. Bill Cutler no vería temor en mi rostro, ni lágrimas en mis ojos. Sí, el viento me llevaba de un lugar a otro, y aparentemente aquello no tenía solución, pero tampoco significaba que yo tuviera que gemir y llorar. Me movería con mayor celeridad que el viento. Me doblegaría con más fuerza. Haría que el endemoniado viento pareciera inadecuado, y tomaría en mis manos mi propio destino.

Cuando Bill regresó a nuestra habitación con las bolsas, yo ya estaba desvestida y bajo las mantas. Se detuvo en el umbral de la puerta, la mirada sorprendida. Sabía que encontraría cierta resistencia, incluso deseaba que así fuera para poder intimidarme.

—Vaya, vaya —dijo, dejando las bolsas en un rincón—. Vaya, vaya. —Merodeó a mi alrededor como un gato al acecho, a punto de saltar—. Qué apetecible.

Yo quería decir «acabemos con esto» pero mantuve los labios sellados y le seguí con la mirada. Él se arrancó la corbata y literalmente destrozó el resto de sus prendas, impaciente con los botones y las cremalleras. Tuve que admitir que era un hombre guapo, delgado y musculoso. La forma en que le miraba le sorprendió y tuvo que hacer una pausa antes de quitarse los calzoncillos.

—No tienes cara de virgen —dijo—. Parece más sabia y estás muy tranquila.

—Nunca dije que fuera virgen —respondí. Él se quedó boquiabierto y los ojos se le abrieron como platos.

—¿Qué?

—Tú tampoco dijiste que fueras virgen, ¿verdad? —pregunté con gran claridad.

—Vamos a ver. Tu padre me dijo que...

—¿Te dijo qué? —pregunté, muy interesada.

—Me dijo... me dijo que... —titubeó— que nunca habías tenido ningún novio, que nadie te había tocado... Hicimos un pacto. Nosotros...

—Papá no tenía mucha idea de lo que ocurría en The Meadows. Normalmente estaba fuera jugando y ligando —dije—. ¿Por qué? ¿Quieres devolverme ahora?

—¿Eh? —Durante unos minutos se quedó mudo.

—Toda esta excitación me ha dado sueño —dije—. Creo que dormiré una siestecita. —Me di media vuelta, dándole la espalda.

—¿Qué? —dijo. Yo sonreí para mis adentros y esperé—. Un momento, jovencita —declaró por fin—. Se trata de nuestra noche de bodas. No tengo intención de pasármela durmiendo.

Yo no respondí. Esperé. Él murmuró unas palabras y, tras unos minutos, se metió en la cama a mi lado. Durante un rato estuvimos el uno al lado del otro, Bill mirando fijamente al techo y yo acurrucada a unos centímetros de él. Finalmente, sentí su mano sobre mi cadera.

—Vamos a ver —dijo—. Sea cual sea la verdad acerca de ti, ahora somos marido y mujer. Tú eres la señora William Cutler Segundo y yo reclamo mis derechos conyugales. —Presionó con mayor fuerza para que me diera la vuelta. En cuanto lo hice, sus manos me cogieron y sus labios presionaron sobre los míos. Mis labios se abrieron bajo su prolongado beso. Me sorprendí cuando su lengua tocó la mía y entonces él se echó a reír y apartó la cabeza mirándome con condescendencia.

—No tienes tanta experiencia, después de todo.

—Desde luego, no tanta como otras mujeres que has conocido, estoy segura —dije.

Él se echó a reír.

—Eres una jovencita orgullosa, Lillian. Veo que vas a ser una excelente señora en Cutler's Cove. Las cosas no me han salido tan mal, después de todo —dijo, y lo dijo más para sí mismo que para mí.

Inclinó su rostro sobre el mío y pasó los labios por encima de mis ojos, mis mejillas, mi barbilla y mi cuello, y continuó hacia abajo, besándome los pechos, deteniéndose sobre mis pezones, y gimió. Hundió la nariz en mi pecho, inhalando mi aroma. A pesar de mi desgana e infelicidad, mi curiosidad acompañó las agradables sensaciones que invadían mi cuerpo en oleada tras oleada, llevándome a lugares a los que jamás había esperado ir. Gemí cuando continuó su viaje por mi cuerpo, posando sus labios sobre mi estómago.

—Digas lo que digas —murmuró— para mí eres como una virgen.

Qué distinto era el sexo cuando lo esperabas. Lo que me había hecho papá seguía encerrado en los rincones más oscuros de mi mente, encerrado con las peores pesadillas y temores infantiles. Pero esto era diferente. Mi cuerpo estaba interesado y se mostraba receptivo, y pensara lo que pensara mi mente las sensaciones agradables fueron en aumento hasta que Bill me penetró y consumamos nuestro matrimonio de conveniencia con una pasión animal. Yo me elevé y descendí a su ritmo, pasando de momentos de terror a momentos de placer, y cuando acabó, cuando él explotó en mi interior con cálidos espasmos, creí que mi corazón explotaría y que moriría en la cama la noche de bodas. Un sofoco me cubrió el cuello e hizo que mis mejillas parecieran estar ardiendo.

—Bueno, bueno —dijo—. Bueno. —Se puso boca arriba. Él también tenía que recuperar la respiración—. No sé quién era tu amante —dijo— pero también debía ser virgen. —A continuación se echó a reír.

Quería contarle la verdad. Quería que desapareciera de su

rostro aquella sonrisa de autosatisfacción y orgullo, pero tenía demasiada vergüenza.

—En cualquier caso —continuó— ahora ya sabes por qué eres una mujer con suerte. —Se rió—. Y ahora eres la nueva señora Cutler. —Cerró los ojos—. Creo que tienes razón. Una siesta sería lo mejor. Ha sido un día muy largo.

Al cabo de unos instantes estaba roncando. En cambio yo me quedé despierta durante horas, o eso me pareció. El cerrado y lluvioso cielo nocturno empezó a despejarse. Por la ventana vi una estrella entre dos pequeñas nubes que seguían a otras más grandes y espesas.

Había sobrevivido a esta prueba. Incluso me sentía con más fuerza. Quizá Vera tuviese razón; quizá pudiera llegar a controlar mi vida y cambiar lo suficiente a Bill Cutler como para tolerarlo y soportarlo en el futuro. Ahora era la señora Cutler y me dirigía a mi nuevo hogar, y por lo poco que sabía se trataba de un hogar impresionante y verdaderamente interesante.

¿Qué lógica, qué razón tenía el Destino para negarme el tierno y verdadero amor del que hubiéramos disfrutado Niles y yo? ¿Por qué, en lugar de mi deseo, me concedía a este desconocido que ahora dormía a mi lado como marido, después de un matrimonio bendecido por la Iglesia? El sacerdote no preguntó nunca si estábamos enamorados; sólo exigió que cumpliéramos nuestros juramentos. ¿Qué es entonces un matrimonio sin amor, aunque la ceremonia la celebre un sacerdote?

Dos sinsontes reconociéndose mutuamente gracias a su canto tenían más razón de ser, pensé.

En The Meadows, seguramente Vera estaba acostando a la pequeña Charlotte. Charles estaría terminando las tareas del día. Probablemente, Luther, trabajase con él. Emily estaría encerrada en su habitación, de rodillas y rezando, y papá durmiendo la mona, con el título de propiedad todavía en la mano.

Y yo, yo esperaba la llegada de la mañana y el viaje que nos aguardaba, lleno de misterio, lleno de sorpresas, porque la única promesa que me quedaba era la promesa del mañana.

CUTLER'S COVE

El resto de nuestro viaje transcurrió rápidamente. Tras un estupendo desayuno en el Dew Dropp Inn, Bill y yo recogimos con celeridad nuestras cosas y partimos. Horace y Marion Dobbs nos desearon suerte tantas veces que yo estaba segura que habían visto algo en mi rostro que les animaba a hacerlo. La lluvia había cesado y el día era claro y soleado para el viaje. Quizá estuviera cansado después de la boda y de la noche que habíamos pasado juntos; tal vez se estaba comportando como lo hacía normalmente, yo no podía asegurarlo, pero lo cierto es que Bill estuvo mucho más callado y mucho más agradable durante el resto del trayecto. Cuando habló, me describió Culter's Cove y me contó algunas cosas de su familia.

—Mi padre tenía la extravagante idea de que podía labrar la tierra junto al mar. Adquirió un gran terreno, sin darse cuenta ni preocuparse en aquel momento de que estaba a la orilla del mar. Construyó una bonita granja y un granero y compró ganado, pero pasó poco tiempo antes de que la meteorología y el terreno le informaran de manera clara y contundente de que su vocación era totalmente errónea.

»En cambio mi madre era una mujer con recursos y empezó a aceptar huéspedes, al principio para ganar un poco de dinero extra.

»Un día, ella y mi padre se sentaron y hablaron del tema, y decidieron que deberían transformar el lugar en un verdadero hotel. Una vez tomada la decisión, todo fue un éxito. Papá mandó construir un pequeño muelle para que aquellos que quisieran pescar pudieran alejarse un poco remando. Trabajó el terreno, creando jardines y bonitos prados, senderos para paseos, un lago con bancos, miradores, fuentes. No podía ser granjero, pero era un estupendo jardinero.

»Y mi madre era una cocinera maravillosa. La combinación resultó un éxito y antes de que transcurriera mucho tiempo, añadimos otro edificio a la vieja casa. Desde entonces el hotel, Cutler's Cove, está casi siempre lleno a rebosar. La gente del norte ha ido difundiendo la noticia y tenemos gente que viene desde Nueva York, Massachusetts, incluso desde puntos tan lejanos como Maine y Canadá. A todos les encanta la comida.

—¿Quién cocina ahora? —pregunté.

—He contratado a varios cocineros porque mamá es demasiado mayor para trabajar. Poco antes de la boda contraté a un húngaro que me recomendó un amigo. Se llama Nussbaum y es un gran chef, aunque todos los pinches de cocina se quejan de su mal genio.

»Ya verás cómo es —dijo Bill, sonriendo—. La mayor parte del tiempo me lo paso corriendo de un lado a otro intentando mantener la paz entre los trabajadores.

Asentí y me recosté a observar el paisaje. No quería desvelar que nunca había visto el mar, pero cuando de pronto apareció en el horizonte, me quedé boquiabierta. Había leído cosas acerca del océano y había visto fotografías, claro está; pero enfrentarse a la magnitud real tan de cerca era abrumador. No pude hacer otra cosa que contemplarlo como una joven colegiala y deleitarme con los veleros y barcos de pesca. Cuando apareció un gran barco, no pude evitar emitir una pequeña exclamación.

—Vaya —dijo Bill, riéndose—. Ya sé que tu padre no os llevaba con frecuencia a la playa, pero has estado por aquí con anterioridad, ¿verdad?

—No —confesé.

—¿No? Vaya, vaya... —dijo negando con la cabeza—. Entonces sí que tengo una especie de virgen, ¿verdad? —Se rió. Yo le miré fijamente. A veces conseguía enfurecerme de verdad con su arrogancia. Decidí no ser tan honesta la próxima vez.

Poco después giramos y entonces pude ver la señal que anunciaba la entrada a Cutler's Cove.

—Las autoridades le dieron a este sector de la playa y a la pequeña calle con tiendas el nombre de nuestra familia por el éxito del centro turístico —afirmó con su característico orgullo.

Continuó, alardeando acerca de las cosas maravillosas que iba a hacer, pero yo no le escuchaba. Simplemente, observaba el paisaje. En este punto la costa se curvaba hacia dentro, y vi que había una bella y larga playa de arena blanca que resplandecía, como si la hubiera limpiado un ejército de trabajadores armados con rastrillos de púas pequeñas como peines. Incluso las olas que rompían en la arena lo hacían suavemente, con ternura, mojando la arena y retrocediendo.

—Mira eso —señaló Bill. Se veía una señal que decía RESERVADO PARA HUÉSPEDES DEL HOTEL CUTLER COVE—. Tenemos nuestra propia playa privada. Hace que los huéspedes se sientan como miembros escogidos de un club selecto —añadió, guiñando un ojo, y a continuación asintió hacia su izquierda y yo levanté la vista hasta la colina para ver el Hotel Cutler Cove, mi nuevo hogar.

Era una mansión de tres plantas de color azul con persianas blancas y un porche rodeándola. Subiendo hasta el porche había una escalinata de madera blanqueada. La base estaba hecha de piedra pulida. Recorrimos el sendero de entrada, pasando por debajo de dos pilares de piedra coronados con dos farolas redondas. Aquí y allá se veían algunos huéspedes paseando por los prados, en los que había dos pequeños miradores, bancos y mesas de madera y piedra; fuentes, algunas con forma de grandes peces, otras pequeñas y planas con chorros en el centro; y un bello jardín de rocas que serpenteaba alrededor de la fachada de la casa.

—Un poco mejor que The Meadows, ¿no te parece? —preguntó Bill con arrogancia.

—No en sus mejores tiempos —contesté—. En aquella época era la joya del sur.

—Menuda joya —interrumpió Bill—. Al menos nosotros no utilizamos esclavos para construir este lugar. Me encanta cuando los aristócratas del sur como tu padre alardean de lo que hicieron sus antepasados. Hipócritas y farsantes, todos ellos. Y buenas piezas en el juego —añadió, guiñando un ojo.

Ignoré su sarcasmo mientras rodeábamos el edificio para acceder por una entrada lateral.

—Por aquí accederemos antes a nuestros aposentos —me explicó al aparcar el coche—. Bueno, bienvenida a casa —añadió—. ¿Quieres que te lleve en brazos para cruzar el umbral?

—No —contesté rápidamente.

Él se echó a reír.

—No lo decía en serio —dijo—. Déjalo todo en el coche. Ordenaré a alguien que vaya a buscarlo dentro de un momento. Lo primero es lo primero.

Bajamos del coche y entramos en la casa. Un corto pasillo nos condujo a lo que Bill llamaba el área familiar. La primera estancia a la que llegamos era un salón con una gran chimenea y cálidos muebles antiguos: sillas con blandos cojines en marcos de madera; una mecedora de pino oscuro, el asiento de la cual estaba cubierto por una manta blanca de algodón; un bien acolchado sofá con mesitas de café de madera de pino. El suelo de madera estaba cubierto por una alfombra oval blanca.

—Ése es el retrato de mi padre y ésa es mi madre —me señaló Bill. Los dos cuadros estaban el uno al lado del otro en la pared de la izquierda—. Todo el mundo dice que me parezco más a papá.

Asentí; era cierto.

—Todos los dormitorios de la familia están en la segunda planta. Tengo una pequeña habitación al lado de la cocina, aquí abajo, para la señora Oaks. Ella cuida de mi madre, que ahora pasa casi todo el tiempo en su habitación. De vez en cuando, la señora Oaks la airea —dijo con sarcasmo. No podía imaginarme a alguien hablando con tanta frivolidad de su madre enferma—. Te la presentaría, pero ella ya no tiene ni idea de quién soy, y mucho menos entendería lo que le estoy diciendo si te llevara a verla. Seguramente creería que eres una empleada más del hotel. Vamos —me exhortó, y me condujo hacia las escaleras.

Nuestro dormitorio era muy grande, tan grande como los de The Meadows, y tenía dos enormes ventanales que daban al mar. La cama era grande con gruesos y oscuros postes de roble y una cabecera tallada a mano con dos delfines. Había un aparador, mesitas de noche y armario haciendo juego. Apoyado en la pared de la derecha había un tocador con un ornado espejo oval.

—Supongo que querrás hacer algunos cambios ahora que vienes a vivir aquí —dijo Bill—. Sé que el lugar mejoraría con un poco de luminosidad. Bueno, puedes hacer lo que quieras. Esas cosas no me han interesado nunca. Ponte cómoda mientras voy a buscar a alguien que traiga nuestras cosas.

Asentí y me dirigí a los ventanales. La vista era impresionante. Sólo había visto una pequeña parte del hotel, pero sentí una inmediata calidez, el pertenecer a ese lugar en cuanto Bill me dejó sola y pude observar los prados. «Quizá el destino no me haya maltratado tanto al fin y al cabo», pensé, y salí a explorar el resto de la segunda planta.

En cuanto salí del dormitorio principal, se abrió la puerta de otra habitación al otro lado del pasillo y apareció una mujer rechoncha y bajita con cabellos y ojos oscuros. Llevaba un uniforme blanco que se parecía más al de una camarera que al de una enfermera. Se detuvo en cuanto me vio y sonrió, una sonrisa cálida y cariñosa que le hinchó las mejillas como un globo.

—Ah, hola. Soy la señora Oaks.

—Yo soy Lillian —dije, extendiendo la mano.

—La esposa del señor Cutler. Oh, me alegro mucho de conocerla. Es tan guapa como nos había dicho que era.

—Gracias.

—Yo me ocupo de la señora Cutler —dijo.

—Ya lo sé. ¿Puedo verla?

—Claro, aunque debo advertirle que padece senilidad profunda. —Se apartó y yo entré en la habitación. La madre de Bill estaba sentada, el regazo cubierto por una pequeña manta. Era una mujer diminuta, aún más pequeña gracias a la edad, pero tenía unos grandes ojos morenos que me estudiaron de arriba abajo.

—Señora Cutler —dijo la señora Oaks—. Ésta es su nuera, la esposa de Bill. Se llama Lillian. Ha venido a saludarla.

La vieja me observó durante largo rato. Tuve la idea de que quizá mi aparición le había devuelto cierta lucidez, pero de pronto puso mala cara.

—¿Dónde está mi té? ¿Cuándo vas a traerme el té? —exigió saber.

—Cree que eres una de las camareras —susurró la señora Oaks.

—Oh. Ahora lo traigo, señora Cutler. Se está calentando.

—No lo quiero demasiado caliente.

—No —dije—. Cuando llegue ya se habrá enfriado.

—Ya casi no tiene momentos de lucidez —dijo la señora Oaks, moviendo tristemente la cabeza—. Ah, la vejez. Es la única edad a la que uno no quiere poner fin, pero...

—Lo comprendo.

—En cualquier caso, bienvenida a su nuevo hogar, señora Cutler —dijo la señora Oaks.

—Gracias. Nos veremos, madre Cutler —le dije a la arrugada vieja que era casi un fantasma. Ella negó con la cabeza.

—Manda a alguien que suba a quitar el polvo —me ordenó.

—Enseguida —dije y salí. Examiné el resto del pasillo y volví a nuestra habitación en el momento en que Bill había conseguido que dos empleados subieran nuestras cosas.

—Antes de que deshagas las maletas, te enseñaré el hotel y te presentaré a todo el mundo —dijo Bill. Me cogió de la mano y me condujo a la planta baja. Recorrimos un largo pasillo y llegamos hasta la cocina. Los aromas procedentes de la estancia nos dieron la bienvenida. El chef levantó la vista de sus platos al entrar nosotros.

—Ésta es la nueva señora Cutler, Nussbaum —dijo Bill—. Es una gran gourmet de una rica plantación del sur, de modo que será mejor que vayas con cuidado.

Nussbaum, un hombre de piel morena con ojos azules y cabello marrón, me observó con cierta suspicacia. Medía sólo unos dos centímetros más que yo, pero tenía un aspecto formidable y confiado.

—No soy una gourmet, señor Nussbaum, y todo lo que está preparando huele maravillosamente bien —dije rápidamente. Su sonrisa se inició en los ojos y a continuación bajó en oleadas hasta sus labios.

—Pruebe mi sopa de patata —dijo, y me ofreció una cucharada.

—Estupenda —dije, y Nussbaum sonrió de oreja a oreja. Bill se echó a reír, pero cuando él y yo salimos de la cocina, le hablé seriamente.

—Si quieres que me entienda con todos, no me hagas parecer tan engreída y arrogante como tú —le espeté.

—De acuerdo, de acuerdo —dijo, levantando las manos. Intentó hacer una broma, pero después de eso se comportó y me trató con respeto ante los restantes empleados. Conocí también a algunos de los huéspedes, y a continuación hablé con el encargado del comedor.

En las semanas y meses que siguieron, encontré mi propio lugar, creé mis propias responsabilidades, pensando aún que debería seguir con el viento, doblándome y no rompiéndome. Me dije a mí misma que si tenía que vivir aquí y ser la esposa de un hotelero, sería la mejor de la costa de Virginia. Me dediqué a ello con devoción.

Descubrí que a los huéspedes les gustaba más cuando yo y Bill comíamos con ellos y les saludábamos personalmente. A veces, Bill no llegaba a tiempo; se encontraba realizando algún recado en Virgina Beach o en Richmond. Pero los huéspedes agradecían que se les saludara a la hora de cenar. Yo empecé a hacerlo también a la hora del desayuno, y la mayoría se sorprendían y se alegraban al verme en la puerta esperándoles y recordando su nombre. También me preocupé de recordar las ocasiones especiales: los cumpleaños, bautizos y aniversarios. Los apuntaba en el calendario y les mandaba una tarjeta. Después de su estancia en el hotel les mandaba a los huéspedes una nota de agradecimiento.

Con el tiempo, vi que muchas pequeñas cosas necesitaban mejorarse; cosas que harían que el servicio fuera más fluido más eficaz. Tampoco me gustaba la forma en que se limpiaba el hotel y pronto hice algunos cambios. El más importante fue designar a una persona para que se ocupara del mantenimiento del edificio.

Mi vida en Cutler's Cove resultó ser más agradable, divertida e interesante de lo que jamás hubiera podido imaginarme. Parecía que realmente había encontrado un lugar en el que estar, una razón de ser. Las palabras de Vera antes de mi boda con Bill Cutler resultaron proféticas. Fui capaz de cambiar lo suficiente a Bill para que nuestro matrimonio resultara tolerable. No abusaba de mí ni me ridiculizaba. Estaba satisfecho con lo que hacía para que el hotel fuera más rentable. Yo sabía que él veía a otras mujeres de vez en cuando, pero no me importaba. El evitar estar triste suponía ciertos compromisos por mi parte, pero eran compromisos que estaba dispuesta a asumir, porque con el tiempo sí que me enamoré, no de Bill, sino de Cutler's Cove.

Bill no se oponía a ninguna de mis sugerencias, incluso cuando algunas de las ideas suponían gastar más dinero. Con el paso del tiempo yo asumí más y más de las que habían sido sus responsabilidades, y él parecía estar más y más contento. No hacía falta ser un genio para darse cuenta de que su interés por el hotel no era tan intenso como él fingía que era. Cuando encontraba una excusa para los llamados viajes de negocios, se marchaba, y a veces no regresaba durante días y días. Poco a poco, los empleados del hotel empezaron a depender más de mí para tomar las decisiones y resolver los problemas. Antes de que finalizara mi primer año como señora de Cutler's Cove, las primeras palabras de cualquier empleado ante un caso de duda eran «pregúntale a la señora Cutler».

Poco después de que se cumpliera el año de mi llegada, conseguí un despacho. Bill estaba entre divertido e impresionado por esto, pero seis meses después, cuando le sugerí que pensáramos en ampliar el hotel construyendo un ala nueva, se opuso.

—Asegurarse de que la ropa esté limpia y que las vajillas se laven correctamente es una cosa, Lillian. Incluso entiendo que es necesario que haya una persona responsable de todo ello y que se le pague más cada semana, pero añadir otras veinticinco habitaciones, ampliar el comedor y construir una piscina es algo imposible. No sé qué idea te creaste de mí cuando nos casamos, pero yo no tengo tanto dinero, aun contando con mis éxitos en el juego.

—No hace falta que tengamos todo ese dinero ahora mismo,

Bill. He hablado con los bancos. Hay uno que está dispuesto a concedernos una hipoteca.

—¿Una hipoteca? —Se echó a reír—. ¿Y qué sabes tú de hipotecas?

—Siempre he sido muy buena en matemáticas. Ya has visto cómo llevo la contabilidad. Era algo que hacía para papá. Los negocios se me dan bien, supongo —dije—. Aunque pronto vamos a necesitar un gerente en plantilla.

—¿Un gerente? —Negó con la cabeza.

—Y también esa ampliación. Necesitamos esa hipoteca —dije.

—No sé. Hipotecar el hotel para ampliarlo... no lo sé.

—Mira estas cartas de antiguos huéspedes y posibles nuevos huéspedes, todos ellos haciendo reservas —dije, cogiendo una docena de la mesa de mi despacho—. No podemos aceptar ni siquiera la mitad. ¿No te das cuenta del dinero que estamos perdiendo? —le pregunté. Él abrió los ojos interesado y leyó algunas de las cartas.

—Hummm —dijo—. No sé.

—Pensaba que te sentías orgulloso de ser un buen jugador. No se trata de una apuesta muy arriesgada.

Él se echó a reír.

—Me sorprendes, Lillian. Traje una niña pequeña al hotel, o al menos a alguien a quien yo tenía como tal, y muy rápidamente has tomado las riendas. Sé que los empleados te respetan más que a mí —se quejó.

—La culpa es tuya. No estás aquí cuando te necesito. Yo sí —dije con severidad.

Asintió. Él no tenía tanto interés en el hotel como el que yo había desarrollado, pero sabía que era lo bastante listo como para aprovechar una buena oportunidad.

—De acuerdo. Acuerda una cita con los banqueros y veamos de qué va todo esto —concluyó—. Juro —dijo, poniéndose de pie y mirándome por detrás del escritorio— que no sé si estar orgulloso de ti o temerte. Algunos de mis amigos ya me están haciendo bromas diciéndome que tú eres quien lleva los pantalones en nuestra familia. No estoy seguro de que me guste —añadió, perturbado.

—De sobra sabes que eres tú quien lleva los pantalones, Bill —dije de forma coqueta. Él sonrió. Yo había aprendido rápidamente lo fácil que era halagarle y conseguir lo que quería...

—Sí, mientras tú también lo sepas —dijo.

Puse cara de sumisión para que se sintiera menos amenazado y él se marchó. En cuanto lo hizo, llamé a un joven abogado llamado Updike recomendado por uno de los hombres de negocios que había visitado Cutler's Cove. Me impresionó mucho y le contraté para que nos representara en todos nuestros negocios. Él nos ayudó a conseguir pronto una hipoteca con la que emprendimos la ampliación que continuaría a temporadas durante los siguientes diez años.

Mi trabajo y responsabilidades en el hotel hacían difícil regresar a The Meadows más de dos veces al año. Bill me acompañó sólo en la primera visita. Cada vez que volvía, encontraba la vieja plantación más y más destartalada y abandonada. Hacía ya tiempo que Charles no se ocupaba de toda la plantación e intentaba trabajar sólo el terreno suficiente para cubrir las necesidades básicas. Papá se quejaba de los impuestos y los gastos, como siempre, pero Vera me dijo que salía de la plantación cada vez menos y que casi ya no jugaba a cartas.

—Seguramente porque tiene poco que perder —dije, y Vera estuvo de acuerdo.

La mayoría de las veces, papá casi no me prestaba atención y yo hacía lo mismo con él. Sabía que tenía curiosidad por mi nueva vida y que estaba impresionado por mi ropa y mi nuevo coche. En más de una ocasión, incluso llegué a pensar que me pediría dinero. Pero su orgullo sureño y arrogancia le impedían efectuar tal petición; tampoco le hubiera dado nada. Habría acabado en manos de otros, en una mesa de juego, o se lo habría gastado en bourbon. Pero siempre intentaba traer cosas bonitas para Luther y Charlotte.

A medida que pasaban los años, Charlotte se parecía cada vez más a papá. Creció mucho y llegó a tener unos dedos largos y unas manos grandes para una chica. Los largos períodos de separación habían surtido su efecto a lo largo del tiempo. Para cuando cumplió los cinco años, parecía tan sólo recordarme vagamente cada vez que aparecía. Cuando hablaba y jugaba con ella, vi que tardaba más de lo habitual en comprender las cosas y que le costaba concentrarse. Podía fascinarse con algo brillante o sencillo y pasarse horas dándole vueltas en la mano, pero no tenía paciencia alguna cuando se trataba de recitar los números o aprender las letras. En cuanto Charlotte tuvo edad suficiente, Luther se la llevó con él al colegio cuando podía, pero rápidamente perdió muchos cursos.

—Tendrías que ver cómo la cuida Luther —me dijo Vera durante una de mis infrecuentes visitas—. No la deja salir sin chaqueta si hace demasiado frío y sale corriendo a buscarla en cuanto cae la primera gota de lluvia.

—Es un chico muy serio y maduro para su edad —dije. Lo era. No había visto nunca a un joven concentrarse tan intensamente en las cosas y sonreír y reír tan poco. Se comportaba como un pequeño caballero y, según Charles, ayudaba bastante en la plantación.

—Juro que ese chico sabe casi tanto como yo de motores y otras cosas —me dijo Charles.

Cuando visitaba la plantación, pasaba largos ratos en el cementerio de la familia. Igual que todo lo demás, necesitaba tiernos y amorosos cuidados. Yo arrancaba las malas hierbas, plantaba flores y lo limpiaba lo mejor posible, pero la naturaleza parecía querer apoderarse de The Meadows y tragárselo con maleza y brotes. A veces, cuando me marchaba, miraba atrás y deseaba que la casa se derrumbara y que el viento esparciera sus ruinas a todo lo largo y ancho del país. Sería mejor que desapareciera, pensaba, que subsistir como había subsistido la madre de Bill, una abandonada y decrépita imagen de sí misma.

En cuanto a Emily, nada de esto le importaba gran cosa. No había disfrutado ni obtenido mucho placer de la plantación cuando era hermosa y estaba en su apogeo. Tanto si había o no flores y arbustos, magnolias y glicinias, a ella no le importaba, porque veía el mundo con ojos mortecinos y grises y no se fijaba nunca en los colores. Vivía en un universo blanco y negro en el que la única luz procedía de la religión y donde el demonio continuamente intentaba imponer su reino de sombras.

Quizá Emily se puso más alta y más delgada, pero nunca me pareció más fuerte y más dura. Y se aferraba firmemente a todas sus creencias y temores infantiles. En una ocasión, después de una de mis visitas, me siguió al coche con aquella vieja Biblia cogida entre sus garras.

—Todas nuestras oraciones y buenos actos han sido compensados —me dijo cuando me volví para despedirme—. El diablo ya no vive aquí.

—Seguramente hace demasiado frío y está demasiado oscuro para él —repliqué. Ella se irguió y con los labios hizo una mueca de desaprobación.

—Cuando el demonio ve que tiene posibilidades de vencer, pasa a pastos más ricos y maduros. Ten cuidado de que no te siga a Cutler's Cove y decida residir en aquel lugar de lujuria y dejado de la mano de Dios. Deberías ofrecer misas y novenas, construir una capilla, colocar biblias en todas las habitaciones...

—Emily —dije—, si alguna vez necesito exorcizar el mal de mi vida, te llamaré.

—Lo harás —dijo, retrocediendo unos pasos llena de seguridad—. Ahora bromeas sobre ello, pero algún día me llamarás.

Su absoluta seguridad me puso nerviosa. Pensaba regresar a Cutler's Cove para no volver en mucho tiempo a The Meadows, pero un año después recibí un mensaje informándome de la muerte de papá.

Asistió poca gente a su funeral. Incluso Bill no me acompañó, alegando un importante viaje de negocios, uno que no podía posponerse. Papá tenía ya pocos amigos. Todos sus compinches de juego habían muerto o se había ido, y los restantes dueños de plantaciones hacía tiempo que habían sucumbido a los nuevos aires de la época vendiendo las propiedades, parcela a parcela. A ninguno de los parientes de papá le interesó hacer el viaje.

Papá había muerto como un hombre solitario, bebiendo cada noche para poder dormirse. Una mañana, simplemente, no despertó. Emily no derramó ni una lágrima, al menos en mi presencia. Le satisfacía pensar que Dios se lo había llevado porque había llegado su hora. Fue un funeral sencillo después del cual Emily sirvió sólo té y pastas. Ni el sacerdote se quedó.

Había pensado en llevarme a Charlotte, pero Vera y Charles me convencieron de que no lo hiciera.

—Está muy bien aquí, con Luther —dijo Vera—. A los dos se les rompería el corazón si los separaran.

Entendí que era a Vera a quien realmente se le rompería el corazón, porque se había convertido en una madre para Charlotte y, por lo que pude ver, Charlotte sentía lo mismo hacia ella. Claro está, Emily se oponía a que me llevara a Charlotte a aquella «Sodoma y Gomorra en la playa». Al final decidí que sería mejor dejarla, incluso con Emily, porque a Charlotte no parecía impresionarle ni molestarle su fanatismo religioso. Por supuesto que nunca le había contado la verdad a Bill acerca del nacimiento de Charlotte y no tenía intención de contárselo jamás a nadie. Continuaría siendo mi hermana y no mi hija.

—Quizá tú y Charles traigáis a Luther y a Charlotte a Cutler's Cove algún día —le dije a Vera—, para visitarnos durante un tiempo.

Ella asintió, pero la idea de un viaje así le parecía tan difícil como viajar a la Luna.

—¿Crees que estaréis bien aquí ahora, Vera? —pregunté una última vez antes de partir.

—Oh, sí —dijo—. Hace tiempo que el señor Booth participaba poco en los asuntos de la casa. Su fallecimiento no afectará en absoluto a lo que tenemos y a lo que hacemos. Charles se ocupará de las faenas de la plantación. Charles y Luther, debería decir, porque el chico se ha convertido en un ayudante eficaz y fuerte. Charles es el primero en reconocerlo.

—¿Y mi hermana... Emily?

—Nos hemos acostumbrado a ella. De hecho, no sabríamos qué hacer sin sus himnos y oraciones. Charles dice que es mejor que aquellas películas que nos han contado. Nunca se sabe cuándo aparecerá flotando por la mansión, vela en mano, haciéndole la señal de la cruz a una sombra. Y quién sabe, quizá sí que mantenga alejado al demonio.

Me eché a reír.

—Las cosas le han ido bien, señorita Lillian, ¿verdad? —preguntó Vera, mientras sus ojos me miraban con intensidad. Tenía el cabello gris y las arrugas eran ahora más profundas y largas.

—He construido mi nido y he encontrado una razón para seguir, Vera, si es a eso a lo que te refieres —le dije.

Ella asintió.

—Pensé que así sería. Bueno, será mejor que me ocupe de la cena. Me despediré ahora.

Nos abrazamos y yo fui a despedirme de Charlotte. Estaba estirada en el suelo de lo que había sido la sala de lectura de mamá, mirando un viejo álbum de fotografías. Luther estaba sentado en la *chaise longue* mirando las fotos con ella. Ambos levantaron la vista cuando aparecí en el umbral de la puerta.

—Me marcho, niños —dije—. ¿Mirando fotos de la familia?

—Sí, señora —dijo Luther, asintiendo.

—Aquí hay una de Emily, tú y yo —dijo Charlotte, señalando. La miré y recordé el día en que papá nos había hecho aquella foto.

—Sí —dije.

—Conocemos a la mayoría de personas que salen —dijo Luther— pero no a esta dama. —Pasó unas páginas y se detuvo en una pequeña fotografía. Yo cogí el álbum y la miré. Era mi verdadera madre. Durante unos segundos fui incapaz de hablar.

—Es... la hermana pequeña de mamá, Violet —dije.

—Era muy guapa —dijo Charlotte—. ¿Verdad, Luther?

—Sí —asintió él.

—¿Verdad, Lil? —preguntó Charlotte. Yo le sonreí.

—Muy guapa.

—¿La conoció? —preguntó Luther.

—No. Murió antes... después de que yo naciera.

—Se parece mucho a ella —dijo el chico, y a continuación se sonrojó por sus atrevidas palabras.

—Gracias, Luther. —Me arrodillé y le besé y abracé a Charlotte.

—Adiós, niños. Sed buenos —dije.

—O Emily se enfadará —repitió Charlotte. Aquello hizo que sonriera a través de mis lágrimas.

Salí precipitadamente de la estancia para no volver jamás la vista atrás.

Algo le ocurrió a Bill durante el viaje de negocios que había realizado durante mi estancia en The Meadows para despedirme de papá, porque cuando regresé días después estaba sorprendentemente cambiado. Parecía más callado, más contenido, y se pasaba largos ratos sentado en el porche sorbiendo té o café y mirando distraídamente el mar. No se paseaba por el hotel, bromeando con las jóvenes camareras, ni hacía las habituales partidas de cartas en la sala de juego con los camareros y botones, a veces ganándoles vergonzosamente las propinas.

Pensé que quizá había caído enfermo, aunque no estaba ni pálido ni débil. Le pregunté un par de veces si se encontraba bien. Dijo que sí, cada vez mirándome fijamente antes de marcharse.

Finalmente una noche casi una semana después, entró en nuestro dormitorio estando yo en la cama. Después de nuestros primeros meses juntos, hacíamos el amor con menor frecuencia hasta que llegaron a transcurrir largos períodos de tiempo sin que intercambiáramos un solo beso. Él sabía que cuando le besaba o hacía el amor con él, lo hacía más por un sentido del deber conyugal que por afecto, aunque seguía siendo guapo.

Nunca nuestras relaciones sexuales acabaron en un embarazo. En mi interior yo pensaba que se debía sencillamente a la terrible experiencia que había tenido dando a luz a Charlotte. Pero por lo que sabía, no me pasaba nada físico, no había razón para no quedarme embarazada. Simplemente no había ocurrido.

Bill vino a mi lado de la cama y se sentó con las manos cruzadas sobre el regazo, cabizbajo.

—¿Qué ocurre? —pregunté. Su curioso comportamiento había hecho que el corazón me latiera con inquietud. Él levantó la cabeza y fijó la mirada en mí con ojos llenos de tristeza y dolor.

—Tengo que contarte una cosa. No sólo he estado haciendo negocios en mis viajes, especialmente en los viajes a Richmond. He estado jugando y... saliendo con mujeres. —Yo emití un suspiro.

—No me sorprende en absoluto, Bill —dije, recostándome—. Nunca he exigido saber nada de tus viajes y no lo exijo ahora.

—Lo sé, y te lo agradezo. De hecho, quería decirte lo mucho que te aprecio —dijo en voz baja.

—¿A qué viene este arrebato de arrepentimiento? —pregunté.

—Tuve una mala experiencia en este último viaje. Estaba jugando y apostando en el tren cuando aquello se convirtió en una de esas partidas que duran días y días. Nos bajamos del ferrocarril y fuimos a una habitación de hotel en Richmond. Yo estaba ganando. De hecho, estaba ganando tanto que uno de los jugadores que estaba perdiendo me acusó de hacer trampas.

—¿Qué ocurrió? —Una vez más el corazón me empezó a latir con preocupación y desasosiego.

—Me apuntó con una pistola. Me dijo que tenía una sola bala y que si estaba haciendo trampas, aquélla sería la que saldría disparada. A continuación apretó el gatillo. Casi me cagué en los pantalones, pero no ocurrió nada. A sus amigos les pareció divertido y él decidió que aquello era sólo una prueba y que debía intentarlo una vez más. Volvió a tirar del gatillo y, de nuevo, no ocurrió nada.

»Finalmente, se recostó en la silla y dijo que podía marcharme con mis ganancias. Para demostrarme que no estaba de broma, apuntó la pistola a la pared y volvió a apretar el gatillo, y esta vez la pistola se disparó. Yo salí apresuradamente de allí y regresé a casa lo más rápidamente que pude, pensando todo el tiempo en que casi había acabado con mi vida y que no había hecho nada. Podría haber muerto sin dignidad en un hotelucho en algún lugar de Richmond —gimió. Un poco dramáticamente, levantó la mirada al techo y suspiró.

—A mi hermana Emily le habría gustado oír esta confesión —dije secamente—. Quizá deberías viajar a The Meadows. —Él volvió a mirarme y un torrente de palabras salió de su boca.

—Sé que no estás enamorada de mí y que todavía estás resentida por la forma en que conseguí que fueras mi esposa, pero eres una mujer con una gran fuerza interna. Eres de buena familia y he decidido... si a ti te parece bien, quiero decir... que deberíamos tener hijos. Me gustaría tener un hijo para que pudiera continuar la herencia de los Cutler. Creo que si tú lo deseas, ocurrirá.

—¿Qué? —dije completamente sorprendida.

—Estoy dispuesto a reformarme y a ser un buen marido y un buen padre, y no me opondré a las cosas que quieras hacer en el hotel. ¿Qué me dices? —me rogó.

—No sé qué decir. Supongo que debería alegrarme de que no me pidas que tire una moneda al aire para decidirlo —añadí.

Él bajó la vista.

—Sé que me merezco ese comentario —añadió, levantando la mirada— pero ahora soy sincero. De verdad que sí.

Yo me recosté en la cama y le observé. Quizá yo fuera una imbécil, pero realmente parecía sincero.

—No sé si podré quedarme embarazada —dije.

—¿Podemos intentarlo al menos?

—No puedo impedir que lo intentes —contesté.

—¿No quieres tener un hijo? —preguntó, sorprendido por mi fría respuesta.

Estuve a punto de decirle que ya tenía uno, pero me tragué las palabras y me limité a asentir.

—Sí, supongo que sí —admití.

Él sonrió y aplaudió.

—Está decidido entonces. —Se levantó y empezó a desnudarse para que pudiéramos empezar aquella misma noche. Aquel mes no me quedé embarazada. Al mes siguiente hicimos el amor tanto como pudimos en las fechas presumiblemente más fecundas, pero tardamos tres meses. Una mañana me desperté con aquella conocida náusea después de una falta y supe que lo que Bill quería iba a ocurrir.

Esta vez mi embarazo fue mucho más fácil y di a luz en un hospital. El parto en sí fue rápido. Creo que el médico sospechó que había dado a luz con anterioridad, pero no dijo nada ni preguntó nada. Traje al mundo un niño al que llamamos Randolph Boise Cutler en recuerdo del abuelo de Bill.

El momento en que vi a mi hijo, supe que toda mi indiferencia había desaparecido. Decidí darle el pecho y descubrí que no podía estar sin él, ni él podía estar sin mí. Nadie podía dormirle tan fácilmente o contentarle tanto como yo. Contratamos una niñera tras otra hasta que por fin decidí que yo sería la persona que cuidaría del niño. Randolph sería un niño que no perdería a su verdadera madre. No nos separaríamos ni un solo día.

Bill se quejaba de que lo malcriaba, convirtiéndolo en un niño mimado pero yo no cambié mis costumbres. Cuando pudo gatear, gateaba por mi despacho, y cuando pudo caminar, me acompañaba por el hotel saludando a los invitados. Con el tiempo, se convirtió en una parte de mí.

En cuanto Bill obtuvo el hijo deseado, pronto se olvidó de sus promesas y de sus buenos propósitos. No tardó mucho en volver a las andadas, pero a mí no me importaba. Yo tenía a mi hijo y el hotel, que seguía creciendo de muchas maneras. Construí pistas de tenis y un campo de pelota vasca. Compré fuera bordas para los huéspedes y empecé a efectuar cenas más elaboradas. Construir el hotel se convirtió en el único objetivo de mi vida y llegué al punto de no permitir que nada ni nadie interrumpieran o se opusieran a ese progreso. A los veintiocho años oí a uno de los empleados referirse a mí como «la vieja». Al principio me molestó, y a continuación me di cuenta de que simplemente se trataba de una forma de decir «la jefa».

Un día de verano, un día particularmente bonito con un cielo casi despejado y una refrescante y suave brisa marina, regresé a mi despacho tras inspeccionar las actividades de la piscina y hablar con el encargado de los jardines acerca de crear nuevas zonas ajardinadas en la parte trasera del hotel. El correo estaba amontonado sobre mi mesa como de costumbre, y como de costumbre había una cantidad enorme. Empecé a ordenarlo, poniendo las facturas a un lado y las peticiones de reserva a otro junto con las cartas personales que algunos de nuestros huéspedes mandaban en respuesta a las tarjetas que nosotros remitíamos en ocasiones especiales.

Me llamó la atención una carta. La letra era casi ilegible y obviamente había ido de un lugar a otro antes de llegar a The Meadows y finalmente a Cutler's Cove. No reconocí el nombre. Me senté y abrí el sobre para sacar la fina hoja de papel. La tinta estaba tan descolorida que casi no se podía leer.

«Querida Miss Lillian —empezaba.

»Usted no me conoce, pero yo tengo la sensación de conocerla. Mi tío abuelo, Henry, me estuvo hablando de usted desde el día en que llegó hasta el día en que murió, que fue ayer.

»La mayor parte de los días que pasó con nosotros transcurrieron contando una y otra vez su vida en The Meadows. Por la forma en que la contaba, pareció realmente buena. Nos gustaba especialmente oír hablar de las grandes fiestas que daban en los jardines, la música, la comida y los juegos que ustedes practicaban.

»Cuando el tío Herny hablaba de usted, hablaba de una niña pequeña. Estoy segura que nunca pensó en usted como mujer. Pero le tenía en tanta estima y nos hablaba de lo guapa y dulce que era y lo bien que le había tratado que pensé que le escribiría para decirle que las últimas palabras que pronunció fueron para usted.

»No sé cómo mirándome a mí lo pensó, pero creyó que yo era usted sentada a su lado. Me cogió de la mano y me dijo que no me preocupara. Dijo que regresaba a The Meadows, y que si le buscaba con suficiente empeño, lo encontraría pronto recorriendo el sendero de la entrada. Dijo que estaría silbando y que usted reconocería la música. Había tanta vitalidad en sus ojos cuando lo dijo que llegué a creer que ocurriría. Y yo quería que usted lo supiera.

»Espero que se encuentre bien y que no se ría de mi carta.

»Sinceramente,

»Emma Lou, sobrina de Henry.»

Dejé la carta a un lado y me recosté, con las lágrimas inundándome las mejillas. No sé cuánto tiempo permanecí allí sentada, recordando, pero debió ser un buen rato ya que el sol se había puesto y grandes sombras entraban por la ventana. Realmente tenía la sensación de estar en The Meadows y ser de nuevo una niña pequeña, y cuando miré por la ventana de mi despacho no vi el hotel.

Vi el largo sendero de entrada a la plantación y durante unos instantes regresé al pasado. Había una gran conmoción en la casa. Los sirvientes corrían de un lado a otro y mamá daba órdenes con voz cantarina. Louella pasó corriendo disponiéndose a cepillar el cabello de Eugenia y ayudarle a vestirse. Los veía a todos tan claramente como cuando vivía allí, pero nadie parecía poder verme a mí. Todos pasaban a mi lado y cuando llamé a mamá, ella continuó haciendo sus cosas como si no me oyera. Me puse frenética.

—¿Por qué no me oye nadie? —pregunté. Asustada, salí corriendo de la casa al porche. Pareció envejecer bajo mis pies y convertirse en algo destartalado y viejo, la madera descolorida y los escalones rotos—. ¿Qué está ocurriendo? —pregunté. Una bandada de golondrinas apareció y pasó volando por el prado antes de ocultarse tras los árboles. Me di la vuelta y miré la plantación. Parecía tan abandonada y deteriorada como ahora. Mi corazón se entristeció. ¿Qué estaba ocurriendo? ¿Qué iba a hacer?

Y entonces lo oí; el silbido de Henry. De un salto bajé los escalones del porche y corrí al sendero en el preciso momento en que él apareció. Llevaba su vieja maleta en la mano y su saco de ropa al hombro.

—Señorita Lillian —dijo—. ¿Dónde va corriendo tan deprisa?

—Todo está distinto, Henry, y nadie me hace ningún caso —me quejé—. Es como si ya no existiera.

—Vamos, no diga eso. Todo el mundo está muy ocupado ahora, pero nadie se va a olvidar de usted —me aseguró Henry—. Y nada ha cambiado.

—¿Pero puede ocurrir una cosa, así, Henry? ¿Puede uno de pronto ser invisible, desaparecer? ¿Y si es así, adónde se va?

Henry soltó la maleta y, extendiéndolos, me cogió en sus fuertes brazos.

—Se va al lugar que uno más ama, señorita Lillian, el lugar que uno considera su hogar. Eso es algo que no se pierde nunca.

—¿Tú también estás ahí, Henry?

—Supongo que sí, señorita Lillian. Supongo que sí.

Yo le abracé y entonces él me soltó, cogió la maleta y el saco y continuó recorriendo el sendero hasta llegar a The Meadows.

Y de alguna forma, de alguna forma mágica, la vieja y abandonada mansión empezó a resplandecer de nuevo, a ser lo que fue, llena de ilusión y risas y amor.

Henry tenía razón.

Yo había vuelto a casa.

ÍNDICE